Antje Babendererde

Rain Song

Antje Babendererde,
geboren 1963, wuchs in Thüringen auf. Nach einer Töpferlehre
war sie als Arbeitstherapeutin in der Kinderpsychiatrie tätig.
Seit 1996 ist sie freiberufliche Autorin mit einem besonderen Interesse
an der Kultur, Geschichte und heutigen Situation der Indianer.
Ihre einfühlsamen Romane zu diesem Thema für Erwachsene
wie für Jugendliche fußen auf intensiven Recherchen und USA-Reisen
und werden von der Kritik hochgelobt.

*Weitere Bücher von Antje Babendererde
im Arena Verlag:*

Indigosommer
Die verborgene Seite des Mondes
Libellensommer
Der Gesang der Orcas
Lakota Moon
Talitha Running Horse

Antje Babendererde

Rain Song

Roman

Arena

1. Auflage 2010
© 2010 Arena Verlag GmbH, Würzburg
Die Originalausgabe erschien 1999 unter dem Titel
»Der Pfahlschnitzer« beim Hannah-Verlag.
Alle Rechte vorbehalten
Umschlaggestaltung: Frauke Schneider
unter Verwendung eines Fotos von Brenda Tharp © gettyimages
Gesamtherstellung: Westermann Druck Zwickau GmbH
ISBN 978-3-401-06522-9

www.arena-verlag.de
Mitreden unter forum.arena-verlag.de

Die Flut wird steigen
Die Flut wird zurückgehen
Die Nacht wird kommen
Die Nacht wird gehen.

Aus: »Töchter der Kupferfrau« von Anne Cameron

Tradition ist Bewahrung des Feuers
und nicht Anbetung der Asche.

Gustav Mahler

1. Kapitel

Weiße Nebelfetzen hingen in den zerklüfteten Felsen vor der Steilküste von Cape Flattery und ein leichter Wind trieb die Wellen des Pazifiks sanft gegen das steinige Ufer am Kap. Die Sonne, ein milchiger Fleck am grauen Himmel, kämpfte gegen die Feuchtigkeit und Kühle der Nacht.

Hanna stand auf einer Aussichtsplattform aus Zedernplanken, die von dicken Rundhölzern begrenzt wurde. Der harzige Duft des frischen Holzes mischte sich mit der Salzluft des Meeres. Offensichtlich war die Plattform gebaut worden, damit sich neugierige Touristen nicht zu nah an die steil abfallende Felskante wagten, aber ein Trampelpfad hinter dem Geländer zeugte davon, dass sich die Neugierigen und Wagemutigen nach wie vor nicht abhalten ließen.

Hanna stützte sich auf die Brüstung und ihr Blick wanderte hinüber nach Tatoosh Island, einer kleinen, grasbewachsenen Felseninsel mit einem Leuchthaus aus Stein, als sie plötzlich in ihrem Rücken eine schattenhafte Bewegung wahrnahm. Sie drehte sich um, aber da war – niemand. Nur Büsche und ein paar verkrüppelte Kiefern, hinter dem Morgennebel der Wald. Sie war allein am Kap. Es war sechs Uhr morgens, für Touristen noch viel zu früh. Dennoch empfand Hanna so etwas wie Anwesenheit, ein unerklärbares Gefühl, das ihr Herz schneller schlagen ließ.

Schließlich schrieb sie die seltsame Wahrnehmung ihrer Müdigkeit zu. Die ungeheure Erwartung, die Hanna mit ihrer Rückkehr nach Neah Bay verband, hatte sie bis jetzt wach gehalten. Doch nun forderten der siebzehnstündige Flug und die anschließende Autofahrt durch die Nacht ihren Tribut.

Hanna wandte sich wieder dem Meer zu und betrachtete die Klippen von Tatoosh Island. Auf der kleinen Insel hatte sich nichts verändert, seit Jim Kachook sie hierhergeführt und ihr die Schönheit des Kaps gezeigt hatte. Es war ein strahlend blauer Maitag gewesen, der Duft des feuchten Waldes schwer und der Blick von der Steilküste eine Offenbarung.

Von drei Seiten das Meer.

Hanna erinnerte sich daran, als wäre es gestern gewesen. Dabei waren inzwischen fünf Jahre vergangen. Ihr ganzes Leben hatte sich verändert, doch hier, im kleinen Reservat der Makah-Indianer, schien die Zeit stehen geblieben zu sein.

Ein Auftrag des Völkerkundemuseums, für das Hanna als Restauratorin arbeitete, hatte sie vor fünf Jahren auf die Olympic-Halbinsel im Bundesstaat Washington geführt. Die Nordwestküstenstämme waren berühmt für ihre kunstvoll geschnitzten Masken und Wappenpfähle und das Museum plante damals eine Ausstellung über diese Region. Hanna sprach gut englisch und aufgrund zweier vorangegangener Kurierreisen ins Burke Museum in Seattle kannte sie die richtigen Ansprechpartner. Sie sollte einen indianischen Schnitzkünstler ausfindig machen, der bereit war, für drei Monate nach Deutschland zu kommen und auf dem Museumsgelände einen Pfahl zu beschnitzen. Das Entstehen des Wappenpfahls sollte die Attraktion der Ausstellung sein und Besucher aus allen Teilen des Landes anlocken.

Mit einer Liste von Namen, die man ihr im Burke Museum zusammengestellt hatte, machte Hanna sich auf den Weg, musste jedoch schon bald feststellen, dass sie mit ihrem Anliegen auf wenig Gegenliebe stieß. Keiner der Künstler, die sie auf der Olympic-Halbinsel aufsuchte, wollte sein Land und seine Familie für so lange Zeit verlassen. Schon fast am Ende ihrer Reise, verschlug es Hanna nach Neah Bay. Im kleinen Reservat der Makah-Indianer stieß sie auf Jim Kachook, einen jungen Holzschnitzer, der sich spontan bereit erklärte, den Auftrag des Völkerkundemuseums anzunehmen.

Kachook hätte seine Abreise in Ruhe vorbereiten und Hanna eine Woche später nach Deutschland folgen können, aber der Holzschnitzer wollte sofort mit ihr kommen. Einen Nachmittag lang hatte Jim sie in Neah Bay herumgeführt und unter anderem auch hierhergebracht, an diesen magischen Ort. Beinahe knöcheltief waren sie in schwarzem Schlamm versunken, um den nordwestlichsten Punkt des amerikanischen Hauptlandes zu erreichen.

Hanna hatte eine Nacht im heruntergewirtschafteten Clamshell Motel verbracht und am nächsten Morgen waren sie zusammen nach Seattle zum Flughafen gefahren

Ihr Herz zog sich zusammen. *Ich bin wieder hier.*

Dieses Mal hatte sie sich mit wasserabweisenden Schuhen und alten Jeans für die sumpfigen Abschnitte des rund einen Kilometer langen Wanderpfades gerüstet, war jedoch von einem stabilen Steg aus Zedernholzplanken überrascht worden.

Hatten die Makah beschlossen, Touristen zu tolerieren? War das Indianerreservat mit seinen landschaftlichen und kulturellen Attraktionen neuerdings für Fremde zugänglich, ohne dass sie bei ihren Erkundungen Gefahr liefen, sich den Hals zu brechen?

Es raschelte neben Hanna im Gesträuch und sie zuckte zusammen. Cape Flattery ist ein Ort der Geister, hatte Jim damals gesagt und sich über ihr skeptisches Gesicht amüsiert. Hanna fröstelte. Obwohl sie nicht viel von Übersinnlichem hielt, hatte sie immer noch das merkwürdige Gefühl, nicht allein zu sein. Als ob sie jemand beobachtete.

Unwillkürlich zog sie die Schultern nach oben. Die feuchtkalte Luft kroch in ihre Kleider und Hanna bereute, nicht ihre Windjacke über das Fleece gezogen zu haben. Die bleierne Stimmung am Kap schlug sich auf ihre Seele und erinnerte sie daran, warum sie hier war: Sie hatte den Ozean überquert, um nach Jim Kachook zu suchen. Denn Liebe hört nicht einfach auf, auch wenn man sich das manchmal sehnlichst wünscht. Sie hinterlässt Spuren, die einen wie unsichtbare Wegweiser durchs künftige Leben führen.

Hanna wandte ihren Blick von der Insel und verließ die Plattform. Sie lief ein paar Schritte den felsigen Pfad zurück, bis zu der Stelle, wo einige Holzstufen zu einer kleinen, von salzverkrusteten Bäumen und Sträuchern gesäumten Ausbuchtung führten, die ebenfalls mit einem neuem Geländer gesichert war. Sie stieg die Stufen hinab. Von hier aus konnte man die Felsenhöhlen von Cape Flattery sehen. Es waren tiefe Grotten im Basaltgestein, deren muschelbewachsener Boden selbst bei Ebbe noch von Wasser bedeckt war.

Vogelschreie drangen aus den großen Höhlen. Hanna lehnte sich über die Brüstung, um besser in die vordere Höhle hineinsehen zu können. Von Jim wusste sie, dass hier große Seevögel nisteten. Die Jungen schrien, wenn ihre Eltern mit Nahrung in den Schnäbeln vom Meer zurückkehrten.

Hanna seufzte. An diesem Ort drängte die Sehnsucht der letzten Jahre mit aller Macht an die Oberfläche. Tränen brannten in ihren Augen und die Kehle wurde eng. Sie nahm das leise Knarren gar nicht wahr, die kaum hörbare Warnung des Materials, bevor es unter ihrem Gewicht nachgab und wegrutschte. Das nagelneue Geländer löste sich in seine Einzelteile auf. Instinktiv drehte Hanna sich um ihre eigene Achse und versuchte, nach einem rettenden Ast zu greifen – vergeblich.

Ihr Schrei glitt über das Wasser wie ein flacher Stein, der erst einige Male wieder aus der Oberfläche springt, bevor er in endgültigen Tiefen versinkt. Hannas Hände klammerten sich in wildes Gestrüpp, das aus einer Felsspalte wuchs, ihre Füße suchten verzweifelt nach einem Halt. Zentimeter für Zentimeter rutschte sie weiter nach unten. Die kleine Ausbuchtung war schon mehr als einen Meter über ihr, der Meeresspiegel zehn Meter unter ihr.

Ich werde sterben.

Hanna schrie nicht mehr. Keiner würde sie hören an diesem einsamen Ort – nicht zu so früher Stunde. Zwischen dem drohenden Aussetzen der Sinne und ihrer wilden Angst lag eine Welt von Bildern, die in einem wahllosen Durcheinander auftauchten. Sequenzen aus ihrer Kindheit, Lachen und Weinen. Eindrücke von Zärtlichkeit und von Einsamkeit. Das Fieber seelischer Verwundung. Dann sah sie sich selbst wie in einem Spiegel, nackt und hilflos. Verzweifelt bäumte sie sich dagegen auf.

Durch die jähe Bewegung rutschte Hanna wieder ein Stück und das holte sie in die Realität zurück. Das Gesträuch, in das sie sich klammerte, hatte biegsame Zweige und kräftige Wurzeln, aber sie würden ihr Körpergewicht nicht ewig halten. Ihr war nur eine kurze Pause vergönnt. Zeit, um sinnlos darüber nachzudenken, was aus ihrer Tochter Ola werden würde, wenn sie von dieser Reise nicht lebend nach Hause zurückkehrte.

Hanna wagte einen kurzen Blick über ihre Schulter nach unten. Sie hing direkt über muschelbewachsenen Uferfelsen, freigelegt durch die Ebbe. Der sichere Tod.

Ein unmenschlicher Laut kam aus ihrer Kehle.

Das war nicht fair. Jedenfalls nicht auf diese Weise. Gerade jetzt, wo sie dabei war, Ordnung in ihr Leben und das ihrer Tochter zu bringen.

Ich darf nicht sterben.

Wer sollte Ola von ihrem Vater erzählen – oder von diesem

Ort am Ende der Welt, aus dem er stammte? Wer würde Jims Tochter von ihren indianischen Vorfahren, den Walfängern, Lachsfischern, Holzschnitzern und Korbflechtern berichten? Wer, wenn nicht sie?

Tränen liefen über ihre Wangen. Zentimeter für Zentimeter gab die Felsspalte die Wurzeln des Strauches frei und Hanna rutschte nach unten.

Plötzlich hörte sie einen Ruf. Hanna glaubte, einer Halluzination erlegen zu sein, doch die Hoffnung war wieder da und sie schrie, so laut sie konnte, um Hilfe.

»Bleiben Sie ganz ruhig«, drang eine Männerstimme von unten zu ihr herauf. »Nicht bewegen! Ich helfe Ihnen.«

Während Hanna sich panisch festkrallte, versuchte sie herauszufinden, wo der Mann stand. Doch ein paar Haarsträhnen hatten sich aus dem Gummi gelöst, sie klebten an ihrer feuchten Stirn und nahmen ihr jede Sicht.

»Beeilen Sie sich!«, brüllte sie.

Es kam ihr wie eine Ewigkeit vor, bis der Mann sich wieder meldete.

»Hören Sie mir gut zu und machen Sie genau, was ich sage.«

»Okay.« Sie versuchte, die Haarsträhnen aus ihrem Gesicht zu pusten, aber es funktionierte nicht.

»Stoßen Sie sich mit den Beinen von der Felswand ab und springen Sie, so weit Sie können, nach links. Dort ist eine tiefe Stelle.«

Ein Gurgeln drang aus Hannas Kehle. *Springen?* Der einzige Mensch, der ihr helfen konnte, schien hoffnungslos verrückt zu sein.

»Niemals!«, schrie sie. Angst schnürte ihre Kehle zu und erstickte ihr verzweifeltes Schluchzen. Ihre Kräfte ließen nach.

»Es ist Ihre einzige Chance«, rief der Mann ungeduldig. »Machen Sie schon! Die Wurzel hält Sie nicht mehr lange.«

Hanna schüttelte den Kopf. »Ich kann nicht.« Ich kann keinem verrückten Fremden mein Leben anvertrauen.

»Nicht nachdenken, okay? Das Meer wird Sie auffangen.«

Die Wurzeln des Strauches gaben erneut ein Stück nach und Hanna stöhnte leise auf.

»Springen Sie, verdammt noch mal!«

Mit einem grausam endgültigen Geräusch lösten sich die Wurzeln aus der Felsspalte. In letzter Sekunde stieß Hanna sich mit dem rechten Bein kräftig nach links vom Felsen ab und – sprang.

Sie fiel nur kurz. Das Wasser schlug über ihr zusammen und die Kälte drückte ihr die Luft aus den Lungen. Es hat funktioniert, schoss es ihr durch den Kopf, dann dachte sie nichts mehr. Es war unerwartet still um sie herum – wie unter einer Glocke aus Glas. Dahinter eine andere Welt, ein Rausch aus Farben. Die Zeit schien langsam zu werden und die Kälte spürte sie nicht mehr. Grün schillernde Hände griffen nach ihr und zogen sie auf den Grund.

Das Meer nahm Hanna in die Arme. Es war so einfach, sich gehen zu lassen. Schwerelos trieb sie dahin, spürte, wie ihr Körper sich aufzulösen begann und wie sie eins wurde mit der Welt unter Wasser. In ihrem Inneren war es ein beruhigendes Gefühl: am Ende dorthin zurückzukehren, wo alles Leben einst begonnen hatte. Die Schwerkraft der Farben war beglückend. Sie würde zum Ufer der Stille gelangen. Ihr Körper als Gegengabe für immerwährenden Frieden. Wenn sich der Tod so anfühlt, dann hatte sie keine Angst vor ihm.

Kräftige Finger, warm und sehr lebendig, packten Hanna derb unter den Achseln und holten sie zurück ans Licht. Über der Wasseroberfläche machte sie einen schmerzhaften Atemzug, hustete und schlug prustend um sich. Jemand klemmte ihre Arme fest und ging dabei nicht zimperlich mit ihr um. Gegen diese Kraft hatte sie keine Chance.

»Es ist vorbei«, sagte die Männerstimme dicht an ihrem Ohr. »Atmen Sie.«

Hanna hörte auf, sich zu wehren, und versuchte zu tun, was von ihr verlangt wurde. Sie blinzelte gegen das Brennen in ihren Augen an. Der Mann, der sie fest umklammert hielt, hatte dunkle Haut und schwarzes Haar. Mit einem Arm hielt er sie über Wasser, schwamm mit ihr zum muschelbewachsenen Felsen und zog sie hinauf. Er lehnte ihren Oberkörper so vorsichtig gegen eine Felswand, als wäre sie zerbrechlich.

»Sind Sie in Ordnung?«, fragte er besorgt.

Hanna wollte etwas sagen, aber sie musste husten und spuckte salzigen Schleim.

Nichts ist in Ordnung. Ich wäre beinahe gestorben.

Brennende Flüssigkeit rann ihr aus der Nase. Sie hatte Meerwasser in die Nebenhöhlen bekommen, vermutlich eine ganze Menge.

Der Indianer kniete neben ihr. »Tut Ihnen etwas weh?«

Sie schüttelte den Kopf, begann aber auf einmal, am ganzen Körper unkontrolliert zu zucken.

Der Mann nahm sie an den Schultern und drückte sie sanft aber bestimmt gegen die Felswand – bis das Zittern aufhörte. »Schon gut!«, versuchte er, sie zu beruhigen. »Es ist nichts passiert. Ziehen Sie Ihre nasse Jacke aus und bewegen Sie sich ein bisschen.« Er ließ Hanna los. Sie sah, dass er barfuß war. Vorsichtig stieg er über die Muschelbänke wieder in die Bucht. »Ich hole nur schnell das Boot«, sagte er, schon halb im Wasser, »dann bringe ich Sie ins Trockne.«

Sie blickte ihm nach und ihre Zähne begannen zu klappern. Zum Glück war das Meer ruhig. Die Morgennebel hatten sich verzogen und langsam fing die Sonne an zu wärmen. Der Indianer schwamm zum Boot, das in einigen Metern Entfernung auf den Wellen dümpelte, und schwang sich hinein.

Mit einem Mal waren Hannas Gedanken wieder vollkommen klar und der Schock ließ nach. *Ich lebe noch.*

Sie versuchte, ihre Glieder zu bewegen. Ganz langsam. Erst die Finger, die Handgelenke, dann beide Arme. Die Zehen und Fußgelenke. Sie streckte erst ein Bein, dann das andere. Die Bewegungen bereiteten ihr keine Schmerzen. Nichts war gebrochen. Das Meer hatte sie tatsächlich aufgefangen.

Hanna beugte sich nach vorn und ihr Blick wanderte über die Trauben blauschaliger Muscheln, deren Ränder scharf wie Messer waren. Ohne diesen Mann und seine verrückte Anweisung wäre sie jetzt tot. Hanna schob den Gedanken weit von sich. Sie schlang die Arme um ihre Beine, legte den Kopf auf die Knie und schloss die Augen.

»Alles klar bei Ihnen?«

Hanna hob den Kopf. Sie hatte jegliches Zeitgefühl verloren. Wie lange hatte der Indianer gebraucht, um das Boot zu ihrem Felsen zu manövrieren? Fünf Minuten? Fünfzehn?

Er half ihr einzusteigen. Hanna klammerte sich an seiner Hand fest, bis sie auf der Bank im Bug saß. Das Boot, ein alter Blechkahn, roch nach Tang und Fisch. Neben einem Netz und einer Angel lagen zwei Teile der kaputten Brüstung, die er aus dem Wasser gefischt hatte. Zu ihren Füßen entdeckte Hanna ein Messer. In einem zerkratzten Plastikeimer die Ausbeute: schwarz schimmernde Miesmuscheln.

»Das war knapp«, sagte der Indianer und rubbelte sich mit einem alten Handtuch über seine nassen Haare.

Unwillkürlich wanderte Hannas Blick die Felswand hinauf und sie schauderte. Noch immer konnte sie nicht glauben, was soeben passiert war. Dieses Geländer hatte nagelneu ausgesehen und doch hatte es unter ihrem Gewicht nachgegeben. Sie sah die Stelle, wo die Wurzeln des Strauches sich aus der Felsspalte gelöst hatten.

»Ich bringe Sie ins Krankenhaus, okay?«

»Ins Krankenhaus?«, stieß Hanna hervor. Ihr Blick glitt über das Gesicht ihres Retters: länglicher Schädel mit hoher Stirn, schräge Augen, volle Lippen, die Nase gerade und schmal. Seine dichten schwarzen Augenbrauen erinnerten sie an die Schwingen eines Adlers, der zum Flug ansetzt.

»Vielleicht haben Sie sich verletzt.«

Sie schüttelte vehement den Kopf. »Nein, ich bin in Ordnung.«

»Sicher?« Der Indianer runzelte die Stirn und sah sie mit wachsender Skepsis an.

Sie konnte es ihm nicht verdenken. Vermutlich hatte er sich seinen Vormittag auch anders vorgestellt.

»Ja, ganz sicher. Mein Wagen steht oben am Kap. Können Sie mich irgendwie dorthin zurückbringen?«

Offensichtlich erleichtert, nickte er. »Wohnen Sie im Motel?«

»Ja . . . das heißt, ich habe es vor. Als ich heute früh in Neah Bay ankam, schlief alles noch.«

Die Falten auf seiner Stirn wurden noch tiefer.

»Besser, Sie ziehen die nasse Jacke aus.« Er drehte sich um und ließ den Außenbordmotor an. Eine leichte Benzinwolke stieg Hanna in die Nase. Als er sich ihr wieder zuwandte, sagte er: »Ich heiße übrigens Greg.«

»Hanna.« Sie versuchte ein Lächeln. »Danke, dass Sie mir geholfen haben.«

Greg erwiderte ihr Lächeln nicht. Es war nahezu unmöglich, seinem Gesicht zu entlocken, was er dachte.

Das Boot tuckerte aus der kleinen Bucht. Hanna quälte sich aus der nassen Fleecejacke, was mit ihren klammen Fingern gar nicht so leicht war. Ihr Anblick musste jämmerlich sein: T-Shirt und Jeans trieften, ihre Schuhe hatten sich voll Wasser gesogen und das nasse Haar klebte ihr am Kopf.

Das Allerschlimmste war jedoch die Kälte.

Hanna schlang ihre Arme um die Brust, aber dadurch wurde ihr auch nicht wärmer. Wenn sie nicht schnell aus den nassen Kleidern herauskam, würde sie sich eine dicke Erkältung holen. Die Wassertemperatur war gefährlich kalt gewesen.

Neah Bay ist ein Ort, wo der Ozean auch im Sommer kalt ist, hatte Jim gesagt. Jetzt wusste sie, was er gemeint hatte. Sie musste niesen und hielt sich beide Hände vors Gesicht.

Greg langte hinter den Sitz und reichte ihr eine dunkelgrüne Windjacke. Die Jacke roch nach Fisch, aber als Hanna sie um ihre Schultern legte, stellte sie fest, dass sie auf der Innenseite gefüttert war. Dankbar sah sie ihren Retter an. Das weiße T-Shirt klebte wie eine zweite Haut an seiner Brust und Hanna starrte auf seine muskulösen braunen Arme. Noch jetzt spürte sie den harten Griff seiner Hände unter ihren Achseln.

Sie zog die Jacke vor ihrer Brust zusammen. Greg schaute sie nicht an. Er steuerte das Boot nach links um die Landspitze herum. Sein Ziel war ganz offensichtlich nicht Neah Bay, sie fuhren in Richtung Süden.

Wo brachte er sie hin?

Ein neuer Kälteschauer kroch ihren Nacken hoch und sie musste wieder niesen. Ihr Blick fiel auf das Messer zu ihren Füßen und auf einmal fühlte Hanna sich wie die Muscheln im Eimer: als Beute. Vielleicht hatte der Indianer sie nur aus dem Wasser gefischt, um . . .

Mach dich nicht lächerlich, okay!

Hanna schätzte Greg auf Anfang dreißig. Bestimmt war er verheiratet und hatte eine Schar Kinder. Doch als sie den Eimer mit den Muscheln ansah, schwand ihre Zuversicht. Damit konnte man keine Familie ernähren. Das war die Ausbeute eines einsamen Feinschmeckers.

»Wohin bringen Sie mich?«, fragte Hanna, entschlossen, sich nicht von ihren Ängsten verrückt machen zu lassen.

»Sie müssen so schnell wie möglich Ihre nassen Kleider loswerden, sonst holen Sie sich den Tod«, sagte Greg. »Mein Haus steht am Sooes Beach. Dort können Sie sich aufwärmen. Danach bringe ich Sie zurück zu Ihrem Wagen.« Seine Mundwinkel zuckten spöttisch, als er ihre krampfhaft ineinander verschlungenen Finger sah. »Keine Angst, ich habe nicht vor, Sie als Nachtisch zu verspeisen.« Kleine Funken sprühten aus seinen dunkelbraunen Augen.

Ein mattes Lächeln huschte über Hannas Gesicht. Sie hatte gehofft, er würde ihre Gedanken *nicht* lesen können.

Die felsige, von Klippen beherrschte Küste schien endlos. Sie war von rauer, nackter Schönheit. Überall Vogelnester. Auf einer Klippe entdeckte Hanna eine Robbe mit ihrem Jungen. Der Steilküste folgte eine Bucht mit einer Flussmündung. Das musste der Waatch River sein. Weiter hinten, versteckt hinter Bäumen, graue Holzhäuser. Hanna kramte in ihrem Gedächtnis: die Siedlung Waatch.

Nach der Flussmündung begann ein langer Strand. Eine Frau war mit ihrem Hund unterwegs. Das war Hobuck Beach mit seinem Campingplatz. Wenig später tuckerte das Boot an einer sandigen Landzunge vorbei, die die Form eines Halbmondes hatte.

Das alles war wunderschön, aber Hanna fror immer mehr. Sie wollte gerade fragen, wo denn nun das rettende Haus stand, als sie im Küstenwald etwas blinken sah und Greg das Boot an Land steuerte. Er half Hanna heraus, klappte den Außenbordmotor nach oben und zog das Boot so weit auf den Strand, dass die Flut es nicht mehr erreichen konnte. Dann holte er das Messer und den Muscheleimer aus dem Boot.

»Kommen Sie«, sagte er, »es ist nicht mehr weit.«

Greg lief voran. Sein Gang war schwankend, als wäre er betrunken, bis Hanna merkte, dass er leicht humpelte. Hoffentlich hatte er sich bei seinem Rettungsmanöver nicht am Bein verletzt.

Sie folgte dem Indianer über den Strand, vorbei an wirren Haufen von Treibholz und zwischen großen entwurzelten Stämmen hindurch. Sonne und Salzwasser hatten das Holz silbrig grau ausbleichen lassen. Gespenstisch ragten die mächtigen Wurzeln in den Himmel. Wie gewaltig mussten die Kräfte gewesen sein, die diese Bäume aus ihrer Verankerung gerissen hatten?

Hanna blieb kurz stehen. Obwohl sie nass war und fror, umfing sie die Magie dieses Landes, einer Welt, die sie nur aus Jims Erzählungen kannte. Doch das Gefühl verflüchtigte sich auf der Stelle, als sie an ihren Zustand dachte und daran, dass sie hergekommen war, um einen Strich unter ihre Wünsche und Erinnerungen zu ziehen, die mit diesem Land verwoben waren.

Mit schnellen Schritten lief sie weiter und entdeckte schließlich ein an den Hang gebautes, durch Fichten geschütztes Haus, auf das Greg geradewegs zusteuerte. Es war ein einfacher Holzkasten mit flachem Satteldach und einer großen Veranda, die zum Meer zeigte. Die verwitterten Zedernplanken hatten keinen Anstrich. Befestigt an der Veranda ragte ein imposanter Hauspfahl aus der Erde, der verschiedene stilisierte Wappentiere zeigte. Hanna erkannte einen Wal, einen Bären, Rabe und Otter und ganz oben saß ein Wolf, der einen kleinen Menschen hielt.

Ein heftiger Stich fuhr durch ihre Brust und nahm ihr für einen Moment den Atem. Dieser Pfahl sah aus, als wäre er unter Jims Händen entstanden. Die Tierfiguren waren in ihre Bestandteile zerlegt und nach festen Gesetzmäßigkeiten wieder zusammengefügt worden. Der Künstler hatte zwischen den einzelnen Figuren keinen Abstand gelassen – aber das war nicht nur typisch für Jims Arbeitsweise, es gehörte zur künstlerischen Tradition dieses Volkes. Den indianischen Malern und Schnitzern der Nordwestküste wurde ein ausgeprägter *Horror vacui* – eine Scheu vor leeren Flächen – nachgesagt.

Doch bei diesem Pfahl wies jede der Figuren eine Verbindung zur anderen auf. Die Klauen des Wolfs verschmolzen mit den Flügeln des Raben, die Beine des Otters wurden zu den Armen des Bären und die Rückenflosse des Wals verschwand im Bauch des Bären. Das war typisch für Jims Arbeitsweise. Auf diese Art verdeutlichte er die Fähigkeit der Figuren zur Transformation.

Wie gebannt starrte Hanna auf den Pfahl. Sie hatte das Gefühl, als würde Jim Kachook jeden Moment dahinter auftauchen. Sie musste nur stehen bleiben und auf ihn warten.

Schließlich gab sie sich einen Ruck und folgte Greg die Stufen hinauf zur Veranda. Es war ganz normal, dass dieser Hauspfahl sie an Jims Arbeiten erinnerte. Jim stammte schließlich aus Neah Bay und hier hatte er auch das Schnitzen gelernt. Sein Meister, Matthew Ahousat, war ein angesehener Mann, ein bekannter Holzschnitzer. Vermutlich hatte der Meister neben seiner Kunst und seinen Fertigkeiten auch ein paar stilistische Eigenheiten an Jim weitergegeben.

Greg schloss die Eingangstür auf und ließ Hanna hinein. Von außen hatte das Haus den Eindruck einer primitiven Fischerhütte gemacht, aber das Innere war unerwartet geräumig und bot allen Komfort, den man zum Leben brauchte. Sie standen in einer offenen Diele, von der aus vier Holzstufen in den tiefer liegenden Wohnraum führten. Ein großes Panoramafenster, das bis auf den Boden reichte, öffnete den Blick zu einer sandigen Bucht.

Nachdem Greg sich ächzend seiner Turnschuhe entledigt hatte, öffnete er eine Tür rechts neben ihr, die in ein voll ausgestattetes Badezimmer führte.

»Nehmen Sie ein heißes Bad«, sagte er, »damit Sie warm werden. Saubere Handtücher sind im Regal.«

Unschlüssig stand Hanna in der Tür und blickte sehnsüchtig auf die Badewanne.

Greg wurde allmählich ungeduldig. »Nun machen Sie schon. Die Tür hat einen Riegel.«

Riegel war das Zauberwort. Hanna zerrte ihre Schuhe von den Füßen und verschwand im Bad. Sie schloss die Tür ab und quälte sich aus ihren nassen Kleidern. Fünf Minuten später saß sie in der Wanne, erholte sich von dem Schrecken und wärmte ihre Glieder. Schaumkronen türmten sich auf der Oberfläche. Als sie das Wasser abdrehte, hörte sie Greg in der Diele mit jemandem sprechen.

»Ich weiß, dass das Geländer neu war, Oren. Aber sie ist nun mal da runtergefallen … Nein, sie ist okay … nichts passiert.«

Eine Pause entstand und Hanna wurde klar, dass Greg telefonierte. Vermutlich sprach dieser Oren (wer auch immer das war) am anderen Ende der Leitung.

»Ja, verdammtes Glück«, erwiderte ihr Retter. »Sie ist nur ein Fliegengewicht, sonst hätten die Wurzeln viel eher nachgegeben und sie wäre auf die Uferfelsen geschlagen. Du musst den Pfad zum Kap schnellstens absperren lassen, Chief.«

Hanna hörte Greg laut niesen, danach war es still. Er hatte aufgelegt.

Fliegengewicht, dachte sie empört.

Aber das Telefonat hatte ihre letzten Ängste, in die falschen Hände geraten zu sein, zerstreut. Offenbar hatte Greg mit dem örtlichen Hüter des Gesetzes gesprochen. Mit ihrem Misstrauen hatte sie sich lächerlich gemacht. Hanna hoffte, Greg würde es nicht persönlich nehmen.

Hanna spürte, wie sich ihr Körper im heißen Wasser langsam entkrampfte. Die Spannung in Rücken und Nacken löste sich und zuletzt auch in ihrem Kopf. Sie hätte ewig so liegen bleiben können, in diesem duftenden, warmen Mikrokosmos, losgelöst von der realen Welt. In diesem Moment war Deutschland so weit weg, als hätte sie es schon vor einer Ewigkeit verlassen und nicht erst am Tag zuvor.

Während sie sich abtrocknete, sah sie sich im Badezimmer um. Sie hatte recht gehabt mit ihrer Vermutung – augenscheinlich lebte Greg allein. Keine Spur von einer Frau oder Kindern im Badezimmer. Auf der Ablage vor dem Spiegel lagen eine Zahnbürste und Rasierzeug. Sie suchte nach einem Föhn, fand aber keinen und in den Schränken wollte sie nicht nachsehen.

Barfuß und nur bekleidet mit einem dunkelblauen Bademantel, der so groß war, dass sie beinahe darin verschwand, machte Hanna sich auf die Suche nach ihrem Lebensretter. Auf der anderen Seite der Diele entdeckte sie die Küche mit einer modernen Küchenzeile, einer Abzugshaube über dem Herd und einem Geschirrspüler. An Haken über der Arbeitsplatte hingen sauber geschrubbte Töpfe, denen man den häufigen Gebrauch ansah. Auf dem Herd grummelte ein Teekessel vor sich hin.

Sie fand Greg, wie er vor dem Kamin im offenen Wohnraum kniete und Treibholzstücke auf die Flammen schichtete. Das Feuer prasselte und der herbe Duft von Zedernholz und Meer breitete sich aus. Die Flammen auf den ausgeblichenen Holzstücken züngelten bläulich.

Dieser Mann konnte wirklich Gedanken lesen. Ein Kaminfeuer war genau das, was sie jetzt brauchte. Greg stützte seine Hände auf die Oberschenkel und erhob sich. Als sein Blick auf

Hanna fiel, umspielte ein Lächeln seine Lippen. »Der Bademantel steht Ihnen.«

Hanna wurde rot, was ihn noch mehr zu amüsieren schien. Greg hatte sich umgezogen, er trug saubere Jeans und ein langärmeliges schwarzes Baumwollhemd mit dem Aufdruck eines alten Fotos, das eine Gruppe Indianer mit Gewehren zeigte. Darunter stand »Homeland Security«.

»Setzen Sie sich ans Feuer, ich bringe Ihnen einen heißen Tee«, sagte er.

Hanna kauerte sich in einem der beiden Ledersessel zusammen, die direkt vor dem Kamin standen, sodass die Wärme des Feuers ihren Körper bestrahlte und ihre Haare trocknen würde.

Greg verschwand in der Küche und kam mit zwei großen Keramikbechern zurück, die mit Motiven der Nordwestküste bedruckt waren. »Hier«, sagte er und reichte Hanna einen Becher. »Der Tee wird Sie von innen wärmen.«

»Danke.« Hanna legte ihre Hände um den Becher und ließ den Tee ein wenig abkühlen, bevor sie ihn kostete. Er schmeckte nach Brombeerblättern und Greg hatte ihn mit Honig gesüßt, was sie rührend fand.

»Besser?« Er setzte sich auf die Lehne des anderen Sessels und trank einen Schluck aus seiner Tasse. Seine Haare waren fast trocken und fielen ihm in Strähnen auf die Schultern. Er sah gut aus, aber das sollte sie nicht denken – nicht in dieser absurden Situation.

»Ja, mir geht es bestens.« Hanna nippte von ihrem Tee und genoss die heiße Süße. »Sie haben mir das Leben gerettet, Greg. Ich bin Ihnen unendlich dankbar.«

Auch dafür, dass Sie mich nicht zum Nachtisch verspeist haben.

Greg winkte ab. »Ich muss mich bei Ihnen bedanken. Wenn

Sie nicht so mutig gesprungen wären, hätte ich eine Menge Scherereien gehabt.«

»Scherereien haben Sie trotzdem mit mir«, meinte Hanna zerknirscht. »Tut mir leid, dass ich nicht gleich auf Sie gehört habe. Ich hatte furchtbare Angst und konnte nicht glauben, dass es funktionieren würde.« In Wahrheit konnte Hanna es immer noch nicht fassen, dass sie den Sprung völlig unbeschadet überlebt hatte.

»Sie haben keinen Laut von sich gegeben, als Sie gefallen sind«, sagte Greg und musterte sie eindringlich.

Sie hielt seinem Blick stand. »Ich habe versucht, die Luft anzuhalten. Aber unter Wasser hatte ich auf einmal keine mehr.«

»Das war der Schock«, sagte er.

Hanna hatte ihren Tee ausgetrunken und Greg fragte, ob sie noch einen zweiten Becher wollte.

»Gerne.« Sie lächelte ihn an. »Er wärmt tatsächlich von innen.«

Greg nahm ihren Becher und ging in die Küche. Hanna ließ ihren Blick durch den spärlich eingerichteten Raum gleiten. Die Wände waren in Holz belassen worden und auch der Boden bestand aus einfachen Dielen. Zwei breite Holzpfeiler stützten den Dachaufbau. Sie waren mit Schnitzereien verziert, aber nicht bemalt, genauso wie der Pfahl draußen vor dem Haus.

Der Kamin nahm viel Platz ein und prall gefüllte Bücherregale bedeckten die gegenüberliegende Seite. Die dritte Wand wurde fast vollständig von dem Panoramafenster eingenommen, das man nicht sah, wenn man direkt vor dem Haus stand. Die dicke Scheibe war mindestens vier Meter breit und drei Meter hoch. Auf den Dielen davor lag ein auffallend schöner Webteppich, ungeheuer dick und in Pastellfarben gemustert. Es war eine Navajoarbeit aus Arizona, ein besonders wertvolles Stück, wie Hanna zu erkennen glaubte.

Ihr Blick schweifte über die Einrichtung, den niedrigen Tisch, einen großen LCD-Fernseher, die Stereoanlage. Ein paar CDs lagen daneben auf dem Boden. Bob Dylan, die Rolling Stones, John Trudell, Led Zeppelin.

Greg kam zurück und reichte Hanna den dampfenden Teebecher. Sie nahm ihn entgegen und bedankte sich.

»Wohnen Sie ganz allein hier?« Hanna sah aus dem Fenster aufs Meer hinaus. Der Wind hatte aufgefrischt und auf der Brandung trieben Schaumkronen. Die Wolken brachen auf und schoben sich wieder zusammen. Sie wechselten ständig ihre Farben und Formationen.

»Ich wohne mit meinem Vater zusammen. Er hat dieses Haus selbst gebaut.«

Gefesselt von den wechselnden Bildern hinter der Scheibe, reagierte Hanna nicht gleich auf Gregs Antwort. Erst nach einer Weile wurde sie sich ihres eigenen Schweigens bewusst. »Was?« Irritiert blickte sie ihn an.

»Sie haben mir gerade eine Frage gestellt«, erinnerte er sie verwundert.

»Tut mir leid, aber für einen Moment war ich so gebannt von diesem Ausblick, dass ich . . . Sie und Ihr Vater, sagten Sie?«

»Ja. Mein Vater und ich.«

War da ein bitterer Unterton in seiner Stimme gewesen? Sie sah ihn an, aber seine Miene war ausdruckslos. »Wäre dies mein Haus«, sagte sie, »würde ich vermutlich den ganzen Tag auf diesem wunderschönen Teppich liegen und nichts anderes tun, als auf den Ozean hinauszustarren.«

Greg folgte ihrem Blick. »Ich bin lieber unten am Strand und lasse mir den salzigen Wind um die Nase wehen.« Er erhob sich und hockte sich vor den Kamin, um mit einem eisernen Haken die Glut zusammenzuschieben und neues Holz nachzulegen. »Ach, übrigens habe ich unserem Polizeichef gemeldet, was passiert ist«, wechselte er das Thema. »Das Geländer muss schnellstens repariert werden. Der Chief war sehr besorgt, dass es Gerede geben könnte.«

Gerede?

»Was für Gerede meinen Sie?«

»Na ja«, Greg hob die Schultern, »einige von uns versuchen gerade, Neah Bay ein wenig attraktiver für Touristen zu gestalten. Wissen Sie, die meisten Leute hier leben vom Fischfang. Aber die Ausbeute wird immer spärlicher, weil ausländische Fangflotten und Sportfischer uns unsere Fischgründe streitig machen. Kunsthandwerk und Tourismus sind eine Chance, das auszugleichen. Wir leben hier ziemlich isoliert vom Rest der Welt, das macht es nicht leichter. Wenn die Sache mit dem Geländer erst publik wird, dann . . .« Greg atmete hörbar ein und setzte sich in den anderen Sessel.

»Keine Sorge, ich werde schweigen wie ein Grab. Es ist ja nichts passiert.«

Er sah ins Feuer, doch sein skeptischer Blick war ihr nicht entgangen.

»Was ist denn?«, fragte sie. »Glauben Sie mir nicht?«

»Sie wollen kein Schmerzensgeld verlangen?«

»Nein, mir tut ja nichts weh. Am liebsten würde ich die ganze nasse Angelegenheit so schnell wie möglich vergessen. Schließlich bin ich nicht den weiten Weg aus Deutschland hierhergekommen, um mich mit Anwälten herumzuschlagen.«

Sie schüttelte den Kopf und lehnte sich in ihrem Sessel zurück. Dass Greg sich über solche Dinge Gedanken machte, amüsierte sie. Andererseits musste er sie für eine gewöhnliche Touristin halten und konnte nicht wissen, warum sie den weiten Weg aus Deutschland wirklich gemacht hatte.

2. Kapitel

Deutschland.

Greg Ahousat hatte plötzlich das Gefühl, nicht mehr atmen zu können. Hanna war Deutsche, und das änderte alles.

Dass sie keine Amerikanerin war, hatte er sich bereits denken können. Ihr Englisch war gut, aber er hatte gemerkt, dass es nicht ihre Muttersprache war. Dass sie jedoch ausgerechnet aus Deutschland kam, traf ihn wie ein Schlag in die Magengrube. Greg fühlte, wie Zorn an einer wunden Stelle aufstieg, und er wusste, dass er nichts, aber auch gar nichts dagegen tun konnte.

»Gut.« Abrupt sprang er auf. »Wenn Sie mir den Autoschlüssel geben, dann hole ich Ihren Wagen, damit Sie an Ihre Sachen kommen und sich umziehen können.«

Und aus meinem Haus verschwinden, fügte er stumm hinzu. Plötzlich wollte er Hanna so schnell wie möglich loswerden.

Sie schien seinen Stimmungswechsel nicht bemerkt zu haben. »Es ist ein roter Chevy Casanova«, sagte sie, »einen Moment, ich hole den Schlüssel.«

Sie verschwand im Bad, kehrte aber wenig später mit zerknirschtem Gesicht in die Diele zurück. »Tut mir leid, aber der Schlüssel muss mir während des Sturzes aus der Tasche gefallen sein. Er ist nicht mehr da. So ein verdammter Mist.« Sie kaute auf ihrer Unterlippe und ihre grünen Augen funkelten ärgerlich.

Es ist nicht ihre Schuld, dachte Greg. Und trotzdem – er verspürte keine Lust mehr, etwas Mitfühlendes zu sagen. »Auch das noch«, erwiderte er und musterte die Deutsche kühl. Auf einmal sah er sie mit ganz anderen Augen. Ihr von der Hitze des Feuers gerötetes Gesicht war von unzähligen winzig braunen Punkten übersät, die sich auf der Nase konzentrierten.

Greg dachte an die Maske eines indianischen Künstlers, die er vor ein paar Jahren im Burke Museum gesehen hatte. Sie war aus Holz geschnitzt und stellte einen Weißen mit braunen Sonnenflecken im Gesicht dar. Die dunklen Punkte bestanden aus Perlmuttsplittern, die in das Holz eingelegt waren. Die Maske war bemalt gewesen. Helle Haut und rotes Haar.

Alles wiederholt sich, dachte er.

Nur mit Mühe vermochte Greg, seinen Unmut zu verbergen. »Ich fahre zum Kap, mal sehen, was sich machen lässt«, rang er sich ab. »Wenn das Telefon klingelt, lassen Sie es klingeln. Alles, was Sie zu tun haben, ist, das Feuer in Gang zu halten.« Er hörte die Feindseligkeit in seiner Stimme und wollte nur noch weg.

»Danke«, sagte Hanna, die immer noch nichts von seinem Stimmungsumschwung bemerkt zu haben schien. »Der Schlüssel hat einen ziemlich auffälligen roten Plastikanhänger. Ein Werbegeschenk von einer Computerfirma. Ich habe ihn gleich angebracht, nachdem ich den Wagen abgeholt hatte, weil ich meine Schlüssel immer verlege.«

Greg nickte und verließ das Haus. Während der Fahrt zum Kap versuchte er, seinen Zorn und seine Abneigung zu bekämpfen, um seine Objektivität wiederzuerlangen.

Doch es wollte ihm nicht gelingen.

Hanna kam aus Deutschland, das war Grund genug, ihr nicht zu trauen.

Oben am Kap inspizierte Polizeichef Oren Hunter die Absturzstelle. Der große stämmige Mann mit kurzem Haar und stolzem

Schnauzbart verstand die Welt nicht mehr. Kopfschüttelnd, die mächtigen Fäuste in die Hüften gestemmt, stand er da und blickte auf das dunkelblaue Meer hinunter, auf dem noch Teile des kaputten Geländers trieben. Hunter untersuchte die Teile des Geländers, die nicht ins Meer gefallen waren. Irgendetwas stimmt da nicht, dachte er. Irgendetwas, das ihm überhaupt nicht gefiel.

Chief Oren Hunter wurde in zwei Monaten sechzig und sah seiner Pensionierung entgegen. Für den Rest seines Berufslebens hatte er es sich zur Aufgabe gemacht, jeglichen Aufruhr zu vermeiden, der nichts als Ärger nach Neah Bay brachte. Denn Ärger hatte er schon mehr als genug. Der Bau des Steges und der Aussichtsplattform am Kap war im Rat genauso heiß umstritten gewesen wie der Bau des Jachthafens. Einige Makah wollten, dass in ihrem Reservat alles so blieb, wie es war.

Jahrelang war der Tourismus für die Makah nicht mehr als ein notwendiges Übel gewesen. Das einzige Motel von Neah Bay war so heruntergekommen gewesen, dass es in keinem Reiseführer auftauchte. Die Ausschilderung im Ort schaffte mehr Verwirrung als Klarheit und die abweisende Haltung der Einheimischen, die jeden Fremden als Störung empfanden, trug das Übrige dazu bei.

Nur Hartgesottene ließen sich nicht von derartigen Unannehmlichkeiten schrecken. Die Einzigen, die ein wenig Geld nach Neah Bay brachten, waren Archäologen, Ethnologen, Ornithologen, Sportfischer und eben einfache Reisende, die von den Schönheiten des Kaps erfahren hatten.

Die wirtschaftliche Situation des Reservats war prekär. Die Hälfte der Makah war arbeitslos und bekam Sozialhilfe. Viele Familien lebten unter der Armutsgrenze, denn die Jobs in Neah Bay und Umgebung waren rar.

Ein Dutzend Männer und Frauen arbeitete im Clallam-

County-Gefängnis. Der Stamm hatte ein paar Forstarbeiter ein-gestellt – aber die meisten Familien lebten vom Fischfang. Die Fischfabrik im Hafen lief jedoch längst nicht mehr so gut wie früher. Die Maschinen in der kleinen Konservenfabrik waren alt und gingen ständig kaputt, wodurch es laufend zu Produktionsausfällen kam. Außerdem blieben die großen Fänge immer öfter aus. Der Kuroshio, die warme, salzreiche Meeresströmung von der japanischen Ostküste, trieb nicht mehr so viele Fische wie früher in die Küstengewässer vor dem Kap.

Aus schierer Existenznot hatten die Makah entschieden, in Zukunft Touristen an der Schönheit ihres Landes und ihrer Kultur teilhaben zu lassen. Ein buntes Faltblatt, das kostenlos in jedem Touristenbüro auf der Olympic-Halbinsel auslag, pries Cape Flattery mit seinen Felsenhöhlen und der einmaligen Vogelwelt als Geheimtipp an. *Erleben Sie die Schönheit dieser abgeschiedenen Ecke der Welt!*

Mit Unterstützung des Washington State Departements of Natural Resources waren der Steg, die Plattform und die Brüstungen gebaut worden. Das Makah Museum am Ortseingang lockte mit Sonderausstellungen und Workshops. Der Strand, der lange Zeit ausschließlich von Reservatsangehörigen genutzt werden durfte, war der Öffentlichkeit zugänglich gemacht worden – allerdings nur unter strengen Auflagen. Im vergangenen Jahr war der Ausbau des Jachthafens abgeschlossen worden. Es gab Duschen, Toiletten und einen Waschsalon für die Jachtbesitzer.

Helma Ward hatte das Clamshell Motel übernommen und es mithilfe ihres Sohnes renovieren lassen. Die Investition hatte sich gelohnt, Touristen, Wissenschaftler und Bootsbesitzer nutzten gerne die sauberen und hübsch gestalteten Unterkünfte.

Die Öffnung von Neah Bay für den Tourismus war vor drei

Jahren auf einer öffentlichen Versammlung mit geringer Mehrheit entschieden worden. Die Makah wollten ihre Traditionen wahren, aber nicht in der Vergangenheit stecken bleiben. Der Beschluss änderte allerdings nur wenig an der Auffassung einiger Traditionalisten, dass Fremde im Ort und an den Stränden nichts zu suchen hatten.

Oren Hunter war sich noch nicht sicher, auf welcher Seite er wirklich stand. Als Polizeichef von Neah Bay war er verantwortlich für Gesetz und Ordnung. Aber er stammte auch aus einer angesehenen Familie, deren Mitglieder die alten Bräuche wahrten und lebendig hielten. Tradition und Fortschritt schienen hier, am Ende der Welt, unvereinbar.

War es richtig, am Alten festzuhalten, um es zu bewahren, oder war es besser, es loszulassen, um etwas Neues daraus zu machen?

Mit dem Daumen fuhr Hunter über eine Schnittstelle am Holz und bückte sich tiefer, um diesen Teil des Geländers näher zu untersuchen. Kopfschüttelnd richtete er sich wieder auf.

Ja, hier stimmte etwas nicht. Das Ganze war kein Unfall gewesen. Jemand hatte das neue Geländer präpariert, sodass es unter dem Gewicht eines Körpers nachgeben musste. Jemand hatte den Tod eines Menschen in Kauf genommen, vielleicht sogar geplant.

Hunter straffte die Schultern. Ärger hin oder her – es war sein Job, denjenigen zu finden und dafür einzusperren.

»Was macht dein Onkel denn da?«, fragte Grace Allabush, die – verborgen hinter einem Strauch – neben Joey Hunter hockte und den Polizeichef vom Rand der gegenüberliegenden Steilküste aus beobachtete.

»Keine Ahnung«, Joey zuckte mit den Achseln. »Sieht so aus, als ob das Geländer kaputtgegangen wäre.«

»Aber das ist doch erst ein paar Wochen alt.«

»Na ja, ich nehme an, aus diesem Grund ist mein Onkel da.«

Grace Allabush warf ihrem Freund einen Blick zu. Er war ein gut aussehender Junge mit feinen Gesichtszügen und klugen Augen. Sie waren so schwarz wie sein Haar, das er schulterlang trug, um zu zeigen, dass die alten Bräuche ihm etwas bedeuteten.

Doch der siebzehnjährige Neffe des Polizeichefs war keiner von diesen Eiferern, die am liebsten die alten Zeiten zurückholen würden. Joey ging auf die Highschool. Er war zwei Klassenstufen über ihr und Grace wusste, dass er das Lernen sehr ernst nahm. Er wollte studieren und später Anwalt werden.

Letzteres imponierte Grace. Aber viel wichtiger war ihr, dass Joey nach dem Studium hierher zurückkommen wollte, nach Neah Bay, wo er sein ganzes bisheriges Leben verbracht hatte.

Sie hatte sich in ihn verliebt, weil er anders war als die meisten Jungs im Ort. Er war kein Schwätzer, kein Angeber. Von Alkohol und Drogen hielt er sich fern, sonst hätte sie sich gar nicht erst mit ihm eingelassen. Joey Hunter war klug, fair und ernst. Ein bisschen zu ernst, wie sie manchmal fand.

Grace kannte all seine Geheimnisse und er ihre. Beide trugen eine Bürde aus der Vergangenheit mit sich herum, aus einer Zeit, in der sie noch gar nicht geboren waren. Seit drei Monaten waren sie nun schon zusammen, aber weder Joeys Mutter noch Grace' Urgroßmutter Gertrude wussten etwas davon. Grace fürchtete, ihre Granny könne etwas gegen Joey Hunter haben. Das hatte etwas mit den alten Regeln ihres Volkes zu tun. Mit einem Teil der Vergangenheit, dessen Existenz sie am liebsten leugnen würde.

Ihre Granny hatte ihr oft von den alten Zeiten erzählt, in denen das Volk der Makah sich noch in drei Klassen teilte: die Ranghohen, die Gemeinen und die Sklaven. Die Familien der

Walhäuptlinge und Schnitzkünstler waren von hohem Rang. Erstere, weil sie mit dem Walfleisch für das Überleben der Familien sorgten, und die Holzschnitzer, weil sie wussten, wie die Tiere und Geistwesen auf den Wappenpfählen dargestellt werden mussten, damit sie vom Ruhm der Ahnen berichten konnten.

Die einfachen Leute waren Jäger und Fischer. Ihre Namen waren nicht über die Dorfgrenzen hinaus bekannt und sie waren nicht wohlhabend genug, um eigene Potlatches auszurichten.

Die auf den Kriegszügen erbeuteten Sklaven zählten zu den Geringsten. Die Oberen besaßen Leibeigene, um sie für sich arbeiten zu lassen und zu zeigen, dass sie wohlhabend genug waren, um sie zu ernähren.

Die weißen Missionare hatten die Sklaverei schließlich verboten. Grace hatte ihre Granny gefragt, was aus den Nachfahren der ehemaligen Sklaven geworden war und ob sie sich mit den anderen Makah vermischt hatten. Daraufhin hatte die alte Gertrude brummig abgewunken. »Einmal Sklave immer Sklave«, hatte sie gesagt. »Du bist, wer du bist am Tag deiner Geburt.«

Grace war ein Allabush-Mädchen, deren Wurzeln bis zu den Anfängen der Zeit zurückreichten. Sie trug die Verantwortung, das alte Wissen, ihr Makah-Erbe, für die kommenden Generationen zu bewahren. Alles Wichtige hatte sie von ihrer Granny erfahren und auswendig gelernt. Die Wahrheit des alten Wissens war nicht verloren, wie viele in Neah Bay glaubten. Aber es waren Zeiten großer Veränderungen und Prüfungen für das Volk der Makah. Alles war in Bewegung, was vergessen war, musste wiedererlernt werden. Grace sah in ihrer Aufgabe eine Bürde, aber auch eine Möglichkeit. Die Möglichkeit zu verhindern, dass die alten Fehler der Vergangenheit sich wiederholten.

Von ihrer Granny wusste sie, dass Generationen von Allabush-Frauen auf die Liebe eines Mannes verzichtet und ihre

Träume den Wellen übergeben hatten. Doch Grace hatte keineswegs vor, auf Joeys Liebe zu verzichten, auch wenn das Probleme mit sich bringen würde.

Einst selber hochgeboren, waren die Vorfahren von Joeys Mutter Sklaven eines Makah-Walfängers gewesen, das wusste Grace schon lange. Einmal hatte sie mitbekommen, wie in der Schule jemand über Joeys Herkunft gelästert hatte. Aber auch wenn er Sklavenblut in den Adern hatte, für sie war er ebenso viel wert wie die anderen. Nein, viel mehr. Grace Allabush liebte Joey von ganzem Herzen und sie war fest entschlossen, um ihr Glück zu kämpfen.

Ich werde meine Träume nicht den Wellen übergeben.

Grace schmiegte sich an Joeys Arm, sie beugte sich zu seinem Gesicht und er küsste sie. Doch es war ein halbherziger, gedankenverlorener Kuss. Joeys Blick war schon wieder drüben, am Kap bei seinem Onkel. Grace schnaubte entrüstet. »Offensichtlich ist dein Onkel interessanter für dich, als ich es bin«, sagte sie schmollend.

Joey wandte sich ihr zu und es zeigte sich ein verstecktes Lächeln auf seinem Gesicht. Statt etwas zu sagen, zog er sie zu sich heran und küsste sie noch einmal. Diesmal spürte Grace, dass seine Gedanken ganz bei ihr waren. Dass er dasselbe wollte wie sie.

»Komm, lass uns gehen«, sagte er. »Wahrscheinlich wimmelt es hier bald von Leuten.«

»Du hast recht«, sagte sie zu ihm. »Spätestens heute Abend werden wir wissen, was da drüben los war.«

Auf dem Parkplatz von Cape Flattery standen neben Hannas rotem Leihwagen ein VW-Bus mit dem Kennzeichen des Bundesstaates Oregon und die beiden weißen Jeeps der Stammespolizei.

Greg parkte zwischen dem Mietwagen der Deutschen und dem VW-Bus. Als er ausstieg, kamen ein Mann und eine Frau im Outdoor-Look aus dem Wald, die ärgerlich schimpften. Greg nahm an, dass den beiden der VW-Bus gehörte.

Als das Ehepaar einstieg, sagte die Frau zu Greg: »Wir haben einen weiten Weg auf uns genommen, das Kap zu sehen, nur um dann kurz vor dem Ziel von einem Polizisten zurückgeschickt zu werden, der anscheinend zu viele Wildwestfilme geguckt hat. Was ist eigentlich los mit euch Indianern? So bekommt ihr eure Wirtschaft nie in Gang!«

»Tut mir leid«, sagte Greg, »es ist nur zu Ihrer Sicherheit.« Er wollte zu einer längeren Erklärung ansetzen, aber da schlug die Frau die Tür zu und ihr Mann ließ den Motor an. Greg sah dem VW-Bus nach, wie er den Parkplatz verließ, und er dachte, dass es nicht schade war um solche Gäste, die nichts als Unfrieden stiften wollten und sich in allem überlegen fühlten.

Greg umging die Absperrung und schlug den Weg zum Kap ein. Er traf als Erstes auf Bill Lighthouse, der als Sheriff für den Stamm der Makah zuständig war. Der junge Mann stand gleich am Anfang des Pfades hinter einer mächtigen Rotzeder und Greg wäre erschrocken gewesen, hätte er nicht vorher den Geruch von Zigarettenrauch wahrgenommen.

»Hallo Bill«, sagte er, »bist du zum Touristenschreck avanciert?« In seiner dunkelblauen Uniform wirkte der Sheriff auf Greg jedes Mal fremd, obwohl er ihn gut kannte. Bill war fünf oder sechs Jahre jünger als er. Aufgrund des Altersunterschiedes hatten sie als Kinder und Jugendliche nicht viel miteinander zu tun gehabt. Doch Greg mochte den jungen Polizisten, weil er es verstand, mit den Alten und den Jungen gleichermaßen gut auszukommen.

Bill warf brummend seine halb aufgerauchte Zigarette zu Boden und trat sie sorgfältig aus. »Als Sheriff ist man eben immer schlecht dran. Ich kam bis jetzt nicht mal dazu, mir anzusehen, was passiert ist. Und diese Leute waren furchtbar hartnäckig. Sie hätten ein Recht darauf, das Kap zu sehen, haben sie vehement behauptet. Schließlich wären sie extra deswegen von Oregon hier raufgefahren.« Er sah Greg empört an. »*Recht!* Was für Rechte haben wir denn? Schließlich ist es unser Land.«

»Wie hast du es geschafft, sie davon abzuhalten, ihr Recht einzufordern?«, fragte Greg lächelnd und verlagerte sein Körpergewicht auf sein gesundes Bein. Sein linker Knöchel schmerzte, wahrscheinlich würde es bald Regen geben.

Der Sheriff richtete sich auf, reckte die Brust unter seinem Uniformhemd und stellte sich gewichtig in Positur. Doch selbst jetzt war er immer noch einen halben Kopf kleiner als Greg Ahousat.

Mit einer bezeichnenden Geste legte der Sheriff seine rechte Hand auf das Halfter seiner Dienstwaffe und ließ seine Finger darauf spielen, als wären es die Tasten eines Klaviers.

»Das ist doch nicht dein Ernst, Billy«, sagte Greg kopfschüttelnd, aber insgeheim lächelte er, als er die Szene vor sich sah.

»Jedenfalls hat es gewirkt.« Der Sheriff grinste.

Greg wollte weitergehen, aber Bill schnappte ihn am Arm. »Wo willst du eigentlich hin, Ahousat?«

»Zum Chief. Ich nehme an, er ist unten am Kap.«

Bill Lighthouse stemmte die Hände in die Hüften und bekam einen dienstlichen Blick. »Ich darf niemanden durchlassen.«

Greg lief weiter. Ohne sich umzudrehen, rief er: »Tja. Dann wirst du mich wohl erschießen müssen, Billy.«

Als Greg am Kap ankam, begrüßte Chief Hunter ihn mit einem kräftigen Händedruck. Der junge Holzschnitzer war weitläufig mit ihm verwandt. Sie gehörten derselben Lineage an, einer Verwandtschaftsgruppe, deren Mitglieder entweder mütterlicherseits oder väterlicherseits von einem gemeinsamen Vorfahren abstammten.

Greg begutachtete das kaputte Geländer und blickte nach unten.

»Die Frau hat wirklich Glück gehabt«, sagte Hunter, »es ist ein Wunder, dass sie das überlebt hat.«

»Ich habe ihr gesagt, sie soll springen.« Greg sah Hunter an. »Oren, ich weiß, dass du das nicht gerne hören wirst, aber ich glaube, da hat jemand am Geländer rumgebastelt. Hast du dir die Geländerteile mal genauer angesehen? Sie sind auseinandergefallen, als wären sie mit Tapetenleim zusammengekittet gewesen.«

Der Polizeichef fuhr sich mit der Hand durch das dichte, grau melierte Haar und seufzte. »Denkst du, ich bin zu alt und schon halb blind, Junge? Glaubst du wirklich, ich hätte das nicht selbst bemerkt? Ich werde der Sache nachgehen müssen, auch wenn es mir nicht gefällt.«

Er stieg die Stufen hinauf und Greg folgte ihm. »Hast du eine Ahnung, wer das gewesen sein könnte?«

»Nein«, sagte Greg.

Hunter kratzte sich am Kinn. »Das ist ein ziemlicher Schlamassel, das Ganze.«

»Das Geländer muss so schnell wie möglich repariert werden«, sagte Greg.

»Die Zimmerleute sind schon unterwegs«, sagte Hunter. »Ich werde hier auf sie warten. Zur Sicherheit werde ich Lighthouse den Auftrag geben, jeden Morgen hier rauszufahren und sämtliche Geländer zu überprüfen. Mehr kann ich im Augenblick nicht tun. Aber«, er musterte Greg eindringlich, »was ist eigentlich aus der Frau geworden? Geht es ihr gut? Wo ist sie überhaupt?«

Der junge Holzschnitzer sah an Hunter vorbei. Plötzlich wirkte er verlegen. »Bei mir zu Hause. Sie hat ein heißes Bad genommen und nun sitzt sie vor dem Kamin. Mit etwas Glück kommt sie um eine Erkältung herum. Ich wollte ihren Wagen holen, damit sie zu trockenen Sachen kommt, aber der Wagenschlüssel liegt irgendwo da unten. Er ist ihr beim Sturz aus der Tasche gefallen.«

»Auch das noch.« Hunter rollte stöhnend mit den Augen. »Wird sie Ärger machen?« Er sah Schmerzensgeld in einer sechsstelligen Summe vor sich. Das konnte den Stamm empfindlich treffen und alle zukünftigen Tourismusprojekte für Jahre auf Eis legen.

»Wenn ich den Schlüssel finde und ihr den Wagen bringe, vielleicht nicht«, antwortete Greg schulterzuckend. »Sie hat nicht vor, Anzeige zu erstatten – jedenfalls hat sie das gesagt.«

Hunter zog die rechte Augenbraue nach oben. »Woher kommt sie?«

Er hatte seine eigenen Erfahrungen mit Fremden in Neah Bay gemacht und während der Jahre herausgefunden, dass die Beweggründe ihres Besuchs auch ihr Verhalten prägten. Auf jeden Fall war es von Vorteil zu wissen, worauf man sich gefasst machen musste.

»Sie ist Deutsche«, antwortete Greg nach einigem Zögern. »Touristin.«

Hunter schwieg. Er wartete darauf, dass sein Hirn die Information verarbeitete. Und gleichzeitig spürte er, wie sein linker großer Zeh zu kribbeln anfing. Er stöhnte wieder, denn das bedeutete, dass sich bald etwas ereignen würde. Seit er als junger Mann so tief in eine Glasscherbe getreten war, dass ein fünfzehn Zentimeter langer Schnitt im Fuß notwendig wurde, um die durchgetrennte Sehne wieder an ihren Platz zu holen, schien dieser Zeh ungewöhnliche Vorfälle mit einem Kribbeln anzukündigen.

Manchmal zog sich das unangenehme Gefühl über Tage hin, bis es dann abrupt aufhörte und Hunter über Telefon oder Funk zu einem Fall gerufen wurde. Manchmal ebbte es auch einfach so ab und er erfuhr kurz darauf, dass jemand gestorben oder ein anderer zu Geld gekommen war.

Dieses Kribbeln versetzte ihn jedes Mal in Panik, weil es glückliche wie unglückliche Ereignisse gleichermaßen ankündigte. Die Mitglieder seiner Familie waren davon nicht ausgeschlossen. Lottogewinne, Autounfälle, Geburten, natürliche und unnatürliche Todesfälle, Naturkatastrophen – all diese Dinge spürte Oren Hunters linker Zeh im Voraus.

Aber diesmal zwang der Chief sich, den Zusammenhang im Erscheinen der deutschen Frau zu sehen. Denn erst, als er erfahren hatte, woher sie stammte, hatte das Kribbeln begonnen.

Greg hatte gesagt, die Frau wollte keine Anzeige erstatten. Das war ein Lichtblick. Noch besser wäre es, sie würde Neah Bay so schnell wie möglich wieder verlassen. Deshalb musste er sichergehen, dass sie ihren Autoschlüssel wiederbekam.

»Lighthouse soll nach dem Schlüssel suchen«, sagte Hunter zu Greg.

»Aber, ich kann doch . . .«

»Vielleicht liegt das Ding in der Bucht und Bill hat auf der Polizeischule in Seattle einen Tauchlehrgang mitgemacht«, sagte er. »Solche Dinge gehören zu seinem Job.«

Greg zuckte mit den Achseln. »Okay, ich werde es ihm ausrichten.« Er wandte sich zum Gehen.

»Und Greg, noch etwas.«

»Ja?« Fragend sah Greg ihn an.

»Nun – dein Vater war neulich ziemlich aufgebracht, als in der Ratsversammlung darüber gesprochen wurde, einer weißen Autorin aus Florida Einblick in unsere Geschichten und Traditionen zu gewähren. Matthew hielt eine leidenschaftliche Rede gegen den Ausverkauf unserer Kultur. Seine Wortwahl war nicht unbedingt schmeichelhaft.«

»Und?«

»Er hat sie als Blutsaugerin beschimpft. Danach hat ihr niemand mehr Auskunft geben wollen. Sie reiste verärgert ab.«

»Ich bin nicht verantwortlich für das, was mein Vater da von sich gibt«, sagte Greg.

»Ich weiß.« Oren zuckte mit den Schultern. »Ich meine nur, dass es deinem Vater nicht gefallen wird, wenn du . . .« Er unterbrach sich und schüttelte den Kopf.

»Vater ist heute Morgen nach Seattle gefahren«, sagte Greg. »Vor Freitag wird er nicht zurück sein.« Er drehte sich um und lief den Pfad hinauf.

Hunter sah, dass der junge Holzschnitzer humpelte, und blickte ihm nachdenklich hinterher. Je eher diese Frau von hier verschwand, desto besser. Alles andere würde nur noch mehr Ärger bedeuten.

Er fragte sich, wo die Zimmerleute blieben.

»Tauchen?«, fragte Bill entgeistert. »Er hat im Ernst gesagt, dass ich tauchen soll?«

Greg seufzte. »Nur, wenn es notwendig ist.«

Offensichtlich hatte der Sheriff keine Lust, ins Meer zu steigen, was Greg ihm nicht verübeln konnte. Aufgrund des späten Frühlings war das Wasser auch Anfang Juli noch empfindlich kalt und Bill wusste das.

»Hunter will, dass du das übernimmst«, sagte Greg. »Außerdem war ich heute schon da drin und einmal reicht.«

Dem Sheriff klappte die Kinnlade nach unten. »Du warst da drin?«

»Hat der Chief dir nichts davon erzählt? Die Frau ist durch das Geländer gebrochen und hat sich oben an den Wurzeln eines

Strauches festgehalten. Ich war mit meinem Boot in der Felsenhöhle und hörte sie schreien. Ich habe sie aufgefordert zu springen, sonst wäre sie unten auf die Steine gestürzt.«

Bill machte große Augen. »Und?«

»Sie sprang ins Wasser, kam aber nicht wieder hoch. Also bin ich hinterher und habe sie rausgeholt. Bei dem Sturz hat sie ihren Autoschlüssel verloren. Vielleicht liegt er irgendwo auf den Muschelbänken und du musst gar nicht tauchen.«

Der Sheriff fischte eine Zigarette aus seiner Hemdtasche und zündete sie an. »Hunter, dieser Bastard. Er hat mir nur gesagt, dass das Geländer defekt ist und jemand beinahe gefallen wäre.« Er zog an seiner Zigarette, blies Rauch in die Luft und starrte Greg eine Weile nachdenklich an. »Sollte ich als Sheriff und als sein Stellvertreter nicht wissen, was wirklich passiert ist?«

»Nun weißt du es ja.« Greg seufzte. »Ich bin sicher, Hunter wird noch mit dir sprechen. Er wollte sich wohl selbst erst einmal ein Bild von der Unfallstelle machen. Außerdem – bald wirst du der Chief sein.«

Lighthouse brütete noch einen Augenblick vor sich hin. »Wie alt ist sie denn?«, fragte er unvermutet und musterte Greg eindringlich.

»Was?«

»Na, die Frau. Wie alt sie ist?«

»Ich weiß nicht, Bill«, sagte Greg mit einem Anflug von Ungeduld. »Was ist denn nun mit dem Schlüssel?«

»Du weißt es nicht?«

»Nein, ich hab sie nicht gefragt. Vielleicht Ende zwanzig.«

»Ist sie schön?« Bill blies Greg eine Tabakwolke ins Gesicht.

Greg wich zurück und hob die Hände. »Billy, die Frau sitzt zu Hause in meinem alten Bademantel vor dem Kamin und wartet darauf, dass ich ihr etwas zum Anziehen bringe. Ich werde sie mir genauer ansehen, wenn ich wieder da bin, okay?«

Bill schüttelte den Kopf. »In deinem Bademantel? Hey, hey. Und du willst mir weismachen, dass du sie nicht angesehen hast?«

Greg winkte ab.

Doch der Sheriff ließ nicht locker. »Muss ja eine tolle Frau sein, wenn du so ein Geheimnis um sie machst. Was ist eigentlich mit Annie? Hast du sie in letzter Zeit mal gesprochen? Sie sieht immer so verdammt traurig aus, wenn man ihr begegnet.«

Bei der Erwähnung von Annies Namen bekam Greg augenblicklich ein schlechtes Gewissen. Am liebsten hätte er Bill gesagt, dass ihn das nichts anging, aber das stimmte nicht ganz, also verkniff er sich die Bemerkung. »Fang nicht wieder davon an, Bill, okay?«

»Wenn du mir versprichst, dass du Annie einen Antrag machst, suche ich nach dem Schlüssel.«

Greg verdreht die Augen. »Nicht *ich* bitte dich, den Schlüssel zu suchen, dein Chef hat es angeordnet.«

»Ja, klar«, brummte der Sheriff und machte ein verdrießliches Gesicht.

»Hey Bill, glaub mir, ich habe nichts mit dieser Frau im Sinn«, sagte Greg. »Ich hab sie aus dem Wasser gefischt, kümmere mich um ihre Sachen und ihren Wagen und dann kann sie sich ein Zimmer im Motel nehmen. So einfach ist das.«

Bill sah noch immer skeptisch aus.

»Sie ist Deutsche, okay?« Greg funkelte den Sheriff an. Er merkte selbst, dass seine Stimme so klang, als würde er von einer ansteckenden Krankheit sprechen.

Lighthouse hatte den Holzschnitzer Jim Kachook gut gekannt. Obwohl er im Sommer vor fünf Jahren noch auf der Polizeischule von Seattle gewesen war, wusste er – wie jeder Makah – von der Geschichte, die damals die Gemüter von Neah Bay erregt hatte.

Die Indianerliebe der Deutschen war eine lange, ungebrochene Tradition und das Volk der Makah hatte die wissbegierigen Germanen auf der Suche nach spirituellem Heil lange Zeit geduldig ertragen. Doch seit eine deutsche Frau den vielversprechendsten jungen Holzschnitzer des Stammes mit über den Ozean genommen hatte und er nicht zurückgekommen war, waren die Makah nicht mehr gut zu sprechen auf Frauen aus Deutschland.

Für das kleine Volk der Makah war Jim Kachooks Verschwinden ein kollektiver Verlust, der eine kollektive Abneigung nach sich gezogen hatte.

Die Miene des Sheriffs verfinsterte sich zusehends. »Na, das kannst du ihr aber nicht zum Vorwurf machen«, sagte er. »Sieht ja fast so aus, als würdest du es bereuen, sie gerettet zu haben.« Er untermalte seine Worte mit einer ungeduldigen Handbewegung. »Ich werde jetzt versuchen, den Schlüssel zu finden, damit die Frau von hier verschwinden kann, bevor es Ärger gibt. Du hältst die Stellung und schickst jeden zurück, der ans Kap will. Es sei denn, es sind Männer mit Sägen und Bauholz im Gepäck.« Der Sheriff warf seine Zigarette auf den Boden und zertrat sie.

»Der Schlüssel hat einen roten Plastikanhänger«, sagte Greg, froh darüber, dass der Sheriff sich endlich in Bewegung setzte.

Bill verschwand zwischen den Sträuchern, als Ortsansässiger kannte er den versteckten Pfad, der hinunter ans Wasser führte.

Greg lehnte sich erleichtert gegen den Stamm der Zeder. Der junge Sheriff hatte mit seiner Hartnäckigkeit ins Schwarze getroffen und das wurmte ihn.

Bevor Greg über die Herkunft der Fremden Bescheid gewusst hatte, hatte er sie anziehend und sympathisch gefunden. Sie war nicht sonderlich hübsch, schon allein der Sommersprossen wegen, doch das ungewöhnliche Farbenspiel ihrer Augen hatte ihn fasziniert. Dieses unbeschreibliche Grün der Iris, das sich in ein dunkles Violett verwandeln konnte. Nur ein Geistwesen konnte solche Augen haben.

Greg dachte über das nach, was er getan hatte. Hanna aus dem Meer zu retten, war ein natürlicher Reflex gewesen. Sie in sein Haus zu bringen, ein Akt der Nächstenliebe. Dass er sich auch noch um ihren verloren gegangenen Autoschlüssel kümmerte und ihren Wagen holte, war mehr, als jemand verlangen konnte.

Greg Ahousat hatte nichts gegen deutsche Frauen.

Solange sie ihm nicht zu nahe kamen.

Kurz nachdem drei Männer mit Werkzeugtaschen an Greg vorbeigekommen waren, die schlecht gelaunt zwei Meter lange Rundhölzer unter den Armen schleppten, tauchte auch Bill aus dem Gebüsch wieder auf. Seine Haare waren trocken, also hatte er nicht tauchen müssen. Er trug das Uniformhemd unter dem Arm und sein Gesicht war gerötet vom schnellen und steilen Aufstieg.

Triumphierend hielt Bill den Wagenschlüssel in die Höhe. »Ich musste eine Weile suchen, aber ich habe ihn gefunden. Er lag in einer Spalte auf einer Muschelbank, sonst hätten die Wellen ihn ins Meer gespült. Ich musste zwar ins Wasser steigen, aber das Tauchen ist mir erspart geblieben.«

Greg streckte die Hand danach aus. »Danke, Bill. Ich bin dir was schuldig.«

Die Finger des Sheriffs schlossen sich fest um den Schlüssel. »Ich will keinen Ärger, Greg, das ist alles.«

»Nun gib schon her.« Greg seufzte. »Sie wartet.«

Bill gab Greg den Autoschlüssel. »Ruf mich an, wenn etwas nicht stimmt, okay?«

»Komm doch selbst vorbei, dann kannst du sichergehen, dass

es ihr gut geht. Bei der Gelegenheit könntest du mir gleich den Truck zurückbringen.«

Lighthouse machte große Augen, als Greg ihm seinen eigenen Autoschlüssel in die Hand drückte.

»Ich kann nicht mit zwei Autos gleichzeitig fahren – oder?«

»Ja, schon klar. Dann bis später.«

Greg hob die Hand zum Gruß und humpelte hinauf zum Parkplatz, wo er in Hannas Leihwagen stieg. Der Motor lief schon, als ihm auf dem Beifahrersitz ihre Papiere ins Auge fielen, die sie unter ihrem Lederrucksack notdürftig versteckt hatte. Ihr Leichtsinn ärgerte ihn. Er nahm die Papiere und begann, darin zu blättern.

Den Leihwagen hatte Hanna für drei Wochen gemietet. Greg schlug ihren Pass auf, dabei fiel ihm das Foto eines kleinen, schwarzhaarigen Mädchens in die Hände. Hastig legte er es wieder zurück. Der Blick aus den großen dunklen Augen des Mädchens war bis auf den Grund seiner Seele gedrungen und brachte ihn für einen Augenblick vollkommen aus dem Gleichgewicht. Gregs Hände zitterten, Ahnungen befielen ihn. Er fühlte sich wie ein Eindringling, aber er konnte nicht aufhören, in Hannas Sachen zu stöbern.

Auf dem Passfoto trug sie das Haar kürzer als jetzt, was sie jünger erscheinen ließ. Aber es war nicht nur das. Dieser Ausdruck in ihrem Gesicht, der kühne Blick voller Erwartungen. Auf diesem Foto war sie um einige Erfahrungen ärmer.

Hanna Schill hieß sie und hatte eine kleine Tochter.

Ein Wagen kam den Fahrweg herauf und hielt auf dem Parkplatz. Greg legte die Papiere auf den Sitz zurück und bediente die Automatik. Nachdenklich geworden, fuhr er zu seinem Haus zurück.

3. Kapitel

Hanna war im Sessel vor dem Kamin eingeschlafen und das Feuer glimmte nur noch spärlich. Greg blieb einen Moment vor dem Sessel stehen und betrachtete ihr blasses, ovales Gesicht mit den weit auseinanderstehenden Augen. Ihre geraden Augenbrauen und die dichten Wimpern waren dunkler als ihr Haar, fast tiefbraun. Die Sommersprossen verteilten sich über das ganze Gesicht, sogar auf den bleichen Augenlidern.

»Ist sie schön?«, hatte Bill Lighthouse ihn gefragt. Er war nicht sicher.

Greg räusperte sich und sie schreckte hoch.

»Tut mir leid«, sie rieb sich das Gesicht, »ich hab gar nicht gemerkt, dass ich eingenickt bin.« Verlegen raffte sie den Bademantel über ihren Beinen zusammen. »Jetzt ist das Feuer ausgegangen.«

»Das macht nichts«, sagte er, »Ihre Haare sind ja jetzt trocken.«

Mit einer schüchternen Geste griff sie sich ins Haar. »Sie waren lange weg«, bemerkte sie nach einem Blick auf die Uhr über dem Kamin. »Haben Sie den Schlüssel gefunden?«

Greg nickte. »Bill Lighthouse, unser Sheriff, hat ihn aus dem Wasser geholt. Ihre Tasche steht vor dem Badezimmer.«

Er gab ihr den Schlüssel und sie bedankte sich. Dann verschwand sie im Bad, um sich umzuziehen. Greg stand noch einen Moment unschlüssig vor dem Kamin. Schließlich gab er sich einen Ruck und ging hinauf in die Küche.

Ich muss wissen, was du hier willst.

Als Hanna in dunkelbrauner Jeans und einem beigen Baumwollpullover in die Küche trat, sah Greg kurz von seiner Arbeit auf. Er hantierte mit einem scharfen Messer, umgeben von einem Geruch nach Meeresfrüchten und Knoblauch. Er war sich der wachsamen Augen, die ihn beobachteten, sehr bewusst.

»Essen Sie Muscheln?«, fragte er und sah Hanna so offen wie möglich ins Gesicht. Sein Blick blieb an ihrem schweren Haar haften, das ihr jetzt – nachdem es trocken und gekämmt war – in großen Locken auf die Schultern fiel und in einem erstaunlichen Kupferton schimmerte. Eine solche Haarfarbe hatte Greg noch nie gesehen. Sie verstärkte das Farbenspiel von Hannas Augen. Die Iris war kristallklar und hatte jetzt die Farbe von trockenem Moos. Einem Grün, dem er nicht traute.

»Ja, sehr gerne«, erwiderte sie verlegen. »Sie sind sehr gastfreundlich.«

Greg kniff die Lippen zusammen. Er bemerkte, dass es ihr unangenehm war, so angestarrt zu werden. Aber das sollte es auch.

»Kann ich vielleicht helfen?«, fragte Hanna und nahm ihr Haar im Nacken mit einem Gummiband zusammen.

Greg nickte. »Die Kartoffeln müssen geschält werden und der Zwiebellauch klein gehackt. Um alles andere kümmere ich mich selbst.«

Während Hanna Kartoffeln schälte, spürte sie ihren Magen rumoren. Hin und wieder warf sie Greg einen verstohlenen Blick zu. Inzwischen war unverkennbar, dass sich sein Verhalten ihr gegenüber verändert hatte. Sie konnte nicht genau benennen, was es war und wann es angefangen hatte. Greg schien befangen zu sein, oder schlimmer: verärgert.

Es lag nicht so sehr an dem, was er zu ihr sagte, doch seine Bewegungen drückten Unmut aus und in seinen dunklen Augen war etwas, das sie nicht auf Anhieb verstand.

Trotz seiner Einladung zum Essen beschlich Hanna das ungute Gefühl, in Gregs Haus nicht mehr willkommen zu sein.

»Hab ich was falsch gemacht?«, fragte sie und hielt einen Moment inne.

Brüsk nahm er ihr die geschälte Kartoffel aus der Hand. »Nein.«

Mit dem Handrücken schob sich Hanna eine widerspenstige Haarsträhne aus der Stirn. »Ich rede nicht von den Kartoffeln. Sie sind verändert, Greg, seit Sie wieder zurück sind. Was ist dort am Kap passiert?«

Greg trocknete seine nassen Hände an seiner Jeans ab und sah sie an. Seine Gefühle abgeschirmt hinter einem Blick, der keine Deutungen zuließ. »Weshalb sind Sie nach Neah Bay gekommen, Hanna? Was suchen Sie hier?«

Hanna stockte der Atem. Die Frage war falsch gestellt. Es ging nicht darum, *was* sie hier suchte, sondern *wen.*

Greg war misstrauisch geworden. Sie kannte ihn überhaupt nicht und wusste nicht, ob sie ihm vertrauen konnte. Unbehagen machte sich in ihr breit.

Sag irgendetwas, dachte sie.

»Ich war vor ein paar Jahren schon einmal hier in Neah Bay«, begann sie zögernd. »Die Gegend gefiel mir. Ich bin wiedergekommen, weil ich sehen wollte, ob sich etwas verändert hat.« Sie nahm sich eine neue Kartoffel und begann zu schälen, um seinem bohrenden Blick auszuweichen.

»Und?«, fragte Greg. »Hat sich etwas verändert?«

Hanna hob die Schultern. »Ehrlich gesagt, ich weiß es nicht. Ich bin ja erst heute Morgen angekommen und hatte noch keine Gelegenheit, es herauszufinden. Ich weiß nur eins: dass Cape Flattery jetzt über einen soliden Steg zu erreichen ist und ein Geländer hat, gegen das man sich lieber nicht lehnen sollte.«

Greg erwiderte nichts. Die Linien auf seiner Stirn verhärteten sich. Stumm wandte er sich seinen Muscheln zu und warf sie in die Pfanne mit zerlassener Knoblauchbutter. Das Fett spritzte.

Hanna ließ nicht locker. »Warum sind Sie wütend auf mich, Greg? Ich verstehe das nicht.«

Er drehte sich um. Seine Rechte war zur Faust geballt, als er sie langsam auf den Tisch legte. Die Geste hatte etwas Bedrohliches an sich und seine Augen funkelten ärgerlich, als er sagte: »Sie verschweigen mir etwas.«

Das Blut schoss Hanna ins Gesicht und sie wandte sich ab. Greg schien ein feines Gespür für Dinge zu haben, die jenseits des Offensichtlichen lagen. Er nahm ihr nicht ab, dass sie in Neah Bay einfach nur Urlaub machen wollte. Und hatte er nicht ein Recht auf die Wahrheit? Dieser Mann hatte ihr schließlich das Leben gerettet.

»Also gut.« Hanna ließ die Kartoffel in den Topf mit Wasser gleiten, rieb sich die Hände an ihrer Hose trocken und setzte sich rittlings auf einen der Küchenstühle. »Ich bin hier, weil ich nach jemandem suche.«

»Hier, in Neah Bay?«, fragte Greg, sichtlich vor den Kopf gestoßen durch ihre plötzliche Offenheit.

»Ja, hier in Neah Bay.« Hanna schluckte und versuchte, ihr pochendes Herz zu beruhigen. »Vor fünf Jahren kam ich auf die Olympic-Halbinsel, um einen Künstler zu finden, der für das Völkerkundemuseum, für das ich arbeitete, einen Wappenpfahl schnitzen sollte. Das Museum wollte den Flug bezahlen und einen Zedernstamm besorgen, konnte aber für die Arbeit des Mannes nur einen symbolischen Preis zahlen. Damals dachte ich, dass das der Grund dafür war, warum sich die Begeisterung der Holzschnitzer, die ich entlang der Küste aufsuchte, in Grenzen hielt. Später wurde mir klar, dass es an der langen Zeit lag, die man braucht, um einen Pfahl zu schnitzen. Keiner der Künstler wollte so lange von seiner Heimat entfernt sein. Die

Quinault redeten sich damit heraus, dass es in ihrem Volk keinen Holzbildhauer gäbe; der Schnitzer der Hoh hatte zu viele Aufträge und der junge Mann bei den Klallam war gerade Vater geworden und wollte seine Frau nicht allein lassen – was ich gut verstehen konnte. Erst ganz zuletzt, hier in Neah Bay, hatte ich endlich Erfolg.«

Hanna richtete ihren Blick auf die Bäume hinter der Fensterscheibe. »Ein Holzschnitzer aus Neah Bay erklärte sich bereit, mich zu begleiten«, fuhr sie fort. »Sein Name war Jim Kachook und sein Können hatte sich bereits bis nach Seattle herumgesprochen. Ich war stolz auf mich, dass ich trotz allem jemanden gefunden hatte, noch dazu so einen hervorragenden Künstler wie Jim. Doch sein Meister, der Holzschnitzer Matthew Ahousat, war dagegen, dass Jim nach Deutschland reisen und für längere Zeit fortbleiben würde. Vor meinen Augen kam es zwischen beiden zu einem heftigen Streit und im Grunde sah ich meine Felle davonschwimmen.« Sie hatte die Szene von damals deutlich vor Augen, Jims entschlossenen Blick, das aufgebrachte Gesicht des Meisterschnitzers. »Wider Erwarten kam Kachook mit mir«, fuhr sie fort. »Es schien, als wollte er dem alten Mann und sich selbst etwas damit beweisen.«

Greg – er hatte Hanna den Rücken zugewandt – erstarrte zur Steinsäule. Er spürte, wie das Blut aus seinen Wangen wich und seine Beine nachzugeben drohten. Mit den Händen hielt er sich am Rand der Spüle fest. In seinem Inneren arbeitete es.

Das ist nicht möglich.

»Während Jim an seinem Pfahl arbeitete, wohnte er bei mir und wir verliebten uns«, sagte Hanna mit leiser, zerbrechlicher Stimme.

Greg, sonst ein Meister der Selbstbeherrschung, zitterte und seine Gesichtsmuskeln zuckten unkontrolliert. Das Adrenalin ließ sein Blut jetzt heftig kreisen. Mit einem Ruck drehte er sich um und warf Hanna einen anklagenden Blick zu.

»Der Holzschnitzer Matthew Ahousat ist mein Vater und Sie befinden sich in seinem Haus«, stieß er hervor. »Jim Kachook ist Matthews Ziehsohn und er war wie ein Bruder für mich. Es ist Ihre Schuld, dass wir ihn verloren haben.«

Hanna riss den Kopf hoch und starrte ihn mit ihren großen Kinderaugen verwirrt an. Sie war leichenblass geworden, was die Sommersprossen auf ihrem Gesicht noch dunkler erscheinen ließ. Zwischen ihren Augenbrauen hatte sich eine scharfe senkrechte Linie gebildet.

»Was sagen Sie da?« Sie schloss kurz die Augen und öffnete sie gleich wieder. »Ahousat ist Ihr Vater? Und Jim . . .?«

Greg sah den überraschten Schmerz in ihren Augen, die sich verdunkelten. Und da war noch etwas in ihrem Blick: die jähe Farbe der Angst.

»Was meinen Sie damit: Sie haben ihn verloren? Ist er etwa . . .« Sie schüttelte den Kopf, als wolle sie einen unerträglichen Gedanken abwehren.

Greg griff nach dem Messer auf dem Tisch und ein rauer Laut kam aus Hannas Kehle. Wütend hieb er es in die Arbeitsplatte.

»Nein, er ist nicht tot, verdammt. *Sie* haben ihn nach Deutschland geholt und er ist niemals zu uns zurückgekommen. *Wo ist Jim*, Hanna?«

Greg spürte, wie Trauer und Schmerz ihn überwältigten und sein Gesicht sich verzerrte. Er hasste sich dafür, dass Hanna ihn so sah. Sie hatte eine alte, nur schwer verheilte Wunde wieder aufgerissen. Sie war die Frau, die Jim mit nach Deutschland genommen hatte. Greg hatte sie aus dem Meer gefischt und nun saß sie hier, in seinem Haus, und er kochte für sie. Ironie des Schicksals. Er konnte daran ebenso wenig ändern wie am übrigen Lauf der Dinge.

»Aber ich weiß nicht, wo er ist.«

»Was soll das heißen: Sie wissen es nicht?« Auf einmal war er sich nicht mehr so sicher, dass Jim bei dieser Frau in Deutschland war. Gar nichts mehr war sicher.

»Wenn ich es wüsste, würde ich dann hier nach ihm suchen?« Hanna kaute auf ihrer Unterlippe und ihr Blick wanderte zum Messer, das im Brett steckte. Hilflosigkeit und leiser Zorn schwangen in ihrer Stimme mit, als sie sagte: »Ja, ich weiß, dass Jim länger geblieben ist als beabsichtigt, aber das war nicht meine Schuld. Für die Arbeit am Pfahl waren drei Monate angesetzt worden, doch Jim konnte so fern seiner Heimat nur schlecht arbeiten. Manchmal war er tagelang unfähig, auch nur einen Handgriff zu tun. Also wurden aus drei Monaten sechs, bis der Pfahl endlich fertig war und vor dem Museum aufgestellt werden konnte. Danach reiste er sofort zurück nach Hause. Das ist die Wahrheit.« Sie fiel in sich zusammen. »Er versprach mir, mich ein paar Wochen später nachzuholen. Wir wollten heiraten.«

»Sie wollten – was?«, presste Greg hervor. In seinem Kopf wirbelten die Gedanken durcheinander und er versuchte, einen Sinn in ihren Worten zu erkennen. »Sie wollten hier mit ihm leben? Hier – am Ende der Welt?«

»Ja, das wollte ich – weil ich Jim liebte und wusste, dass er nirgendwo anders glücklich werden konnte. Für ihn war es nicht das Ende der Welt, Greg. Für ihn war Neah Bay der Anfang der Welt.«

Hanna wandte den Kopf zur Seite und er sah die störrische Haltung ihres Kinns. »Ich habe ihn zum Flughafen gebracht und ihn in den Flieger steigen sehen. Ich weiß auch, dass er auf dem Sea-Tac Airport angekommen ist. Er hat mich von dort aus angerufen und wollte sich einen Leihwagen nehmen. Verunglückt ist er nicht, denn der Wagen wurde ein paar Tage später am Flughafen wieder abgegeben.« Sie hob die Schultern und ließ sie mit einem resignierten Seufzer wieder sinken. »Mehr konnte ich von Deutschland aus nicht herausbekommen. Es genügte mir auch. Ich war davon überzeugt, dass Jim mich nicht mehr wollte. In Deutschland hatte er mich gebraucht – er hat bei mir gewohnt und von meinem Geld gelebt. In seiner Heimat war das nicht mehr nötig«, fügte sie im Flüsterton hinzu.

»Aber hier in Neah Bay ist er niemals angekommen«, sagte Greg gequält. »Wo zum Teufel ist er geblieben?«

»Um das herauszufinden, bin ich hier«, antwortete Hanna und sah ihn wieder an.

»Nach beinahe fünf Jahren?« Greg musterte sie misstrauisch. Sein Zorn war verflogen und hatte einer großen Ratlosigkeit Platz gemacht. »Haben Sie so lange gebraucht, um zu erkennen, was er Ihnen bedeutet?«

Hanna wich seinem Blick nicht aus. »Das ist eine lange Geschichte.«

»Wir haben viel Zeit«, sagte Greg mit unnachgiebiger Stimme. »Ich muss alles wissen.«

Regentropfen schlugen prasselnd gegen die Panoramascheibe. Sie hatten gegessen und Hanna hatte ihm alles erzählt. Er hatte schweigend zugehört und sie nur zwei- oder dreimal unterbrochen, um ihr eine Frage zu stellen. Danach waren sie in den Wohnraum umgezogen und Greg hatte das Feuer im Kamin wieder in Gang gesetzt.

Jetzt saß er im Sessel unter der Stehlampe. Er hielt Fotos in seinen Händen und seine Hände zitterten. Jim mit Hanna in der großen Stadt. Die beiden zusammen in Hannas Wohnung. Jim auf dem Gelände des Völkerkundemuseums bei seiner Arbeit am Pfahl. Und dann Fotos von Ola, seiner und Hannas Tochter.

Jim hat eine Tochter.

Tief berührt drehte Greg das Foto der Dreijährigen zwischen den Fingern. Sie ähnelte ihrem Vater auf verblüffende Weise. Wieso hatte er es nicht bemerkt, als er das Foto des kleinen Mädchens das erste Mal in den Händen gehalten hatte? Diese dunklen Augen, der forschende Blick. Ohne Zweifel war sie Jim Kachooks Tochter. Rein äußerlich schien Ola von ihrer Mutter nichts weiter geerbt zu haben, als eine hellere Haut und den zarten Knochenbau.

»Er hat sie nach seiner Mutter benannt«, bemerkte Greg leise. Seine Seele lag bloß, wie ein Fels im Meer, den die Ebbe freigegeben hatte.

»Jim wusste nicht, dass ich schwanger war«, entgegnete Hanna. »Ich habe sie nach seiner Mutter benannt.«

Überrascht sah er auf. »Er hat dir von seiner Mutter erzählt?«

»Nein«, Hanna schüttelte traurig den Kopf. »Ihren Namen habe ich durch Zufall erfahren. Wie alles, was mit Jims Vergangenheit zu tun hatte.«

Das Graugrün ihrer Augen zeigte jetzt einen Schimmer Violett. Ein dunkler Ring bildete den äußeren Rand der Iris, was dem Weiß ihrer Augen besondere Klarheit verlieh. Um die Pupille flammte ein Strahlenkranz aus Gold. Wie winzige Sonnen.

»Jims Verlust war wie eine tiefe Wunde.« Sie stützte den Kopf in die Hände. »Und sie wollte einfach nicht heilen. Ich versuchte verzweifelt, ihn zu finden, soweit mir das von Deutschland aus möglich war. Damals hatte ich nicht genug Geld, um einen Flug nach Seattle zu bezahlen, und außerdem ging es mir zu Beginn der Schwangerschaft nicht gut. Ich schrieb mehrere Briefe an Jim, bekam aber keine Antwort. Es war, als hätte es ihn nie gegeben. Irgendwann gab ich auf, weil ich spürte, dass es mich innerlich kaputt machte, mir die Kraft raubte. Ola wurde geboren und ich musste für sie sorgen. Manchmal war es nicht einfach, aber ich habe es geschafft – auch allein. Nur jetzt . . .«, Hanna sah

weg, als ob sie sich dafür schämte, ». . . jetzt bin ich des Allein-
seins müde. Ich wünsche mir jemanden an meiner Seite, der Ola
ein Vater ist, jemanden, mit dem ich mein Leben teilen kann.«
Rechtfertigung hatte sich in ihre Stimme geschlichen. Sie stand
auf und trat an die Panoramascheibe.

»Aber wie kann ich etwas Neues anfangen, wenn etwas Altes
mich nicht zur Ruhe kommen lässt? Und ich finde keine Ruhe,
bevor ich nicht weiß, was aus Jim geworden ist.« Sie drehte sich
um. »Ich bin nicht gekommen, um ihm Vorwürfe zu machen
oder Geld von ihm zu fordern – das musst du mir einfach glauben.« Sie sah ihm offen ins Gesicht. »Ich will nur wissen, warum
er mich verlassen hat. Ist das zu viel verlangt?«

Greg schüttelte den Kopf, der voller Fragen war. Fragen, die er
nicht stellte. Warum sollte er Hanna seine Ratlosigkeit offenbaren? Er kannte sie überhaupt nicht.

»Vielleicht weiß ja dein Vater etwas über Jims Verbleib«, sagte
Hanna. »Ich muss unbedingt mit ihm sprechen.«

Du hast ja keine Ahnung, wie sehr der alte Mann dich hasst.

»Er ist für ein paar Tage geschäftlich verreist«, sagte Greg. Sein
flüchtiger Blick streifte Hannas Gesicht. So angespannt wirkte es
streng. Auf ihrer Nasenwurzel saß immer noch die Falte. Durch
Hannas schmächtigen Körperbau und die großen Augen wirkte
sie auf Greg wie ein Kind. Wie ein verlorenes Kind.

Er fragte sich, was Jim wohl an ihr gefunden haben mochte.

Hast du sie nur benutzt, Jim?

Hanna begann, vor dem Fenster auf und ab zu laufen.

»An welche Adresse hast du die Briefe geschickt?«, fragte er.

»An Jim Kachook, Neah Bay. Er wohnte damals mit deinem
Vater zusammen in einem Haus hinter der Schule«, antwortete
sie.

»Das stimmt. Mein Vater hat dieses Haus hier erst gebaut,
nachdem Jim nach Deutschland gegangen ist. Vaters Holz-

werkstatt ist nach wie vor im Ort. Er schläft auch oft dort, wenn er bis in die Nacht hinein arbeitet.«

»Er schnitzt also immer noch Pfähle und Masken?« Sie ging zum Sessel zurück und setzte sich wieder.

»Ja, natürlich. Das ist seine Bestimmung, davon lebt er.«

»Und wovon lebst du, Greg?«

Überrascht sah er sie an. Ihre Augen leuchteten im Feuerschein, und als sie lächelte, begannen die kleinen braunen Punkte in ihrem Gesicht zu tanzen.

»Vielleicht fällt uns die Verständigung leichter, wenn ich auch ein paar Dinge über dich weiß.«

Gregs Magen zog sich leicht zusammen, er war nicht sicher, ob Hannas Lächeln die Ursache dafür war.

»Mein Vater hat mir das Pfahlschnitzen beigebracht, nachdem Jim nicht zurückgekehrt war«, sagte er schließlich. »Aber eigentlich bin ich Maler.« Er wies auf eine Wand in der Diele, auf der ein stilisierter Wal abgebildet war. Rot und Schwarz. Die Farben der Makah für das Leben und den Tod.

»Der Wal ist von dir?«

»Ja.«

»Er ist wunderschön. Alles stimmt. Du musst sehr glücklich sein, in einem so schönen Haus an einem solchen Ort leben zu können«, sagte Hanna.

Greg nickte. »Ich mag den Ort und das Haus«, sagte er. »Aber es hat auch Neider hervorgebracht. Es hier draußen zu bauen – so weit ab vom Ort – und dann mit all diesen Dingen auszustatten, die einem das Leben angenehm machen, hat eine Menge Geld gekostet. Mein Vater ist sehr wohlhabend, der gefragteste Holzschnitzer weit und breit. Leider ist er der Meinung, dass man seinen Reichtum zur Schau tragen sollte, um seine Stellung in der Dorfgemeinschaft zu definieren, so, wie das unsere Vorfahren getan haben.«

»Anhäufung von Reichtum als Mittel zum Erwerb von Ansehen«, sagte Hanna. »Das Prinzip der alten Westküstenstämme.«

»Ja, aber nur, um mit dem erreichten Ansehen seine Missachtung gegenüber materiellen Dingen zu zeigen.« Greg hockte sich vor den Kamin und legte neue Scheite aufs Feuer. Funken sprühten und es knackte laut.

»Und die anderen im Ort verstehen das nicht?«

Greg schüttelte den Kopf. »Viele von ihnen leben am Existenzminimum. Wie sollen sie das hier verstehen? Die alte Ordnung, nach der ein paar wenige Hochgeborene über die Verteilung von Macht und Glück entschieden, funktioniert heute nicht mehr.« Er zögerte. Im Grund genommen wusste er selbst nicht, warum er Hanna das alles erzählte, aber es war ihm wichtig. »Heute gibt es zum Glück keine Einteilung in Klassen mehr. Ranghoch oder nicht – die meisten Leute in Neah Bay versuchen, zu arbeiten und ein würdevolles Leben zu führen. Durch dieses Haus grenzen wir uns von den anderen ab.«

In der Küche rumpelte der Geschirrspüler, er schien Gregs Feststellung noch zu untermalen.

»Wenn dir das unangenehm ist, wieso baust du dann kein eigenes Haus und zeigst den anderen, dass du so bist wie sie?«, fragte Hanna ganz pragmatisch.

Greg erhob sich und stellte sich vor das Fenster, mit dem Rücken zum Raum. Dann breitete er die Arme aus und lehnte sich mit offenen Händen gegen die riesige Scheibe. Der Regen hatte nachgelassen. Nachdenklich starrte Greg auf den Pazifik hinaus.

»Weil es nicht stimmt. Ich bin nicht wie sie«, sagte er schließlich. Er wandte sich um und sah Hanna an.

Sie biss sich auf die Lippen, ihre Pupillen waren starr auf ihn gerichtet. Sie verstand ihn nicht, das spürte er.

Hanna stand auf. »Ich glaube, es ist besser, wenn ich jetzt gehe«, sagte sie. »Ich werde mich im Clamshell Motel einquartieren und gleich ins Bett gehen. Wenn ich Fragen habe, kann ich dann ...«

Greg notierte etwas auf einen Zettel. »Meine Telefonnummer. Du kannst es aber auch in der Werkstatt versuchen.«

Sie nahm den Zettel und steckte ihn ein. »Danke für deine Gastfreundschaft und alles, was du für mich getan hast.«

Er nickte.

Sie ging ins Bad, um ihre Sachen zusammenzupacken. Greg begleitete sie zur Tür.

»Auf Wiedersehen, Greg.« Sie griff nach dem Knauf und öffnete die Tür. Frische Regenluft strömte in die Diele.

Obwohl Greg noch so viele Fragen hatte, war er froh, dass Hanna ging. Er musste alles, was er erfahren hatte, erst einmal verarbeiten.

»Hanna?«

»Ja?« Sie wandte sich um und sah ihn an.

Seine Kehle war ganz rau. »Hast du Jim wirklich geliebt?«

Hanna bekam feuchte Augen. »Ja«, sagte sie, »ich liebte ihn sehr. Für sechs Monate und noch lange darüber hinaus, war Jim Kachook der wichtigste Mensch in meinem Leben. Aber anscheinend hat ihm das nicht genügt.«

Neben Hannas Leihwagen stand Gregs weißer Pick-up. Jemand musste ihn gebracht haben, ohne hereingekommen zu sein. Sie warf ihre Tasche auf den Rücksitz ihres Wagens und stieg ein. Ein dichter Vorhang aus Nieselregen nahm ihr die Sicht, als sie losfuhr, und sie stellte die Scheibenwischer an. Dunkle Wolken bedeckten den Himmel. Das Wetter auf der Olympic-Halbinsel wurde vom Meer und den Bergen bestimmt, was häufig Regen bedeutete. Sonnentage waren rar, aber die Menschen hier hatten sich daran gewöhnt. Jim hatte ihr von endlosen Regentagen erzählt, aber erst jetzt bekam sie eine Ahnung davon, wie bedrückend das Wetter sein konnte.

Sie fuhr die hundert Meter Schotterweg von Gregs Haus bis zur asphaltierten Straße und bog nach links in Richtung Neah Bay. Nach ein paar Meilen passierte sie den Campingplatz am Hobuck Beach, auf dem eine Handvoll bunte Zelte standen. Sie bedauerte die Camper, denn bei solch miesem Wetter machte das Zelten mit Sicherheit keine Freude.

Die Straße, die sie fuhr, war die kürzeste Verbindung zwischen den beiden großen Buchten des Reservats. Neah Bay im Nordosten, am Eingang der Straße von Juan de Fuca gelegen, und Makah Bay im Südwesten, in der die beiden Strände Hobuck Beach und Sooes Beach lagen.

Kurz nachdem Hanna die Holzbrücke über den Waatch River passiert hatte, tauchte zur Linken der Sitz der Stammesregierung auf, der in den ehemaligen Gebäuden eines Militärstützpunktes untergebracht war. Dahinter erhoben sich grün und mächtig die Zwillingsberge Archawat Peak und Bahokus Peak mit ihren regenverhangenen Gipfeln.

Sie fuhr drei Meilen entlang der sumpfigen Flussebene des Waatch River, kam durch ein kurzes Waldstück und bog in den Ort. Neah Bay war nicht größer als ein Dorf, lang gezogen und eingeklemmt zwischen Wald und Meer. Die Holzhäuser standen verstreut an der Hauptstraße und kleineren Nebenstraßen. Manche hatte der Seewind mit einer silbernen Patina versehen, einige leuchteten in einem frischen Anstrich.

Hanna kam an der kleinen Klinik vorbei und an einer der drei Kirchen. Sie lenkte den Chevy auf die Hauptstraße, die am Hafen entlangführte, und staunte. Am Morgen war ihr das gar nicht aufgefallen, aber im Hafen lagen viele kleine offene Sportboote, die definitiv nicht Makah-Fischern gehörten. Ein neues Hafengebäude trug die Aufschrift Makah Marina.

Neah Bay hatte einen Jachthafen.

Sie fuhr rechts ran und parkte vor dem Clamshell Motel. Als Hanna ausstieg, entdeckte sie das kleine Holzschild, das unter der beleuchteten Werbetafel hing. *Belegt.*

Belegt? Alle Zimmer? In diesem Nest?, zweifelte sie und betrat das Motel.

Eine Türglocke ertönte und eine rundliche Indianerin mit einem hübschen Mondgesicht kam aus einem Raum hinter der Rezeption. Bedauernd schüttelte sie den Kopf, noch bevor Hanna etwas sagen konnte.

»Wir haben keine Zimmer mehr frei, tut mir leid.«

Es brauchte einen Moment, bis Hanna begriff, dass das Belegt-Schild kein Irrtum war. Die Tatsache, dass sie im einzigen Motel von Neah Bay kein Bett finden würde, raubte ihr den letzten Funken Energie und sie musste sich am Tresen festhalten, da ihre Beine sie auf einmal nicht mehr trugen.

»Gibt es eine andere Möglichkeit, wo ich unterkommen könnte?«, fragte sie.

Wieder schüttelte die Indianerin den Kopf. »Es ist Wochenende und in Sekiu findet ein großes Bootstreffen statt. Ich fürchte, Sie werden kein Glück haben. Entlang der Küste ist alles ausgebucht.«

Hanna erinnerte sich, Plakate von diesem Bootsfest gesehen zu haben, als sie am frühen Morgen durch den kleinen Ort Sekiu gefahren war, aber sie hatte sich nichts dabei gedacht. Sie warf einen Blick auf die Uhr über der Rezeption. Es war kurz vor fünf und sie hatte seit zwei Tagen nicht mehr richtig geschlafen.

Ein dicker Kloß bildete sich in ihrem Hals.

»Tut mir leid«, sagte die Indianerin noch einmal, aber sie sah nicht so aus, als ob sie das wirklich meinen würde. Hanna verließ fluchtartig das Motel. Draußen hatte der Regen wieder zugenommen. Sie setzte sich ins Auto und dachte darüber nach, was sie jetzt tun sollte. Sie war todmüde und vollkommen erledigt. Der Gedanke, noch einmal an diesem Tag die sich gefährlich schlängelnde Küstenstraße bis nach Pillar Point oder weiter fahren zu müssen, gefiel ihr gar nicht. Sie war dem Tod von der Schippe gesprungen und wollte das Schicksal nicht noch einmal herausfordern. Eine Welle von Verzweiflung erfasste Hanna, als ihr Blick auf den Zettel mit Gregs Telefonnummer fiel, der auf dem Beifahrersitz lag.

Entschlossen startete sie den Motor und fuhr auf den Parkplatz vor Washburnes Supermarkt, einem großen flachen Gebäude in der Mitte des Ortes. Vor dem Eingang standen zwei bunt bemalte Wappenpfähle, die eindeutig nicht von Jim stammten, denn er bemalte seine Pfähle nicht – niemals.

Hanna stieg aus und strebte auf eines der Telefone neben dem Eingang zu. Sie holte tief Luft und wählte Gregs Nummer. Gleich beim zweiten Klingeln war er am Apparat. Hanna schilderte ihm die Situation und entschuldigte sich dafür, dass sie ihn erneut belästigte.

»Von wo aus rufst du an?«, fragte er.

»Vom Supermarkt.«

»Dann bleib, wo du bist. Ich bin in zwanzig Minuten bei dir.«

4. Kapitel

Draußen regnete es in Strömen. Nach seiner täglichen Patrouillenfahrt durch das Reservat, auf der er wie üblich seinem Freund Dan Hadlock in der Ozette-Rangerstation einen Besuch abgestattet hatte, war Bill noch einmal auf das kleine Polizeirevier in Neah Bay zurückgekehrt.

Auf seinen Patrouillen brauchte der Sheriff meist nichts weiter tun, als die Augen offen zu halten. Manchmal ertappte er jemanden, der unerlaubt jagte oder fischte. Es gab Weiße, die glaubten, sie könnten ohne Erlaubnis auf Indianerland ihrer Leidenschaft frönen. Hier und da erwischte er auch einen Verkehrssünder und konnte die Stammeskasse mit einem saftigen Bußgeld auffüllen. Die Strafen für Wilderei und Raserei im Reservat waren hoch. Die Ertappten jammerten meistens in den höchsten Tönen, aber Bill blieb hart – jedenfalls, wenn es sich bei den Sündern um Weiße handelte.

Das kleine Polizeirevier war im ehemaligen Schulgebäude am westlichen Ende des Ortes untergebracht und hatte zwei Arrestzellen. Sein Büro, das einstige Klassenzimmer, teilte Bill sich mit Chief Hunter, der heute eigentlich freihatte. Am Wochenende wechselten sie sich mit ihren Diensten ab. Sylvie, die stundenweise als Reinigungs- und Schreibkraft und auf dem Revier arbeitete, kam nur von Montag bis Freitag.

Obwohl er längst Feierabend hatte, holte der Sheriff einen Stapel Akten aus dem Schrank und platzierte sie auf seinem Schreibtisch. Er kochte sich einen starken Kaffee und machte es sich mit dem Becher und einer Zigarette im Drehsessel bequem.

Weder sein Chef noch Sylvie duldeten, dass er im Büro rauchte – aber wenn er allein war, konnten sie es ihm nicht verbieten.

Die Füße auf dem Schreibtisch, schlug er den ersten Ordner auf. Zwar konnte er sich an jeden dieser Vorfälle erinnern, aber nach dem, was heute Morgen am Kap passiert war, hatte er das Bedürfnis, die Details noch einmal nachzulesen.

Angefangen hatte es vor zwei Jahren im Sommer. Auf dem unbefestigten Teil der Cape Flattery Road, der kürzesten Strecke, auf der man von Neah Bay zum Kap kam, war ein Baum umgestürzt und hatte beinahe ein Ehepaar aus Ohio in seinem Wagen erschlagen. Die beiden waren mit dem Schrecken und einer saftigen Geldbuße davongekommen, denn diese Straße war zwar frei für Fahrradfahrer und Wanderer, für Motorfahrzeuge aller Art jedoch gesperrt. Erst recht, wenn kein Makah hinter dem Steuer saß.

Im Polizeibericht war das Ganze als Unfall festgehalten worden. In der Nacht zuvor hatte es einen Sturm gegeben, der – so wurde damals angenommen – die Wurzeln des Stammes gelockert hatte. Am Morgen war er dann über die Straße gekippt. Der Fahrer aus Ohio hatte nicht mehr rechtzeitig bremsen können und war auf den Stamm aufgefahren.

Der Kaffee wärmte Bill von innen und er öffnete die oberen Knöpfe seines Uniformhemdes. Er klappte die erste Akte zu und schlug die nächste auf. Fünf Monate nach der Sache mit dem Baum war bei einem der Boote, die vom Museum aus Touristen zur Walbeobachtung hinaus aufs Meer fuhren, der Motor ausgefallen. Da es in Neah Bay und Umgebung keinen Handyempfang gab und der Bootsführer auch keine Funkverbindung herstellen konnte, war die kleine Gruppe Japaner halb erfroren, als sie endlich von einem Rettungsboot übernommen und in den Hafen von Neah Bay zurückgeschleppt wurden. Im Protokoll erschien das Ganze als Havarie. Und die mit dem Schrecken davongekommenen Japaner betrachteten die Angelegenheit als gelungenes Abenteuer im Indianerreservat.

Was Bill las, gefiel ihm immer weniger. Im Licht des heutigen Vorfalls sahen die anderen Ereignisse nicht mehr wie Zufälle aus, sondern wie Sabotage. Der Sheriff nahm die Füße vom Tisch, setzte sich gerade hin und streckte seinen Rücken. Dann griff er nach der nächsten Akte. Im letzten Frühjahr war der Trailer eines Dauercampers unten am Hobuck Beach auf den Strand gerollt und die Flut hatte ihn mit Meereswasser und Sand gefüllt. Der Mann war zum Glück gut versichert gewesen.

Das war etwa zwei Wochen vor Bills Rückkehr von der Polizeischule passiert. Er erinnerte sich noch sehr gut daran, denn im Ort sprach man damals von nichts anderem und machte Witze darüber.

Mit einem sorgenvollen Stirnrunzeln überflog er die letzte Akte. Vor ein paar Monaten hatte jemand vor Helmas Clamshell Motel die Reifen sämtlicher Wagen mit fremden Kennzeichen durchstochen. Vermutlich waren das einheimische Jugendliche gewesen, die ihren Lokalpatriotismus unter Beweis stellen wollten. Allerdings hatten sie dabei die Reifen eines Stammesangehörigen erwischt, der mit einem Leihwagen aus Seattle unterwegs war. Aber letztendlich hatte man sich im Ort auch darüber lustig gemacht.

Der Sheriff klappte die Akte zu und sah aus dem Fenster. Draußen dämmerte es bereits und der Regen hatte zugenommen. Er fragte sich, ob die deutsche Frau tatsächlich in Helmas Motel eingecheckt hatte. Vielleicht hatten der morgendliche Schrecken und das miese Wetter sie ja auch abreisen lassen. Er beschloss, am Motel vorbeizufahren und es herauszufinden.

Es war spät geworden, schon kurz nach sechs. Nicht, dass er noch irgendetwas geplant hätte an diesem Samstagabend – in Neah Bay war an den meisten Wochenenden nichts los. Und zu

Hause wartete auch niemand auf ihn. Seit dem Tod seiner Mutter vor einem Jahr lebte Bill allein in seinem Haus am Rand von Neah Bay. Er hätte sich eine Frau suchen und eine Familie gründen können, um der allabendlichen Einsamkeit zu entgehen. Aber da ihn niemand drängte und er seine Freiheit und seinen Beruf liebte, hatte er es bisher nur in Erwägung gezogen und nicht in die Tat umgesetzt.

Abgesehen davon gab es nur eine Frau, für die er seine Freiheit aufgeben würde: Tomita Waata, die jüngere Schwester von Annie Waata. Doch bevor Tomita heiraten konnte, musste erst einmal ihre Schwester verheiratet sein. So wollten es die alten Regeln. Doch offensichtlich war Greg Ahousat, der von Annies Vater als würdiger Ehemann für seine älteste Tochter auserkoren war, weit davon entfernt, Annie einen Antrag zu machen.

Stattdessen fischte sich Greg lieber eine bleichgesichtige Frau aus dem Pazifik. Bill schnaubte kopfschüttelnd.

Er löschte das Licht und schloss alle Türen sorgfältig ab. Dann fuhr er zum Clamshell Motel. Dort erfuhr er, dass vor etwa einer Stunde eine weiße Frau nach einem Zimmer gefragt hatte, jedoch alles belegt war.

»Wo hast du sie hingeschickt, Adela?«, fragte er die junge Indianerin.

Sie zuckte mit den Schultern. »Nirgendwohin. Sie ist wieder gegangen.«

Bill kratzte sich am Kopf. Dann hatte sie Neah Bay also wieder verlassen. *Auch gut.*

Als Bill später in seinem Bett lag und im Dunkeln an die Decke seines Schlafzimmers starrte, hatte er die Frau vergessen. In Gedanken spielte er das Gespräch mit Chief Hunter durch, das er spätestens am Montag mit ihm würde führen müssen. Denn Bill war mittlerweile fest davon überzeugt, dass all diese Ereignisse keine Zufälle waren. Jemand aus dem Ort versuchte, Fremden Schaden zuzufügen, damit sie fernblieben.

Chief Hunter würde mit den Augen rollen und versuchen, ihn abzuwimmeln. Vermutlich würde er sagen, dass es die Rache der Geister war, die einfach keine Fremden in ihrem Areal duldeten.

Und er hatte recht, Makah Land war das Land der Geister. Sie wohnten überall: im Meer, in den Wäldern und in den Bergen. Unter der Erde und unter den Menschen. Daran glaubte sogar Bill, trotz seiner fünf Jahre auf der Polizeischule in Seattle, wo man versucht hatte, ihm beizubringen, dass alles Böse den Hirnen der Menschen entsprang und dass es keine unsichtbaren Mächte gab.

Aber die Manipulation des Geländers war mit Sicherheit kein Werk von unsichtbaren Mächten. Bill Lighthouse wusste, dass er nach jemandem suchen musste, der clever war und sich zudem gut mit der Beschaffenheit von Holz auskannte.

Hanna schreckte auf, als jemand gegen die Scheibe der Fahrertür klopfte. Sie war eingeschlafen und im ersten Moment wusste sie nicht, wo sie überhaupt war. Mit fahrigen Bewegungen suchte sie nach dem richtigen Knopf und ließ die Scheibe herunter.

»Fahr mir nach«, sagte Greg. »Es sind nur ein paar Straßenecken.«

Hanna fuhr hinter Gregs Pick-up her, durch ein paar nass glänzende menschenleere Straßen. Er hielt vor einem schmucken Holzhaus am Waldrand und sie parkte den Chevy daneben. Im Scheinwerferlicht leuchtete der blaue Anstrich des Häuschens frisch und freundlich. Hinter zugezogenen Vorhängen brannte Licht. Sie stiegen aus und Hanna folgte Greg zur Tür.

Er klopfte und nach einer Weile erschien eine kleine runzlige

Frau mit einem ausgewaschenen blauen Tuch auf dem Kopf in der Tür. Hanna schätzte sie auf Ende siebzig oder Anfang achtzig. Ihr Gesicht war dunkel und von unzähligen tiefen Falten durchzogen, wie eine Walnuss. Als sie Greg im Dämmerdunkel erkannte, leuchteten ihre schwarzen Augen vor Freude auf.

Die alte Dame sagte etwas in der Sprache der Makah und Greg antwortete ihr in seiner Muttersprache.

Die Alte schob ihr Kopftuch aus der Stirn, nickte und sagte: »Na, komm schon rein, Chah-la-bush. Wen hast du denn da mitgebracht?«

Greg zog Hanna ins Haus und stellte sie der alten Indianerin vor. In diesem Moment verschwand das Lächeln aus dem Gesicht der Frau und das Leuchten in ihren Augen erlosch.

Ohne weitere Begrüßung führte sie ihre beiden Gäste durch den mit Wasserbottichen vollgestellten Flur in einen hell erleuchteten Wohnraum. Hanna roch den Zednduft. Auf dem Boden und allen zur Verfügung stehenden Sitzmöbeln lag Flechtmaterial ausgebreitet: Raffiafasern, Sitca Sedge, das hellere Süßgras, Bärgras und ein paar Streifen vom weichen Bast der Zedernrinde.

Ein junges Mädchen mit langem Zopf und Halbmondaugen, das an einem kleinen Korb arbeitete, stand auf und bot Hanna ihren Platz an.

»Hallo Grace.« Greg räumte sich einen Stuhl frei und setzte sich ebenfalls. Er ließ seinen Blick schweigend auf dem Mädchen ruhen, als hätte er vergessen, warum er eigentlich hier war.

Die alte Frau gab Grace ein Zeichen, worauf das Mädchen ihre Arbeit zur Seite legte und den Raum verließ.

»Deine Urenkelin wird immer schöner, Gertrude«, bemerkte Greg anerkennend.

»Ja«, grummelte die Indianerin, »die jungen Männer umschwärmen das Haus wie Motten das Licht. Aber«, aus schmalen Augenschlitzen heraus sah sie ihn an, »um mir das zu sagen, bist du doch nicht hergekommen.«

»Nein.« Offensichtlich nervös, presste er seine Hände zusammen. »Ich bin hier, weil ich dich um den Schlüssel für deine alte Hütte am Strand bitten wollte. Es wäre nur für ein paar Tage und ich würde natürlich dafür bezahlen.«

»Ist dein schickes Haus abgebrannt?«, fragte die Indianerin mit unbewegter Miene.

»Nein. Hanna hat kein Zimmer bekommen im Motel und . . .«

»Was geht dich das an?«, unterbrach ihn die Alte, ohne Hanna anzusehen. »Ist sie deine Freundin?«

Greg schüttelte den Kopf. »Sie war die Frau von Jim, Gertrude. Hanna und er haben eine kleine Tochter. Jetzt ist sie hier, um nach ihm zu suchen.«

Das Gesicht der Indianerin runzelte sich noch mehr zusammen. »Hier, in Neah Bay? Ich dachte, er ist bei ihr.«

»Sie sagt, Jim wäre damals nach Neah Bay zurückgekehrt. Er wollte sie später nachholen, hat aber nie wieder etwas von sich hören lassen.«

»Tja, dann hat er sich wohl in Luft aufgelöst.«

»Gertrude, bitte.«

Die grummelige Alte zuckte mit den Achseln. »Wenn Jim zurückgekommen wäre, wüsste ich es.«

Hanna, der vor Schlafmangel ganz schlecht war, wurde zunehmend unbehaglicher zumute.

Sie tun so, als wäre ich Luft.

»Vielleicht ist Jim irgendwohin gegangen, wo niemand ihn vermutet«, sagte Greg. »Vielleicht versteckt er sich.«

Das Mädchen kam mit einem Tablett zurück und bot jedem einen kleinen, mit Früchten belegten Kuchen an. Greg griff zu, und als er Hannas Zögern bemerkte, bedeutete er ihr, es ebenfalls zu tun.

Hastig nahm sich Hanna ein Küchlein. Sie wollte die alte Indianerin nicht noch mehr verärgern, schließlich hatte sie die Höflichkeit besessen, sich an die Regeln der Gastfreundschaft zu halten. Das Mädchen suchte nach einem Platz, wo sie das Tablett mit den restlichen Küchlein absetzen konnte, und schob ein paar Raffiafasern auf dem Tisch zur Seite.

»Salmonberry Cookies«, sagte Gertrude, »Grace hat sie gebacken.« Sie tätschelte den Arm ihrer Urenkelin. »Danke, du kannst für heute Schluss machen.«

Obwohl ihre Urgroßmutter sie nicht hinausgeschickt hatte, verstand das Mädchen die Aufforderung. Sie verabschiedete sich höflich, obwohl sie vor Neugier ganz offensichtlich platzte, und verließ den Raum.

Hanna biss in ihr Küchlein. Der Geschmack des noch warmen Gebäcks und der säuerlichen Beeren weckte ihre Lebensgeister und sie versuchte, ihre Gedanken zu sammeln.

Auf einmal wandte die alte Frau den Kopf und sah sie mit stechendem Blick an. »Was wollen Sie von Jim Kachook?«, fragte sie.

Verdattert darüber, plötzlich angesprochen zu werden, schluckte Hanna den Bissen, den sie im Mund hatte, ungekaut herunter. Also los, sagte sie sich, du hast nichts zu verlieren. Sie räusperte sich und holte tief Luft. »Ich bin nicht hier, um Forderungen an Jim zu stellen. Ich möchte nur wissen, was aus ihm geworden ist. Damit ich etwas habe, was ich seiner Tochter erzählen kann, wenn sie mich nach ihrem Vater fragt.«

Im gleichen Moment, als Hanna ihre Worte gesprochen hatte, bezweifelte sie, dass sie das Herz der alten Frau in irgendeiner Weise anrühren würden. Aber das war ihr auch egal. Alles, was sie jetzt noch wollte, war ein Bett.

Gertrude Allabush hörte die Worte der rothaarigen Fremden, aber sie wusste nicht, ob sie ihr trauen konnte. Der junge Holzschnitzer tat es ganz offensichtlich, aus welchen Gründen auch immer.

Mit einem Ächzen erhob sie sich, ging zu der alten Kommode hinüber und holte aus einem Zedernholzkästchen den Schlüssel zum Strandhaus hervor.

Vor Jahren, sie wusste nicht mehr, ob es zehn oder mehr waren, war Jim Kachook zu ihr gekommen und hatte sie um den Schlüssel für das kleine Haus am Strand gebeten. Er bräuchte Ruhe, um nachzudenken, hatte er gesagt. Natürlich war ihr klar gewesen, was er wirklich vorgehabt hatte. Leider war sie nie dahintergekommen, wer das Mädchen gewesen war, mit dem er sich damals heimlich getroffen hatte. Sie hatte ihn nie gefragt und er hatte nichts gesagt. Niemand in Neah Bay hatte Jim Kachook länger als eine Stunde mit ein- und derselben Frau zusammen gesehen. Es hieß, dass Frauen ihn nicht interessierten. Er wollte bloß schnitzen.

Bis er von heute auf morgen mit einer Fremden fortging.

Dieser Fremden.

Es darf nicht passieren, dass sich alles wiederholt, dachte Gertrude voller Sorge. Es genügte, wenn sie Greg ansah, den Sohn ihrer Nichte, den sie besser kannte als er sich selbst. Vielleicht würde diese ferne bleiche Frau ihm wehtun, vielleicht war er ihr aber auch gewachsen – wer wusste das schon.

Sie zögerte noch einen Moment, doch dann drückte sie Greg den Schlüssel in die Hand. Er nahm ihn entgegen und zog ein Bündel Dollarscheine aus der Tasche. Er zählte hundert Dollar ab und reichte Gertrude das Geld.

Die alte Indianerin rollte die Scheine, legte sie in das Kästchen und sagte: »Die Tür klemmt ein bisschen, aber das weißt du ja.« Sie begleitete die beiden nach draußen und sah zu, wie sie in ihre Autos stiegen.

Doch als Greg zum Abschied die Hand hob, erwiderte Gertrude den Gruß nicht. Sie schüttelte nur den Kopf. Das bedeutet nichts Gutes, dachte sie. Es konnte einfach nichts Gutes bedeuten, dass diese Frau wieder nach Neah Bay gekommen war.

Das alte Haus, in dem Gertrude Allabush gelebt hatte, bevor sie zu ihrer Enkelin Celine – der Mutter von Grace – ins Dorf gezogen war, stand am Nordufer des Waatch River, dort, wo der Fluss in den Pazifik mündete und sich eine kleine Bucht gebildet hatte. Auf der gegenüberliegenden Seite konnte man die Lichter des Campingplatzes erkennen.

Gertrudes Hütte war von außen windschief und mit der Patina ewiger Zeiten besetzt, aber Greg hatte sich über die Jahre Mühe gegeben, das kleine Haus bewohnbar zu erhalten.

Er schloss die Tür auf, drückte sie mit der Schulter nach innen und schaltete das Licht an. Das Haus bestand aus einem größeren Wohnraum mit Küchenzeile, einer Schlafkammer und einem kleinen Badezimmer. Der Wohnraum hatte einen Kamin, neben dem ein durchgesessenes Sofa und ein Sessel standen. Im Holzregal an der Wand lagen ein paar zerlesene Bücher und verschiedenes Strandgut. Einziger Schmuck des Raumes waren verschieden große Körbe, die im Regal oder auf dem Boden standen.

Ein stabiler Holztisch mit vier Stühlen stand nahe der Küchenzeile, die aus einem gusseisernen Herd, einer Spüle mit Arbeitsplatte und einem uralten Kühlschrank bestand. Als Greg den Stecker in die Dose schob, begann er laut zu brummen.

Hanna öffnete die Türen des zerschrammten Küchenschranks, in dem sie sämtliche Utensilien fand, die man zum Kochen brauchte. Greg zauberte einen Elektrokocher mit zwei Platten unter einem Baumwolltuch hervor. »Wenn du ein Menü kochen willst, musst du allerdings den Holzherd anfeuern.«

Er führte Hanna in den Schlafraum, der fast ganz von einer

einfachen Kommode und zwei zusammengeschobenen Betten ausgefüllt wurde. Hanna öffnete das Fenster und frische Salzluft kam herein.

»Bettwäsche ist in der Kommode«, sagte Greg. »Komm, ich zeige dir noch das Bad.«

Im winzigen Bad mit Toilette und Duschkabine drückte er den Stecker vom Boiler in die Steckdose. »Es ist nicht ganz so komfortabel wie in Helmas Motel, aber du hast warmes Wasser zum Duschen.«

»Danke.« Hanna gähnte und strich sich über ihre sommersprossige Stirn. »Danke, Greg.«

Sie lächelte, sah aber erschöpft und mitgenommen aus.

»Gern geschehen«, sagte er verlegen.

Als sie in ihrem Lederrucksack kramte und ihm hundert Dollar reichte, wollte er das Geld nicht nehmen. Aber sie bestand darauf und er steckte die Scheine ein.

»Ich fahre dann mal«, sagte er, »du bist sicher hundemüde. Wenn du Lust hast, komm morgen früh zum Frühstück zu mir, so gegen neun. Ist das okay?«

Hanna nickte und unterdrückte ein Gähnen. Er ging und zog die Tür hinter sich zu.

Als Greg einen Moment später in seinem Auto saß und den Motor anließ, fragte er sich, was der Grund dafür war, dass er Hanna zum Frühstück eingeladen hatte. War es der leere Kühlschrank gewesen oder der violette Schimmer in ihren traurigen Augen?

Der Wind fuhr durch die dunklen Bäume und wehte Nadeln und Regentropfen auf die Frontscheibe seines Pick-ups. Zu Hause angekommen, zog Greg seine Regenjacke und die Gummistiefel an und ging hinunter zum Strand. Noch war genügend Zeit, bevor die Flut stieg.

Greg brauchte das Meer, um nachdenken zu können. Diese ehrwürdige, uralte Macht hatte ihm jeher Antworten auf seine Fragen gegeben. Die Gewissheit, dass das Meer sein Volk schützte, war in seinem Blut. Vor langer Zeit hatte der Geist des Meeres den Makah ein Versprechen gegeben. Dieses Versprechen war mit dem Blut der Ahnen weitergegeben worden: Der Pazifik wird das Volk der Makah niemals hungern lassen.

Der Wind trieb die dunklen Regenwolken zum Horizont. Greg bewegte sich sicher in der zunehmenden Dunkelheit. Er kannte dieses Stück Strand besser als sich selbst. Obwohl der Strandstreifen jedes Jahr ein Stück erodierte, das Meer während der Stürme in Herbst und Winter einen Teil des Festlandes mit sich riss, richtete Greg sich auf die neuen Wege und Zugänge ein. Die Zeit stand niemals still und nichts blieb, wie es war. Auch er selbst nicht.

Nur der Schmerz bleibt.

Jedenfalls war er jetzt wieder da. Genauso heftig wie zu der Zeit, als Jim nicht mehr aus Deutschland zurückkehrte und Gregs Leben völlig aus den Fugen geriet. Er verlor seine Liebe. Eine Liebe, die ihn so vollkommen erfüllt hatte, dass er noch jetzt manchmal von körperlichen Lähmungen befallen wurde, wenn er nur an Jeramie Yazzie dachte.

Aber Erinnerungen waren der stetigen Erosion des Gedächtnisses ausgesetzt. Im Laufe der Jahre verdrängte und beschönigte man und rückte sich alles so zurecht, wie man es brauchte, um eine Rechtfertigung für sein Leben zu haben.

Wie war es möglich gewesen, dass er immer weitergemacht hatte, obwohl so vieles fehlte?

Greg war nicht begeistert über Hannas Auftauchen in Neah Bay, doch ihre Anwesenheit hatte etwas in Bewegung gesetzt. Mit einem Mal hatte er wieder vollkommen klare Bilder von Jim vor Augen. Er war ein Narr gewesen, weil er jahrelang versucht hatte, seine Zweifel zu hintergehen. Jims Verschwinden hatte ihn zu sehr verletzt, die Folgen waren zu bitter gewesen, als dass er je nach ihm gesucht hätte. Nie war es ihm in den Sinn gekommen, dass alles anders sein könnte, als er es sich zurechtgelegt hatte. Greg war wie alle Menschen: Er glaubte, was er glauben wollte.

Ich habe die Wahrheit verdrängt.

Warum war er nicht imstande gewesen, sich einzugestehen, dass Jim ein ganz anderer Mensch sein könnte als der, für den er ihn hielt?

Die Nacht war schwarz und aufgewühlt. Greg fuhr sich mit der Hand über die Augen. Der frische Wind, der die Bäume beutelte, riss an seinen Haaren. Eine dunkle Wolke verbarg den halben Mond. Greg wich einem großen Haufen Treibholz aus. Seine Füße fanden die vertrauten Trittstellen, ohne dass er sich auf den Weg konzentrieren musste. Ein dumpfer Druck in der Brust nahm ihm den Atem. Alles, was er fühlte, war Schmerz – körperlich gewordene Erinnerungen. Dieser schwarze Wind riss auch manchmal die Seelen der Menschen an sich und hängte sie oben an die Wolken, bis sie ein Band aus Trauer und Sehnsucht ergaben.

Er brauchte Zeit, um über alles nachzudenken. Darüber, dass er der deutschen Frau das Leben gerettet hatte und dass sie hier, in seinem Haus gewesen war. Dass es ein kleines Mädchen mit heller Haut und Jims dunklen Augen gab. Dass Jim Deutschland den Rücken gekehrt hatte, um hierher nach Neah Bay zurückzukehren.

Wo er allerdings nie angekommen war.

Wo bist du, Jim?

Ein warmer Tränenstrom lief über Gregs Gesicht. Die Tränen kamen aus den Tiefen seines Unterbewusstseins. Er träumte von der Umarmung seiner Mutter, ihrem warmen Geruch, ihrem glucksenden Lachen. Sie hatte immer einen Weg gewusst. In ihrer Nähe hatte er sich stets sicher und geborgen gefühlt. Bis sie gestorben war und ihn mit seinem mürrischen und fordernden Vater allein gelassen hatte.

Auch Jim hatte ihn allein gelassen. Er war einer weißen Frau auf einen anderen Kontinent gefolgt und hatte ihm die ganze Verantwortung aufgebürdet. Jeramie Yazzie, Navajo-Indianerin und Liebe seines Lebens, war nach dem Studium in ihre Heimat in Arizona zurückgekehrt. Sie hatte Greg geliebt, konnte jedoch ohne ihre Wüste nicht leben und wäre im feuchten, wechselhaften Klima der Nordwestküste eingegangen wie ein Kaktus im Sumpfgebiet.

Alle waren weggegangen und er hatte einfach weitergemacht. *Bis jetzt.* Bis Hanna aufgetaucht war, mit ihren kupferfarbenen Haaren und den meergrünen Augen, die plötzlich violett werden konnten. Unwillkürlich kam Greg die Geschichte von Kupferfrau in den Sinn, die Jim ihm einmal erzählt hatte.

Am Anfang der Zeit, als die Küste noch unbewohnt war, lebte nur eine Frau mit rotem Haar und grünen Augen dort – ganz allein mit ihrem uralten und doch unvollständigen Wissen. Während der Herbststürme kamen übernatürliche Wesen über das Wasser und sie lehrten Kupferfrau jenes Wissen, das die Menschheit für ein erfülltes Leben brauchte. Als die Wesen wieder verschwunden waren, weinte Kupferfrau, weil sie sich nun einsam fühlte. Sie weinte so heftig und lange, dass dicker Schleim aus ihrer Nase in den Sand floss.

Die Wissenden Wesen hatten ihr geraten, sich für diesen Schleim nicht zu schämen, sondern ihn gut aufzubewahren. Kupferfrau gab den sandigen Schleim also in eine Muschelschale und bewahrte ihn auf. Tage später merkte sie, wie der Sand in der Muschel sich bewegte. Ein winziges Menschlein war entstanden, Rotzbube, der erste Mann. Die Söhne und

Töchter von Rotzbube und Kupferfrau zeugten die ersten Menschen.

Unvermutet musste Greg lächeln. *Kupferfrau.* War es das, was Jim so an Hanna fasziniert hatte? Ihre roten Haare? Das wäre typisch für Jim, für den die alten Legenden immer zum Leben gehört hatten.

Das Meer umspülte seine Stiefel. Die Flut stieg. Sehr schnell war der Strand zu einem schmalen Streifen zwischen den Ausläufern der Brandung und der Treibholzbarriere geschrumpft. Der Pazifik war ein großes dunkles Tier, das in der Lage war, einen zu verschlingen, wenn man nicht auf der Hut war. Doch Greg fürchtete sich nicht vor dem Ozean. Die Menschen und ihr seltsames Tun waren es, die ihm Angst machten.

Er stieß einen Seufzer aus und kehrte um. Der Nachtwind schlug ihm die Haare über das Gesicht. Die Schmerzen in seinem lädierten Fußgelenk waren stärker geworden. Greg gab dem Gefühl nach und humpelte. Du kannst an nichts festhalten, dachte er, nicht mal am Schmerz.

Und auf einmal wusste er, was er tun musste, um über seine innere Unruhe Herr zu werden. Er beschloss, Hanna bei ihrer Suche nach Jim zu helfen.

5. Kapitel

Sheriff Bill Lighthouse begann seinen Sonntagsdienst am frühen Morgen oben am Kap und überprüfte das Geländer in der kleinen Ausbuchtung. Die Arbeiter hatten es komplett erneuert, alles sah so aus, als ob der Unfall nie passiert wäre. Trotzdem stimmte etwas nicht. Er spürte die Anwesenheit eines Wesens, das sehr verärgert war. Jemand, oder besser: *etwas*, das sich schon seit einer Weile in seiner Nähe aufhielt, in drohender Unentschlossenheit verharrend. Aber so gründlich Bill auch um sich blickte und das Blätterdickicht zu durchdringen versuchte – da war niemand. Also doch Geister. *Zornige Geister.*

Mit der Rechten strich sich Bill nachdenklich über sein glatt rasiertes Kinn. Vielleicht war das etwas, das nur für einen Makah spürbar war. Weil die Welt der Makah, im Gegensatz zur Welt der Weißen, nicht auf das Sichtbare beschränkt blieb. Für Fremde war dieser Ort eine Attraktion, die es wert war, auf ihren Videos und Digitalkameras festgehalten zu werden. Der Pazifik zu seinen Füßen. Tiefblaues Wasser und zerklüftete Felsen. Dahinter der Wald mit seinem dichten Unterholz und den mächtigen, jahrhundertealten Bäumen. Doch kein Fremder würde jemals die Seele des Ortes erblicken.

Achselzuckend machte der Sheriff kehrt und lief den Weg zurück zu seinem Wagen. Lautlose Schritte begleiteten ihn durch den Wald. Blieb Bill stehen, stand auch der andere. Lief er weiter, nahm er die fremden Schritte wieder wahr. Sollte das wirklich ein Geist sein? Obwohl der Sheriff sich lächerlich vorkam, zog er seine Waffe. Er setzte seinen Weg fort, drehte sich jedoch einige Male ruckartig um und richtete die Pistole auf das nächstbeste Gebüsch, in der Hoffnung, den unsichtbaren Verfolger zu ertappen.

Schließlich schob Bill seine Dienstwaffe zurück ins Halfter. Was sollte er tun, wenn er ein übernatürliches Wesen auf frischer Tat erwischte? Es festnehmen und hinter Gitter sperren?

Nachdem Greg am vergangenen Abend gefahren war, hatte Hanna das Bett bezogen, hatte sich in die Decke gerollt und geschlafen wie eine Bewusstlose. Gegen Morgen, es war noch dunkel draußen, wurde sie wach, weil der Kühlschrank geräuschvoll ansprang. Zuerst wusste sie nicht, wo sie war, aber dann fiel ihr alles wieder ein: ihr Sturz von der Klippe, Greg Ahousat und seine Muscheln, Gertrude Allabush und ihr Strandhaus.

Schlaftrunken stand sie auf und ging in das winzige Bad auf die Toilette. Danach tappte sie zurück in die Schlafkammer, schloss die Tür zum Wohnraum und legte sich wieder ins Bett. Im Halbschlaf träumte sie, dass Jim und sie sich liebten – und so furchtbar gern hätte sie diesen Traum festgehalten. Sie war nicht richtig wach und wollte es auch gar nicht werden. Noch immer spürte sie das erlösende Pochen in ihrem Leib, die wohlige Wärme nach dem Zusammensein mit Jim.

Und wie schon so oft wurde ihr klar, warum sie sich in den vergangenen Jahren nicht neu verliebt hatte. Jim Kachook hielt sie davon ab. Er war fortgegangen, aber etwas von ihm würde für immer bei ihr sein. Es hatte ihr den Weg zurück nach Neah Bay gewiesen und sie zuerst auf Greg Ahousat treffen lassen, den Mann, der Jim einen Bruder nannte. Hanna war davon überzeugt, dass das kein Zufall war.

Greg war der Schlüssel zu Jim. Sie musste ihn bitten, ihr zu helfen.

Hanna warf die Bettdecke zurück, sprang aus dem Bett und

stellte sich unter die Dusche, um richtig wach zu werden. Sie zog sich an, bürstete sorgfältig ihr Haar, bis es glänzte, und nahm es im Nacken mit einem dicken Gummiband zusammen.

Als sie auf die Veranda trat, wurde ihr erst richtig klar, wie einsam das Haus stand und wie nah am Meer. Im Augenblick herrschte Ebbe, aber bei Flut erreichte das Wasser fast die Hütte. Sie sah es an der Gezeitenlinie, die von Muschelbergen und Tang gesäumt war. Die ferne Wasseroberfläche war beinahe glatt und spiegelte das Morgenlicht. Die Morgennebel hatten sich noch nicht verzogen, aber vielleicht würde heute die Sonne herauskommen.

Hanna schloss das Strandhaus ab und machte sich mit ihrem Chevy auf den Weg zum Sooes Beach. Sie überquerte die Holzbrücke, kam auf der anderen Seite des Flusses am Campingplatz vorbei und kurz darauf führte die asphaltierte Straße schon dicht am Strand entlang. Auf der linken Seite war sie von hohen Stämmen gesäumt, auf der rechten gab sie zwischen Bäumen und Büschen hin und wieder einen Blick auf die ferne Brandung frei.

Nach zehn Minuten erreichte sie die Abzweigung zu Ahousats Haus. Sie parkte neben Gregs Pick-up und sah auf die Uhr. Es war kurz vor acht, viel zu früh. Greg schlief mit Sicherheit noch. Hanna wollte ihn nicht wecken, also stieg sie die Stufen hinunter und lief den Pfad am Haus vorbei, der zum Strand führte. Ein kleiner Spaziergang vor dem Frühstück würde ihr guttun.

Nachdem Hanna den Pfad ein Stück gegangen war, drehte sie sich noch einmal um und ihr Blick fiel auf den Totempfahl. Sie betrachtete das Hauptwappen, den Wolf. Seine lang gezogene Schnauze mit der aufgewölbten Nase. Die spitzen Ohren und die schräg gestellten Augen. Die Augen waren für Jim immer von besonderer Bedeutung gewesen. Durch die Augen seiner Wappentiere sieht der Pfahl, hatte er ihr erklärt.

Hanna setzte ihren Weg zum Strand fort, lief über einen Streifen angehäufter, rund geschliffener Steine und passierte die Treibholzbarriere. Sie setzte sich auf einen der riesigen Stämme, die oberhalb des Strandes lagen und verhindern sollten, dass das Meer zu schnell zu viel vom Festland fraß.

Als die Sonne hervorkam, begann das nasse Schwemmholz zu dampfen. Es roch nach Seetang und in der Sonne getrockneten Steinen. Der unberührte Sandstrand wurde durch zwei kleine Rinnsale geteilt, die auf ihrem Weg zum Meer den Sand durchschnitten. Mit geschlossenen Augen lauschte Hanna auf die schwache Brandung, das ferne Atmen des Meeres. Wie einsam es hier war! Was für ein Land! Nirgendwo Menschen. Es hätte ihr Zuhause werden können. Vielleicht wäre sie hier glücklich geworden. *Vielleicht.*

Hanna hatte längst aufgehört, dem Land und den Makah die Schuld für Jims Verschwinden zu geben. Die Zeiten, als der Verlust sie wie ein Fieber quälte, waren vorbei. Ihre Wunden waren verheilt, und auch wenn Narben geblieben waren – sie war nicht hier, um sie erneut aufreißen zu lassen.

Alles, was sie wollte, war Klarheit. Eine plausible Geschichte für ihre Tochter, die anfing, Fragen zu stellen.

Vor ein paar Wochen war Ola aus dem Kindergarten wiedergekommen und hatte gefragt: »Warum habe ich keinen Papa? Alle haben einen.«

Da hatte Hanna ihrer Tochter den Wappenpfahl vor dem Museum gezeigt. »Den hat dein Vater geschnitzt«, hatte sie zu Ola gesagt. »Er ist ein großartiger Künstler.«

»Das glaube ich nicht«, hatte die Kleine geantwortet. »Dieses Ding ist viel größer als ein Mensch.«

»Man hat den Pfahl erst aufgestellt, als dein Vater ihn fertig bearbeitet hatte.«

»Hast du ihm dabei zugesehen?«

»Ja, das habe ich.«

»Aber woher weißt du so genau, dass er mein Vater ist?«

»Weil du genauso aussiehst wie er«, hatte Hanna ihrer Tochter geantwortet.

Damit hatten die Fragen begonnen. Wer ist er? Wo lebt er? Kennt er mich?

Schritte auf den Kieseln rissen Hanna aus ihren Gedanken. Greg kam auf sie zu. »Guten Morgen«, sagte er mit einem undurchschaubaren Lächeln und setzte sich neben sie.

Zaghaft lächelte sie zurück. »Guten Morgen, Greg.«

»Gut geschlafen?«

»Ja, bestens.«

»Keine Angst gehabt, so allein?«

»Nein, sollte ich?«

»Nein.« Greg schüttelte den Kopf und blickte auf das Meer hinaus. Ihm schienen auf einmal die Worte ausgegangen zu sein. Eine Weile sagte keiner von beiden etwas. Nur das sanfte Rauschen der Brandung war zu hören und die entfernten Schreie der Seemöwen, die sich auf ihre Beute stürzten.

»Woran hast du gedacht, bevor ich gekommen bin?«, fragte er schließlich und sah sie von der Seite an.

»An meine Tochter.«

»Wo ist sie jetzt?«

»Meine Eltern kümmern sich um sie«, antwortete Hanna. Sie dachte an die endlosen Streitereien, die sie mit ihren Eltern wegen Jim gehabt hatte. »Das heißt, wenn es nach meinem Vater gegangen wäre, dann wäre ich jetzt gar nicht hier. Meine Eltern hatten von Anfang an Probleme mit meiner Beziehung zu Jim. Der Gedanke, mich so weit weg zu wissen, unter fremden Menschen in einer fremden Kultur, gefiel ihnen überhaupt nicht.«

»Hast du keine Geschwister?«

»Nein. Das ist es ja. Die einzige Tochter zu sein, ist eine

schwierige Aufgabe. Alle Erwartungen konzentrieren sich nur auf dich.« Hanna zog ihre Knie an ihren Körper heran und umschlang die Beine mit den Armen. »Meine Eltern blieben Jim gegenüber misstrauisch bis zum letzten Tag. Und später demonstrierten sie mir immer wieder, dass sie recht behalten hatten. Das tat weh, und wenn ich ehrlich sein soll, habe ich es ihnen bis heute nicht verziehen.«

»Aber sie kümmern sich um deine Tochter.«

»Ja. Meine Mutter hat sich gegen meinen Vater durchgesetzt. Sie hat zugestimmt, Ola zu betreuen, während ich weg bin. Das Geld für den Flug habe ich mir zusammengespart.«

»Arbeitest du immer noch für das Museum?«, fragte Greg und wandte den Blick wieder zum Horizont.

»Ja.« Sie nickte.

»Was genau tust du eigentlich, wenn du nicht gerade auf der Suche nach einem Holzschnitzer bist?«

Hanna lächelte. Immerhin, er interessierte sich für sie, das war ein Anfang. »Ich bin Restauratorin und seit einigen Jahren auch für die Organisation und den Aufbau von Sonderausstellungen verantwortlich. Damals, als das Museum mich hierherschickte, um nach einem Schnitzkünstler zu suchen, begann vier Wochen später eine Ausstellung über die Kultur der Nordwestküstenindianer. Die Exponate sollten den Besuchern die Vergangenheit zeigen. Und Jim, der an seinem Pfahl arbeitete, sollte der lebendige Beweis dafür sein, dass die Kultur bis heute überlebt hat.«

Greg holte tief Luft und schüttelte unmerklich den Kopf. »Es ist mir immer noch unbegreiflich, dass Jim . . .«, er stockte auf einmal, als bereute er es, den Satz angefangen zu haben.

»Dass Jim *was?*«

»Versteh mich nicht falsch, Hanna, aber es passte überhaupt nicht zu ihm, dass er sich ausgerechnet in eine weiße Frau verliebt haben soll, eine, die noch dazu in einem Völkerkundemu-seum arbeitet. Jim war Traditionalist, ein strenger Verfechter der alten Werte. Deshalb verstand er sich auch so gut mit mei-nem Vater.«

Seine Worte versetzten Hanna einen Stich. Ihre Kehle wurde eng und sie schluckte. »Ist es wirklich so abwegig, dass Jim mich mochte – all seinen Traditionen zum Trotz?« Sie sah auf und suchte nach einer Antwort in Gregs Miene.

»Ich verstehe es einfach nicht«, antwortete er. »Vielleicht kanntest du ja einen anderen Jim als ich.«

Seufzend nickte sie. Manchmal kam ihr die Zeit mit Jim selbst wie ein Märchen vor. Aber er hatte sie geliebt, so viel wusste sie, und dieses Wissen würde sie sich auch nicht nehmen lassen.

»Jim war manchmal wie ein Kind«, sagte sie traurig. »Er such-te ständig meine Nähe, als könne er nicht atmen, wenn ich nicht bei ihm war. Er war sehr besitzergreifend. Zu Anfang fiel mir das gar nicht auf, weil ich so verliebt war und auch nichts anderes wollte, als mit ihm zusammen zu sein. Aber nach ein paar Wochen wurde es schlimmer. Er redete kaum noch mit an-deren. Mit seinem Schweigen und seiner finsteren Miene ver-graulte er meine Freunde. Sie glaubten, er wäre verrückt. Bald hatte ich niemanden mehr, nur noch ihn.«

Greg schüttelte ungläubig den Kopf, als würde das alles kei-nen Sinn für ihn ergeben. »Wenn ich dir so zuhöre«, sagte er, »dann scheint es immer mehr, als würden wir nicht von ein und demselben Menschen reden.«

Hanna sah ihn an und stellte ihre Frage so vorsichtig wie möglich: »Warum hat Jim nie etwas von dir erzählt, Greg?«

Die Tatsache, dass Jim ihr Gregs Existenz verschwiegen hatte, verstärkte Hannas Zweifel, dass er tatsächlich vorgehabt hatte, sie nach Neah Bay zu holen. Wie hätte er ihr das alles erklären sollen?

Greg griff nach einem Stein, der im Wurzelgeflecht des Baumriesen steckte, wog ihn in der Hand und schleuderte ihn über den Strand. »Ich weiß es nicht, Hanna, aber es tut verdammt weh. Schließlich haben wir zehn Jahre unseres Lebens wie Brüder miteinander verbracht.« Nachdenklich ließ er seine flache Hand über das samtige Holz des Stammes gleiten. »Ich erinnere mich noch sehr genau an den Tag, an dem Jim Kachook nach Neah Bay kam. Ich vermute, auch davon hat er dir nichts erzählt, oder?«

»Nein.«

Erst hatte Hanna das Gefühl, als wolle Greg seine Erinnerung für sich behalten. Aber nach einer Weile begann er doch zu erzählen.

»Damals fuhr ich mit einem Holzkahn aufs Meer, um zu fischen. Ich war erst zehn, aber mein Vater hatte mir erlaubt, allein rauszufahren, denn ich hatte ihn davon überzeugt, dass ich das Boot beherrschte. Ein Sturm zog auf und ich merkte es nicht, weil ich mit einem riesigen Heilbutt beschäftigt war, dem größten Fang meines Lebens. Ich kam nicht schnell genug wieder an Land, verlor die Gewalt über das kleine Boot und kenterte. Die Wellen schleuderten mich wie einen Ball über die Schaumkronen. Immer wieder wurde ich unter Wasser gezogen und kämpfte mich nach oben, bis mich meine Kräfte verließen. Ich verlor das Bewusstsein, und als ich aufwachte, lag ich auf dem Trocknen und jemand blies mir seinen warmen Atem in die Lungen. Ein fremder Junge hockte über mir.«

Greg lächelte kurz, starrte aber gleich darauf wieder vor sich hin. Hanna sah ihn von der Seite an und lauschte dem gleichmäßigen Fluss seiner Stimme.

»Ich weiß noch, dass sein Anblick mich zu Tode erschreckte. Er hatte Tang in den Haaren, triefte vor Nässe und bedachte mich mit einem wilden Blick. Für einen Moment glaubte ich, in die Fänge eines Meeresungeheuers geraten zu sein. Aber dann begann er zu sprechen. Er hatte mich aus dem Wasser gefischt. Er sagte, sein Name wäre Jim und er käme von drüben, aus Kanada. Das Boot seines Vaters war im Sturm gekentert, so wie meines. Ich fragte ihn nach seinem Vater, aber Jim schüttelte nur stumm den Kopf. Nur er hatte sich retten können.«

Gregs Gesichtsausdruck ließ keinen Zweifel daran, dass er alles genau vor Augen hatte, was er Hanna erzählte.

»Ich erinnere mich, dass ich damals nicht verstehen konnte, warum Jim nicht um seinen Vater weinte. Vielleicht war er ja schon zu alt für Tränen. Er war fünfzehn, sah aber aus wie siebzehn.«

»Und dann? Was geschah dann?«, fragte Hanna.

»Wir waren am Fuße der Klippen von Tatoosh Island gestrandet. Mein linker Knöchel schmerzte höllisch. Ich konnte nicht laufen und auch nicht mit Jim an Land schwimmen, nachdem der Sturm nachgelassen hatte.«

»Humpelst du deswegen manchmal?«, fragte Hanna.

»Ja. Der Knöchel war gebrochen und ist schlecht verheilt. Wenn das Wetter sich ändert, spüre ich das.«

Greg schwieg und Hanna bereute, ihn mit ihrer Frage in seiner Geschichte unterbrochen zu haben.

»Jim schwamm also zum Festland«, sagte sie.

Er nickte. »Ja. Mein Vater suchte schon nach mir und die beiden holten mich von der Insel. Ich musste ein paar Tage nach Port Angeles ins Krankenhaus, wo sie meinen Knöchel richteten. Jim bestieg die Fähre nach Vancouver Island. Aber als ich nach Hause zurückkam, war er wieder da. Ich war so froh, nicht mehr mit meinem Vater allein sein zu müssen, dass ich keine Fragen stellte.

Jim machte sich nützlich, war begierig darauf, das Schnitzen zu lernen. Er konnte unsere alte Sprache sprechen, was meinem

Vater ungeheuer imponierte. Jim gehört zu den Nuu-cha-nulth, unseren engsten Stammesverwandten, die drüben an der Westküste von Vancouver Island leben, aber das weißt du ja sicher.«

Hanna sagte nichts, denn auch davon hatte sie nichts gewusst. Aber nun wusste sie wenigstens, wo sie nach ihm suchen sollte.

»Das Meer gab Jims Vater nicht wieder frei. Er erzählte uns, dass seine Mutter bei seiner Geburt gestorben war und er keine Verwandten hätte. So wurde er der zweite Sohn von Matthew Ahousat und ich bekam einen großen Bruder, den ich lieben und verehren konnte.«

Während Greg einen runden Stein von einer Hand in die andere fallen ließ, erzählte er Hanna, wie besessen Jim vom Schnitzen gewesen war und wie sehr er ihn für seine Zielstrebigkeit bewundert hatte. »Die Frage, ob er aufs College gehen sollte, stellte sich für ihn überhaupt nicht. Mein Vater hielt nichts von Universitäten und Jim wollte ein anerkannter Holzschnitzer werden, nichts anderes.

Unsere Wege trennten sich, als ich nach Seattle ging, um zu studieren. Wir sahen uns nur noch selten und dann, im Sommer vor fünf Jahren, als ich für ein paar Tage nach Hause kam, war Jim fort. Mein Vater sagte mir nur, dass er mit einer Frau nach Deutschland geflogen war, um einen Wappenpfahl für ein Museum zu schnitzen.« Greg sah Hanna an und seine braunen Augen verdunkelten sich. »Das ist alles, Hanna. Ich habe keine Ahnung, was danach passiert ist. Warum hat er sich so seltsam benommen? Was war bloß los mit ihm?«

»Ich weiß es nicht«, antwortete sie ehrlich. »Ich weiß nur eins, dass ich ihn geliebt habe. Und er liebte mich. Ich muss ihn finden, Greg.«

Er stand auf. »Besser, du hältst nicht an einer Hoffnung fest, die sich vielleicht nicht erfüllt.«

»Aber das tue ich nicht«, protestierte sie.

Greg zuckte mit den Achseln. »Wir tun es doch alle, oder? Wir glauben, Hoffnung sei besser als Gewissheit.«

»Ich weiß, dass ich Jim verloren habe«, sagte Hanna. »Ich will nur herausfinden, warum. Er hat gesagt, er liebt mich und will mit mir leben – und dann verschwindet er einfach.«

»Du gibst zu viel auf Worte, Hanna. Worte können keine Sicherheit geben. Man weiß nie, worauf man sich bei einem anderen Menschen einlässt.«

Hanna schwieg.

»Na komm«, sagte er, »gehen wir ins Haus. Das Frühstück wartet.«

Bill war schon zum zweiten Mal an diesem Tag am Kap und überprüfte das Geländer. Er wandte sich gerade zum Gehen, als er Schritte und Stimmen hörte. Greg Ahousat und eine weiße Frau mit kupferrotem Haar traten aus dem Wald. Der Sheriff wusste sofort, wen er vor sich hatte.

Sie war also doch nicht abgereist.

Er drückte seine halb aufgerauchte Zigarette am Geländer aus und schob sie in die Schachtel zurück, die in seiner Hemdtasche steckte.

Greg begrüßte ihn und stellte ihm Hanna vor. Bill musterte sie, während er ihre Hand schüttelte. Hanna lächelte und ihr Lächeln gefiel ihm. Sie wirkte herzlich und hatte schöne klare Augen. Ihr Haar war von einer so aufregenden, ungewöhnlichen Farbe, dass er sich fragte, ob sie echt war.

Aber noch brennender beschäftigte den Sheriff die Frage, wo Hanna die Nacht verbracht hatte.

»Danke, dass Sie meinen Autoschlüssel gefunden haben«, sagte die Deutsche. »Ich weiß, wie kalt das Wasser ist.« Sie strich sich eine rote Locke, die ihr in die Stirn gefallen war, hinters Ohr.

»Ach, das hat mir nichts ausgemacht.« Bill winkte großmütig ab. »Sie haben es ja auch ausgehalten.«

Hanna lachte. »Ja, aber ich hatte keine Wahl.«

Fasziniert starrte der Sheriff auf Hannas Sommersprossen. »Ich auch nicht.«

Greg amüsierte sich kopfschüttelnd. »Ist hier so weit alles okay, Bill?«

Lighthouse setzte seine Polizistenmiene auf. »Alles bestens. Ich war heute Morgen schon um sechs hier draußen und habe das Geländer überprüft. Das ist mein zweiter Rundgang.«

Hannas Blick wanderte fragend zwischen Greg und dem Sheriff hin und her.

Der Feigling hat ihr nichts erzählt, dachte Bill. »Wir vermuten, dass das Geländer absichtlich sabotiert worden ist«, sagte er.

Hannas Augen veränderten ihre Farbe, so etwas hatte er noch nie gesehen. Bill bemerkte die tiefe Verunsicherung in ihrem Blick.

»Wieso sollte jemand Menschen in Gefahr bringen, die er überhaupt nicht kennt?«, fragte sie.

»Eben aus diesem Grund«, antwortete er. »Weil er sie nicht kennt. Einige unter uns sind der Meinung, dass sich alles Neue und Fremde negativ auf unser Volk und auf das, was von unserer alten Lebensweise geblieben ist, auswirkt. So wie es in der Vergangenheit nun mal leider der Fall war. Diese Leute wollen den Fortschritt um keinen Preis ins Reservat lassen. Offensichtlich gibt es sogar einige unter ihnen, die den Tod Unschuldiger in Kauf nehmen würden, um am Vergangenen festzuhalten. Das ist eine verdammt ernste Angelegenheit und die Polizei in Neah Bay wird der Sache nachgehen.«

Bill sah die Falten auf Gregs Stirn und wusste, dass er zu viel erzählt hatte, aber nun war es einmal passiert.

»Einen Holzsteg und ein neues Geländer bezeichnen Sie als Fortschritt, Sheriff?« Die Deutsche sah ihn verdutzt an.

»Ein sicheres Geländer, ein fester Steg zum Kap«, Bill seufzte. »Damit werben wir in den Prospekten für Touristen. Und Touristen in Neah Bay sind nun mal ein Fortschritt.«

Ein amüsiertes Grinsen erschien auf Gregs Gesicht und er wandte sich ab.

»Es tut mir furchtbar leid, was Ihnen passiert ist, Miss Schill«, sagte Bill zu Hanna und er merkte selbst, wie steif das klang. »Greg hat gesagt, Sie würden keine große Sache daraus machen . . .« Fragend sah er sie an.

»Das stimmt – und ich stehe zu meinem Wort. Aber ich möchte sicher sein, dass der Angelegenheit nachgegangen wird. Finden Sie den Kerl, der etwas gegen Touristen hat, und buchten Sie ihn ein, Sheriff.«

»Das werd ich«, versicherte Bill, »ich kümmere mich persönlich darum.«

Selbst, wenn es ein Geist ist.

Der Sheriff verabschiedete sich von Greg und Hanna und machte sich wieder auf den Weg zu seinem Streifenwagen.

»Ist er ein guter Polizist?«, fragte Hanna. Sie standen auf der großen Plattform und blickten hinüber nach Tatoosh Island. Greg hatte seine Unterarme auf das Geländer gestützt, doch Hanna zog es vor, sich nicht gegen das Geländer zu lehnen. Ihr kam es so vor, als hätte sie ein Déjà-vu, denn vor fünf Jahren hatte Jim hier so neben ihr gestanden.

»Ich glaube schon«, sagte Greg. »Allerdings ist in dem einen Jahr, seit Bill von der Polizeischule zurück ist, hier in Neah Bay auch nicht viel passiert. Aber er kann gut mit den Leuten umgehen, sie mögen ihn.«

Ein älteres Touristenpaar, beide in kurzen Hosen und Turnschuhen, kam aus dem Wäldchen ans Kap. Die kleine Frau mit sorgfältig gedrehten grauen Löckchen, stürzte freudestrahlend auf Greg zu und rief: »Junger Mann, Sie stammen doch sicher von hier! Können Sie mir sagen, was das für große schwarze Vögel sind, die auf diesem Felsen am Steilufer ihr Nest haben? Die mit den dicken gelben Füßen und den orangeroten Schnäbeln.« Die alte Dame sah Greg erwartungsvoll an.

»Das sind Tufted Puffins, Ma'am, Papageitaucher«, antwortete er freundlich. »Die nisten hier auf den Felsen.«

Triumphierend schlug die alte Dame ihrem Gatten den Handrücken vor die Brust. Ihre Augen leuchteten. »Hab ich's dir nicht gesagt, Arthur! Papageitaucher, ich wusste es. Vielen Dank für die Auskunft, junger Mann.«

»Gern geschehen«, erwiderte Greg schmunzelnd.

»Tufted Puffins?«, fragte Hanna.

Greg führte sie zu einer Stelle, von der aus sie das Nest der Vögel sehen konnte. Die Füße der Papageitaucher glichen Entenfüßen. Der Schnabel erinnerte an den eines Papageis und über den Augen zog sich durch das schwarze, glatte Gefieder jeweils ein weißer Schweif.

»Sie sehen wirklich beeindruckend aus.« Hanna betrachtete das Vogelpaar. »Irgendwie exotisch. Sie passen gar nicht hierher.«

»An unseren Stränden, den Felsen der Steilküste und auf den beiden Inseln gibt es über zweihundert verschiedene Vogelarten. Das treibt Ornithologen aus allen Ecken der Welt in unser Reservat. Diese Leute lassen sich definitiv nicht fernhalten, auf welche Art auch immer.«

Inzwischen waren sie bei den Stufen zu der kleinen Ausbuchtung angelangt. Greg stieg hinunter und testete die Festigkeit der Hölzer, während Hanna auf der ersten Stufe stehen blieb und ihn beobachtete. Das Geländer war so stabil, dass es sich nicht mal einen Millimeter bewegte.

Derjenige, der es vor Hannas Sturz präpariert hatte, musste sich gut mit der Beschaffenheit von Holz auskennen. Greg hatte sich die beiden Bruchstücke des Geländers, die er aus dem Meer gefischt hatte, genau angesehen. Das Holz war angesägt und anschließend geleimt gewesen, aber so geschickt, dass man es nicht bemerkte. Hanna hatte ihm erzählt, dass die Brüstung erst nach einer Weile, aber dann sehr plötzlich nachgegeben hatte.

Greg war klar, dass derjenige, der das Geländer präpariert hatte, mit großer Wahrscheinlichkeit aus dem Dorf stammte und er ihn kannte – möglicherweise sogar gut. Dieser Gedanke gefiel ihm überhaupt nicht.

Er nahm die Stufen mit großen Schritten. »Gehen wir«, sagte er zu Hanna. »Hier ist alles in Ordnung.«

Nach einem zehnminütigen Fußmarsch standen sie wieder oben auf dem Parkplatz vor seinem weißen Pick-up. Verlegenheit machte sich breit.

»Ich weiß nicht, wo ich mit meiner Suche nach Jim beginnen soll«, sagte Hanna schließlich. »Wo, wenn nicht bei dir? Du hast mit ihm zusammengelebt, er war wie ein Bruder für dich. Du musst ihn am besten gekannt haben.«

Greg hob die Schultern. »Wie es aussieht, kannte ich nur einen Teil von ihm. Und du einen anderen.«

Er wusste sehr genau, worauf Hanna hinauswollte. Aber noch war er nicht bereit, die Worte zu sagen, die sie erwartete. Warum?, fragte er sich. Was hatte er zu verlieren?

Greg sah Hanna ins Gesicht, sah die Enttäuschung in ihren Augen, die immer dunkler wurden.

»Vielleicht sollten wir es zusammen versuchen«, brachte er endlich hervor.

Erstaunt öffnete sie den Mund. Er wartete darauf, dass sie etwas sagte, doch es kam kein Wort über ihre Lippen.

»Ich werde dir helfen«, sagte er entschlossen. »Jims Tochter zuliebe.«

Endlich rührte sie sich. »Danke, Greg«, sagte sie. »Ich wüsste nicht, was ich ohne deine Hilfe machen sollte.«

Er atmete tief durch und öffnete die Fahrertür seines Trucks. »Aber zuerst muss ich noch ein paar Dinge erledigen.« Er warf einen Blick auf die Uhr im Armaturenbrett. »In einer halben Stunde habe ich im Museum ein Treffen mit einem potenziellen Auftraggeber. Ich kann dich vorher zum Strandhaus zurückbringen, wenn du möchtest. Aber vielleicht hast du ja auch Lust auf einen Besuch in unserem Museum?«

Hannas Gesicht überzog sich mit einer leichten Röte. »Ich komme gerne mit«, sagte sie. »Natürlich nur, wenn du nichts dagegen hast, dass ich dich begleite.«

Greg Ahousat hatte nichts dagegen.

6. Kapitel

Es war Sonntagvormittag, aber als sie am voll besetzten Parkplatz vor dem Hafen vorbeifuhren, herrschte dort reges Treiben. Bootsanhänger wurden in Parklücken rangiert und überall standen Grüppchen bunt gekleideter Menschen. Wahrscheinlich hatte das etwas mit dem Bootstreffen zu tun.

Greg erzählte ihr, dass die neue Hafenanlage erst im vergangenen Jahr fertiggestellt worden war und nun zweihundert Liegeplätze bot – auch für größere Boote.

Die Makah meinten es also ernst mit dem Tourismus.

Kurz vor dem Ausgang des Ortes bog Greg auf den asphaltierten Parkplatz des Makah-Kultur-und-Forschungszentrums. Das große Museumsgebäude mit dem Holzschindeldach stand auf einem gut gepflegten Gelände mit beschnittenen Sträuchern und kurz geschnittenem Rasen.

An den Nummernschildern der anderen Autos erkannte Hanna, dass einige weit gereiste Besucher im Museum waren. Sie folgte Greg ins Gebäude, und während er mit seinen Auftraggebern, einem weißen Ehepaar mittleren Alters, verhandelte, sah sie sich in den erweiterten Museumsräumen um.

Das Zentrum mit seinem Museum war Ende der Siebziger erbaut worden, nachdem Winterstürme Teile der fünfhundert Jahre alten Siedlung Ozette freigelegt hatten. Wissenschaftler arbeiteten mehrere Jahre an der Ausgrabungsstätte am Strand – bis ihnen das Geld ausging. Tausende gut erhaltene Teile von Gebrauchsgegenständen, Werkzeuge, Schmuck und Kleidung waren unter einer Lehmschicht zum Vorschein gekommen. Genug, um damit ein eigenes, einzigartiges Museum auszustatten, auf das der Stamm der Makah sehr stolz war.

Hanna wagte kaum zu atmen, während sie die dicht geflochtenen und wunderschön verzierten Körbe betrachtete oder die getriebenen Armreifen aus Kupfer oder Silber, die von ungeheurem Wert waren. Die Schönheit alter Dinge faszinierte sie seit ihrer Kindheit. Für Hanna waren sie lebendige Zeugen der Vergangenheit, die auch nach Tausenden von Jahren noch deren Geschichte zu erzählen vermochten.

Vor ihrer Ausbildung zur Restauratorin hatte sie ein Jahr bei einer Schneiderin gearbeitet und sich nach dem abgeschlossenen Fachschulstudium um eine Anstellung am Völkerkundemuseum beworben. Dort arbeitete Hanna nun schon seit sieben Jahren. Vor Olas Geburt war sie häufig auf Kurierreisen zu Museen im Ausland geschickt worden, um Leihgaben aus den eigenen Beständen zu begleiten.

Während der letzten vier Jahre war sie für die wechselnden Ausstellungen im Museum verantwortlich. Wenn sie eine neue Ausstellung aufbaute und ein uraltes Exponat in den Händen hielt, durchströmte sie jedes Mal das herrliche Gefühl, an etwas Vergangenem teilhaben zu können. Sie liebte ihren Beruf. Und doch waren ihr seit einiger Zeit Zweifel an ihrer Arbeit gekommen.

Immer mehr Ureinwohner aus den unterschiedlichsten Ländern bemühten sich um die Rückgabe von Kultgegenständen oder wertvollen Stücken aus Familienbesitz, die nicht selten unrechtmäßig in den Vitrinen europäischer Museen gelandet waren. Unrechtmäßig bedeutete auch, wenn man von Menschen, die Not litten, für wenig Geld etwas abkaufte, das für sie von hohem ideellem Wert war. Ganz zu schweigen natürlich von Grabräuberei oder der Beschlagnahmung von zeremoniellen Gegenständen.

War es nicht besser, wenn die Stücke dorthin zurückkehrten, wo sie ein Teil der Geschichte waren? Gehörten die Zeugnisse der Vergangenheit nicht jenen Menschen, deren Vorfahren sie geschaffen hatten und deren Geist in ihnen weiterlebte?

Gedankenverloren lief Hanna weiter durch die Ausstellung, betrachtete die großen Kanus aus Zedernholz und betrat das nachgebaute, fensterlose Langhaus, dessen Eingang den Blick auf ein Meeresdiorama mit zwei ausgestopften Seelöwen freigab. Sie setzte sich auf eine Bank, betrachtete das Innere der Behausung und lauschte für eine Weile dem Brüllen der Seelöwen und dem Rauschen der Brandung, das vom Tonband spielte. Schließlich setzte sie ihren Rundgang im Museum fort.

Vor einer großen Wolfsmaske blieb sie stehen. Die weißen Muschelzähne und die Spiegelaugen der Maske blinkten ihr im Dämmerdunkel der Museumsräume wie eine Drohung entgegen. *Hili-kub* stand auf dem weißen Schildchen vor dem Ungeheuer aus Zedernholz. Schwarz, weiß, rot bemalt und mit einer Mähne aus schwarzem Pferdehaar bestückt. Mit Sicherheit war sich der Hersteller der Maske ihrer unheimlichen Ausstrahlung bewusst gewesen. Die Spiegelaugen wirkten lebendig. Gleich würden die Zähne nach ihr schnappen.

Neben der Maske lag ein steinerner Dolch, in dessen schweres Ende ein Gesicht mit einem kreisrunden Mund eingraviert war. *Sklaventöter* stand auf dem Schildchen daneben.

Auf einmal bekam Hanna keine Luft mehr.

Die Ausstellungsräume des Museums waren fensterlos wie das Langhaus und man hatte sie absichtlich in einem diffusen Dämmerdunkel gehalten, um die alten Stücke nicht durch die UV-Strahlung des Tageslichts zu schädigen. Das Brüllen der Seelöwen, der Gesang von uralten Männerstimmen und das gleichmäßige Rauschen des Ozeans aus den Lautsprechern zerrten an Hannas Nerven. Sie stürzte an verwunderten Museumsbesuchern vorbei ins Freie, taumelte ein Stück über den kurz geschnittenen Rasen und lehnte sich an einen der beschnitzten Pfähle, die das Museumsschild trugen.

Unwillkürlich tasteten ihre Finger nach den eingekerbten Initialen im verwitterten Holz.

J. K.

Da waren sie. Ohne, dass Hanna es wollte, schossen ihr Tränen in die Augen. Tränen, die sie lange mit Gewalt zurückgehalten hatte. Hanna weinte bitterlich. Sie hatte eine von Jims Arbeiten gefunden, aber von ihm selbst gab es keine Spur. Alles, was sie fühlte, war Leere und eine dunkle, unbestimmbare Sehnsucht.

»Alles in Ordnung mit dir?«, hörte sie Gregs raue Stimme hinter sich.

Hastig wischte sie sich die Tränen aus dem Gesicht. »Ja«, sagte sie, »es ist nur . . .«

Greg trat neben sie und ließ beide Handflächen langsam über das Relief des Stammes gleiten. »Jim war ein großartiger Künstler. Er verstand es, den Figuren Ausdruck zu verleihen wie kein anderer. Wäre er noch hier, hätte er den Auftrag für den Pfahl bekommen.«

Hanna holte ein Taschentuch aus ihrem Rucksack. »Hast du ihn um sein Können beneidet, Greg?«, fragte sie, als sie sich wieder gefasst hatte.

Der Indianer schüttelte den Kopf. »Nein. Ich liebte ihn, so wie du. Liebe ist nicht Neid, Hanna.« Greg schwieg eine Weile, bevor er sagte: »Als Jim noch da war, konnte ich ihn bewundern und dabei der sein, der ich bin. Seit er weg ist, bin ich wütend auf ihn, weil mein Vater von mir erwartet, dass ich die Lücke fülle, die Jim hinterlassen hat.«

Greg löste sich vom Pfahl und lief zum Parkplatz. Hanna folgte ihm. Er stieg in den Pick-up und wartete darauf, dass auch sie einstieg.

»Wohin fahren wir?«, fragte sie.

»Ich muss am Archawat Peak einen passenden Zedernstamm für den Pfahl aussuchen. Du kannst mitkommen, wenn du willst, ich kann dich aber auch vorher zum Strandhaus zurückbringen.«

Hanna brauchte einen Moment, um seine Auskunft zu verarbeiten. Sie hatte gehofft, dass sie gleich heute mit der Suche nach Jim beginnen würden. Sie wusste nicht, wie und wo, da hatte sie ganz auf Greg vertraut. Er war ein Makah, er kannte die Leute. Doch Greg Ahousat hatte nichts anderes im Sinn, als im Wald nach einem Zedernstamm zu suchen.

»Aber du hast gesagt, du würdest mir helfen!« Sie hörte die Enttäuschung in ihrer eigenen Stimme.

»Ich habe versprochen, dir zu helfen, Hanna, das stimmt. Aber ich habe nicht gesagt, dass ich deshalb mein ganzes Leben über den Haufen werfe. Ich muss meinen Lebensunterhalt verdienen, okay?«

»Okay.« Resigniert stieg sie auf den Beifahrersitz.

In Washburnes Supermarkt kauften sie ein paar Lebensmittel, die Greg in einer großen Kühlbox auf der Ladefläche seines Trucks verstaute. Als er an der Tankstelle vor dem Hafen auftankte, registrierte Hanna, wie teuer das Benzin in Neah Bay war. Der Preis der Abgeschiedenheit, dachte sie.

Hinter dem Ort fuhr er ein paar Meilen auf der Arrowhead Road, bis er kurz vor dem Sitz des Stammesrates nach rechts auf einen Waldweg einbog. Die Sonne schien, der Himmel war von einem strahlenden Blau und die Gipfel der Zwillingsberge lagen ausnahmsweise mal nicht in Nebelwolken verborgen.

Anfangs war der Weg noch gut befahrbar, aber schon nach einer Meile änderte sich das. Hanna klammerte sich am Armaturenbrett fest. Greg fuhr langsam und wich Schlaglöchern und

Wurzeln geschickt aus, trotzdem wurde sie auf dem Beifahrersitz hin- und hergeschleudert wie eine Marionette. Nach einer zwanzigminütigen Schaukelei endete der Weg in einem üppig grünen Dickicht. »Endstation«, verkündete Greg. »Ab hier müssen wir laufen.«

Hanna hatte nichts dagegen, sich ein bisschen zu bewegen, aber sie fragte sich, welche Richtung Greg wohl einschlagen würde. Der Wald schien undurchdringlich. Hier wuchsen riesige Rotzedern, Sitkatannen, Douglasfichten und einzelne Hemlocktannen. Ihre Wipfel schienen bis in den Himmel zu reichen. Die Stämme waren von gewaltigem Ausmaß. Umgestürzte Bäume waren liegen geblieben wie Knochen, die die Erde noch nicht aufgezehrt hatte, und neue Stämme gruben ihre Wurzeln in das verrottende Holz. Dichtes Unterholz, üppige Farne und verschiedene Laubsträucher hatten den Wald scheinbar unzugänglich gemacht. Vor ihnen prangte eine grüne Wand.

Aber Greg bewegte sich ohne zu zögern vorwärts. Wie von Geisterhand tat sich ein Pfad auf, Laub und Farne wichen zurück und sie kamen problemlos voran. Junkos – winzige Vögel mit schwarz-grau-weißem Gefieder – hüpften durch das Geäst der Sträucher. Ein graubraunes Eichhörnchen bewarf sie von oben mit kleinen Zapfen. Spinnenweben berührten Hannas Gesicht – weich wie Seide.

Hanna blieb stehen, um einen Moment innezuhalten. Mit einem Mal konnte sie wieder frei atmen. Etwas, das sich im Museum zentnerschwer auf ihre Brust gelegt hatte, fiel hier draußen von ihr ab und ihre Stimmung besserte sich zusehends.

»Wir müssen noch ein Stück ins Innere des Waldes«, erklärte ihr Greg. »Die Bäume stehen dort dichter und deshalb wachsen kaum kleine Äste am Stamm. Ich brauche für meinen Pfahl einen Stamm mit wenigen Astlöchern.«

»Und du darfst hier einfach so einen Baum fällen?«, fragte sie.

»Nicht *einfach so*«, erwiderte Greg lächelnd. »Wenn ich einen gefunden habe, dann muss ich mir vom Stammesrat die Erlaubnis holen, dass ich ihn fällen darf. Niemand kann sich einfach so bedienen. Aus diesem Wald hier darf nur Holz geholt werden, das später für traditionelle Bauten, Kanus oder Schnitzereien verwendet wird.«

Zielstrebig lief er weiter.

Hanna entdeckte, dass einige alte Bäume Löcher im Stamm hatten, die nicht von Insekten oder Vögeln stammen konnten. Sie waren von zu gleichmäßiger Größe und befanden sich alle ungefähr in Augenhöhe. Sie fragte Greg, woher sie stammten.

Er trat an eine mächtige Zeder heran und berührte das verwachsene Loch. »Unsere Vorfahren haben sie gebohrt. Wenn sie sich einen Stamm ausgewählt hatten, aus dem sie ein Kanu bauen wollten, dann haben sie den Stamm zuvor angebohrt. Auf diese Weise konnten sie feststellen, ob er im Inneren nicht morsch war.«

»So alt sind diese Löcher?« Hanna warf Greg einen beeindruckten Blick zu.

Er lächelte. »Ja, mächtig alte Löcher.«

Sie liefen weiter. Greg schien jeden Baum hier auf dem Berg persönlich zu kennen. Er schlich um die gerade gewachsenen Zedern herum, betastete die Längsrillen der Rinde und prüfte die Tauglichkeit des Baumes in Höhe und Umfang. Hanna beobachtete ihn schweigend dabei und eine Welle von Zuneigung stieg in ihr auf, die alles umfasste, was zu diesem abgeschiedenen Ort gehörte: das Meer, mit seinem Wechsel der Gezeiten und den Stürmen, die manchmal damit einhergingen. Die Wälder, mit ihren uralten Bäumen und den Geheimnissen, von denen sie zu erzählen wussten. Die Menschen, die hier seit Jahrhunderten lebten, mit ihren Traditionen und ihren Geistern.

Greg hatte sie mit hierhergenommen und Hanna wertete das

als positives Zeichen. Er würde ihr helfen, Jim zu finden, er hatte es ihr versprochen. Sie musste nur lernen, etwas geduldiger zu sein und ihm zu vertrauen.

Er war vor dem Stamm einer Zeder stehen geblieben, legte seine Hände auf die Rinde und blickte nach oben. Dann ging er mit seinem Gesicht so nahe an den Stamm heran, dass seine Lippen die Rinde berührten. Als ob er dem Baum etwas zuflüstern würde und ihm ein Versprechen gab. Vielleicht bat er den Baum ja um seine Einwilligung, ihn fällen zu dürfen, dachte Hanna.

»Der ist es«, sagte er schließlich.

Hanna betrachtete den Stamm und fragte sich, worin er sich von den anderen unterschied. »Woher weißt du, dass er es ist?«

»Ich habe ihn gerufen und er hat mir geantwortet.« Greg legte sein Ohr an den Stamm. »Hörst du sein Lachen?«

»Sein Lachen?«

»Ja. Jeder Baum ist wie ein menschliches Lebewesen und hat eine eigene Persönlichkeit. Dieser Baum lacht.« Er strich fast zärtlich über die Rinde. »Diese Zeder hier ist sehr alt, vielleicht zweihundert Jahre. Sie ist würdig, den Menschen ihre Geschichte zu erzählen.«

»Verstehe«, sagte Hanna. »Deshalb hat Jim damals so vehement darauf bestanden, dass er für seinen Pfahl eine Rotzeder zur Verfügung gestellt bekam. Sie musste extra aus Kanada eingeflogen werden, mein Chef hat sich wochenlang über die zusätzlichen Kosten beschwert.«

»Jim hätte nie einen Pfahl aus anderem Holz geschnitzt«, sagte Greg. Er holte ein rotes Plastikband aus der Hosentasche, wickelte es um den Stamm der Zeder und verknotete es. »Zedernholz eignet sich am besten für einen Wappenpfahl. Es verzieht sich nicht und außerdem hat der Stamm sein eigenes Holzschutzmittel schon in sich. Toxische Substanzen in den Zellen verhindern Insektenbefall und bewahren das Holz vor einer schnellen Verrottung.«

Hanna fragte Greg, wie er den Stamm in seine Werkstatt bringen würde, in der Hoffnung, etwas über seine weiteren Pläne herauszufinden.

»Morgen früh rufe ich in der Forstverwaltung an und beschreibe denen, wo der Stamm steht. Mit etwas Glück hat gleich am Vormittag jemand Zeit, den Stamm zu fällen, dann liegt er morgen schon in meiner Werkstatt. Ich hoffe, die von der Forstverwaltung haben keine Einwände gegen diesen Stamm, ich habe ihm nämlich ein Versprechen gegeben.«

Hanna schluckte. Greg hatte also nicht nur ihr, sondern auch dem lachenden Baum ein Versprechen gegeben. Als sie Greg Ahousat ansah, wurde ihr klar, dass er es ernst meinte. Das verunsicherte sie. Diese Welt blieb ihr verschlossen, denn Verständnis allein reichte nicht aus, um ein Leben mit Gegenwärtigkeiten zu führen, die man nicht sehen konnte.

Eine halbe Stunde später waren sie auf dem Weg zum Strandhaus. Greg trug die Kühlbox mit den Lebensmitteln ins Haus und Hanna räumte den Kühlschrank ein. Sie war hungrig und ihr Magen begann zu rumoren.

Es war Nachmittag geworden und sie wusste, Greg würde sie gleich allein lassen. Sie wollte ihn nicht schon wieder bedrängen, aber sie wollte auch nicht untätig herumsitzen.

»Was kann ich tun, Greg, um Jim zu finden? Wen kann ich fragen in Neah Bay, wer kannte ihn gut?«

Greg seufzte. Ihre Ungeduld schien ihm unverständlich zu sein. »Außer meinem Vater und mir . . . vielleicht noch die alte Gertrude Allabush, aber sonst . . .«

»Hat Jim nie versucht, seine Verwandten in Kanada zu besuchen?«, fragte sie.

»Er hatte keine Familie außer seinem Vater, das hat er zumindest immer behauptet. Aber später, als er erwachsen war und bereits ein anerkannter Holzschnitzer, da verschwand er manchmal tagelang. Keiner wusste, wohin. Er tauchte immer wieder auf, brachte Geschenke mit für meinen Vater und mich und neue Aufträge.«

Greg setzte sich auf einen der Holzstühle. »Damals habe ich keine Fragen gestellt«, sagte er, »weil ich wusste, dass Jim das nicht wollte. Aber ich bin ziemlich sicher, dass er manchmal drüben auf Vancouver Island war und seine Leute besuchte.« Er hob den Kopf und sah Hanna an. »Hat er dir wirklich nie etwas von seiner Mutter oder seinem richtigen Vater erzählt?«

Hanna presste die Lippen zusammen und schüttelte den Kopf. »Es war, als hätte er nie Mutter oder Vater gehabt. Den Namen seiner Mutter erfuhr ich nur durch Zufall. Er redete im Traum und ich hab ihn am Morgen danach ausgefragt. Aber er hasste meine Fragen. Manchmal redete er tagelang überhaupt nicht mehr. Dann war es, als wäre ich mit einem Gespenst zusammen. Es gab Zeiten, da fürchtete ich, meine Freunde könnten recht haben.«

»Recht womit?«, fragte er.

»Dass Jim verrückt war.«

Er sah sie eindringlich an. »Ich verstehe es nicht.«

»Was verstehst du nicht?«

»Wie konntest du ihn lieben, wenn du nichts von ihm wusstest? Umfasst Liebe nicht den ganzen Menschen?«

»Oh«, sagte Hanna, »ich habe den ganzen Menschen geliebt. Ich weiß nicht, ob du das nachvollziehen kannst, aber ich *wollte* Jim. Er war verletzt worden und ich wollte ihn heilen. Und sein Schweigen war der Preis dafür, dass ich ihn bekam.«

Greg sah sie an und sie konnte seinen Blick nicht deuten. War das Mitleid oder eher ein Vorwurf in seinen Augen?

»Ich muss nach Vancouver Island, Greg«, verkündete sie entschlossen. »Vielleicht finde ich dort eine Spur von ihm. Auch wenn er keine Verwandten mehr hat, er muss ja irgendwo aufgewachsen sein und jemand wird sich an ihn erinnern.«

Er stand auf. »Ich habe versprochen, dir zu helfen, Hanna. Warum bist du so ungeduldig?«

»Ich habe nur noch zwei Wochen und drei Tage, dann geht mein Flieger zurück nach Deutschland. Auch ich muss meinen Lebensunterhalt verdienen.«

Gregs Augen umfingen sie mit einer warmen, rätselhaften Dunkelheit, die wie ein Sog wirkte. In seiner Gegenwart fühlte sie sich zunehmend verunsichert und sie konnte mit diesem Gefühl schlecht umgehen.

Sie folgte ihm nach draußen auf die kleine Veranda. »Wie weit ist es nach Vancouver Island?«

»Die Fähren gehen von Port Angeles aus. Die Überfahrt dauert nicht lange, etwa anderthalb Stunden. Aber wo willst du anfangen zu suchen? Es gibt viele Nuu-cha-nulth-Dörfer da drüben.«

»Irgendwas wird mir schon einfallen«, erwiderte sie mit mehr Zuversicht, als sie wirklich fühlte. »Ich habe ein Foto von Jim und ich nehme an, Kachook ist kein gewöhnlicher Name.«

»Vielleicht nicht«, räumte Greg ein. »Aber die Nuu-cha-nulth sind verschlossene Menschen und du bist eine Weiße. Möglicherweise werden sie dir keine Auskunft geben.«

Ihre eben noch empfundene Zuversicht schwand.

Greg schwieg einen Moment, dann drehte er sich zu ihr um. »Hanna, hast du dich schon einmal gefragt, ob Jim vielleicht gar nicht gefunden werden will?«

Hanna senkte den Blick. Ja, das hatte sie. Viele Male sogar.

»Glaubst du das?«, fragte sie leise zurück.

Er schüttelte den Kopf und seine Stirn legte sich in Falten. »Bis gestern nicht«, sagte er.

»Und wie geht es jetzt weiter?«

»Wenn du willst, begleite ich dich nach Vancouver Island«, bot er ihr an. »Aber ich sage, wann es so weit sein wird.«

Er ging.

»Wann sehe ich dich wieder Greg?«, rief sie ihm nach.

»Morgen«, sagte er. »Ich komme zu dir.«

7. Kapitel

Grace Allabush zog einen Zweig mit reifen Salmonbeeren zu ihrem Mund. Der herbfruchtige Geschmack explodierte auf ihrer Zunge.

Aus verengten Augenwinkeln heraus beobachtete sie Joey, wie er mit den Händen Samen von hohen Grashalmen streifte, während er nach geeigneten Holzstücken für seine kleinen Schnitzereien suchte. Sie besaß schon drei Exemplare seiner Kunst, sichtbare Zeichen seiner Zuneigung. Einen Wal, eine Robbe und einen Bären. Stücke, die glatt und griffig in der Hand lagen. Was das Schnitzen anging, war Joey ein Naturtalent. \

Würden seine Hände ihren Körper genauso formen wie das Holz? Sie wollte es endlich wissen.

Grace pflückte ein paar Beeren, stellte sich Joey in den Weg und streckte ihm die Hand mit den Beeren entgegen. Er ließ den Beutel mit Holzstücken zu Boden gleiten, griff mit seiner Rechten nach ihrem Handgelenk und holte mit den Lippen und der Zunge die Beeren in seinen Mund. Grace begann zu kichern, denn Joeys Zunge kitzelte in ihrer Handfläche.

Er jedoch blieb erschreckend ernst. Als ihre Blicke sich trafen, entdeckte Grace in seinen Augen ihre eigenen Wünsche. Röte trieb über ihre Wangen. Joey ließ ihre Hand nicht los, er küsste die Innenfläche, legte sie dann an sein Gesicht. Dabei zog er Grace noch ein Stück näher an sich heran. Das Herz schlug wild in ihrer Brust. Es war warm auf der Waldlichtung und Joey hatte sein Hemd ausgezogen. Sein brauner Körper war glatt und mager. Er würde sich bestimmt gut anfühlen, genauso gut wie seine Schnitzereien.

Als Joey seinen Kopf senkte, streckte Grace ihm ihre Lippen entgegen. Er sah sie kurz an, dann griff er nach ihrem Kinn und küsste sie wieder. Sie fühlte die weiche Innenseite seiner Lippen und fand es unbeschreiblich schön.

Sie legte ihre Wange an seine Brust und in ihrem Magen begann es zu flattern, als sie unter der glatten Haut seine raschen Herzschläge spürte.

Joey nahm Grace an der Hand. »Komm«, sagte er, »ich weiß eine Stelle am Waldrand, wo das Gras weich ist.«

Er hatte recht. Ein kleiner Fleck weichen Grases wartete auf sie. Gerade groß genug für zwei Liebende. Wann hatte er diese Stelle entdeckt? Gerade eben oder schon vor einer Weile?

Auf einmal wurde Grace mulmig zumute.

»Ich liebe dich«, sagte Joey und küsste sie wieder. Seine Hände glitten unter ihr T-Shirt und berührten ihre Brüste, ganz sanft. Grace atmete hörbar ein und ihr Körper versteifte sich. Die Warnungen ihrer Großmutter kamen ihr wieder in den Sinn. »Du brauchst keine Angst zu haben«, sagte er in seiner gewohnt ernsten Art. »Ich kann warten.«

»Nein«, sagte Grace hastig. »Ich will es auch.« Hunderte Male hatte sie es sich vorgestellt und nun würde sie nicht kneifen. Sie zog ihre Shorts und ihr T-Shirt aus und setzte sich ins Gras.

Joey starrte sie an und für einen Augenblick schien er unsicher, was er als Nächstes tun sollte. Hatte er etwa auch Angst? Schließlich setzte er sich neben sie.

Von Joey sanft in die warmen Grasbüschel gedrückt, entspannte sich Grace. Sie vertraute ihm und sie hatte sich lange überlegt, ob das, was sie tun wollten, auch richtig war. Mit ihrer Mutter hatte sie nie über diese Dinge reden können und ihre

Urgroßmutter hatte ihr bloß Angst gemacht. Sie hatte ihre Entscheidung allein getroffen.

Mit leicht geöffneten Lippen wartete Grace, während Joeys Hände sich sanft über ihre Brüste bewegten. Ihre Glieder wurden schwer und wehrlos und in ihrem Schoß breitete sich ein wohliges Gefühl aus.

Auf einmal schien Joey es eilig zu haben. Nervös nestelte er an seiner Jeans und streifte sie hastig ab. Bevor er sich anschickte, seine Unterhosen auszuziehen, glitt sein Blick noch einmal versichernd durch das Laub des Dickichts, das sie umgab. Grace lauschte versonnen dem Säuseln des Windes in den Bäumen über ihnen.

Plötzlich erstarrte Joey und seine Augen wurden immer größer. Er sprang auf und stieß einen ungläubigen Laut aus. Etwas entfernte sich lautlos. Grace bedeckte erschrocken ihre bloßen Brüste mit den Armen und sah ihn fragend an.

»Da war jemand«, flüsterte Joey kläglich.

Hastig schlüpften sie in ihre verstreut herumliegenden Kleider. »Wer soll das gewesen sein?«, fragte Grace.

»Ich weiß nicht«, erwiderte er, »aber was es auch war, ich habe ihm direkt in die Augen gesehen.«

Grace stieß ein unsicheres Lachen aus. »Das meinst du doch nicht ernst?«

Gekränkt blickte Joey sie an. »Du glaubst mir nicht, oder?«

»Doch.« Grace gab ihm einen Kuss, um ihn zu besänftigen.

»Aufgeschoben ist nicht aufgehoben«, sagte er und mühte sich um ein Lächeln.

Als Greg gefahren war, machte Hanna sich etwas zu essen und brach danach zu einem Strandspaziergang auf. Der Strand gehörte ihr alleine. Das Meer war weit zurückgewichen und die dunklen Felsnadeln vor der Küste ragten hoch auf. Möwen kreisten über dem flachen Wasser und stießen urplötzlich herab, um sich kleine Fische oder Krabben zu holen, die sie dann auf den Klippen verspeisten. Mit einem Stock malte Hanna Silben in den Sand. Der Wind strich über sie hinweg und formte Worte in einer fremden Sprache daraus.

Hanna dachte an jenen Tag zurück, als Jim sich das erste Mal vor ihr ausgezogen hatte. Wie sehr sie ihn begehrt hatte. Seine starken Hände hatten sie berührt, als wäre sie ein Stück Holz, das zum Leben erweckt werden müsse. Eine Kunst, die er perfekt beherrschte. Sie sprachen kein Wort, als sie sich liebten. Daran änderte sich auch später nie etwas. Als ob das Schweigen die einzige Sprache war, in der Jim sich offenbaren konnte. Und was er ihr jenseits der Worte zeigte, würde niemand ihr nehmen können, egal, wie diese Geschichte ausging.

Sie hatte gehofft, ihn glücklich zu machen, allein durch ihre Anwesenheit und ihre Liebe. Aber Jim war oft depressiv gewesen, traurig und abwesend. Als Hanna begriff, dass er vor Heimweh krank gewesen war, hatte sie beschlossen, mit ihm zu gehen, wenn seine Arbeit am Pfahl beendet war. Es hatte ein paar Tage gedauert, bis er ihr seine Freude darüber zeigen konnte. Irgendetwas hatte ihn immer noch bedrückt.

Hanna fröstelte, und als sie einen Blick in den Himmel warf, sah sie, dass sich dunkle Wolken vor die Sonne geschoben hatten. Dumpfes Grollen am Horizont kündigte ein Gewitter an. Sie machte sich auf den Weg zurück zum Strandhaus, sie hatte keine Lust, schon wieder nass zu werden.

Aber dann dauerte es doch noch eine ganze Weile, bis die ersten Tropfen fielen. Hanna saß im Sessel und las in einem zerfledderten Reiseführer, dass die gesamte, über fünfzig Meilen lange Küstenregion von Shi Shi Beach bis zum Reservat der Quinault zum Olympic-Nationalpark gehörte und Lake Ozette der drittgrößte See im Bundesstatt Washington war. Anfang der Achtziger war der Olympic-Nationalpark zum Weltkulturerbe erklärt worden. Auf der Olympic-Halbinsel gab es acht Pflanzenarten und achtzehn Tierarten, die nirgendwo sonst auf der Welt zu finden waren.

Hanna fielen die Augen zu und das Buch rutschte ihr aus den Händen. Die Zeitverschiebung machte ihr noch immer zu schaffen. Sie ging früh schlafen, hatte jedoch eine unruhige Nacht. Im Rhythmus des Mondes stieg die Flut, der Pazifik brandete gegen das Ufer und die anhaltenden Gewitterböen peitschten Regentropfen gegen das kleine Fenster der Schlafkammer. Das kleine Holzhaus knarzte und ächzte wie ein alter Mann.

Mit trockener Kehle wälzte Hanna sich auf ihrem Lager. Das Tosen des Meeres, seine Nachtwogen, die gegen das Ufer schlugen, untermalten den Albtraum, in dem sie sich wiederfand: Totempfähle, die wilde Tänze aufführten. Masken, die Wal, Bär und Wolf zeigten, deren Augen in wildem Feuer glühten. Jim mitten unter ihnen, tanzend und doch hilflos. Sein Mund formte ein Wort. *Anaqoo.* Starr vor Entsetzten streckte er seine Hände nach Hanna aus, konnte sie aber nicht erreichen.

Schweißgebadet fuhr Hanna aus dem Schlaf und setzte sich auf. Ihr Herz raste. Grelle Blitze erhellten das Zimmer mit Lichtsplittern, Donner grollte und ließ die dünnen Wände des Strandhauses erzittern. Regen prasselte auf das Dach und drosch gegen die kleine Fensterscheibe.

Hanna schaltete die Nachttischlampe mit dem vergilbten Schirm an. Ihr mattes Licht drängte die wilden Gestalten aus ihrem Traum zurück und nach einer Weile beruhigte sich auch ihr Herz.

Wie verrückt das alles war.

Jim, der seit Jahren durch ihre Schlaflosigkeit geisterte, seine flehenden Augen, die ihre Träume begleiteten. Das waren die Schatten ihrer einstigen Hoffnungen. Man bekommt etwas, um es wieder zu verlieren. Das Fieber des Verlustes drohte, einen innerlich zu verbrennen. Aber das Leben musste weitergehen.

Hanna stand auf, ging auf die Toilette und trank ein paar Schlucke Wasser. Sie erschrak vor ihrem Spiegelbild im halbblinden Spiegel über dem Waschbecken. Ihr Gesicht war bleich, die Augen gerötet, die Haare standen wie Schlangen von ihrem Kopf. Sie sah aus wie ein Geist.

Sie ging zurück in die Schlafkammer, glättete das Laken und legte sich wieder ins Bett. Das Donnergrollen hatte endlich ein wenig nachgelassen, der Regen wurde schwächer. Im Dunkeln lauschte sie der Brandung, die so laut war, dass Hanna das Gefühl hatte, die Gischt würde die Pfeiler der Hütte umspülen. Sie dachte an ihren Sturz ins Meer, den Albtraum des Fallens. Die Furcht, so finster und kalt. Das Gefühl der eigenen Auflösung. Dieses Stück Zeit unter Wasser, in der sie dem Tod so nahe gewesen war, würde Hanna von nun an ihr eigen nennen. Es gehörte nur ihr, niemand anderem – ein Geschenk des Ozeans. Durch ein Stück Raum und Zeit war sie mit dieser gewaltigen Macht verbunden.

Nachdem Hanna noch eine Weile in die Dunkelheit gestarrt hatte, fühlte sie, wie ihre Lider schwer wurden und sie wieder in den Schlaf sank.

In jenem Augenblick, als das Gewitter direkt über dem Ort tobte, schreckte auch Polizeichef Oren Hunter aus dem Schlaf. Er hatte geträumt. In seinem Traum war er am Kap gewesen, wo erneut jemand in die Tiefe gerissen worden war. Eine Gestalt lag mit verrenkten Gliedern auf den muschelbewachsenen Steinen am Fuße der Klippen.

Hunter japste so laut nach Luft, dass seine Frau Hildred aufwachte, das Licht anknipste und ihn verwundert ansah. Er saß aufrecht im Bett und die Haare standen ihm zu Berge.

»Ich geh mir nur was zu trinken holen«, sagte Oren, stellte die Füße auf den Boden und tappte benommen in die Küche. Er holte sich die Zitronenlimonade aus dem Kühlschrank und trank gleich aus dem Krug. Vielleicht, so dachte er, sollte er beim Potlatch am nächsten Freitag mal wieder tanzen. Nur so, um seinen Schutzgeist gnädig zu stimmen. Nur, weil er nicht ausschließen konnte, dass die Gestalt, die zerschmettert auf den Klippen gelegen hatte, nicht er selbst gewesen war.

Und weil das Kribbeln in seinem Zeh kein bisschen nachgelassen hatte.

Als Oren ins Bett zurückkehrte, sah Hildred ihn besorgt an. »Es ist dein Zeh, nicht wahr?«

Er nickte und setzte sich auf die Bettkante. »Ich habe im Traum gesehen, wie sich jemand am Kap zu Tode gestürzt hat.« Er fuhr sich mit der Hand durchs Haar.

»Es ist eine Geisternacht«, versuchte Hildred, ihn zu beruhigen. »Der Ozean ist in Aufruhr. Da träumt man so manches.«

»Es wird einen Toten geben«, seufzte Oren. »Ich weiß es.«

Hildred strich ihrem Mann liebevoll über den Rücken. »Wenn es so sein soll, dann kannst du es nicht verhindern«, sagte sie ruhig. »Es kommt, wie es kommen muss.«

»Aber ich bin der Polizeichef.«

»Hast du jemanden in Verdacht?«

»Nein«, brummte er, »das habe ich nicht.«

»Dann leg dich wieder hin und schlaf. In vier Stunden klingelt der Wecker.« Sie knipste das Licht wieder aus.

Oren legte sich wieder neben seine Frau, doch schlafen konnte er nicht. Die Sache mit dem Geländer ließ ihm keine Ruhe. Auch wenn seine Frau recht hatte: Er konnte gewisse Dinge zwar vorhersehen, beeinflussen konnte er sie jedoch nicht. Trotzdem musste er die Warnung seines Traums ernst nehmen.

Es waren die Fremden in Neah Bay, die das Gleichgewicht des

Ortes durcheinanderbrachten. Durch die neuen Tourismusprojekte kamen immer mehr und Hunter hatte das Gefühl, die Dinge nicht mehr im Griff zu haben. Es wurde Zeit, dass er seinen Posten an einen Jüngeren übergab. An jemanden wie Bill Lighthouse, der die traditionellen Werte noch zu schätzen wusste, sich aber in dieser veränderten Welt besser auskannte als er.

Seufzend drehte Hunter sich auf die Seite. Gleich morgen früh würde er sich vergewissern, dass diese deutsche Frau Neah Bay auch wieder verlassen hatte. Er war sich sicher, dass das drohende Unheil und seine Träume mit ihr zusammenhingen, denn das Kribbeln in seinem Zeh hatte mit ihrem Auftauchen begonnen.

8. Kapitel

Kurz nach Sonnenaufgang zog Hanna sich an und ging hinunter zum Strand. Sie liebte diesen Augenblick, dem Erwachen des Tages zuzusehen. Das Grau der See verwandelte sich in tiefes Blau und die Bäume am Ufer strahlten in frischem Grün. Der Sturm hatte allerlei Strandgut angespült. Sie wunderte sich, dass kaum Müll darunter war. Nur Treibholz und Unmengen Seetang in seinen verschiedenen Arten: Kelp – lange, plastikschlauchartige Gebilde, mit einer kürbisartigen Verdickung an der Wurzel. Muscheln und die begehrten Sanddollar, eine Art flacher Seestern, dessen kreisrundes Kalkgebilde mit dem fünfblättrigen Muster überall in den Souvenirläden entlang der Küste verkauft wurde.

Eine salzige Brise wehte vom zurückweichenden Meer herüber. Diese endlose Fläche. Diese gewaltige Tiefe. Hanna schob die Hände in die Taschen ihrer Jacke und lief den Strand hinauf, vorbei an wirren Haufen von Seetang.

Hinter der Gezeitenlinie entdeckte sie eine Feuerstelle und daneben einen aus Muscheln und Strandgut gelegten Kreis von etwa zwei Metern Durchmesser. Im Inneren des Kreises ein Kreuz. Erstaunt blieb sie stehen. Das war ein Medizinrad, wie sie es aus den Kulturen der Prärieindianer kannte. Sie bückte sich nach einer großen Herzmuschel, in deren Inneren dickes Perlmutt schimmerte.

»Das könnte dich glatt fünfhundert Dollar Strafe kosten«, hörte sie eine Stimme hinter sich.

Hanna fuhr herum und ließ erschrocken die Muschel fallen.

Greg stand hinter ihr und ein Lächeln huschte über sein dunkles Gesicht. Er machte drei Schritte auf sie zu, bückte sich, hob die Muschel auf und rieb sie an seiner Jeans sauber, bevor er sie ihr gab. »Das Sammeln von Treibholz, Strandgut und Muscheln ist Fremden strengstens verboten. Was hier angespült wird, gehört den Makah.«

Hanna steckte die Muschel in ihre Tasche. »Musstest du mich so erschrecken? Ich habe kein Schild gesehen.«

»Weil du gar nicht hier sein dürftest.«

Hanna sah ein amüsiertes Funkeln in Gregs Augen. Er trug ein schwarzes T-Shirt mit einem stilisierten roten Orca auf der Brust.

»Diese Verordnung wurde erlassen, damit die Touristen die Muscheln im Souvenirladen kaufen«, sagte er und schob die Hände in die Vordertaschen seiner Jeans. »Iris muss schließlich auch von etwas leben.« Er grinste breit. »Aber ich werde dich nicht an Sheriff Lighthouse verraten, versprochen.«

Na wunderbar.

Hanna deutete auf den Kreis zu ihren Füßen. »Wer kann das gemacht haben?«

»Keine Ahnung.« Greg zuckte mit den Achseln. »Die Jugendlichen aus dem Ort treffen sich manchmal hier draußen und veranstalten ein bisschen zeremoniellen Hokuspokus. Hier werden sie nicht von den Touristen gestört, weil das kein öffentlicher Strand ist.«

Hanna schluckte. War sie in der Nacht doch nicht so allein gewesen, wie sie geglaubt hatte? Sie war von Natur aus kein ängstlicher Typ, trotzdem behagte ihr der Gedanke nicht, dass sich hier ein paar Halbstarke versammelten, während sie nur knapp zweihundert Meter weiter allein in der Hütte war. Immerhin, es lagen keine Bierdosen herum, wie an den meisten Stellen, wo Jugendliche Hokuspokus veranstalteten.

»Hast du gut geschlafen?«, fragte Greg.

»Nein«, gestand Hanna.

Fragend sah er sie an.

»Das Gewitter hat mir Angst gemacht. Außerdem . . .«

»Was?«

»Ich habe Geister gesehen.«

Hanna lief hinunter zur Wasserlinie und Greg folgte ihr.

»Geister?«

»Tanzende Totempfähle und Masken mit glühenden Augen. Wolfsmasken. Ich dachte, ich werde verrückt.«

»Du hast gestern zu viel Zeit in unserem Museum verbracht«, sagte er amüsiert. »Die Masken in den Vitrinen, die Gesänge vom Tonband, da kann man schon mal Albträume bekommen.«

Hanna blieb stehen und sah ihn an. »Das ist lächerlich, Greg. Gegen so was bin ich immun. Ich *arbeite* in einem Museum.«

»Okay«, sagte er, »es kommt eben manchmal vor.«

»Was kommt manchmal vor?«

»Dass man Geister sieht. Schließlich befindest du dich auf Indianerland. Sie sind hier zu Hause.«

Na herzlichen Glückwunsch.

»Greg?«

»Ja?«

»Sagt dir der Name *Anaqoo* etwas?«

Er stieß mit dem Fuß eine große Muschel um und eine Krabbe, die sich darunter versteckt hatte, flitzte Richtung Meer. »Nein, wieso? Woher hast du diesen Namen?«

»Jim hat ihn manchmal im Schlaf gerufen«, sagte Hanna. »Ich war eifersüchtig, ich dachte, der Name gehört einer schönen Frau.«

»Vielleicht stimmt das ja«, sagte Greg, »aber ich kenne keine Frau mit diesem Namen.« Er bückte sich nach der Muschel und gab sie Hanna, die sie in ihrer Jackentasche verschwinden ließ.

Als sie sich umdrehte, um noch einmal zurückzuschauen, wollte sie ihren Augen nicht trauen. Urplötzlich war eine dicke Nebelbank vom Meer kommend in Richtung Strand gezogen und ließ das Schwemmholz verschwinden. Der graue Sand schien zu wabern und zu rinnen. Immer dicker wurde der Nebel und ließ das Festland mit den grauen Wassern des Pazifiks verschmelzen. Alle Farben waren ausgelöscht.

»Was ist denn los?«, fragte Greg.

»Der Nebel, er ist unheimlich.«

»Das ist nichts Besonderes«, sagte er, »so etwas passiert oft am Morgen. Gleich wird es vorbei sein und die Sonne wieder scheinen.« Greg nahm sie am Arm und zog sie in Richtung Haus. »Na komm, lass uns zurückgehen. Ich habe Frühstück mitgebracht.«

Schinken und Eier brutzelten in zwei Pfannen auf den Elektroplatten und Hanna hatte Kaffee gekocht. Dazu gab es Zimtbrötchen und Orangenmarmelade. Gemeinsam deckten sie den Holztisch und Hanna setzte sich. Greg fiel auf, wie erschöpft sie wirkte, trotz ihrer von der frischen Luft geröteten Wangen.

Hannas Frage ging ihm nicht aus dem Sinn. Der Name *Anaqoo* sagte ihm etwas, er wusste nur nicht, wo er ihn einordnen sollte. Der Name einer Frau war es jedenfalls nicht.

Greg stellte die Pfannen auf den Tisch und setzte sich zu ihr.

»Wo warst du eigentlich vor fünf Jahren, als ich hier war und Jim kennenlernte?«, fragte Hanna. Sie nahm sich Eier und Speck.

»Nach dem College habe ich Kunst studiert«, antwortete er. »Danach bin ich in Seattle geblieben und habe für eine Galerie gearbeitet. Szenekneipen, experimentelles Theater, Vollkornmuffins, guter Kaffee und gute Musik – das hat mir gefallen. Ich hatte eine passable Wohnung mit Blick auf den Pudget Sound und konnte mich mit meinen Siebdrucken und der Malerei über Wasser halten.«

»Warum bist du nach Neah Bay zurückgekommen? War es wegen einer Frau?«

Greg, der gerade von seinem Kaffee getrunken hatte, verschluckte sich und hustete. Solche direkten Fragen war er nicht gewohnt. Er fuhr sich mit dem Handrücken über den Mund.

»Ja, wegen einer Frau«, sagte er schließlich.

»Was ist aus ihr geworden?«

»Sie sitzt mir gegenüber.«

Hanna fiel klirrend die Gabel auf den Teller. »Was? Ich verstehe nicht . . .«

Greg lehnte sich zurück. »Nein, wie solltest du auch.«

Sie schaute ihn an und wartete darauf, dass er etwas sagte.

»Wir Makah legen großen Wert auf den Zusammenhalt der Familie«, begann er. »Von meiner Familie waren nur noch mein Vater und ich übrig geblieben. Jim, in den er so viele Hoffnungen gesetzt hatte, war nicht zurückgekehrt. Ich konnte meinen Vater nicht allein lassen, er hatte ja nur noch mich und ich hatte Verpflichtungen ihm gegenüber.«

Greg dachte an den Tag zurück, als er – seine Habe in zwei Taschen – in der Tür des neuen Hauses am Sooes Beach gestanden hatte. »Endlich bist du wieder hier, wo du hingehörst, mein Sohn«, hatte sein Vater ihn willkommen geheißen. »Gleich morgen werde ich damit beginnen, dir beizubringen, wie man schnitzt.«

»Ich bin Maler, Vater«, hatte Greg protestiert. »Ich habe vier Jahre Kunst und Malerei studiert.« In der Tasche trug er seinen Abschluss, einen Bachelor of Arts. Er liebte Farben und seine Siebdrucke hatten auf Ausstellungen breite Anerkennung gefunden.

Doch damals war ihm klar geworden, dass es seinen Vater nicht interessieren würde, ganz gleich, was er als Entgegnung hervorbrachte.

Matthew Ahousat interessierte nur eins. »Ich werde dich das Schnitzen lehren, Greg. Und eines Tages wirst du besser sein, als er es jemals gewesen ist.«

Er. Damit hatte er Jim gemeint. *Den Verräter.*

Daraufhin hatte Greg geschwiegen. Was hätte er auch sagen sollen? Er bezog sein Zimmer im neuen Haus, und als es dunkel wurde, ging er hinunter zum Strand. Die halbe Nacht hielt er Zwiesprache mit dem Meer. Am nächsten Morgen erschien er pünktlich in der Werkstatt seines Vaters und ließ sich von ihm zeigen, wie man die selbst gebauten Werkzeuge aus Feilenstahl einsetzte, um unter ihren scharfen Messern Rabe, Wal, Lachs, Bär und den Donnervogel entstehen zu lassen.

Greg wusste nicht, warum er das tat, aber er erzählte Hanna alles.

»Das tut mir leid, Greg«, sagte sie leise, als er geendet hatte. »Ich habe das nicht gewusst.«

Sie wirkte ehrlich bestürzt und der silbrige Schimmer in ihren schönen Augen irritierte ihn. »Bloß kein Mitleid«, sagte er, »mein Leben ist okay.«

Er wollte sie nicht anstarren, deswegen redete er einfach weiter. »Inzwischen kann ich gut vom Schnitzen leben. Unser Museum vermittelt hin und wieder einen größeren Auftrag an mich und ich habe über eine Handvoll Galerien feste Abnehmer für kleinere Stücke wie Masken und Miniaturpfähle. Es gibt Leute, die eine Menge Geld übrig haben, um ihre Häuser mit original indianischen Kunstwerken zu schmücken. Mein Vater nimmt solche Aufträge aus Prinzip nicht an. Am Ausverkauf unserer Kultur will er sich nicht beteiligen.«

Hanna schien froh zu sein, dass ihr Gespräch diese Wendung nahm. »Dein Vater war wütend auf Jim, weil er einen Wappenpfahl für ein europäisches Völkerkundemuseum geschnitzt hat, nicht wahr?«

Greg nickte. »Er behauptet, Völkerkundemuseen seien die Schatztruhen blutiger Artefakte unserer Kultur.« Er blickte Hanna an und sah, wie sie nach Worten rang. »Hast du dich je gefragt, ob es richtig ist, dass Gegenstände, die von unseren Vorfahren geschaffen wurden, jetzt in den Vitrinen europäischer Museen herumliegen?«

»Sie liegen nicht herum, Greg«, verteidigte Hanna ihre Arbeit. »Sie werden jeden Tag von interessierten Menschen betrachtet. Die meisten Stücke in unserem Museum sind Leihgaben der bedeutendsten Sammlungen Mitteleuropas. Die Artefakte aus Amerika zu holen, hätte sich das Museum gar nicht leisten können.«

»Aber das ist es ja«, sagte Greg ärgerlich. »Was machen die Gebrauchsgegenstände unserer Großeltern in den Glasvitrinen europäischer Museen? Ganz zu schweigen von Tanzmasken oder anderen Kultobjekten? Manche Stücke wurden aus Gräbern gestohlen oder von den Behörden beschlagnahmt, als sie unsere Feste und Tänze verboten.« Mit finsterer Miene nahm er einen Schluck Kaffee.

»Auf die Zurschaustellung von Objekten, die als heilig gelten, wird in unserem Museum verzichtet«, entgegnete Hanna bestimmt. »Wir haben zwar eine Bildungspflicht, aber wir sind keine Barbaren, auch wenn es sich für dich so darstellt.«

»Bildungspflicht«, wiederholte Greg skeptisch. »Glaubst du, irgendwelche Leute können sich ein *Bild* von unserer Kultur machen, nur weil sie ein paar furchterregende Masken gesehen haben?«

Hanna sah Greg angriffslustig an. »Ihr habt selbst ein Museum in Neah Bay, wo ist da der Unterschied?«

»Der Unterschied ist, dass unser Museum sich Makah-Museum nennt und Makah-Kultur und Makah-Vergangenheit bezeugt. Wir präsentieren uns selbst, Hanna. Uns und unsere

Sicht der Welt. Dieses Museum ist eine Möglichkeit, unsere eigene Identität durch eine Institution zu präsentieren, die weltweit als Bildungsmedium anerkannt ist. Du hast die Fotos gesehen, die Lieder gehört. Exponate, Fotos und Lieder sind bestimmten Familien zugeordnet. Die Nachfahren dieser Familien besuchen das Museum und empfinden Stolz. In den Räumen des Museums finden Workshops statt, es werden Feste abgehalten, zeremonielle Mahlzeiten gekocht. Wir präsentieren nicht die Überbleibsel einer vergangenen Kultur, sondern zeigen, wie lebendig unsere Geschichte ist«, sagte er voller Leidenschaft.

Er sah Hanna an, erwartete, dass sie Argumente zur Verteidigung ihres Museums hervorbringen würde. Stattdessen begann sie zu lächeln.

»Okay«, sagte sie, »ich gebe zu, dass euer Makah-Museum das bessere Museum ist. Mustergültig, sozusagen. Politisch korrekt.«

Seine Stirn zog sich in Falten. Meinte sie das ernst oder wollte sie ihn nur auf den Arm nehmen? Es fiel ihm immer noch schwer, Hanna zu durchschauen. Mitunter hatte sie diesen spöttischen hellen Schimmer in ihren Augen.

Doch jetzt blickte sie ernst. »Ich zweifle oft an meiner Arbeit im Völkerkundemuseum, Greg. Aber wenn du so darauf herumhackst, muss ich sie einfach verteidigen.«

Greg stand auf und begann, das Geschirr und die Pfannen abzuräumen. »Ich will dann mal los«, sagte er.

»Wohin?«

»Meinen Stamm aus dem Wald holen.«

Das Lächeln verschwand aus Hannas Gesicht. »Aber . . . ich dachte . . . ich muss nach Vancouver Island, Greg.«

»Und ich muss diese Zeder aus dem Wald holen. Der Forstarbeiter wartet auf mich mit einem Hänger. Außerdem gibt es ein paar Leute, die auf die Zedernrinde warten. Du musst Geduld haben und mir vertrauen, Hanna, sonst wird das nichts.«

Unglücklich sah sie ihn an. »Geduld ist nicht meine Stärke, Greg. Ich will hier nicht herumsitzen und warten.«

»Das brauchst du auch nicht«, sagte er. »Du kannst mitkommen.«

Die Sonne brannte vom Himmel, als Greg die gefällte Zeder aus dem Wald am Archawat Peak holte. Paul Educket – ein von der Stammesverwaltung angestellter Forstarbeiter – hatte sie am frühen Morgen gefällt. Jetzt half er Greg, den Stamm mit der Motorsäge in Stücke zu teilen. Für den in Auftrag gegebenen Pfahl brauchte er ein vier Meter langes, so gut wie astfreies Stück. Educket trennte das von Greg angezeichnete Stück ab und mit einer Stahlwinde zogen sie es auf den Weg, wo der Hänger stand. Den Rest des Stammes teilten sie in kürzere Stücke und brachten sie auf dieselbe Weise zum Hänger.

Die Luft war feucht und schwer am Fuße der hohen Bäume. Hanna konnte nicht helfen und kam sich die meiste Zeit überflüssig vor. Nein, warten war nicht ihre Stärke.

Doch mithilfe der Motorsäge und der Seilwinde ging die Arbeit zügig voran. Als Greg und Educket eine Pause machten, erfuhr Hanna, wie das Ganze früher vonstattengegangen war, als die Makah noch keine motorisierten Werkzeuge und Hilfsmittel zur Verfügung hatten.

»Der erwählte Stamm«, erzählte Greg, »wurde von mehreren Männern mit Äxten gefällt und noch im Wald vom Holzschnitzer so weit behauen, dass die Männer ihn ins Dorf tragen konnten, wo er dann weiter bearbeitet wurde.«

Hanna sah ihn an und bemerkte, dass seine Haare sich verfärbt hatten. Sie waren heller geworden. Feiner gelber Pollenstaub lag auch auf seinen Augenbrauen. Er sah aus wie ein Fabelwesen. Sie atmete tief ein, weil sein Anblick ihr Herz in Aufruhr versetzte.

»Was ist denn?«, fragte Greg verunsichert. »Stimmt etwas nicht?«

»Deine Haare sind ganz gelb.«

»Deine auch.« Greg lächelte und wischte sich mit dem Handrücken über das Gesicht. »Das sind Kiefernpollen. Der Wind trägt sie manchmal von Oregon bis hierher.«

Die Pause war zu Ende. Mit einem Greifer hob Paul Educket den Stamm und die Stücke auf einen langen Hänger. Nachdem die Stämme mit Riemen gesichert waren, machte er sich auf den Weg in den Ort. Hanna und Greg folgten ihm im Pick-up. Als sie hinter dem Hänger hielten, erkannte Hanna die Holzwerkstatt wieder, vor der sie Jim zum ersten Mal begegnet war.

Sie stiegen aus und Hanna sah sich um. Der Arbeitsplatz des Meisterschnitzers hatte sich kaum verändert, das alte, einstöckige Gebäude mit dem großen Donnervogelrelief an der Frontseite wirkte noch genauso geheimnisvoll, wie es ihr damals vorgekommen war. Hier hatte Jim gewohnt. Doch sie war nie im Haus gewesen, nur hier unten, im Hof vor der Werkstatt.

Damals hatte sie mit Matthew Ahousat gesprochen, dem großen Meister, der im Freien an einem fast fertigen Pfahl gearbeitet hatte. Jim, der neben dem Hauseingang an einer großen runden Holzmaske schnitzte, hatte nicht mal von seiner Arbeit aufgesehen. Erst als Hanna ihre Bitte vortrug, war Jim hellhörig geworden. Er hatte innegehalten und Hanna fragend gemustert. Gesagt hatte er kein Wort.

Doch zwei Stunden später hatte er vor ihrem Motelzimmer gestanden und ihr mitgeteilt, dass er bereit war, sie nach Deutschland zu begleiten und den Pfahl für das Museum zu bearbeiten. In seinem Gesicht hatte wilde Entschlossenheit gestanden. Am nächsten Morgen waren sie zusammen nach

Seattle gefahren und von dort über Frankfurt nach Hamburg geflogen.

Hanna schluckte und atmete tief durch. Greg rief ihr eine Warnung zu und sie ging zur Seite, um den Männern nicht im Weg zu stehen. Mit dem Greifer lud Paul Educket die Stücke vom Hänger und den fast vier Meter langen Stamm auf eine Rampe. Greg gab ihm ein paar Dollarscheine und der Forstarbeiter verabschiedete sich von beiden.

Greg zog eine Seilwinde heran, mit deren Hilfe er den Stamm unters Dach rollte. Jeder Handgriff war präzise und genau durchdacht. Auf seinem T-Shirt zeichneten sich unter den Achseln und auf der Brust dunkle Flecken ab. Er rieb die Hände an seiner Jeans und warf einen zufriedenen Blick auf den Stamm, der nun an seinem Platz im Trocknen lag.

»Er ist groß«, sagte Hanna, »du wirst lange daran arbeiten.«

»Ja, aber dafür brauche ich bei diesem Auftrag keine abstehenden Teile einsetzen. Flügel oder lange Schnäbel müssen verzapft und geleimt werden, bevor man sie beschnitzen kann. Das braucht viel Zeit und kommt dem Auftraggeber teuer.«

Hanna hörte Greg schweigend zu. Es gefiel ihr, dass er so offen über sein Handwerk sprach. Die meisten Künstler waren schreckliche Geheimniskrämer. Auch Jim war einer, sie hatte ihm – sogar was seine Arbeit anging – alles aus der Nase ziehen müssen.

Greg deutete Hannas Schweigen falsch und sagte: »Aber das hörst du sicher nicht zum ersten Mal, oder? Manchmal vergesse ich, dass du ein halbes Jahr mit einem Holzschnitzer zusammengelebt hast.«

Sie schüttelte den Kopf. »Jim sprach nicht von seiner Arbeit. Meistens war er stumm, als wäre er selbst ein Stück Holz.«

»Und du hast dich damit zufriedengegeben?«

»Es blieb mir nichts anderes übrig. Es gab keinen Grund, ihm zu misstrauen. Ich liebte ihn. Ich hatte mich damit abgefunden, dass er nicht redete.«

Sie lief auf das Haus zu, doch Greg fasste sie an der Schulter. »Was ist, wenn wir ihn finden, Hanna, und er eine Familie hat? Kinder?«

»Ich weiß es nicht.« Sie presste die Lippen zusammen. »Ich versuche, darauf vorbereitet zu sein.«

Greg zog seine Hand zurück. Hannas Blick wanderte an der ausgeblichenen Fassade des Hauses nach oben und blieb an einem der Fenster hängen. »Kannst du mir zeigen, wo er gewohnt hat?«

»Da ist nichts mehr.«

»Aber was ist aus seinen Sachen geworden?«

»Ich habe keine Ahnung«, sagte Greg. »Jim hat nicht viel besessen. Ich glaube, mein Vater hat alles weggegeben.«

»Weggegeben? Und wenn er irgendwann zurückkommt?« Hanna sah in Gregs Augen und fand darin ihre Frage beantwortet.

Gerade, als sie die Werkstatt verlassen wollten, bog ein nagelneuer dunkelgrüner Ford Escort auf den Hof und eine junge Frau stieg aus. Sie trug Jeans und eine hellblaue Leinenbluse, die ihren dunklen Teint betonte. Ihre langen schwarzen Locken wippten bei jedem Schritt und ihre Augen, die wie die Schalen schwarzer Muscheln schimmerten, fixierten Hanna.

Verdammt. Greg biss sich auf die Lippen. Die Begegnung war unvermeidlich gewesen, doch in diesem Augenblick hätte er gerne darauf verzichtet. Die Tatsache, dass er eine Zeder aus dem Wald geholt hatte, musste sich wie ein Lauffeuer im Ort verbreitet haben.

»Hallo Annie«, begrüßte er die Indianerin. »Lange nicht gesehen. Wie geht es dir?«

»Danke, gut«, erwiderte sie förmlich.

Greg drehte sich zu Hanna um. »Darf ich vorstellen: Annie Waata, die beste Korbflechterin von Neah Bay. Und das ist Hanna, sie interessiert sich für Hauspfähle.«

Hanna streckte der Indianerin freundlich die Hand entgegen. Annie ergriff sie mit einem erzwungenen Lächeln und ließ ihre Finger sofort wieder los.

Mit einem frostigen Blick wandte sie sich an Greg. »Du wirst wieder einen Pfahl schnitzen?«

Er nickte. »Ja, er soll vor einem Café in Portland stehen. Ich werde gleich anfangen, ihn zu entrinden, dann kannst du dir einen Teil vom Bast abholen. Die andere Hälfte habe ich Gertrude versprochen.«

»Kommt dein Vater bald zurück?«, fragte Annie, ohne auf Gregs Angebot zu reagieren.

Vermutlich war sie zu stolz, um sich vor Hanna bei ihm zu bedanken.

»Nicht vor Freitag, denke ich.«

»Am Freitag ist das Potlatch«, erinnerte sie ihn. »Dein Vater hat gesagt, dass du da sein wirst, Greg.«

Es war ungehörig, dass Annie ihn vor Hanna unter Druck setzte und er ärgerte sich darüber. Aber er ließ es sich nicht anmerken. Die Situation war zu heikel, er wollte Annie nicht dazu provozieren, etwas Unüberlegtes zu sagen.

»Ich weiß noch nicht, Annie, vielleicht.«

Es würde ein kleines Fest am Strand von Neah Bay werden. Geburtstage waren normalerweise kein Grund für ein Potlatch, das ursprünglich anlässlich einer Geburt, einer Eheschließung, einer Namensgebung oder eines Todesfalles abgehalten wurde. Das Wort Potlatch stammte aus der Sprache der Chinook-Indianer und bedeutete so viel wie weggeben.

Annies Familie war angesehen und wohlhabend und konnte

es sich leisten, solch ein kostspieliges Fest auszurichten. Es würde gutes Essen geben, getanzt werden und anschließend würde Annie vor Zeugen die Privilegien ihrer Familie übertragen bekommen. Jeder der geladenen Gäste würde mit einem Geschenk nach Hause gehen, auch wenn er später nicht in der Lage sein sollte, sich dafür zu revanchieren.

Die Zeiten, in denen Potlatchfeste tagelang dauerten und die Mächtigen ihre Gegner mit wertvollen Geschenken in den Ruin trieben, waren längst vorbei.

Annie verabschiedete sich kühl von Hanna und Greg. Sie stieg in ihren Wagen und fuhr davon. Er sah dem grünen Ford nach und räusperte sich verlegen. Wie sollte er Hanna diese merkwürdige Situation erklären, ohne dass sie falsche Schlüsse daraus zog?

»Was ist es denn für ein Potlatch?«, fragte sie ihn.

»Ihr Geburtstag.«

»Und wie alt wird sie, dass ihr Vater so eine große Party veranstaltet?«

»Dreißig«, antwortete Greg. »In diesem Alter sollte ein Makah-Mädchen längst verheiratet sein und mindestens vier Kinder haben. Mit diesem Fest macht ihr Vater noch einmal alle unverheirateten Männer passenden Alters darauf aufmerksam.«

»Und in erster Linie dich«, bemerkte Hanna und er sah wieder diesen spöttischen Schimmer in ihren Augen.

»Möglicherweise«, brummte Greg verdrießlich. Sie hatte den Nagel auf den Kopf getroffen und auch ohne Erklärung die richtigen Schlüsse gezogen.

Sie fuhren zusammen zu Washburnes Supermarkt, um einen Happen zu essen, danach wollte Hanna versuchen, ihre Eltern anzurufen, um ihnen zu sagen, dass es ihr gut ging, und um ein paar Worte mit Ola zu sprechen.

»Geh ruhig an deine Arbeit«, sagte sie zu Greg, »ich komme schon zurecht. Ich muss mich ein bisschen bewegen, vielleicht gehe ich auch noch mal ins Museum. Ich kann ja später zu dir in die Werkstatt kommen.«

»Okay.« Er hoffte, dass sie ihm die Erleichterung nicht ansah. Greg fühlte sich für Hanna verantwortlich, aber nach der Begegnung mit Annie brauchte er ein wenig Zeit, um sich über ein paar Dinge klar zu werden. Bei der Arbeit am Pfahl würde ihm das am besten gelingen und Hanna war gut aufgehoben im Museum. »Treffen wir uns gegen fünf wieder hier«, schlug er ihr vor.

Greg fuhr zurück in die Werkstatt und machte sich daran, den Zedernstamm mit einer scharfen Ziehklinge zu entrinden. Die Arbeit ging ihm gut von der Hand und der Haufen mit den langen Rindenstreifen wurde immer größer. Rötliche Fetzen hingen vom Stamm und er ging immer wieder mit der Ziehklinge darüber.

Während er arbeitete, dachte Greg über seine Beziehung zu Annie Waata nach. Die im Grunde keine Beziehung war. Er hatte sie noch nicht einmal geküsst. Natürlich war ihm schon seit längerer Zeit aufgefallen, dass sie seine Nähe suchte. Annie war eine Schönheit und Greg hatte nichts gegen sie, doch in ihrer Gegenwart fühlte er sich jedes Mal unbehaglich. Annie hatte nichts Natürliches an sich, zumindest nicht im Umgang mit ihm. Als ob etwas zwischen ihnen stand, etwas, das ihn vorsichtig sein ließ.

Aber Greg wusste nur zu genau, was sie und ihre Verwandten von ihm erhofften. Sogar sein Vater wollte, dass er Annie Waata heiratete.

Schweiß stand auf Gregs Stirn, als er die Ziehklinge endlich zur Seite legte. Die Deckschicht des Stammes, der weiße Splint, lag jetzt glatt und sauber vor ihm. Er machte eine kleine Pause und trank aus seiner Wasserflasche. Von Hanna noch keine Spur. Also griff er zur Ellenbogenaxt. Ihre Klinge stand waagerecht zum abgewinkelten Stiel und war querseitig angebracht. Mit diesem speziellen Werkzeug begann er, den entrindeten Pfahl zu runden und zu glätten, damit er später die gewünschten Figuren anzeichnen konnte.

9. Kapitel

Vom Erlös für ihre kunstvollen Körbe und Hüte konnten Gertrude Allabush und ihre Urenkelin Grace ihren Lebensunterhalt bestreiten. Neben Annie Waata und ihrer Mutter waren sie die Einzigen im Ort, deren Fertigkeiten sich bis zum Pudget Sound und bis hinüber nach Kanada herumgesprochen hatten. Dass ihre Korbarbeiten sich so gut verkauften, hatten sie Jim Kachook zu verdanken, dem Jungen, der den Makah vom Meer geschenkt worden war.

Gertrude seufzte. Sie vermisste Jim schmerzlich, trotz der vielen Monate, die seit seinem Verschwinden vergangen waren. Sie erinnerte sich noch gut an die Zeit vor mehr als zwanzig Jahren, als er mit Greg ständig bei ihr aufgetaucht war. Sie hatte immer etwas zu essen für die beiden mutterlosen Jungen gehabt und sie mit Geschichten versorgt. Wie ein Schwamm hatte Jim diese Geschichten aufgesaugt, die von Tsonoqa, der Wilden Frau, vom Kwalti, dem Verwandler, oder von Kupferfrau, der Urmutter des Menschenvolkes, erzählten.

Später, als aus Jim ein begnadeter Schnitzer geworden war, hatte er Gertrude und ihre Tochter Lana mit dem kostbaren Rindenbast für ihre Flechtarbeiten versorgt und ihre fertigen Körbe an Galerien in Seattle, Tacoma und Vancouver verkauft.

Gertrude schüttelte den Kopf. Lana war schon vor langer Zeit einem furchtbaren Krebsleiden erlegen und ihre Tochter Celine ein paar Jahre später mit einem weißen Farmer aus Montana durchgebrannt. Ihre zehnjährige Tochter Grace hatte Celine bei Gertrude zurückgelassen. Der Farmer hatte Celine geschlagen und sie war wieder abgehauen, doch wo ihre Enkelin sich derzeit aufhielt, wusste Gertrude nicht.

Männer schien es in dieser Familie nie für etwas anderes gegeben zu haben, als zur Zeugung eines neuen Allabush-Mädchens. Gertrude Allabush war zwar verheiratet gewesen, hatte ihren Mann aber nach kurzer Ehe wieder verlassen, als sie merkte, dass er herrisch und spielsüchtig war. Allabush-Frauen brauchten keinen Mann, um durchs Leben zu kommen. Sie konnten für sich selbst sorgen.

Gertrude warf einen Blick auf ihre Urenkelin und musste lächeln. Das Mädchen hatte beim Flechten geschickte Hände und einen untrüglichen Sinn für schöne Muster. Sie hatte ihre Arbeit, einen größeren Korb mit Deckel, jedoch zur Seite legen müssen, weil ihr für das dunklere Muster der Zedernbast fehlte. Stattdessen arbeitete sie jetzt an einem winzigen Henkelkörbchen, aus dem sie später einen Ohrring fertigen würde.

Gertrude wusste von Grace, dass Greg Ahousat eine Zeder gefällt hatte und so war ihnen der Nachschub an Rindenbast sicher.

Die alte Indianerin war sehr erleichtert gewesen, als sie hörte, dass Greg in seiner Werkstatt arbeitete – und nicht im Strandhaus bei dieser Frau herumhockte und vielleicht Dummheiten machte, die er später bereuen würde. Sie fragte sich, wo Jim Kachook abgeblieben war, wenn nicht bei dieser Frau aus Deutschland, die vorgab, hier auf der Suche nach ihm zu sein?

Als es klopfte, sprang Grace sofort von ihrer Arbeit auf.

»Das ist bestimmt Greg, der uns den Rindenbast bringt«, sagte sie und eilte zur Tür.

Aber es war nicht Greg, der hinter Grace ins Zimmer trat. Es war die rothaarige Frau aus Deutschland.

Ihre Urgroßmutter war freiwillig in die Küche verschwunden, um Tee zu kochen, und Grace arbeitete weiter an ihrem winzigen Henkelkörbchen. Hanna saß auf demselben Stuhl, auf dem sie schon vor zwei Tagen gesessen hatte.

Grace sah von ihrer Arbeit auf und begegnete dem Blick der Deutschen. »Ich mache nicht viele davon«, sagte sie, »nur ein oder zwei Paar im Monat.«

»Sie sind sehr schön«, bemerkte Hanna.

»Ja, aber es gibt kaum jemanden, der sie kauft. Höchstens mal ein Sammler. Welche Frau will schon Makah-Fischkörbe am Ohr tragen?«, erwiderte Grace und lachte.

Hanna hatte ihnen Grüße von Greg ausrichten lassen und ihnen von der Zeder erzählt. Außerdem hatte sie sich dafür bedankt, dass Gertrude ihr das Strandhaus überließ.

Grace, die von Joey erfahren hatte, was am Kap passiert war, konnte ihre Neugier kaum zügeln.

Sie warf einen Blick zur Tür. »Und Sie sind wirklich von der Steilküste gestürzt?«

»Woher weißt du das?«, fragte Hanna.

Grace merkte, wie ihr die Röte ins Gesicht stieg. Bemüht beiläufig zuckte sie mit den Achseln. »Ich bin mit dem Neffen des Polizeichefs befreundet.«

»So, so«, sagte Hanna und lächelte. »Ja, ich bin wirklich da runtergestürzt. Aber mir ist nichts passiert.«

»Greg hat Sie rausgefischt, stimmt's? Er hat Ihnen das Leben gerettet.«

Hannas Gesicht überzog sich mit einer leichten Röte und Grace dachte, dass die ganze Geschichte immer aufregender wurde. Sie hoffte, ihre Granny würde nicht so schnell zurückkommen.

»Ja, das hat er«, sagte Hanna.

»Greg ist toll, nicht wahr?«

»Du magst ihn?«

»Ja, sehr sogar. Er . . .«

Mit Tee und Erdnussbutterplätzchen kam Gertrude aus der Küche zurück und Grace wechselte das Thema.

»Ihre Urenkelin ist eine begnadete Künstlerin«, sagte Hanna zu der alten Frau.

»Ja, ich habe ihr alles beigebracht, was eine gute Flechterin können muss.« Gertrude setzte sich. »Sie wird später davon leben können, so wie alle Allabush-Frauen vor ihr.«

Grace vermied es, ihre Urgroßmutter anzusehen. Sie musste an Joey und seine Küsse denken. An ihr Versprechen, das sie ihm gegeben hatte. Sie, Grace, würde die erste Allabush-Frau sein, die ihr Leben an der Seite eines Mannes verbrachte. An der Seite eines klugen, guten und zärtlichen Mannes, mit dem sie Kinder haben würde, viele Kinder, und nicht nur ein einziges Mädchen.

Grace wusste, dass ihre Granny nicht viel von ihren Zukunftsplänen halten würde, deswegen kamen sie ihr manchmal wie Verrat vor.

»Grace?«

Sie hob den Kopf. »Ja, Granny?«

»Wir haben kein Brot mehr im Haus. Ida hat frisches gebacken. Ich habe ihr gesagt, du kommst gleich und holst eins.«

»Ja, Granny.«

Verärgert darüber, dass sie schon wieder fortgeschickt wurde wie ein Kind, verließ Grace den Raum.

Gertrude Allabush schenkte Hanna Tee ein und fragte: »Kommen Sie zurecht in meinem alten Haus?«

»Ja, alles bestens. Es ist nur ein bisschen einsam.«

Die alte Indianerin musterte sie mit ihrem stechenden Blick. »Nun, ich nehme an, Greg wird Ihnen ab und zu Gesellschaft leisten.«

Hanna spürte, wie ihr die Röte über die Wangen kroch. Sowohl Grace als auch ihre Urgroßmutter waren sehr direkt, was sie und Greg Ahousat anging. Ganz offensichtlich hatte die alte Frau etwas dagegen, dass er sich um sie kümmerte, während Grace am liebsten ein romantisches Abenteuer zwischen ihr und ihrem Retter sehen würde.

»Greg will mir helfen, Jim zu finden«, sagte sie.

»So, so.«

»Eigentlich bin ich hier, weil ich Sie bitten wollte, mir etwas über Jim zu erzählen. Sie haben ihn doch gut gekannt.«

»Sie nicht?« Gertrudes Blick schien sie zu durchbohren. »Sie haben eine Tochter von ihm.«

»Ja, das stimmt«, sagte Hanna mit rauer Stimme. »Ich dachte nur, dass Sie vielleicht . . .«

»Seltsam, dass man mit jemandem das Bett teilen kann und doch nichts von ihm weiß.«

Hanna verschluckte sich an ihrem Tee und musste husten. Für einen Moment war sie sprachlos. Als sie auf die Idee gekommen war, die alte Gertrude Allabush zu besuchen, hatte sie sich der Begegnung gewachsen gefühlt. Jetzt war sie sich auf einmal nicht mehr so sicher.

»Es ist nicht wahr, dass ich *nichts* über ihn weiß«, erwiderte sie mit fester Stimme. »Zum Beispiel weiß ich, dass es nicht zu Jim passt, einfach so zu verschwinden, ohne jegliches Lebenszeichen.«

»Da haben Sie allerdings recht«, sagte Gertrude.

Hanna vernahm die Trauer in der Stimme der alten Frau, und das stimmte sie etwas versöhnlicher.

»Sie haben keine Idee, wo er sein könnte?«

Gertrude schüttelte den Kopf. »Nicht den leisesten Schimmer.«

Wieder hatte Hanna das merkwürdige Gefühl, dass die alte Frau ihr etwas verschwieg, aber was sollte sie dagegen tun?

Gertrude Allabush traute ihr nicht über den Weg und sie musste sich damit abfinden.

»Danke für den Tee«, sagte sie, schnappte ihren Rucksack und erhob sich. »Ich finde allein nach draußen.«

»Grüßen Sie Greg von mir und bestellen Sie ihm, dass wir auf die Rinde warten.«

Hanna verließ das Haus der alten Korbflechterin. Draußen umfing sie das warme Licht der Nachmittagssonne. Auf der Uhr in Gertrude Allabushs Wohnzimmer war es kurz nach fünf gewesen. Sie musste sich beeilen, sonst würde Greg womöglich anfangen, nach ihr zu suchen.

Oren Hunter saß grübelnd hinter seinem Schreibtisch und dachte über die Fragen nach, die Bill Lighthouse ihm heute Morgen gestellt hatte.

Sollte er den Jungen unterschätzt haben? Als Bill vor einem Jahr von der Polizeischule kam und Oren als Sheriff zugeteilt worden war, hatte er Mühe gehabt, sich an seine lockere und offene Art zu gewöhnen. Die neuen Methoden, die sie dem Jungen in Seattle beigebracht hatten, betrachtete Hunter mit derselben Skepsis, wie Bills Angewohnheit, sich über Traditionen hinwegzusetzen.

Aber im Laufe des vergangenen Jahres hatten beide Männer voneinander gelernt. Bill erwies sich als cleverer Computerspezialist. Er war dabei, sämtliche Akten auf dem Revier durchzusehen und in den Computer einzugeben, was, wie Oren zugeben musste, eine enorme Arbeitserleichterung war. Außerdem war dem Älteren klar geworden, dass sein Stellvertreter sich nicht scheute, unangenehme Aufgaben zu übernehmen.

Bill war ein guter Polizist. Klug und zuverlässig. Er hatte diesen raschen, genau registrierenden Blick. Und er ließ sich schon mal davon überzeugen, jemanden nicht gleich an die

Washington State Patrol weiterzumelden, nur weil er im Supermarkt eine Spule Angelsehne oder einen Apfel geklaut hatte. Eine von Hunter persönlich auf den Übeltäter zugeschnittene Strafe hatte meist mehr Wirkung als eine offizielle Verurteilung. Kein junger Makah konnte es gebrauchen, sein Erwachsenenleben in der weißen Welt mit einem Vorstrafenregister zu beginnen.

Zudem hatte Bill schnell begriffen, dass Zurückhaltung und Umwege einem manchmal Tür und Tor öffneten – vor allem bei den älteren Menschen im Reservat. Er hatte sogar angefangen, seine Makah-Sprachkenntnisse aufzufrischen. Oren hatte begonnen, den jungen Sheriff als Freund zu betrachten.

Doch nun war Bill dahintergekommen, dass in Neah Bay schon seit geraumer Zeit etwas nicht stimmte und sein Chef nichts dagegen unternommen hatte. Nicht, dass Hunter versucht hätte, irgendetwas zu vertuschen, dazu war er viel zu gewissenhaft. Es kam nur darauf an, aus welchem Blickwinkel man die Dinge betrachtete. Und ob man in der Lage war, Zusammenhänge zu knüpfen.

Oren Hunter seufzte. Er wusste, dass die Sache mit dem Geländer kein Zufall sein konnte. Wohl oder übel würde er mit Bill Lighthouse ausführlicher über das Ganze reden und ihm seine Gedanken dazu darlegen müssen.

Hunter machte seine letzten Eintragungen, schloss das Büro ab und begab sich dann nach Hause zu seiner Frau, die mit dem Abendessen auf ihn wartete.

Als Hanna auf den Hof der Werkstatt gelaufen kam, hatte Greg sein Werkzeug schon zusammengepackt und eingeschlossen. Hanna kam ihm seltsam abwesend vor, aber vielleicht hatte der Besuch des Museums sie wieder in diese merkwürdige Stimmung versetzt. Er wollte sie nicht danach fragen, weil er keine

Lust auf einen weiteren Disput über das Für und Wider von Völkerkundemuseen hatte.

Auf dem Weg durch den Ort hielt er kurz vor einem Haus, hinter dessen Bretterzaun ein großer Räucherofen stand.

»Bin gleich wieder da«, sagte er zu Hanna. Er kaufte einen großen Heilbutt, der, wie ihm versichert wurde, noch vor ein paar Stunden im Meer geschwommen war.

Wieder zurück im Pick-up drückte er Hanna den Beutel mit dem Fisch in die Hand. »Unser Abendessen«, erklärte er lächelnd.

Statt zum Strandhaus fuhren sie zum Sooes Beach, denn Greg zog es vor, in seiner gut ausgestatteten Küche zu kochen. Er bat Hanna, sich um den Salat zu kümmern, damit er schnell duschen konnte. Es gab wilden Reis und gebackenes Heilbuttfilet, dazu einen kalifornischen Weißwein.

»Von wem hast du gelernt, so gut zu kochen?«, fragte Hanna.

Er lächelte. »Als Student habe ich eine Zeit lang in der Küche eines ziemlich noblen Restaurants ausgeholfen. Da lernt man so einiges.«

»Der Fisch schmeckt köstlich.«

Sie aßen und tranken Wein und Greg dachte, dass er sich sehr schnell an Hannas Anwesenheit gewöhnt hatte. Sein Blick streifte ihr Gesicht. Sogar an ihre Sommersprossen hatte er sich gewöhnt. Als er gerade ansetzte, sie zu fragen, wie sie ihren Nachmittag verbracht hatte, hob sie den Kopf und fragte: »Greg, wann fahren wir nach Vancouver Island?«

Greg legte das Besteck aus den Händen und rieb sich das Gesicht. An Hannas sehr direkte Art hatte er sich noch nicht gewöhnt.

»Nach dem Potlatch, okay?«, vertröstete er sie.

»Ist es wegen Annie?«, fragte sie.

Greg hob den Kopf und musterte Hanna. Sie hatte ihre rotgoldenen Haare zu einem Knoten aufgesteckt und strich sich eine schimmernde Haarsträhne hinters Ohr, die ihr immer wieder ins Gesicht fiel.

»Ich weiß nicht, wie lange wir drüben in Kanada brauchen werden, und es ist wichtig, dass ich zu diesem Potlatch gehe, wenn ich eingeladen bin.«

»Wegen der alten Regeln?«

»Irgendwie schon. Unsere alten Traditionen mögen dir vielleicht überholt vorkommen, aber sie halten unser kleines Volk zusammen und verhindern, dass wir in dieser Zeit verrückt werden. Ich kann das nicht einfach so zur Seite schieben. Ich lebe hier, Hanna.«

»Aber du hast gesagt, du bist nicht wie sie.«

Greg stöhnte leise. »Das ist wahr. Aber ich kann auch nicht so sein wie du.«

»Wie bin ich denn?«

»Keine Ahnung«, er lehnte sich zurück, »einfach anders. Ich bin ein Makah, Hanna, ein *Ureinwohner*. Wir Indianer sind das Gewissen der Nation. Und jeder – ob nun meine eigenen Leute oder all die Fremden – erwartet von mir, dass ich mich auch so verhalte.«

»Aber das musst du nicht.«

»Vielleicht nicht«, erwiderte Greg. »Aber selbst du willst es so.«

Hanna öffnete den Mund, um zu protestieren, aber dann schluckte sie nur. »Wir haben nichts gemeinsam, nicht wahr?«

Er stand auf und begann, das Geschirr in die Spülmaschine zu räumen. »Doch, Hanna, es gibt etwas, das wir gemeinsam haben.«

»Was, Greg?«

»Das weißt du nicht?«

Fragend sah sie ihn an.

»Es ist Jim, Hanna.«

Draußen, hinter dem Sooes Beach, schien die Dunkelheit lebendig zu werden. Die schweren Zweige der Hemlocktannen schaukelten im Wind wie Gespenster, die einander die Hände reichten zum nächtlichen Tanz. Der Pazifik strömte in gleichmäßigen Wellen gegen das Ufer. Auch drinnen im Haus schien die hereinbrechende Dunkelheit die Wirklichkeit zurückzudrängen. Die Stehlampe und ein Kaminfeuer verbreiteten warmes Licht im Raum.

Greg stand am Fenster und blickte in die Dämmerung der Sommernacht. Hanna saß mit angezogenen Knien in einem der Ledersessel vor dem Kamin und trank noch ein Glas von dem herben kalifornischen Wein, den sie zum Essen getrunken hatten. Sie fühlte sich auf wunderbare Weise erschöpft und zum ersten Mal war die Ruhelosigkeit, die sie in den letzten Jahren nie richtig losgelassen hatte, von ihr abgefallen.

Sie betrachtete Gregs Spiegelbild im Fenster und wusste, sie konnte ihm vertrauen.

»Ich glaube«, sagte Hanna leise, »dass Jim vor etwas davongelaufen ist, als er mit mir nach Deutschland kam.« Sie erinnerte sich an Nächte, in denen er stundenlang wach gelegen und Löcher in die Decke gestarrt hatte. Es war, als hätte Jim ein furchtbares Geheimnis mit sich herumgetragen, einen Schatten, der seine Seele verdunkelte.

»Wovor sollte er davongelaufen sein?«

»Ich weiß es nicht«, erwiderte Hanna. »Vielleicht war es etwas, das mit seiner Vergangenheit zu tun hatte.«

»Mit seiner Vergangenheit?«, fragte Greg und wandte sich um. »Wie kommst du denn darauf?«

»Weil er so ein Geheimnis darum machte. Er wich mir ständig aus, wenn ich ihn nach seiner Kindheit fragte oder nach seinem Leben in Neah Bay. Auf meine Fragen gab er immer nur halbe Antworten, das ist mir jetzt klar geworden.« Hanna seufzte. »Möglicherweise ist Jim mit mir nach Deutschland geflogen, weil er sich dort Anerkennung von Menschen erhofft hat, die keine Vorurteile hatten. Bis er dahinterkam, dass es denjenigen, die ihm bei der Arbeit zusahen, egal war, ob er ein Cheyenne, ein Hopi oder ein Makah war. Hauptsache, er war Indianer.

Und er war es leid, den Kindern die Frage zu beantworten, auf welche Art seine Vorfahren ihre Feinde an solch einem Marterpfahl töteten, wie er gerade einen schnitzte.«

Hanna trank einen Schluck von ihrem Wein. Greg kniete sich vor den Kamin und legte neue Scheite in die Flammen, die hell aufloderten. Das Feuer knisterte.

»Ich war ein Idiot«, sagte er. »Ich hätte wissen müssen, dass er unglücklich sein würde, so weit weg von seinem Zuhause. Ich hätte viel eher nach ihm suchen müssen.«

Hanna rutschte nach vorn an die Sesselkante. »Du warst doch davon überzeugt, dass er in Deutschland war – bei mir.«

»Dann hätte ich ihn eben dort suchen müssen. Aber ich fühlte mich zu verletzt, als dass ich auf diese Idee gekommen wäre.«

Sie wusste, was er meinte. Und es tat ihr gut, dass er jetzt so offen mit ihr sprach. Hanna hatte das Gefühl, dass die letzten Stunden sie einander nähergebracht hatten.

»Er hat uns beide verletzt. Wahrscheinlich war ihm das gar nicht bewusst.«

Greg stand auf, beugte sich zu ihr herunter und nahm ihr das Weinglas aus der Hand. In seinem Blick lag Zuneigung, etwas, das unerwartet kam und alles veränderte. Ihr Herz schlug schneller und sie fühlte sich hilflos ihren widersprüchlichen Gefühlen ausgeliefert.

In Gregs Stimme klangen die geschliffenen Steine des Meeres mit, als er sagte: »Weißt du, dass deine Augen manchmal ihre Farbe ändern?«

Unwillkürlich schloss Hanna die Augen, um sich vor seiner Nähe zu wappnen. Will ich das wirklich?, fragte sie sich. Soll das alles noch einmal von vorne beginnen?

Plötzlich hörte sie ein Geräusch und riss die Augen auf. Schritte auf der Veranda. Greg richtete sich kerzengerade auf und lauschte einen Moment. Hanna sah, wie er unter seiner dunklen Haut blass wurde. Er schien zu wissen, wer draußen stand, als er zur Tür ging, um aufzuschließen.

10. Kapitel

Guten Abend, Vater«, sagte Greg.

»Seit wann schließt du ab?«, hörte Hanna die tiefe Stimme von Matthew Ahousat. Der Meisterschnitzer war vorzeitig von seiner Reise zurückgekehrt.

Sie stand auf und ging in die Diele. »Guten Abend, Mr Ahousat«, sagte sie und gab sich Mühe, gelassen zu klingen. »Es freut mich, Sie wiederzusehen.«

Der Holzschnitzer war sehr gealtert, seit sie ihn das letzte Mal gesehen hatte. Haare und Schnurrbart, vor fünf Jahren noch kohlrabenschwarz, wurden jetzt von grauen Strähnen durchzogen. Die dunkle Haut spannte immer noch glatt über seinen kräftigen Wangenknochen, aber um den Mund hatte sich ein bitterer Zug eingegraben, den sie damals nicht wahrgenommen hatte.

Ob er sie wohl wiedererkannte – nach all der Zeit?

Matthew Ahousat rührte keinen Muskel, während er Hanna in Augenschein nahm. Seine hart glänzenden Augen wirkten beängstigend. Die Verachtung in seinem Gesicht war nicht zu übersehen.

Er wusste genau, wer sie war.

Schließlich kam Bewegung in Matthew Ahousat. »Suchen Sie nach einem neuen Holzschnitzer, Miss Schill? Ist Jim Ihnen davongelaufen? Sind Sie zurückgekommen, um herauszufinden, wie Makah-Männer funktionieren?« Matthew wich Hannas Blick aus und ging an ihr vorbei in die Küche. »Lassen Sie die Finger von meinem Sohn«, rief er, »oder Sie bekommen es mit mir zu tun.«

Hanna schnappte nach Luft. Sie wollte etwas erwidern, wollte sich verteidigen, aber ihr fehlten die Worte. Hilfesuchend sah sie Greg an, doch der schien ebenso perplex.

Was wohl jetzt in seinem Kopf vor sich ging?

Sie war wütend auf den alten Ahousat und traurig um den verlorenen Augenblick mit Greg. Vielleicht ist es besser so, dachte sie und ging die Stufen hinab in den Wohnraum, um ihren Rucksack zu holen. Sie hörte, dass Greg seinem Vater in die Küche folgte.

»Was ist bloß in dich gefahren, Vater, dass du so mit einer Frau redest, die mein Gast ist?«

»Sie hätte dieses Haus nie betreten dürfen.« Gregs Vater spuckte die Worte förmlich aus.

»Du kennst Hanna doch überhaupt nicht.«

Matthew schnaubte. »Seit wann ist sie hier, in Neah Bay?«

»Seit drei Tagen.«

»Ich nehme an, du hast die Zeit genutzt«, sagte der alte Ahousat verächtlich. »Diese Frau ist schuld daran, dass Jim nicht mehr bei uns ist. Und ich werde nicht zulassen, dass sie mir auch noch meinen anderen Sohn wegnimmt.«

Hanna hatte genug gehört. Hastig holte sie ihren Rucksack und ging hinauf in die Diele. Ihr Blick fiel durch die offene Tür in die Küche. Der alte Mann stand am Fenster. Er hatte seine Hände zu Fäusten geballt und es gelang ihm nicht, seine Erregung zu verbergen. Sein ganzer Körper zitterte vor offener Feindseligkeit.

»Ich bestimme selbst über mein Leben«, sagte Greg.

Matthew stieß ein verzweifeltes Lachen aus. »Sie hat dich doch schon verhext.« Seine Stimme bebte.

Hanna zuckte zusammen. Blindlings griff sie nach ihrer Jacke und wollte sich unbemerkt nach draußen schleichen, da hörte sie Schritte hinter sich und fuhr herum.

»Willst du zum Strandhaus laufen?«, fragte Greg.

»Es erscheint mir weniger gefährlich, als hierzubleiben.«

»Ich hätte nicht gedacht, dass du so schnell aufgibst«, sagte er.

Mit einem Seufzer sagte sie: »Ich gebe nicht auf, Greg. Ich bin nur müde und habe keine Lust, mich auf einen ungleichen Kampf mit einem verbitterten alten Mann einzulassen. Es ist sein Haus und ganz offensichtlich hasst er mich wie die Pest.«

»Es ist auch mein Haus, Hanna. Und ich lade ein, wen ich will.«

»Das scheint er aber anders zu sehen.« Sie drehte sich um und verließ das Haus. Wenig später hatte Greg sie mit seinem Truck eingeholt und öffnete die Beifahrertür. Gitarrenklänge kamen aus der Fahrerkabine und Robert Plant von Led Zeppelin sang »*These are the seasons of emotions and like the winds they rise and fall . . .*«.

Hanna stieg ein und Greg fuhr mit ihr zum Strandhaus.

Matthew Ahousat saß reglos im Sessel vor dem Kamin, in dem das Feuer nur noch glimmte. Er stierte auf die beiden Weingläser und versuchte zu begreifen, was einfach nicht wahr sein konnte: die fremde Frau, die er hasste, und sein einziger Sohn in trauter Zweisamkeit.

Das hätte niemals passieren dürfen.

War sein Schutzgeist, der Wolf, so zornig auf ihn, dass er das Unmögliche hatte geschehen lassen? Greg zusammen mit dieser Frau, der er nie hätte begegnen dürfen; schon verhext von ihr. Welche verschlungenen Pfade hatten zu diesem unglücklichen Zusammentreffen geführt, wo er doch alles versucht hatte, es zu verhindern?

Der alte Mann stieß einen Klagelaut aus.

Hatte er seinem Sohn nicht genug von der Macht der alten Legenden erzählt und von der Verpflichtung seinen Vorvätern gegenüber? Wusste Greg denn nicht, dass Makah-Blut sich nicht mit dem der Weißen vermischen durfte, wenn sie in hundert Jahren immer noch als Volk existieren wollten?

In diesem Blut lebten die Lieder seines Volkes; genauso wie die Erinnerungen an seine Vorfahren – auch an jene, die Greg nie gekannt hat.

Matthew Ahousat wusste um all diese Dinge und das Wissen wog wie eine schwere Last. Sie drückte ihn nieder, denn er trug sie allein. Die Tage, in denen alles noch so war, wie es sein sollte, waren längst vorbei. Seit einiger Zeit hörte er Stimmen. Es waren die Stimmen des Todes und sie beunruhigten ihn zutiefst. Der Meisterschnitzer fürchtete sich nicht vor dem Tod, aber er wollte bestimmen, wann und wie er starb.

Meine Zeit ist noch nicht gekommen.

Er hatte seine Aufgabe noch nicht erfüllt. Wie sollte er seinem Sohn begreiflich machen, dass er, wenn er ein Makah sein wollte, die alten Gesetze einzuhalten hatte? Diese Regeln hatten ihren Sinn nicht verloren, sie würden gelten, so lange das Volk der Makah existierte.

Ahousat erhob sich ächzend und ging hinauf in die Küche. Er ließ kaltes Wasser in ein Glas laufen und setzte es an die Lippen. Kühl rann es durch seine trockene Kehle.

Nach einer ausgiebigen Dusche, die die Stadt von ihm abspülte, legte er sich in sein Bett. Matthew hätte viel zu bereden gehabt mit seinem Sohn, aber das musste warten, weil Greg mit dieser Frau fortgefahren war und er nicht wusste, ob er zurückkommen würde.

Ich kenne ihn überhaupt nicht, dachte er.

Er hatte keine Ahnung, was in Gregs Kopf und in seinem Herzen vor sich ging. Bei Jim war das anders gewesen, ihn hatte Matthew besser gekannt. *Jim.* Diese Wunde war ein immer größer werdendes Loch in seiner Brust. Ein schwärendes Loch, das sich nie mehr schließen würde. Matthew musste Greg davor bewahren, die Dummheit des anderen zu wiederholen. Er war sein Fleisch und Blut. Seine Zukunft. Sein Versprechen an seine Vorväter. Greg würde der nächste Meisterschnitzer von Neah Bay sein. Und diese weiße Frau musste so schnell wie möglich aus seinem Leben verschwinden.

Als Grace Allabush sich versichert hatte, dass ihre Urgroßmutter fest schlief, schlich sie sich auf leisen Sohlen aus dem Haus. Joey wartete an der verabredeten Stelle auf sie. Er sah sie voller Zärtlichkeit und Liebe an, bevor er sie küsste.

»Ich will mich nicht mehr heimlich mit dir treffen«, sagte er.

»Ach Joey, ich hab dir doch schon hundertmal erklärt, dass meine Granny denkt, ich wäre zu jung, um mich mit einem Jungen zu treffen.«

Er nahm ihre Hand in seine und sie liefen den Weg in Richtung Museum. Hier würde ihnen um die Zeit niemand mehr begegnen.

»Liegt es vielleicht daran, dass du dich nicht traust, ihr zu sagen, wer dieser eine Junge ist?«

Grace hatte Joey zwar von der Geschichte der männerlosen Allabush-Frauen erzählt und er wusste auch von ihrer zukünftigen Aufgabe, das alte Wissen vor den Gefahren der neuen Zeit zu hüten. Doch darüber, dass seine Herkunft für ihre Urgroßmutter ein Problem sein könnte, hatten sie nie offen gesprochen. Joey schien einfach zu spüren, dass sie etwas bedrückte.

»Ich werd's ihr sagen, okay?«

»Wann, Grace?« Er blieb stehen und sah sie an. Das Weiß seiner Augen leuchtete in der Dunkelheit.

»Schon bald.«

Sie würde ihrer Granny von Joey erzählen, wenn sie das erste

Mal miteinander geschlafen hatten. Wenn sie ihre Liebe mit der Vereinigung ihrer Körper besiegelt hatten. Denn dann konnte sie nichts mehr trennen, auch ihre unterschiedliche Herkunft nicht.

»Versprochen?«, fragte Joey.

»Versprochen.«

Sie liefen weiter und Joey sagte: »Übrigens, ich weiß jetzt, wen ich gestern im Wald gesehen habe.«

»Wer war es?«, fragte sie neugierig.

»Es war Tsonoqa, die Wilde Frau.«

Grace ließ seine Hand los und presste sie auf ihren Mund, um nicht laut aufzulachen.

Joey schnaubte leise. »Ich habe gehört, wie mein Cousin von ihr erzählte«, sagte er gekränkt. »Er hat sie auch gesehen, als er im Wald Holz holte. Die Frau ist fast nackt, trägt nur einen Bastrock aus Zedernrinde. Du weißt schon . . . wie unsere Vorfahren sie trugen.«

Grace holte hörbar Luft. »Ein Bastrock? Bist du dir sicher?«

»Na ja, eigentlich hab ich nur ihre Augen gesehen. Aber ich weiß, dass sie es war. Wäre es jemand anderes gewesen, würden die Leute im Ort längst über uns spotten. Es hätte sich herumgesprochen, was wir da draußen vorgehabt haben. Deine Granny wüsste längst Bescheid.«

Grace schwieg. Was er da sagte, war nicht von der Hand zu weisen. Außerdem erinnerte sie sich daran, dieses Säuseln in den Baumwipfeln gehört zu haben, durch das die Wilde Frau des Waldes ihr Kommen ankündigt. »Ich dachte, Tsonoqa existiert nur in unseren Geschichten«, bemerkte sie, doch nun war jeder Spott aus ihrer Stimme gewichen. »Großmutter sagt zwar immer, dass unsere Geschichten lebendiger wären, als manch einer von uns glaubt, aber ich hatte keine Ahnung, wie recht sie damit haben könnte.«

Joey nahm Grace an der Schulter. »Ich werde Tsonoqa aufspüren.«

»Versuche es nicht, Joey. Sie kann dich töten.«

»Das glaube ich nicht.« Er ließ sie los. »Sie ist eine von uns.«

»Wir sind keine Geister, Joey. Sie ist einer.«

»Nein«, er schüttelte nachdenklich den Kopf, »ich glaube, sie ist aus Fleisch und Blut – wie wir. Sie hatte nicht vor, uns etwas anzutun. Ihr Groll richtet sich nur gegen Fremde.«

»Wie kommst du denn darauf?« Grace' Schritte stockten, denn der Wald war auf einmal sehr nahe. Die Bäume warfen lange Schatten im Mondlicht. Ohne sich abzusprechen, drehten die beiden um und liefen zum Allabush-Haus zurück. Sie redeten leise über die deutsche Frau, die am Kap abgestürzt war, und Grace fragte, ob Joey etwas Neues erfahren hatte von seinem Onkel.

Er schüttelte den Kopf.

»Greg Ahousat war mit dieser Frau bei uns«, sagte Grace. »Er wollte den Schlüssel für das Strandhaus. Er sagte, sie würde nach Jim Kachook suchen.«

»Jim Kachook?«, fragte Joey verwundert. »Ich dachte, der ist in Deutschland geblieben?«

»Das denken alle«, flüsterte Grace geheimnisvoll, »aber vielleicht ist es gar nicht so. Die Frau, sie heißt Hanna, ist dieselbe, mit der Jim fortgegangen ist. Sie war heute noch einmal allein bei uns. Ich glaube, sie wollte Granny nach Jim ausfragen.«

»Und? Hat deine Granny ihr was erzählt?«

Sie zuckte mit den Achseln. »Ich denke schon.«

»Und was?«

»Mit Sicherheit etwas, das ich nicht hören sollte. Granny hat mich Brot holen geschickt.«

Sie waren vor dem Haus angekommen und Grace umarmte Joey fest. »Mach keine Dummheiten, okay?« Sie küsste ihn.

»Ich liebe dich«, sagte er und sie wusste, dass er das nicht bloß so sagte.

»Bis morgen, Joey.«

»Bis morgen, Grace.«

In ihrem Zimmer in der oberen Etage angekommen, schob Grace den Vorhang ein Stück zur Seite und blickte hinunter auf die Straße. Joey stand immer noch da und blickte zu ihr herauf.

11. Kapitel

Regen trommelte gegen die kleine Fensterscheibe in der Schlafkammer des Strandhauses. Hanna lag schon eine Weile wach und grübelte über den gestrigen Abend nach. Über den Hass, den der alte Ahousat über ihr ausgeschüttet hatte. Und über Greg und die Zuneigung in seinen Augen. Wäre sein Vater eine halbe Stunde später nach Hause gekommen, er hätte sie vielleicht bei etwas anderem als nur beim Weintrinken ertappt.

Greg hatte Hanna zum Strandhaus gefahren, und als er mit hineinkommen wollte, hatte sie ihm zu verstehen gegeben, dass sie allein sein wollte. Er hatte das wortlos respektiert, aber die Enttäuschung in seinen Augen war unverkennbar gewesen.

Es ist besser so, sagte sich Hanna. *Es ist vernünftig.*

Sie hatte schon genug Chaos in Gregs Leben gebracht und nun hatte er auch noch Streit mit seinem Vater. Sie musste seine dunklen Augen vergessen und sich auf die Suche nach Jim konzentrieren. Notfalls auch ohne Gregs Hilfe.

Als es an der Eingangstür klopfte, zuckte Hanna erschrocken zusammen und lauschte.

»Hanna?«

Seufzend kroch sie aus dem Bett und tappte durch den Wohnraum zur Tür.

»Wer ist da?«

»Mach schon auf«, sagte Greg. »Ich werde ganz nass.«

Hanna schob den Riegel zurück und er betrat das Haus. Sie ging gleich wieder in die Schlafkammer und setzte sich in ihr warmes Bett, schon allein, um die Verlegenheit zu überspielen und ihm nicht länger im Micky-Maus-Nachthemd gegenüberstehen zu müssen.

»Was habt ihr bloß für schreckliches Wetter hier«, sagte sie und zog die Decke über ihre Schultern.

»Das ist unser gutes Nordwestküstenklima«, hörte sie Greg sagen. »Der Regen reinigt die Luft, die Natur, die Menschen.«

Er hatte seine nasse Jacke ausgezogen und über eine Stuhllehne gehängt. Jetzt stand er in der Tür zur Schlafkammer. Über einem grünen T-Shirt trug er ein verwaschenes, ehemals dunkelrotes Hemd. Seine Jeans hatten Wasserflecken.

Er sah unverschämt gut aus.

Hanna stöhnte. Sie setzte sich und zog die Decke bis zum Kinn. »Und deswegen soll ich jetzt aufstehen?« Sie blickte aus dem Fenster. Der Himmel war grau und es sah auch nicht aus, als ob sich das so bald ändern würde.

Greg hockte sich neben sie aufs Bett. »Der Regen ist die Melodie der Olympic-Halbinsel, Hanna. *›Upon us all a little rain must fall . . . It's just a little rain.‹*« Er lächelte.

Hanna stockte der Atem. Sie spürte Gregs körperliche Nähe, sie roch den frischen Duft von Seife und einem guten Rasierwasser und alles in ihr geriet in Aufruhr.

»Ich bin auf dem Weg in die Werkstatt«, sagte er, die Hände auf den Knien. »Annie kommt gegen Mittag den Rindenbast abholen und Gertrude und Grace warten auch darauf, dass ich ihnen welchen bringe. Aber vorher wollte ich dich in Rosies Café zum Frühstück einladen.«

Und ich wollte vernünftig sein, dachte sie. »Hast du mit deinem Vater gesprochen?«

»Nein.« Greg schüttelte den Kopf. »Als ich gestern zurückkam, war er in seinem Zimmer verschwunden. Und heute Morgen, als ich ging, schlief er noch. Sieht so aus, als ob er keine Lust hätte, mit mir darüber zu reden.« Greg hob die Hände. »Es tut mir leid Hanna, was er zu dir gesagt hat. Ich hab ihn noch nie so erlebt. Ehrlich gesagt hatte ich keine Ahnung, dass er dich so sehr hasst. Er glaubt felsenfest, dass du ihm Jim weggenommen hast. Und nicht nur das, sondern mit ihm auch all das Wissen und Können, das er an Jim als seinen Nachfolger weitergegeben hatte.«

»Ich bin also eine Diebin für ihn.«

»So etwas in der Art, ja.«

So was in der Art?

»Greg, ich habe nachgedacht.« Sie zog die Bettdecke enger um ihren Körper. »Du hast meinetwegen einen Haufen Ärger und ich will das nicht mehr. Leb dein Leben. Ich fahre heute noch nach Vancouver Island – ohne dich. Glaub mir, es ist besser so.«

Seine Augenbrauen zogen sich zusammen, der Adler auf seiner Stirn setzte zum Flug an. Die Enttäuschung in seinen Augen schnürte ihr die Luft ab.

»Tut mir leid, Greg«, sagte sie, »aber ich bin nicht zum Vergnügen hier in Neah Bay. Ich will Jim finden und mir läuft die Zeit davon. Ich schaffe es einfach nicht, untätig herumzusitzen, während du in aller Ruhe deine Zeder entrindest. Ich will nicht mehr warten, kannst du das nicht verstehen?«

»Manchmal ist es das Beste, nichts zu tun und die richtige Zeit abzuwarten«, sagte er mit einer Ruhe, die sie wahnsinnig machte. Mit einem Mal kam ihr in den Sinn, dass Greg ihr vielleicht gar nicht helfen wollte, sondern das nur vorgegeben hatte, um sie hinzuhalten.

»Ich ertrage das nicht länger«, presste sie hervor. »Du machst mich verrückt.«

»Du mich auch, Hanna«, entgegnete er mit einem merkwürdigen Funkeln in den Augen. Im selben Augenblick spürte Hanna seine Hand auf ihrem Hinterkopf und den festen Druck seiner Lippen auf ihrem Mund.

»Du . . .«, sie japste nach Luft, aber Greg hatte seinen Klammergriff schon wieder gelockert und sie losgelassen. Er stand auf und im Türrahmen drehte er sich noch einmal um.

»Ruf mich an, wenn du Jim gefunden hast.«

Sie hörte seine Schritte, mit denen er den Wohnraum durchquerte, dann schlug die Tür hinter ihm zu. Sie hörte den Motor seines Trucks aufheulen und dann war es still, still bis auf den Regen, der in trostloser Gleichmäßigkeit gegen die Fensterscheibe schlug.

Hanna warf die Bettdecke zurück und ging unter die Dusche. Angetrieben von ihrem Ärger auf Greg, warf sie ein paar Sachen in ihre Reisetasche, schloss die Hütte ab und fuhr los, fest entschlossen, heute noch bis nach Vancouver Island zu kommen.

Die Straße war ein silberner Strang aus Nässe, aber der Regen hatte etwas nachgelassen. Kein anderes Fahrzeug weit und breit, deswegen gab Hanna Gas. Gregs Kuss machte ihr mehr zu schaffen, als sie vermutet hatte. Und der Regen, das nervtötende Auf und Ab der Scheibenwischer, trugen nicht unbedingt dazu bei, dass sich ihre Laune hob.

Als urplötzlich ein Reh zu ihrer Rechten aus dem Gebüsch auftauchte und über die Straße sprang, trat Hanna hart auf die Bremse. Der Chevy geriet auf der regennassen Fahrbahn ins Schlingern und sie versuchte gegenzulenken. Doch das rechte Vorderrad geriet auf das Bankett, der Wagen rutschte über den Straßenrand und schrammte über etwas Hartes, bevor er in einer morastigen Senke zum Stehen kam.

Hanna saß einen Augenblick wie gelähmt, dann stellte sie die Scheibenwischer ab. »Verdammter Mist«, fluchte sie und schlug mit den Händen gegen das Lenkrad. Sie stieg aus und stellte fest, dass nur das rechte Vorderrad tief im Schlamm stand. Sie sprang wieder in den Wagen und schaltete den Rückwärtsgang ein. Ganz vorsichtig trat sie aufs Gaspedal.

Es knatterte fürchterlich, doch nichts passierte. Die Wiese war vom Regen aufgeweicht, die Räder drehten durch und der Wagen rührte sich nicht von der Stelle. Wütend trat sie das Gaspedal durch. Ein schwarzer Schlammregen prasselte auf die Frontscheibe und verdunkelte das Innere des Wagens.

Vancouver Island konnte sie fürs Erste vergessen.

Das kann alles nicht wahr sein, dachte Hanna frustriert. Dieses Reservat will mich nicht loslassen.

Auf einmal hatte sie das Gefühl, im dunklen Auto wie in einer Falle zu sitzen und nicht mehr atmen zu können. Sie stieg aus. Ohne den mit einer schwarzen Schlammschicht überzogenen Chevy noch eines Blickes zu würdigen, drückte sie auf die automatische Türverriegelung, lief über die Straße und auf der anderen Seite ein paar Meter in den Wald hinein.

Ungeachtet der Nässe setzte sie sich auf einen gefallenen Stamm und verbarg ihr Gesicht in den Händen. Von den Blättern eines Beerenstrauches tropften lange Regenfäden in ihren Nacken. Ein Rabe, der am anderen Ende des Stammes hockte, krächzte erschrocken und breitete seine schwarzen Flügel aus. Aber er flog nicht davon. Neugierig reckte er den Hals, legte den Kopf schief und fixierte Hanna mit seinen schwarzen Knopfaugen, als ob er sich fragte, was sie hier zu suchen hätte.

Da konnte sie die Tränen nicht länger zurückhalten. Heftige Schluchzer schüttelten ihren Körper und sie weinte bitterlich. Hanna fühlte sich schrecklich verloren und zweifelte daran, dass es richtig gewesen war, nach Neah Bay zurückzukommen, um nach Jim zu suchen. Von Anfang an war alles schiefgelaufen, dieses Land hatte sich gegen sie verschworen und sie wurde den Gedanken nicht los, dass ihre Bemühungen, egal, wie sie aussahen, vergeblich sein würden. Hier in Neah Bay würde sie keine Antworten auf ihre Fragen finden.

Sie hob den Kopf. Über ihr verschmolzen die Wipfel der Bäume und grün gewaschenes Licht drang in Strahlen durch die Zweige. Die Stille wurde zu einem monotonen Flüstern, das vom geheimnisvollen Wesen dieses Ortes erzählte. Und mit einem Mal überkam sie eine Ruhe, die aus diesem Land zu kommen schien. Hanna empfand diese Stille nun nicht mehr als unheimlich oder abweisend, sondern wie einen seltsamen Trost. Sie wischte sich die Nässe aus dem Gesicht. In der Umhüllung des regennassen Waldes fühlte sie sich geborgen und nicht mehr allein.

»Krch . . .«, fauchte der Rabe, als sich ein Mann dem Baumstamm näherte. Der Vogel trat aufgeregt von einem Bein auf das andere.

Hanna starrte Greg an, als wäre er ein Geist.

»Hey«, sagte er versöhnlich zu dem aufgeregten Tier, »denkst du nicht, dass ich mehr Erfahrung mit Menschenfrauen habe als du?«

Hanna hatte so ihre Zweifel, was das betraf, dennoch war sie froh, Greg zu sehen. Sie schniefte und wischte sich mit dem Jackenärmel über die Nase. Jetzt erst spürte sie die Nässe auf ihrer Jeans, von unten und von oben. Wasser sammelte sich auf den Blättern und rann in langen Tropfen herunter. Der morsche Stamm, auf dem sie saß, war nass wie ein Schwamm. Trotzdem rührte sie sich nicht von der Stelle.

Greg streckte die Hand nach dem Raben aus und der Vogel zwickte ihn in den Finger. Schließlich hüpfte der Rabe auf die hingehaltene Handkante, stieß ein raues Krächzen aus und flog auf Gregs Schulter. Dort blieb er sitzen.

Ungläubig starrte Hanna auf den Mann mit dem Raben auf der Schulter. Gregs Haar und das Gefieder des Vogels schienen von derselben Beschaffenheit zu sein. Die dicken Wassertropfen perlten davon ab wie Kugeln aus Quecksilber. Und im selben Augenblick begriff Hanna, dass sie sich fügen musste, wenn sie Jim finden wollte. Erst, wenn sie seine Welt besser verstand, würde sie wissen, wo sie ihn suchen musste. Dieses Land hatte seinen eigenen Rhythmus. Versuchte man, sich dem zu widersetzen, geriet alles durcheinander.

»Dein Auto muss dringend in die Waschanlage«, sagte Greg. »Und ich habe einen Mordshunger.«

Als er Hanna eine Hand reichte, flog der Rabe mit einem Krächzen davon. Sie sah den Flug des schwarzen Vogels in den Pupillen des Mannes.

»Na, was ist? Gehen wir?«

Hanna griff nach seiner Hand.

Mit seinem Truck zog Greg Hannas Wagen aus dem Schlamm und dabei stellte sich heraus, dass ein aus der Böschung ragender Stein den Auspuff arg in Mitleidenschaft gezogen hatte. Der Chevy fuhr noch, allerdings mit einem satten Ferrarisound.

Langsam fuhr Hanna vor Gregs Pick-up her in den Ort. Der defekte Auspuff machte einen Höllenlärm, und obwohl sie durch die verschmierten Scheiben des Chevys kaum etwas sehen konnte, entgingen Hanna die amüsierten Gesichter der Einheimischen nicht, an denen sie vorbeifuhr.

In der Waschanlage vor dem Hafen befreite Greg den Leihwagen von seiner schwarzen Schicht und danach fuhren sie in die Werkstatt. Henry Haijut, Automechaniker und Werkstattbesitzer, kratzte sich mit ölverschmierten Fingern am Kopf, nachdem er den Schaden begutachtet hatte.

»Der Auspuff ist im Eimer«, nuschelte er und Hanna bemerkte, dass ihm die Schneidezähne fehlten. »Ich hab so einen nicht da, aber ich kann ihn bestellen.«

»Wie lange wird das dauern?«, fragte Hanna. »Ich meine, bis der Auspuff da ist.«

Henry zuckte mit den Achseln. »Einen Tag, vielleicht zwei.«

Hanna seufzte. Ein Tag oder zwei, darauf kam es jetzt auch nicht mehr an. »Bestellen sie ihn«, sagte sie. Sie holte ihre Tasche aus dem Wagen und übergab Henry den Autoschlüssel.

Greg führt sie in Rosies Café, so, wie er es von Anfang an vorgehabt hatte.

Die Einrichtung des Cafés war zweckmäßig – Tische mit Kunststoffoberfläche und Leichtmetallstühle, deren Sitzfläche und Lehne gepolstert und mit rotem Kunstleder überzogen waren. In den Fenstern standen Töpfe mit echten Grünpflanzen, die einen ausgesprochen gesunden Eindruck machten. Und die Wände zierten Bilder, deren Künstler etwas von seinem Handwerk verstand. So wie Rosie etwas von ihrem Handwerk zu verstehen schien, denn fast alle Plätze im Café waren besetzt.

Sie setzten sich an einen Zweiertisch am Fenster, von wo sie einen Blick auf die Seestraße von San Juan de Fuca hatten. Auf der anderen Seite, in Regenschwaden gehüllt, erhoben sich die bewaldeten Hügel von Vancouver Island.

»Sie wird dir nicht davonlaufen, die Insel«, sagte Greg, der ihren Blick bemerkt hatte.

Eine beleibte Frau mit glanzlosen dunkelblonden Haaren, die von einem schwarzen Samtband streng aus dem Gesicht gehalten wurden, brachte ihnen Tassen und schenkte Kaffee ein. Sie lächelte breit: »Hi, Greg, wie geht's denn so?«

»Kann nicht klagen, Rosie«, sagte Greg und lächelte zurück.

Rosie McCarty wusste ganz sicher, was oben am Kap passiert war, Hanna sah es an ihrem Blick. Vermutlich wusste es jeder hier im Ort und bald würde auch jeder über ihr verschlammtes

Auto Bescheid wissen. Das Geknatter war schließlich nicht zu überhören gewesen.

»Was kann ich euch bringen?«, fragte sie, mit einem so hintergründigen Lächeln, als hätte sie wissen wollen, wie die vergangene Nacht war.

»Ich nehme Rührei mit Schinken und Toast«, sagte Greg.

»Ich dasselbe«, beeilte sich Hanna zu sagen. Ihr Magen knurrte, aber sie war zu aufgewühlt, um die Karte zu studieren.

Rosie kritzelte etwas auf ihren Block und verschwand, dieses zufriedene Lächeln immer noch im Gesicht. Der morgendliche Regen hatte dem Café zusätzlich zu den einheimischen Stammgästen noch ein paar klamme Camper vom Zeltplatz beschert und Rosie huschte mit erstaunlicher Wendigkeit durch die Tischreihen, um weitere Bestellungen aufzunehmen.

Als Hanna die Toilette aufsuchte, blieb sie vor einem der gerahmten Bilder stehen und betrachtete es genauer. Es war ein Siebdruck, die plakative Darstellung des grauen Ozeans zwischen zwei schwarzen Felsenufern, die vermutlich das Kap und Tatoosh Island zeigten. Der Himmel änderte seine Färbung von Dunkelrot in Nachtblau. Die verschiedenen Farbbänder waren durch klare dunkle Linien voneinander getrennt. Im Meer vier Lachse, die in eine Richtung schwammen. Über allem ein Mond, der über dem Felsen in der gelben und orangefarbenen Himmelsschicht festhing und dessen rotes Auge den Betrachter des Bildes genau fixierte.

Hanna bewunderte die sensible künstlerische Ausdrucksweise. Es war überflüssig zu fragen, wer diesen Druck gemacht hatte, aber sie tat es trotzdem.

Rosie hielt einen Augenblick in ihrer Geschäftigkeit inne und lächelte. »Das Bild ist von dem gut aussehenden jungen Mann, mit dem Sie gekommen sind, Miss. Von ihm stammen auch all die anderen Bilder hier.« Sie nickte Hanna freundlich zu und verschwand durch eine Schwingtür in ihre Küche, aus der es nach Rührei, gebratenem Schinken und frischem Kaffee roch.

Auf der Toilette wusch Hanna Hände und Gesicht und kämmte ihr Haar. Dann ging sie zurück in den Gästeraum und setzte sich Greg wieder gegenüber.

»Deine Bilder sind beeindruckend«, sagte sie.

Gregs Blick ruhte einen Moment auf Hannas Gesicht.

»Rosie hat mich also verraten. Das sollte sie nicht. Ich mache keine Siebdrucke mehr.«

»Das ist wirklich schade. Du hast ein untrügliches Gespür für Farben. Sie erfüllen die Motive mit Leben.«

Greg sah aus dem Fenster, in Gedanken verloren. Offenbar war ihm das Thema unangenehm. Hanna deutete zu Rosie hinüber.

»Wie viele Weiße leben eigentlich in Neah Bay?«, fragte sie, während sie mit einem Plastikstäbchen ihren Kaffee umrührte.

»Ich glaube, so an die dreihundert«, sagte Greg. »Aber Rosie ist keine von ihnen. Rosie ist eine Makah und ihre Haare sind auch nicht gefärbt.« Er nippte vorsichtig an seinem Kaffee. »Bestimmt hast du im Museum etwas über unsere erste Begegnung mit den Spaniern gelesen.«

Hanna nickte. »Die Makah sind lange von den Europäern verschont geblieben, weil die Halbinsel durch breite Flüsse und dichte Wälder von Süden her unzugänglich und die Küste stürmisch und voller gefährlicher Klippen war.«

Greg lächelte. »Stimmt. Aber 1790 schafften sie es doch. Manuel Quimper – ein Mexikaner, der unter spanischer Flagge segelte – landete mit seinem Schiff Princesa Real in Neah Bay. Er gab dem Ort den Namen Bahia de Nunez Gaona, erneuerte seine Vorräte und segelte wieder davon, ohne bleibende Schäden hinterlassen zu haben. Doch zwei Jahre später kamen die Spanier wieder und diesmal errichteten sie ein Fort in der Bucht.

Sie missbrauchten die Frauen und töteten jeden Makah, der sich ihnen entgegenstellte. Die Spanier plünderten all unsere Vorräte und raubten an Wertvollem, was ihnen unter die Finger kam.«

Und dieses Trauma hat sich in der offenen Wunde eines ganzen Volkes festgesetzt, dachte Hanna. Es saß in den argwöhnischen Blicken der Einheimischen, die ihr auf der Straße oder im Supermarkt begegneten. War es Ablehnung oder Misstrauen? Über Jahrhunderte hatten sich die Makah die Zweideutigkeit ihrer Gesten bewahrt, sodass ein Fremder nie wirklich wusste, woran er war.

Die junge, schwarzhaarige Kellnerin kam, um ihre Tassen erneut zu füllen. Greg wartete, bis sie wieder gegangen war. Dann fuhr er fort. »Aber irgendwie gefiel es den Spaniern bei uns trotzdem nicht. Vermutlich hatten sie sich das Zusammenleben mit den Ureinwohnern etwas anders vorgestellt, nicht so . . . unterkühlt. Jedenfalls verschwanden sie im September desselben Jahres wieder, genauso schnell, wie sie sich in Neah Bay breitgemacht hatten. Bahia de Nunez Gaona geriet bei den Europäern in Vergessenheit. Was sie zurückließen, waren Werkzeuge, die meine Vorfahren gut gebrauchen konnten, Krankheiten, die unser Volk erheblich dezimierten, und die Tatsache, dass bis heute hin und wieder ein hellhaariges Kind unter uns geboren wird, obwohl beide Eltern Makah sind.«

Hanna trank von ihrem Kaffee. »Danke für den Geschichtsunterricht«, sagte sie und fragte sich, wo das Frühstück blieb. Ihr Magen rumorte.

»Soll ich weitermachen?«

»Mit den bösen Missionaren?«

»Zum Beispiel. Missionare, Regierungsbeamte, Ethnologen, Hippies, Archäologen, indianerbesessene Deutsche . . . für unser Volk ist das Leben immer hart gewesen.«

Hanna lachte kopfschüttelnd.

»Dass wir Ureinwohner stets im Einklang mit der Natur gelebt haben, ist ein Mythos der heutigen Zeit, Hanna. Die Leute kommen hierher, weil sie etwas zu finden hoffen, das ihnen längst verloren gegangen ist.«

Rosie brachte das Frühstück und Greg schwieg, bis die füllige blonde Indianerin wieder außer Hörweite war.

»Und ihr habt beschlossen, ihnen hier und da etwas von dem zu geben, was sie suchen.« Sie schob sich einen Bissen Rührei in den Mund. Auch Greg griff zu.

»Das ist fair, oder?«

»Ja, das ist es.«

Sie aßen ihr Frühstück, und als Hanna endlich etwas Warmes im Magen hatte, fühlte sie sich besser. Gewappnet für die Überraschungen, die der Tag für sie bereithalten würde.

Nachdem Greg die Rechnung bezahlt hatte, fragte er: »Was wirst du nun tun?«

Unschlüssig zuckte sie mit den Achseln. »Warten. Was bleibt mir denn anderes übrig?«

Lächelnd stand Greg auf und nahm seine Jacke vom Stuhl. »Ich muss los«, sagte er. »Gertrude und Grace warten auf den Rindenbast.«

Sie verabschiedeten sich von Rosie und verließen das Café.

Hanna dachte an ihr Gefühl, dass die alte Gertrude mehr über Jim wusste, als sie vorgegeben hatte, und beschloss, dass Warten und Nichtstun vielleicht Gregs Art war, Jim zu finden, aber nicht ihre.

»Wenn du nichts dagegen hast, würde ich gerne mitkommen. Mich interessieren die Flechttechniken der beiden, vielleicht kann ich ihnen ja ein wenig bei der Arbeit zusehen und etwas lernen.«

12. Kapitel

Bill Lighthouse klopfte ein weiteres Mal gegen die verschlossene Haustür und rief nach Greg, als die Tür plötzlich aufging und er Matthew Ahousat gegenüberstand. Vermutlich kam der alte Mann gerade aus dem Bett, denn er trug einen braunen Morgenmantel und war barfuß.

Schon während seiner Kindheit hatte der Holzschnitzer mit den buschigen Augenbrauen für Bill etwas Unheimliches an sich gehabt, aber jetzt sah Ahousat aus wie der böse Geist des Meeres selbst. Unter geschwollenen Lidern öffneten sich seine Augen nur zu schmalen Schlitzen. Das Haar stand ihm störrisch nach allen Seiten vom Kopf ab und seine Mundwinkel zuckten. Ahousat hatte die kräftigen Hände zu Fäusten geballt, als wolle er jeden Moment zuschlagen.

Der junge Sheriff trat erschrocken einen Schritt zurück.

»Was willst du, Bill?«, fragte Matthew gereizt. »Ist was passiert?«

»Neinnein«, wehrte der Sheriff mit den Händen ab. »Ich wollte nur fragen, ob Greg zu Hause ist. Ich muss ihn sprechen.«

»Ich hab keine Ahnung, wo er steckt«, fauchte Ahousat. »Vermutlich bei dieser Frau. Mein Sohn scheint nichts anderes im Sinn zu haben, als einer rothaarigen Babathlid hinterherzurennen.«

Die Tür schloss sich mit einem Knall. Bill stand noch eine Weile unter dem Vordach und versuchte, seine Gedanken zu ordnen. Was war passiert? Hatte Matthew seinen Sohn mit der Deutschen erwischt und war deshalb so wütend?

Sollte Greg tatsächlich etwas mit Hanna angefangen haben? Bill wusste inzwischen, wo Greg die Deutsche untergebracht hatte, und angesichts seiner Befürchtungen, dass jemand im Reservat sein Unwesen trieb, der etwas gegen Fremde hatte, gefiel ihm das überhaupt nicht.

Bill fuhr zu Gertrude Allabushs Strandhaus, aber Hannas roter Leihwagen stand nicht davor. Er würde Greg fragen müssen, wo sie steckte. Er wendete sein Auto und war eine Viertelstunde später in Neah Bay. Unter dem Vordach der Holzschnitzerwerkstatt wartete er auf Greg. Nach einer halben Stunde war seine Geduld am Ende und er wollte gerade zurück aufs Revier fahren, als er Gregs Pick-up-Truck um die Ecke biegen sah. Na endlich, dachte er erleichtert.

Aber es war nur der junge Holzschnitzer, der ausstieg. »Wo hast du Miss Schill gelassen?«, fragte Bill in schärferem Tonfall, als er beabsichtigt hatte.

»Was, zum Teufel, geht dich das an?« Greg musterte ihn verwundert. »Verdächtigst du jetzt etwa mich, das Geländer manipuliert zu haben?«

»Nein, verdammt.« Der Sheriff wand sich ein wenig. »Ich mache mir Sorgen um sie. Irgendjemand versucht, Fremde von Neah Bay fernzuhalten, und das auf ganz üble Weise. Die Sache mit dem Geländer ist kein Einzelfall.«

Greg packte Bill am Arm. »Was sagst du da?«

»Vielleicht erinnerst du dich: vor zwei Jahren, der umgestürzte Stamm, oben auf der Cape Loop Road. Dann das Boot mit den Japanern, der Trailer am Hobuck Beach, die zerstochenen Reifen . . .«, Bill seufzte. »Ich glaube, jemand von uns will Fremden, die nach Neah Bay kommen, gehörig Angst einjagen.«

»Ich weiß nicht«, Greg schüttelte den Kopf. »Für mich klingt das alles ein bisschen weit hergeholt.«

»Für mich nicht, Greg. Wo ist Miss Schill?«

»Mach dir um Hanna keine Sorgen«, sagte Ahousat. »Ich pass schon auf sie auf.«

Der Sheriff machte eine unglückliche Geste. »Das ist es ja gerade, Greg. Du kümmerst dich ein bisschen zu sehr um sie. Ich bin vorhin bei deinem Vater gewesen, er ist ziemlich wütend auf dich. Ich kapier es nicht, Greg. Du hast doch gesagt, sie würde verschwinden, wenn sie ihre Sachen wiederhat. Stattdessen quartierst du sie in Gertrudes Strandhaus ein, wo kein Mensch in der Nähe ist.«

Bill rechnete damit, dass Greg ihn zum Teufel schicken würde, doch der Holzschnitzer kratzte sich nur am Kopf und sagte: »So einfach ist das nicht, okay?«

Der Sheriff stöhnte auf. »Sie hat es sich anders überlegt, nicht wahr? Sie will nun doch Schmerzensgeld.«

»Nein, keine Angst, das ist es nicht.« Greg sah Bill an und er schien mit sich zu hadern. Aber dann sagte er: »Hast du einen Augenblick Zeit? Ich glaube, ich muss dir etwas erzählen.«

Es war unerwartet einfach gewesen. Greg hatte mit Hanna einen Teil der gebündelten Zedernrinde zum Allabush-Haus gebracht und sie hatten dort nur Grace vorgefunden. Gertrude war bei einer Frau, die ihr die Haare machte.

Hanna hatte Grace von ihrem Anliegen erzählt und das Mädchen war sofort bereit gewesen, ihr ein paar Flechttechniken zu zeigen. Eifrig hatte sie ihr die verschiedenen Materialien in den Wasserbottichen erklärt und nun flocht Grace an einem Regenhut, der oben so spitz zulief, dass er wie ein Chinesenhut aussah.

Im Museum hatte Hanna gelesen, dass diese Regenhüte tatsächlich chinesischen Hüten nachempfunden waren, die man irgendwann nach einem Sturm am Strand gefunden hatte.

Mit dunkel eingefärbtem Bärgras flocht Grace Muster in den

Hut. Als sie merkte, dass Hanna den Hals reckte, deutete sie auf die beiden angefangenen Muster. »Das wird ein Wal und das ein Walfänger in seinem Boot. Der Hut ist für unser Museum, solange das Original für Ausstellungen auf Reisen geht. Solche spitzen Hüte wurden früher nur hier in Neah Bay geflochten. In unserer Sprache heißen sie Tsikwa-puch. Die Männer trugen sie, wenn sie auf Waljagd gingen. Wir Makah und die Nuu-cha-nulth von Vancouver Island waren die Einzigen an der Küste, die es verstanden, den Wal zu jagen«, erklärte Grace stolz.

Hanna betrachtete das Mädchen eindringlich. »Jim kam von Vancouver Island, nicht wahr?«

Überrascht hob Grace den Kopf und ihre Augen verengten sich, als würde sie sich fragen, worauf Hanna hinauswollte.

»Hör zu«, sagte Hanna, »ich weiß, dass es deiner Granny vermutlich nicht gefällt, wenn wir über Jim reden. Aber sie ist nicht hier und du erinnerst dich doch bestimmt an ihn.«

Das Mädchen antwortete nicht und arbeitete weiter. Hanna wollte sich schon damit abfinden, dass sie nichts von Grace erfahren würde, doch schließlich unterbrach die junge Indianerin ihre Arbeit und sah aus dem Fenster.

»Ich war noch ziemlich klein, aber ich weiß, dass Jim ein guter Mensch ist. Wenn etwas an Grannys Haus zu reparieren war, hat er es getan. Er hat uns zum Arzt in die Stadt gefahren, wenn es notwendig war. Und er hat uns immer mit Flechtmaterial für unsere Körbe versorgt. Wenn er von seinen Reisen zurückkehrte, hat er mir jedes Mal ein kleines Gschenk mitgebracht.« Grace wandte den Kopf und sah Hanna an. »Ich vermisse ihn.«

Überrascht von der tiefen Traurigkeit in den Augen des Mädchens, schluckte Hanna.

Da wären wir nun schon drei.

Ein weiteres Mal sah sie sich einem Menschen gegenüber,

dem Jim nahegestanden hatte, von dem er ihr jedoch nie etwas erzählt hatte. Einen Augenblick lang fragte sie sich, ob Jim nicht vielleicht der Vater von Grace war. Das war gar nicht so abwegig. Sie ähnelte ihm sogar ein wenig. *Vielleicht ist das Jims Geheimnis.* Möglicherweise verboten irgendwelche uralten Tabus, dass er und Grace' Mutter ein Kind haben durften. Also hatten sie es geheim gehalten. Das würde auch Gertrudes Haltung erklären. Mit Sicherheit wusste die alte Indianerin mehr, als sie zugab.

»Ich vermisse ihn auch«, sagte sie.

Grace nickte. »Nehmen Sie es Granny nicht krumm, dass sie so griesgrämig ist. Sie traut den Weißen nicht.«

»Und was ist mit dir?«

Grace zuckte mit den Achseln. »Auf jeden Fall gehöre ich nicht zu den Leuten in Neah Bay, die am liebsten die alten Zeiten zurückholen möchten, in denen es noch keine Weißen gab. Dabei vergessen sie nämlich, dass sich in unserer Vergangenheit auch ein paar Dinge abgespielt haben, an die man sich lieber nicht erinnern sollte.«

Der leichte Groll in Grace' Stimme ließ Hanna aufhorchen. »Und das wäre?«, fragte sie.

Zuerst druckste Grace ein wenig herum, als wäre sie sich nicht sicher, ob sie mit einer Fremden darüber reden sollte. Aber dann sprudelten die Worte nur so aus ihr heraus. »Na, zum Beispiel die Sache mit den Sklaven.« Während Grace mit flinken Fingern an ihrem Walfängerhut flocht, erzählte sie Hanna, dass die Makah früher Kriegsgefangene als Sklaven hielten, die für ihre Herren schuften mussten.

»Zwar wohnten sie im selben Haus mit ihren Besitzern«, sagte Grace, »sie hatten jedoch keinen Anspruch auf ein eigenes Leben. Manchmal kam es sogar vor, dass ein Häuptling seine Sklaven tötete, nur um seine Macht zu demonstrieren. Damals wäre niemand auf die Idee gekommen, dass es etwas Verwerfliches oder Barbarisches war, was er da tat.«

Hanna erinnerte sich an den steinernen Sklaventöter aus dem Museum und ein kalter Schauer rann über ihren Rücken.

Das Mädchen sah von seiner Arbeit auf. Ein unerklärlicher Zorn beschattete ihr hübsches Gesicht, als sie sagte: »Jeder Makah in Neah Bay weiß, wer von Sklaven abstammt und wer von Häuptlingen. Die Alten haben es ihren Kindern erzählt und die geben es an ihre Kinder weiter. Es gibt Väter, die streng darauf achten, dass ihre Tochter oder ihr Sohn ja keinen Nachfahren eines ehemaligen Sklaven heiratet, denn das wäre eine furchtbare Ehrenkränkung.«

Hanna versteckte ihre Ungläubigkeit hinter einem kurzen Lachen, aber Grace lachte nicht.

»Ist das wirklich wahr?«

»Fragen Sie doch Greg«, sagte das Mädchen. »Er soll Annie Waata heiraten, alle warten darauf. Die Ahousats sind eine angesehene Familie, alle männlichen Vorfahren waren bekannte Holzschnitzer. Er ist eine gute und vor allem sichere Partie.«

In diesem Moment wurde Hanna klar, dass sie nicht einmal einen Bruchteil von dem verstand, was in Greg Ahousat vorging. Was ihn zwang, so zu handeln und nicht anders.

Sie blickte Grace an und sah, dass das Mädchen sie beobachtete. Vielleicht wusste sie ja doch mehr, als Hanna angenommen hatte. Sie straffte ihren Rücken, hatte zu lange zusammengesunken dagesessen.

»Na ja«, sagte sie, »ich glaube, Annie ist auch eine gute Partie. Sie ist sehr schön.«

Grace zuckte mit den Achseln. »Das mag schon sein«, gab sie zu. »Aber sie ist auch ein bisschen merkwürdig. Vielleicht ist sie genauso verrückt wie ihre Tante Flora.«

»Was ist denn mit dieser Tante?«, fragte Hanna neugierig.

»Man erzählt sich, Flora sei von bösen Geistern besessen. Sie soll in einem Baum wohnen.«

»In einem Baum?«, fragte Hanna.

Grace warf einen nervösen Blick zur Tür und senkte die Stimme, als sie sagte: »Sie sollten sich vor ihr in Acht nehmen.«

Hanna zog sich der Magen zusammen. »Wieso das denn?«

»Die Leute sagen, Flora ist Tsonoqa, die Wilde Frau aus dem Wald. Sie neigt dazu, anderen Schaden zuzufügen. Sie . . .«

Die Tür ging auf und Grace verstummte schlagartig. Augenblicklich war das Mädchen wieder in seine Flechtarbeit vertieft. Hanna sah sich dem bohrenden Blick von Gertrude Allabush ausgesetzt und war ungeheuer erleichtert, als hinter dem grauen, dauergewellten Schopf der alten Indianerin die hochgewachsene Gestalt von Greg Ahousat auftauchte.

Hanna hatte Greg gebeten, vor dem Supermarkt zu halten, damit sie noch ein paar Lebensmittel einkaufen konnte. Während sie ihren Einkaufswagen durch die Regalreihen schob, erstand Greg zwei Lachse, die frisch aus der stammeseigenen Zuchtanlage geliefert worden waren.

Als sie Washburnes verließen, brach die Sonne durch die Wolken und es wurde sofort warm. Er merkte, dass Hanna etwas beschäftigte, aber es war nicht seine Art, jemanden mit Fragen zu bedrängen. Wenn es so weit war, würde sie schon selbst damit herausrücken, da war er sich sicher.

Greg hielt bei Ida Parker und kaufte selbst gebackenes Brot. Anschließend fuhr er Hanna zum Strandhaus und half ihr, das Eingekaufte und ihre Tasche in die Hütte zu tragen.

Hanna redete kaum, was untypisch für sie war, und so machte sich schnell Verlegenheit breit.

»Das Wetter ist schön«, sagte er. »Ich könnte ein Feuer am Strand machen und die Lachse grillen. Aber ich verstehe auch, wenn du allein sein willst. Es war ein . . . nun ja, ein harter Tag für dich.«

Endlich erschien ein Lächeln auf Hannas Gesicht und die kleinen Sonnen in ihren Augen leuchteten auf. »Feuer am Strand klingt gut«, sagte sie.

Greg holte die Lachse aus dem Truck. Er nahm sie in der Spüle aus, befreite sie von Kopf, Schwanz und Rückgrat und halbierte sie. Zuletzt würzte er sie mit Salz und frischen Kräutern.

Als Hanna ihn nach Tsonoqa fragte, hielt er inne und warf ihr einen kurzen Blick zu.

»Hat Grace dir von ihr erzählt?«

»Sie hat gesagt, ich soll mich vor ihr in Acht nehmen.«

Greg lachte kopfschüttelnd. »Tsonoqa ist eine Legende, Hanna, ein Kinderschreck. Sie fängt kleine Kinder, die sich zu weit vom Dorf entfernt haben, sammelt sie in ihrem Rückenkorb und schleppt sie tief in den Wald, wo sie sie verspeist. Man sagt, ihr Kommen kündigt sich mit einem Säuseln in den Bäumen an.« Er wickelte die Lachshälften in Silberfolie und legte sie in einen Korb. »Keine Angst«, sagte er, »die meiste Zeit schläft sie.«

»Aber warum sagt Grace dann so etwas?«

Er zuckte mit den Achseln. »Keine Ahnung, vielleicht wollte sie dir bloß ein bisschen Angst einjagen.«

Später saßen sie zusammen am Strand neben einem offenen Feuer, tranken Apfelsaft und verzehrten das frische Brot und den Lachs, den Greg auf vier Stöcke gespießt über dem Feuer geröstet hatte.

»Danke«, sagte Hanna, »deine Kochkünste sind einfach unglaublich. Aber du bist nicht für mich verantwortlich, Greg.«

Ihre Augen waren grün wie das Meer – an einem ruhigen Sommerabend wie diesem. Die kleinen Sonnen tanzten darin.

»Bin ich doch«, erwiderte er. »Ich habe dich aus dem Meer gefischt. Eigentlich gehörst du jetzt mir.«

Hanna lachte kopfschüttelnd und verstummte, als sie merkte, dass er nicht miteinstimmte. Die Abendsonne zauberte Glanzpunkte auf ihr seidiges Haar und ließ es in Flammen aufgehen.

»Übrigens«, er deutete auf ihren Pappteller, »du musst jede Gräte, jedes Knöchlein gut aufheben.«

»Wozu?«, fragte sie verwundert.

»Weil ich sie dem Fluss zurückgeben muss. Wir Makah glauben, dass die Lachse unseretwegen flussaufwärts schwimmen und dass diese Gunst von den Geistern jederzeit widerrufen werden kann. Ihre Knochen müssen wieder in den Fluss zurückgebracht werden, damit sie im ›Lachshaus unter dem Meer‹ wiedergeboren werden können. Es darf kein Knöchlein, keine Gräte fehlen, weil sie sonst dem wiedergeborenen Lachs auch fehlen und ihn das missgestalten könnte, was die Geister erzürnen würde.«

»Aber«, sie sah ihn kurz an und gleich wieder weg, »du hast den Lachs aus dem Supermarkt und nicht aus dem Fluss.«

Greg seufzte. »Warum musst du bloß so furchtbar unromantisch sein«, sagte er. »Ich habe mir solche Mühe gegeben, dich zu beeindrucken.«

Nun lächelte auch Hanna. »Wer sagt denn, dass ich nicht beeindruckt bin?« Sie sammelte die abgenagten Gräten in die Papiertüte, in der Greg das Brot gekauft hatte, verschloss sie sorgfältig und reichte sie ihm.

Fasziniert sah er zu, wie die Abendsonne Hannas Haar zu Feuer werden ließ. Es schien zu knistern und Funken zu sprühen, als wäre sie ein Wesen, das nicht von dieser Welt stammte.

Als ihre Blicke sich begegneten, fehlten ihm die Worte.

Hanna wandte sich ab und sah aufs Meer hinaus. Eine Weile betrachtete er noch ihr Profil, die hohe Stirn und die kleine, gerade Nase, das energische Kinn.

»Hast du dir jemals gewünscht, ein anderer zu sein, als du bist?«, fragte sie ihn.

»Ja«, sagte er nach einigem Zögern. »Ein einziges Mal in meinem Leben wäre ich gerne ein anderer gewesen.« Sein Blick wanderte über das Meer, bis weit hinter die Linie des Horizontes. Das sonst graugrüne Wasser war purpurfarben, wo das Abendlicht es berührte. Bald würde die Sonne hinter den Bergen verschwunden sein.

»Als ich in Seattle lebte, war ich mit einer Frau zusammen, einer Navajo aus Arizona. Sie studierte Anglistik . . . wollte Lehrerin werden.« Greg zögerte. Aber er sah, dass Hannas Augen voller Erwartung an seinen Lippen hingen, und wusste, dass er seine Geschichte zu Ende bringen musste.

»Sie hieß Jeramie«, fuhr er fort, »und war der warmherzigste, fröhlichste Mensch, der mir je begegnet ist. Zwei Jahre waren wir zusammen. Sie hatte gerade ihr Studium beendet, als ich erfuhr, dass Jim nicht aus Deutschland zurückgekehrt war.«

Für einen Augenblick wunderte sich Greg über sich selbst. Dass er dieses Gespräch führte. Er hatte noch niemandem von Jeramie erzählt, auch seinem Vater nicht. Warum ausgerechnet Hanna?

»Jeramie war ein Wüstenmensch, aufgewachsen im Monument Valley, ohne Strom, ohne fließend Wasser. Die feuchte Luft hier am Meer und der ständige Regen machten sie krank. Als ich zurückging nach Neah Bay, kam sie nicht mit mir.«

»Hast du sie wiedergesehen?«

»Nein.« Greg dachte, dass er nun genug Fragen beantwortet hatte. »Sie hat geheiratet. Das ist alles, was ich weiß.«

»Manchmal fällt es einem schwer loszulassen«, sagte Hanna, »weil man Angst hat, dass man dann ins Bodenlose fällt. Ich habe Angst, Jim loszulassen.«

»Ich weiß«, sagte Greg. »Ich weiß, wie es ist. Ich bin gefallen und ich bin am Boden aufgekommen. Keine Angst, man überlebt es.«

»Aber wie überlebt man?«

»Du reibst dir deine kaputten Glieder, stehst auf und fängst an zu laufen.«

»Kann man wirklich ganz von vorn anfangen, Greg?«

»Man kann«, sagte er. *Man muss.*

»Wirst du Annie auf dem Potlatch ein Heiratsversprechen geben, Greg?«

Es war still und wurde noch stiller. Sogar das Meer schwieg. Greg war bewusst, dass er sich, wenn er Hannas Frage ehrlich beantwortete, auf gefährlichem Eis bewegte.

»Darauf warten eine Menge Leute hier im Ort«, rang er sich schließlich ab.

»Und, wirst du es tun? Ist das der Grund, warum du zu diesem Potlatch gehen wirst?«

Sie sah ihn fragend an, mit einem zu langen Blick, der ihn zwang, ihr zu antworten.

»Nein, Hanna, ich liebe Annie nicht«, sagte er, »und ich werde sie auch nicht heiraten.«

Als ihre Granny fest schlief, schlich sich Grace aus dem Haus. Joey wartete an der nächsten Straßenecke auf sie. Diesmal stiegen sie in seinen alten Dodge. Sie fuhren an der Küste entlang in Richtung Sekiu Point. Joeys Plan war rührend, wie Grace fand.

Auf halber Strecke zwischen Neah Bay und Sekiu Point gab es einen Zeltplatz. Dort hatte er am Nachmittag sein kleines Zelt aufgestellt. Niemand würde sie stören. Hier waren sie auch sicher vor Tsonoqa, der Wilden Frau, denn sie befanden sich außerhalb der Reservatsgrenzen. Grace musste nur rechtzeitig wieder ins Haus ihrer Urgroßmutter zurückkehren, bevor die alte Frau das Fehlen ihrer Urenkelin bemerken würde.

Sie erreichten den Zeltplatz, und als Grace das einsam stehende, vom Mond beschienene Zelt sah, wurde ihr warm ums Herz. Joey Hunter hatte ein Nest gebaut für ihr erstes Mal.

Nach dieser Nacht würde die Heimlichtuerei nicht mehr notwendig sein. Dann war Schluss mit dem Versteckspiel.

Im Zelt lagen warme Decken und zwei Schlafsäcke. Als Joey vom Waschraum zurückkehrte, zog er sich nackt aus und kuschelte sich zu Grace unter die Decke. Das Wasser unter der Dusche war ganz offensichtlich eiskalt gewesen, und als sie seine kühlen Glieder an ihrem Leib spürte, durchströmte sie eine wohlige, leicht mit Angst vermischte Neugier.

Joey küsste sie zärtlich und sie ließ sich in seinen Kuss fallen wie in den Ozean, durchströmt von diesem wunderbaren Gefühl, dass alles richtig war.

Joey lag halb auf ihr, er küsste ihren Hals, ihre Brüste und Grace spürte die vertraute Hitzewelle, die von ihrem Schoß ausging. Als er sich zwischen ihre Beine drängte, stemmte sie ihre Hände gegen seine Brust, aber nur für einen Augenblick. Sie liebte ihn – das, was sie hier taten, wollten sie beide.

Die gut gemeinten Ratschläge ihrer Urgroßmutter kamen ihr in den Sinn. »Denk dir im entscheidenden Moment etwas anderes«, hatte Gertrude gesagt. »Stell dir vor, du wärst ein Vogel oder ein Fisch. Sei abwesend. Dann bist du nicht verwundbar.«

Doch Grace Allabush wollte nicht abwesend sein. Sie wollte hier sein, bei Joey. Sie umschlang ihn mit ihren Gliedern und als er in sie eindrang, gab Grace keinen Laut von sich, trotz des heftigen Schmerzes. Sie hielt die Luft an und biss die Zähne zusammen.

Es war nicht das, was sie erwartet hatte. Kein wunderbares Verschmelzen und auch keine glühende Lust. Sie fühlte nur diesen Schmerz, der an- und abschwoll wie die Wellen am

Strand. Der erst abebbte, als Joey sich aus ihr zurückzog und schwer wie ein Baum auf ihr lag.

Wir alle müssen Schmerz ertragen, dachte Grace. Sie legte Joey ihre kühle Hand in den Nacken und streichelte ihn. Er war jetzt ihr Mann.

»Habe ich dir wehgetan?«, fragte Joey besorgt.

»Nein«, log Grace, denn sie wollte nicht, dass er sich schlecht fühlte. Er hatte ihr etwas genommen, aber gleichzeitig auch etwas geschenkt: Sie, Grace Allabush, war Joey Hunters erste Frau. Er war unschuldig gewesen wie sie. Was sie soeben getan hatten, trennte sie für immer von der Welt jener Geschöpfe, die immer noch träumten.

»Ich liebe dich«, sagte Joey.

»Ich liebe dich auch«, antwortete sie und es war die Wahrheit.

Joey kam noch einmal zu ihr und ihr warmer Körper empfing ihn zärtlich. Diesmal, betäubt von unendlicher Müdigkeit, spürte Grace, dass es einen Punkt in ihrem Inneren gab, der zu glühen anfing, wenn Joey sich in ihr bewegte. Und ihre Furcht, vielleicht doch einsam zu bleiben wie ihre Mutter oder ihre beiden Großmütter, verlor sich in den Schwingen eines Vogels, der über ihr kleines Zelt hinwegflog – immer der aufgehenden Sonne entgegen.

Greg saß in seinem Arbeitszimmer über seinen Skizzen. Das Kratzen des Bleistiftes auf dem Papier war das einzige Geräusch, das die Stille im Raum durchbrach.

Ab und zu glitten Gregs Gedanken weg von seiner Arbeit; hin zu Hanna und ihren Augen, die ihre Farbe wechseln konnten wie das Meer. Er dachte an die kleine Furche, die sich über ihrer Nasenwurzel bildete, wenn sie sich ärgerte. Es war eine Kraft in ihr, von der sie selbst nichts ahnte.

Greg versuchte, sich über seine Gefühle für Hanna klar zu

werden. Das Gespräch mit ihr am Strand hatte etwas in ihm ausgelöst – etwas, das ihm bewusst gemacht hatte, wie sehr er sich danach sehnte, seine Gedanken und Befürchtungen mit jemandem teilen zu können; mit einem Menschen, den er liebte.

Aber Hanna war eine Babathlid, eine Weiße.

Er dachte an die schöne Annie Waata und ihre arktische Seele. Greg wusste, dass er niemals glücklich werden würde mit Annie, obwohl sie eine von seinem Volk war, eine Frau aus einer angesehenen Familie.

Nein, ich werde nicht tun, was alle sich von mir erhoffen, dachte er. Dieses ganze Statusgehabe war ihm fremd.

Seit Langem versuchte Greg, sich aus dem Klammergriff seines Vaters zu lösen, aber der alte Mann hatte immer noch Macht über ihn. Weil er die alten Legenden auf seiner Seite hatte. Sie waren das Erbe des Makah-Volkes. Ohne ihre Magie konnte auch Greg nicht existieren. Aber er würde die alten Legenden nicht mehr über sein Leben bestimmen lassen.

Bei seiner Rückkehr von Hanna war Greg auf eine Auseinandersetzung mit seinem Vater eingestellt gewesen. Er hatte Matthew den ganzen Tag nicht gesehen und wollte dem alten Mann endlich seinen Standpunkt klarmachen, ihm seine Vorstellungen von Zukunft schildern. Aber wider Erwarten war der Meisterschnitzer nicht zu Hause gewesen. Vermutlich schlief er über der Holzwerkstatt, in Jims ehemaligem Bett.

Vielleicht war Matthew Ahousat nicht nach Hause gekommen, weil er wusste, was ihn erwartete. Vielleicht, weil er die Wahrheit nicht hören wollte.

13. Kapitel

Am nächsten Morgen holte Greg Hanna ab und sie fuhren wieder zu Rosies Café, um zu frühstücken. Anschließend statteten sie der Autowerkstatt einen Besuch ab und fanden Henry mit dem Kopf unter der Motorhaube eines rostigen Trucks. Hannas Leihwagen stand auf der Rampe, der kaputte Auspuff lag auf dem Boden. Er war vollkommen verbogen, der Schalldämpfer hatte einen großen Riss.

»Schon was gekommen?«, fragte Greg.

Henry schüttelte bedauernd den Kopf. »Wird nichts vor Mittag«, nuschelte er durch seine Zahnlücke.

Hanna war nicht mal enttäuscht, sie hatte mit nichts anderem gerechnet.

Als sie auf den Hof der Holzwerkstatt bogen, stand dort Matthews schwarzer Jeep. Die Eingangstür war nur angelehnt. Hanna presste ihren Lederrucksack an ihre Brust und bemühte sich um ein gelassenes Gesicht. Aber in ihrem Inneren wehrte sich alles gegen eine Begegnung mit dem alten Mann.

»Ich muss allein mit ihm reden«, sagte Greg.

»Verstehe.« Erleichtert nickte sie.

»Es tut mir leid.«

»Das muss es nicht. Ich komme schon zurecht. Ich habe ein Buch dabei.« Die Sonne schien und es war warm. Sie würde sich an den Strand setzen und lesen. Oder ein Stück laufen. »Okay. Dann sehen wir uns später.«

Hanna stieg aus und machte sich auf den Weg zum Hafen. Sie lief über den asphaltierten neuen Parkplatz, wo neben Jeeps mit Bootsanhängern auch drei im Sonnenlicht blinkende Wohnmobile standen. Vor dem einen standen zwei weiße Ehepaare und unterhielten sich. Sie wandten die Köpfe, als Hanna an ihnen vorbeiging, und grüßten. Drei blonde Jungen in kurzen Shorts rannten lachend einem Ball hinterher.

Am Strand, der geschützt in einer Bucht lag, die sich durch den schmalen Landweg zur Insel Waadah bildete, setzte sich Hanna auf einen Treibholzstamm. Waadah Island war bewaldet und unbewohnt. Jim hatte ihr erzählt, dass die Einheimischen dort auf Muschelsuche gingen.

Draußen im alten Hafen, gebaut auf Pfählen und erreichbar durch einen langen Steg, stand die Fischfabrik. Es war ein blauer, windschiefer Holzkasten, vor dem kleine und größere Fischerboote festgemacht hatten, um ihren Fang abzugeben. Möwen umkreisten die Boote in der Hoffnung auf leichte Beute.

Eine Weile beobachtete Hanna das Treiben, bevor sie einen kleinen linierten Block herausholte und einen Brief an Ola zu schreiben begann. Sie berichtete ihrer Tochter von dem kleinen Strandhaus, in dem sie wohnte, von einem Indianermädchen, das wunderschöne Körbe flechten konnte, und sie erzählte davon, wie viele verschiedene Arten von Regen es hier gab. Ab und zu machte sie eine kleine Zeichnung für Ola. Zuletzt fügte sie noch ein paar Zeilen an ihre Eltern hinzu und ließ sie wissen, dass sie jemanden gefunden hatte, der ihr bei der Suche nach Jim behilflich sein würde.

Als sie zurück in den Ort lief, um in Washburnes Supermarkt eine bunte Postkarte für Ola zu kaufen, die sie mit in den Brief stecken wollte, war die Sonne schon wieder verschwunden und ein leichter Wind fegte vom Meer her durch die breiten Straßen. Hanna ging auf das kleine Postamt gleich neben dem Supermarkt und schickte den Brief ab.

Draußen fegte der Wind ihr eine alte Plastiktüte um die Beine.

Auf dem Parkplatz vor dem Supermarkt herrschte reges Treiben und hin und wieder starrte jemand sie an.

Hanna kam sich vor wie ein exotisches Tier, das es in fremdes Gebiet verschlagen hatte. Sie dachte an Grace Allabushs rätselhafte Warnung, und als sie loslief, lenkte eine Mischung aus Ärger und Neugier sie in Richtung Allabush-Haus.

Mit einer Dechsel, einem Werkzeug mit einer leichten Krümmung am Rand der Klinge, hatte Greg Ahousat seinen Zedernstamm von der Deckschicht befreit. Das rote Holz darunter war freigelegt und nun mit einem Muster aus Beilhieben überzogen. Greg hatte sich für die Seite mit den wenigsten Astknoten entschieden und dem Stamm mit der Kettensäge eine gerade Rückseite geschnitten. Jetzt lag der Stamm vor ihm, bereit, die verschiedenen Tiere, die in dem Holz verborgen waren, hervortreten zu lassen.

Greg schlug am oberen Ende des Stammes einen kleinen Nagel in die Mitte, befestigte eine Schnur daran und spannte sie längs über den ganzen Stamm hinweg zum unteren Ende. Als er die genaue Mittellinie gefunden hatte, schlug er einen zweiten Nagel in das andere Ende und fixierte sie auf diese Weise.

Danach begann er, den Stamm mit einem Wachsstift anzuzeichnen. Von der Mitte ausgehend, überzog Greg den ganzen Stamm mit einem gleichmäßigen Gitter aus schwarzen Linien. Auf dem Entwurf, den er am gestrigen Abend gemacht hatte, befand sich dieses Raster ebenfalls. Es erleichterte ihm die Übertragung der Tierfiguren auf den großen Stamm. Konzentriert und mit sicherer Hand begann Greg, die Figuren anzuzeichnen: Ganz unten saß ein Bär. Darüber Otter, Lachs und Wolf. Ganz obenauf hockte Rabe. Damit die Figuren auch symmetrisch wurden, verwendete Greg für Augen und Flügel Schablonen.

Als er mit dem Anzeichnen fertig war, begann er, mit der Kettensäge größere Stücke aus dem Stamm zu sägen. Die groben Stellen bearbeitete er später mit dem Beitel, einem Eisenmesser mit D-förmigem Griff.

Schon den ganzen Morgen, während er den Stamm bearbeitete, war zwischen ihm und seinem Vater kein einziges Wort gefallen. Matthew saß drinnen in der Werkstatt und Greg arbeitete draußen unter dem Dach. Er wusste nicht, woran sein Vater schnitzte, vermutete aber, dass es eine Tanzmaske war. Niemand durfte sie sehen, bis sie zum ersten Mal bei einem offiziellen Tanz getragen wurde.

Je länger Greg arbeitete, desto verdrossener wurde er. Er wusste, dass sein Vater ihn durch die halbblinde Scheibe beobachtete und missbilligte, dass er für seine Arbeit am Pfahl die Kettensäge benutzte. Aber zum Teufel noch mal, der Pfahl würde bloß vor einem Café stehen.

In seinem Kopf hatte Greg sich mittlerweile einige Sätze zu seiner und Hannas Verteidigung zurechtgelegt, er wollte die Anschuldigungen seines Vaters nicht auf sich sitzen lassen. Schließlich gab er sich einen Ruck, legte sein Werkzeug zur Seite und betrat die Werkstatt, um seinen Vater zur Rede zu stellen.

Mit einem mürrischen Laut schleuderte Matthew eine Decke über seine Arbeit, aber Greg hatte bereits gesehen, dass es eine Maske war.

»Wo hast du die Briefe, die Hanna an Jim geschrieben hat, nachdem er aus Deutschland abgereist war?«, fragte er geradeheraus.

»Ich habe keine Briefe«, antwortete Matthew Ahousat mit unbeweglicher Miene. Kein Zeichen der Verwunderung darüber, dass Jim Deutschland wieder verlassen hatte.

»Aber Hanna hat sie an *diese* Adresse geschickt.«

Matthew Ahousat sah zu seinem Sohn auf. »Was will sie hier?«

»Jim finden. Das ist alles.«

»Wozu?«

»Wozu? Damit sie ihrer Tochter Ola erzählen kann, was aus ihrem Vater geworden ist.« Greg hoffte, wenigstens bei der Erwähnung von Jims Tochter Überraschung in den Augen seines Vaters zu entdecken, doch scheinbar unbeteiligt wischte Matthew Späne von seinen Knien. Eine Ahnung durchlief Greg, dass sein Vater Hannas Briefe gelesen haben könnte und längst von Ola wusste. Angesichts dieser ungeheuerlichen Vermutung wurde ihm schlecht.

»Du hast sie beleidigt, Vater. Sie und mich.«

»Und du hast mich beleidigt«, presste Matthew hervor. »Du hast deine Vorväter beleidigt. Du hättest nicht mit ihr schlafen dürfen.«

»Weil sie eine Babathlid ist?«, rief Greg aufgebracht. Er wusste selbst nicht, warum er seinen Vater in dem Glauben ließ, dass er mit Hanna geschlafen hatte. Vielleicht, weil er den alten Mann provozieren wollte. Vielleicht auch, weil er es sich wünschte.

Zornig schleuderte Matthew das Schnitzmesser in die Ecke. »Weil sie ein Nichts ist.«

»Du redest von einem Menschen, Vater.«

»Aber sie gehört nicht hierher. Warum willst du das nicht verstehen?«

»Jim gehörte auch nicht hierher und du hast ihn aufgenommen.«

»Jim war ein . . .«, der Alte zögerte, ». . . er war ein Nuu-cha-nulth. Die Fremden kommen nur aus einem einzigen Grund hierher: um uns und unserem Land den Todesstoß zu versetzen.«

»Das ist doch lächerlich, Vater.« Greg stieß ein ungläubiges Schnauben aus. »Die Touristen kommen, um sich große Bäume, seltene Vögel und Indianer anzusehen.«

Matthews Gesicht blieb starr, seine dunklen Obsidianaugen glitzerten. »Sie kommen, um zuzusehen, wie wir leben. Als wären wir Tiere in einem Zoo.«

»Sie haben eben ihre Vorstellungen und möchten sie bestätigt wissen.« Greg hob die Schultern. »Das ist doch ganz normal. Kein Winkel der Welt ist mehr vor Touristen sicher, Neah Bay ist da keine Ausnahme.«

»Die Fremden machen Feuer in unseren Wäldern und fangen unsere Fische.«

»Wir haben es ihnen verboten. Überall stehen Schilder mit Strafandrohungen.«

»Und du glaubst, das hält sie ab?« Matthew Ahousat schüttelte resigniert den Kopf. »Die Menschen sind durch nichts zur Vernunft zu bringen. Doch eines Tages wird die wunde Erde sie abschütteln und nur ein paar wenigen die Gnade erweisen, sie weiter zu bewohnen.«

Greg stieß ein spöttisches Lachen aus und fing an, vor seinem Vater auf und ab zu gehen. »Und du hoffst tatsächlich, einer der Erwählten zu sein, nur weil du dich an längst überholte Regeln hältst?« Er hätte nie gedacht, dass die Gedanken des alten Mannes so weit gingen. Zum ersten Mal begann Greg, am Verstand seines Vaters zu zweifeln.

»Die Welt sollte zur Kenntnis nehmen, dass wir Makah uns von allem fernhalten können, wenn wir das wollen«, sagte Matthew. »Was spielt es für eine Rolle, was um uns herum passiert, solange die Dinge, die uns etwas bedeuten, Bestand haben.«

»Wie kannst du nur so verblendet sein«, brauste Greg auf. »Neah Bay ist kein Nationalpark für ein Volk von Auserwählten. Wir gehören zu dieser Welt, Vater, wir tragen Verantwortung für sie. Warum nur klammerst du dich so an der Vergangenheit fest?«

Der Alte gab keine Antwort. Mit einem Mal verflog Gregs Wut und machte einer tiefen Resignation Platz. Matthew Ahousat war unbelehrbar. Er war ein alter Mann. Jemand, der die Dinge nicht mehr ändern, der sie aber auch nicht festhalten konnte, obwohl er das mit stoischer Bitterkeit versuchte. Aber er war auch sein Vater, die Familie, die Greg noch geblieben war.

Beinahe tat er ihm leid.

Matthew Ahousat starrte auf die Decke, unter der sich die noch unfertige Wolfsmaske befand. Die Schatten vergangener Zeiten waren jetzt ständig hinter ihm her. Doch seine Wünsche wurden von geheimnisvollen Mächten immer wieder durchkreuzt. Was konnte er noch tun, um seinen Sohn, seine einzige Hoffnung, weg von dieser Frau und auf den richtigen Weg zu bringen?

»Die Vergangenheit bedeutet unser Überleben, Greg«, sagte er schließlich. »Die Weißen ignorieren die Wahrheit der Zeit, sie merken nicht, dass uns das Wasser bis zum Hals steht.«

»Das ist doch nichts Neues, Vater«, erwiderte Greg.

»Aber unsere jungen Leute im Ort glauben, wenn sie sich die Haare wachsen lassen und ein bisschen Zauber am Strand machen, könnten sie die Dinge aufhalten. Dabei scheren sie sich einen Dreck um das, was wirklich wichtig ist. Der Stammbaum der ranghohen Familien – die Lineage – ist unser wertvollstes Gut. Auf ihr gründen sich all unsere Privilegien. Wenn die Lineage nicht reingehalten wird, zerbricht unser Volk, verliert sich unsere Macht.«

Matthew konnte nicht verhindern, dass seine Hände zitterten, als er fortfuhr. »Du wirst zerrissene Seelen in die Welt setzen, wenn du weiter mit dieser Frau schläfst.«

Der alte Mann sah den abweisenden Ausdruck auf dem Gesicht seines Sohnes und das Herz wurde ihm schwer.

»Ich schlafe nicht mit Hanna, Vater«, sagte Greg kopfschüttelnd. »Ich habe ihr lediglich versprochen, ihr bei der Suche nach Jim behilflich zu sein.«

Der Meisterschnitzer schnaubte ungläubig. Er spürte Erleichterung durch seine Adern strömen, aber gleichzeitig war er zutiefst besorgt über Gregs Worte.

»Ist dir mal der Gedanke gekommen«, sagte Greg, »dass Jim sich nicht vor Hanna, sondern vor dir versteckt hält, Vater?«

»Warum sollte er das tun?«, fragte Matthew.

»Möglicherweise hat ihm ja der Würgegriff deiner Eitelkeit die Luft zum Atmen genommen.«

Der alte Mann setzte zu einer zornigen Erwiderung an, aber in diesem Moment tauchte Annie Waata hinter der staubigen Scheibe der Eingangstür auf.

»Guten Tag, Annie«, sagte Matthew mit einem hoffnungsvollen Lächeln. »Du bist bestimmt hier, um die Rinde zu holen.«

Annies wacher Blick wanderte zwischen Greg und seinem Vater hin und her.

»Ich komme und helfe dir«, sagte Greg schließlich und ging mit der jungen Frau nach draußen.

Matthew nahm die Decke von seiner Wolfsmaske und setzte seine Arbeit fort. Doch um die Abaloneschalen in die dafür vorbereiteten Löcher einzusetzen, brauchte er eine ruhige Hand und die hatte er im Augenblick nicht.

Meine Hände zittern, als wäre ich Alkoholiker.

Der alte Mann reckte den Hals, um Greg und Annie durch das Fenster zu beobachten. Er hoffte und wünschte, irgendeine Art von Verbundenheit in ihren Gesten zu entdecken. Doch er wurde enttäuscht. Sie standen einander gegenüber und redeten, als wären sie Fremde.

Annie Waata war die Frau, die Greg heiraten sollte, damit alles wieder in Ordnung kam. Was bedeutete es schon, dass es zwischen beiden keine Leidenschaft gab? Zwischen ihm und seiner Frau Myrtel hatte es Derartiges auch nicht gegeben. Aber Myrtel war wie Annie die Tochter eines angesehenen Mannes gewesen und dadurch, dass er sie geheiratet hatte, war sein gesellschaftlicher Rang gesichert worden.

Für ihn, der einen großen Teil seiner Kindheit in der Welt der Weißen zugebracht hatte, war das von ungeheurer Bedeutung. Als wäre durch die Verbindung mit Myrtel ein Makel in seinem Leben wieder ausgemerzt worden.

Aber seine Frau hatte ihm nur einen Sohn geboren statt zwei oder drei, wie Matthew es sich erhofft hatte. Und dann war sie gestorben und hatte ihn mit dem verträumten und verspielten Jungen allein gelassen.

Als das Meer ihm Jim schenkte, stark und mit einem klaren Ziel vor den Augen, richtete sich Ahousats Augenmerk ganz auf ihn. Jim suchte nicht nach Liebe und Geborgenheit, er war begierig darauf zu lernen und er sehnte sich nach Anerkennung.

Das gefiel Matthew. Nach einigen Monaten, in denen Jim bei ihnen in Neah Bay lebte, fand er allerdings heraus, dass der Junge zwei Gesichter hatte. Da war dieser ehrgeizige, zielstrebige junge Mann, der nichts anderes wollte, als ein guter Schnitzkünstler zu werden. Und auf der anderen Seite versuchte Jim, dem fünf Jahre jüngeren Greg die Mutter zu ersetzen und ihm das Gefühl von Wärme zu vermitteln. Das war eine Seite von Jim, die Matthew immer fremd geblieben war.

Zu dritt waren sie ein seltsames Gespann: ein mürrischer Mann, ein ernster, schweigsamer Halbwüchsiger und ein schüchternes Kind mit zu viel Fantasie.

Später, von Jims Ehrgeiz angesteckt, hatte Greg sich ebenfalls für die Kunst seines Volkes zu interessieren begonnen. Seine

Leidenschaft galt allerdings von Anfang an den Farben. Und auch, wenn er inzwischen fast so gut schnitzen konnte wie Jim, hatte sich bis heute nichts daran geändert.

Seufzend wandte sich Matthew wieder seiner Maske aus Zedernholz zu, um die Muschelzähne einzusetzen. Bis zum Potlatch in zwei Tagen musste sie fertig sein.

Als Greg den alten Pick-up von Annies Vater mit Rindenbündeln belud, fragte sie ihn: »Hast du dich entschieden wegen des Potlatchs?«

Verdammt, fluchte er innerlich, sie setzt mir schon wieder die Pistole auf die Brust. Greg warf das letzte Bündel Zedernbast auf die Ladefläche und rieb sich die Hände an der Hose ab.

Ein frischer Wind wehte Annie das Haar in die dunklen Augen, die auf eine Antwort warteten. Zweifellos war sie eine sehr schöne Frau. Vielleicht war das sogar der Grund, warum sie noch nicht verheiratet war: Die meisten Makah-Männer scheuten sich davor, mit einer Frau verheiratet zu sein, die immer die Blicke anderer auf sich ziehen würde.

Für Greg war Annies Schönheit weder ein Grund, sie zu heiraten, noch, es nicht zu tun. Er respektierte sie, aber das war alles. Die seltsame Kälte, die von ihrer Seele auszugehen schien, ließ ihn frieren, wenn er nur in ihrer Nähe war.

Schließlich stemmte er die Hände in die Hüften und sagte: »Ja, Annie, ich werde kommen.«

Ein freudiger Schimmer erhellte Annies Gesicht.

»Aber nur, wenn ich jemanden mitbringen kann«, fügte Greg hinzu.

Röte stieg ihr in die Wangen. »Tu, was du nicht lassen kannst«, sagte sie, drehte sich um und stieg in den Pick-up.

Greg sah ihr nach, wie sie den Truck vom Hof lenkte, und wandte sich wieder der Arbeit an seinem Pfahl zu.

14. Kapitel

Hanna saß in dem nach Zedernrinde duftenden Wohnzimmer der Allabushs und arbeitete an einem kleinen Körbchen mit einer Kette aus Fichtenwurzeln. Die Technik nannte sich Zwirnbindung und Hanna, die einmal bei einem Korbflechter gearbeitet hatte, stellte sich nicht ungeschickt an.

Grace hatte sie sofort ins Haus gezogen, als sie mit vom Wind zerzausten Haaren vor der Tür gestanden hatte.

Während ihre Finger sich mit dem ungewohnten Material mühten, spürte Hanna Gertrude Allabushs Blick auf sich ruhen. Sie hatte vor der alten Frau ganz offen zugegeben, dass sie noch einmal wegen Jim gekommen war, und Gertrude hatte sie, entgegen ihren Befürchtungen, nicht vor die Tür gesetzt. Aber bisher hatte sie ihr auch nichts über Jim erzählt.

Hanna platzte bald vor Ungeduld, aber sie zwang sich, keine Fragen zu stellen. Wenn Gertrude bereit war, ihr Antworten zu geben, würde sie es tun, so viel hatte sie inzwischen gelernt.

Sie hob den Kopf und musterte Grace, die still an ihrem Walfängerhut arbeitete. Das Mädchen sah müde aus und unter ihren Augen lagen Schatten. Aber wenn Grace aufblickte, dann entdeckte Hanna eine Veränderung in ihrem Gesicht. Als ob sie heute etwas wusste, von dem sie gestern noch keine Ahnung gehabt hatte. Grace strahlte mit einem Mal eine seltsame Art von Würde aus.

Schließlich blickte das Mädchen auf die Uhr, legte den Hut beiseite und sagte: »Zeit für die Post, Granny. Soll ich noch etwas einkaufen?«

»Nein«, erwiderte Gertrude, »wir haben alles. Sag Ellie einen schönen Gruß von mir.«

»Mach ich.« Grace nickte Hanna zu und verschwand nach draußen.

Als ob sie nur darauf gewartet hätte, stand Gertrude auf und ging zu dem niedrigen Schrank, auf dem allerhand Krimskrams lag. Sie schloss die Schranktür auf und holte aus dem obersten Fach ein längliches Zedernholzkästchen hervor, das sie wie einen kostbaren Schatz vor sich hertrug.

»Jim hat mir dieses Kästchen geschenkt«, sagte sie zu Hanna und reichte es ihr. »Er hat es selbst gebaut.«

Hanna betrachtete das Kästchen von allen Seiten. Es war aus einem Stück Holz gefertigt wie die Kästchen im Museum, die sehr alt waren und aus einer Zeit stammten, als die Makah noch keine Nägel kannten.

»Was für eine schöne Arbeit«, sagte Hanna mit wild pochendem Herzen. Jims Hände hatten dieses Holz in den Händen gehabt und auf einmal war ihr, als könne sie ihn spüren, als würde sie die Verbindung zu ihm wieder aufnehmen.

Eilig nahm Gertrude ihr das Kästchen wieder ab, als ob es etwas von seiner Magie verlieren könnte, wenn Hanna es zu lange berührte.

»Jim hatte geschickte Hände«, sagte Gertrude. »Heute gibt es kaum noch jemanden in Neah Bay, der so eine Zedernkiste auf die alte Art bauen kann. Wozu auch, wo doch alles billig im Baumarkt zu haben ist. Nur selten entsteht noch etwas von Hand, deshalb haben wir vergessen, wie wertvoll die einfachen Dinge sind.« Sie öffnete das Kästchen und holte ein paar Postkarten und Fotos heraus.

Ein heftiger Stich durchfuhr Hannas Brust und ihr wurde abwechselnd heiß und kalt. Das waren Karten aus Deutschland! Fotos, die Jim mit ihr zusammen zeigten. Gertrude Allabush hatte also von Anfang an gewusst, wer sie war. Sie vermied es, der alten Frau in die Augen zu sehen.

»Jim hat uns ein paarmal geschrieben«, sagte die Indianerin. »Zuletzt kündigte er an, dass er zurückkommen würde. Er wollte das Land kaufen, auf dem mein altes Haus steht. Er hatte vor, dort ein neues Haus zu bauen.«

Nur mit Mühe gelang es Hanna, ihre Tränen zurückzuhalten, während eine Mischung aus Zorn und Verzweiflung durch ihre Adern strömte. »Und Sie haben nie jemandem von Jims Plänen erzählt?«, fragte sie mit belegter Stimme. »Auch Greg oder seinem Vater nicht?«

»Nein.« Gertrude schüttelte den Kopf mit den kleinen grauen Locken.

»Aber warum nicht? Sie wussten doch, dass beide nach ihm suchten.«

»Niemand suchte nach ihm.« Gertrudes runzliges Gesicht war völlig ausdruckslos. »Außerdem hatte Jim mich darum gebeten, es nicht zu tun.«

Hanna schlang die Arme um ihren Körper und wiegte sich vor und zurück. »Wir wollten heiraten«, sagte sie und nun rannen die Tränen haltlos über ihre Wangen. »Aber dann ist er hierher zurückgeflogen und ich habe nie wieder etwas von ihm gehört.«

Gertrudes Hände mit den arthritischen Gelenken klaubten die Fotos und Karten rasch wieder zusammen und verbannten sie in die Kiste. »Du bist kein schlechter Mensch«, sagte sie, »und persönlich habe ich auch nichts gegen dich. Aber . . .«

Ein dicker Kloß wuchs in Hannas Hals und sie schluckte. Was würde jetzt kommen?

Die alte Indianerin holte tief Luft. ». . . es ist nicht gut, wenn unsere Männer mit weißen Frauen zusammen sind«, vollendete sie den Satz. »Kinder werden geboren, die weder das eine noch das andere sind. Das ist nicht gut«, wiederholte sie. »Es schwächt unser Volk.«

Hanna wusste nicht, was sie sagen sollte. Mit dem Handrücken wischte sie die Tränen aus ihrem Gesicht. Der Kloß in ihrem Hals war so dick, dass sie kaum noch atmen konnte. »Aber . . . warum lassen Sie mich dann in der Strandhütte wohnen?«, fragte sie mit wachsender Verwunderung. »Warum erzählen Sie mir das alles über Jim, wenn Sie doch verurteilen, was wir vorhatten?«

Gertrude zuckte mit den Schultern. »Das hat nichts mit dir und Jim zu tun, sondern mit Greg«, sagte sie. Sie schob das Kästchen in sein Fach zurück und verschloss die Schranktür.

Hanna brauchte noch einen Moment, doch auf einmal begriff sie: Dadurch, dass sie im Strandhaus wohnte, war sie aus Neah Bay verbannt worden und gleichzeitig leicht zu kontrollieren. Grace hatte versucht, ihr mit der Wilden Frau aus dem Wald Angst einzujagen. Steckten die drei etwa unter einer Decke?

Hannas Hände zitterten wie die Halme des Sitca-Grases, aus denen das unfertige Körbchen auf ihrem Schoß bestand. Ein unmittelbarer und heftiger Ärger machte sich in ihrer Brust breit.

»Wieso dulden Sie mich in Ihrem Haus und machen sich die Mühe, mir Flechttechniken zu zeigen, wenn Sie mich doch am liebsten aus dem Ort jagen würden?«, brachte sie mühsam hervor.

Gertrude wiegte den Kopf hin und her. »Ich war nie dagegen, Weiße von uns lernen zu lassen. Ihr habt noch eine Menge zu lernen, oder nicht?«

»Aber selbst wenn wir aufmerksame Schüler sind, macht uns das nicht zu besseren Menschen, nicht wahr?« Hanna gab sich keine Mühe mehr, ihre Enttäuschung zu verbergen.

»Weiß bleibt weiß.« Gertrude setzte sich wieder an ihre Arbeit.

Hanna spürte brennende, hilflose Wut in sich aufsteigen. Das Verlangen, diesem Haus zu entfliehen, wurde übermächtig.

»Was ist mit Ola, meiner Tochter?«, fragte sie. »Jims Tochter? Sie hat Makah-Blut in den Adern.«

Gertrude, sie hatte den Blick starr auf ihre Arbeit gerichtet, schüttelte den Kopf.

Hanna sprang von ihrem Stuhl auf und der unfertige Korb fiel zu Boden. Sie riss ihren Rucksack an sich und hastete aus dem Zimmer, durch den vollgestellten Flur nach draußen ins Freie. Mit hämmerndem Herzen irrte sie durch die windgepeitschten Straßen von Neah Bay. Ein streunender Hund heftete sich an ihre Fersen, ein einsames, mageres Tier, das sich vermutlich ebenso abgewiesen fühlte wie sie. Das Chaos in Hannas Kopf machte jeden vernünftigen Gedanken zunichte. Sie lief an einer Gruppe Jugendlicher vorbei, die vor dem Supermarkt standen. In ihren Gesichtern erkannte sie Langeweile, gepaart mit Neugier und Ablehnung.

Sie fragen sich auch, was ich hier verloren habe.

Hanna zog die Kapuze über ihren Kopf und lief schnell weiter, irgendwohin, nirgendwohin – und doch von einem inneren Kompass in Richtung Holzwerkstatt gezogen.

Gegen halb drei begann Greg, sich Sorgen zu machen, wo Hanna blieb. Er beendete seine Arbeit am Pfahl und fuhr zur Autowerkstatt. Hannas Wagen stand auf der Rampe und Henry und ein zweiter Mann arbeiteten daran.

»Der Auspuff ist gekommen«, sagte Henry. »Morgen Vormittag kann sie den Wagen abholen.«

»War Miss Schill hier?«, fragte Greg.

Henry schüttelte den Kopf.

Greg fuhr zurück zum Supermarkt und hielt Ausschau nach Hanna. Er kaufte ein paar Lebensmittel für den Abend: Eissalat,

Kartoffeln, Eier, Speck und für teures Geld ein halbes Kilo Kirschen. Danach fuhr er zurück zur Werkstatt.

Unterwegs kam ihm Hanna entgegen. Er hielt an und sie stieg ein. Sie sagte nichts, stierte nur geradeaus durch die Windschutzscheibe. Ihr Gesicht war weißer als sonst, es wirkte wie eine starre Maske, wie die Maske aus dem Burke Museum.

»Was ist denn los?«, fragte er besorgt. »Wo warst du? Ich habe überall nach dir gesucht.«

Sie gab keine Antwort. »Fahr mich nach Hause, okay?«, sagte sie stattdessen.

Schweigend lenkte Greg seinen Wagen auf die Hauptstraße und fragte sich, was zum Teufel in der Zwischenzeit mit Hanna passiert war.

In der Ferne grollte Donner und ein kräftiger Wind wehte vom Pazifik her über die Landspitze. Im Radio hatten sie eine Sturmwarnung für den späten Nachmittag durchgegeben.

Bill Lighthouse fuhr auf der Küstenstraße 112 von Neah Bay in Richtung Sekiu, die sich zwischen Wasser und Felsen entlangschlängelte. Der Sheriff war auf seiner Patrouille durch das Reservat und auf dem Weg zur Rangerstation am Lake Ozette. Der See gehörte zwar nicht zum Reservat der Makah, wohl aber zu seinem Einsatzbereich.

Ein paar Meilen vor Sekiu bog Bill nach links auf die Hoko-Ozette Road ab, eine schmale, zwanzig Meilen lange Straße entlang des Hoko River, die einzige Verbindung zum See und zur Rangerstation, wo sein Freund Dan mit einem Kaffee auf ihn wartete.

Zu Anfang führte die Straße durch ein Tal, mit bewaldeten Bergen zur Linken und zur Rechten. Vom Urwald war hier nichts mehr übrig. Das war die zweite oder dritte Aufforstung. Teile des Waldes waren abgeholzt und auf den kahlen Flächen wuchsen die purpurnen Blütenrispen des Feuerkrauts wie Flammen in den Himmel.

Als Bill das offene Big River Valley erreichte, hatte er Mühe, den Jeep auf der Straße zu halten, so heftig wehte ihm der Wind in die Seite. Er fuhr bis zum Lake Ozette und bog nach rechts ab. Nach einer Meile tauchte vor ihm ein großes Blockhaus auf, die Ozette-Rangerstation.

Bill parkte und stieg aus. Über ihm tosten die Wipfel der Bäume wie Ozeanwogen. Er zog seine Jacke über der Brust zusammen, stemmte sich gegen den Wind und betrat das stabile Blockhaus mit dem Schindeldach. In dem kleinen, gemütlichen Büro duftete es nach Kaffee und aus dem Radio dudelte Klaviermusik. Daniel Hadlock saß hinter seinem riesigen Schreibtisch und sah von seiner Zeitung auf, als der Sheriff eintrat.

»Da braut sich ganz schön was zusammen«, sagte Bill und schüttelte sich.

»Nicht mehr als gewöhnlich«, erwiderte der Ranger mit einem Schmunzeln im Gesicht.

»Ist trotzdem immer wieder ein seltsames Gefühl.« Bill nahm einen der umgestülpten Porzellanbecher und bediente sich an der Kaffeemaschine.

Hadlock schüttelte grinsend den kurz geschorenen Kopf. »Weil ihr Indianer immer noch an Geister glaubt. Deshalb bekommt ihr alle so einen ehrfürchtigen Ausdruck im Gesicht, wenn das Meer tobt und die Bäume im Wind knarzen.« Seine grauen Augen funkelten belustigt.

Der Sheriff lächelte. Bill mochte Dan, seit der Ranger vor einem Jahr diesen Job am Ozette Lake angetreten hatte. Hadlock war ein fröhlicher, sportlicher junger Mann, der aus innerer Überzeugung Ranger geworden war. Wenn sie zusammensaßen, dann unterhielten sie sich über Tiere und Bäume, über das Meer – und manchmal auch über Frauen.

»Glaubst du etwa nicht an Geister?« Bill machte eine gespielt finstere Miene. »Ich meine, du solltest wenigstens nicht über sie reden, das könnten sie dir ernsthaft übel nehmen.«

Dan lachte laut und im selben Augenblick fiel der Strom aus. Die Klaviermusik erstarb, schlagartig versank der Raum in ein gespenstisches Halbdunkel. Keiner von beiden sagte etwas. Nur das Heulen des Sturms und das Ächzen der Holzbalken waren zu hören.

»Da hast du's«, brummte Bill schließlich. »Die Geister sind sauer. Warum konntest du nicht deinen Mund halten?«

»Hör auf damit, okay? Das ist echt unheimlich.« Daniel kam hinter seinem Schreibtisch hervor und nahm seine Regenjacke von der Wand. »Wahrscheinlich ist irgendwo ein Baum auf die Leitung gekippt. Ich sehe mal nach, ob ich die Stelle finden kann.«

Ein Blitz erhellte den Raum und die Gesichter der beiden Männer. Bill, der wildes Wetter sonst liebte, zuckte zusammen. Gleich darauf krachte der Donner so laut, dass beide reflexartig den Kopf einzogen.

»Teufel«, entfuhr es Hadlock.

»Du solltest lieber einen Augenblick warten.« Bill schüttelte den Kopf. »Mit trockenen Gewittern ist nicht zu spaßen. Und im Moment sind wir im Auge des Sturms.«

Losgerissene Blätter, kleine Zweige und Nadeln schlugen gegen die Fensterscheiben der Rangerstation. Es blitzte und donnerte erneut.

Dan seufzte: »Vielleicht hast du recht, Billy. Zehn Minuten, dann ist der Spuk vorbei, wetten?«

Sie setzten sich beide und warteten schweigend darauf, dass der Sturm nachließ. Er tobte weiter, aber nach einer Viertelstunde begann es endlich zu regnen und die Abstände zwischen den Blitzen und dem Grollen des Donners wurden größer.

Dan gab per Funk ans Hauptquartier durch, dass die Ranger-station für eine Weile nicht besetzt sein würde. Dann zog er die Regenjacke an, stülpte seinen Hut auf den Kopf und sagte: »Ich fahre runter zur Swan Bay. Die Leitungen führen an der Straße entlang. Vielleicht kann ich den Schaden schnell finden.«

Der Sheriff nickte. »Ich schaue noch kurz beim alten Cutler vorbei, vielleicht braucht er Hilfe wegen des Stromausfalls. Dann fahre ich zurück nach Neah Bay. Sollte ich auf dem Weg etwas entdecken, dann gebe ich dir die Stelle per Funk durch.«

Die beiden Männer verabschiedeten sich voneinander. Sie verließen das Gebäude, eilten mit über den Kopf gezogenen Regenjacken zu ihren Wagen und fuhren in verschiedene Richtungen davon.

Während der Fahrt zum Strandhaus hatte Hanna beharrlich geschwiegen. Greg parkte hinter dem Haus, und noch ehe er den Motor abgestellt hatte, war Hanna mit ihrer Tasche auf der Veranda verschwunden. Eine Weile saß er ratlos in seinem Truck und überlegte, ob er ihr nachlaufen sollte.

Der Wind zerrte an den Bäumen hinter dem Strand – nicht mehr lange und es würde heftig stürmen.

Schließlich stieg Greg aus dem Wagen, um gleich darauf die Tür des Strandhauses verschlossen vorzufinden. Seine Verwirrung schlug in Ärger um. Er hämmerte gegen die Tür und rief: »Was soll das Hanna? Ich habe dir nichts getan!«

Greg lauschte und glaubte, Hanna weinen zu hören, aber vielleicht war es auch nur der Wind. Er lief zum Fenster, doch die Vorhänge waren zugezogen, und sosehr er sich auch mühte, er konnte im Inneren nichts erkennen.

»Hanna, was ist los mit dir?« Er klopfte gegen die Scheibe. »Können wir nicht vernünftig darüber reden?«

Keine Reaktion. Der Sturm wurde heftiger und Gregs Zorn auch.

»Also gut«, rief er. »Ich verschwinde jetzt. Solltest du mich brauchen, dann weißt du ja, wo du mich findest.« Mit langen Schritten verließ er die Veranda und machte sich auf den Weg nach Hause.

Hanna glitt mit dem Rücken zur Wand in die Hocke. Ihr Herz zog sich schmerzhaft zusammen, als sie durch das Pfeifen des Windes den aufheulenden Motor des Trucks hörte. Greg war fort und plötzlich hatte sie das Gefühl, alles falsch gemacht zu haben. Sie fühlte sich beschämt, weil sie ihn vor verschlossener Tür hatte stehen lassen.

Ich habe dir nichts getan, hatte er gesagt.

Das stimmte so nicht ganz. Er hatte sich um sie gekümmert, hatte Gespräche mit ihr geführt und für ihr leibliches Wohl gesorgt. Auf diese Weise hatte er sie immer wieder von ihrer Suche nach Jim abgelenkt. Es war so angenehm gewesen, mit ihm zusammen zu sein, dass sie seinen Versprechungen, ihr zu helfen, Glauben geschenkt hatte.

Jim hatte keine Verwandten in Neah Bay und Greg wusste nur zu gut, dass niemand ihr etwas erzählen würde. Was sie heute herausgefunden hatte, war nur ihrer unbeirrbaren Hartnäckigkeit zu verdanken.

Sie seufzte und wischte sich die Tränen aus dem Gesicht. Manchmal schien alles verloren, so wie in diesem Augenblick. Sie überlegte, ob es nicht klüger war, aufzugeben und zu ihrer Tochter zurückzukehren. Immerhin wusste sie jetzt, dass Jims Absichten, mit ihr in Neah Bay ein Leben aufzubauen, ehrlich gewesen waren. Vielleicht sollte ihr das genügen. Vielleicht war es besser, die Wahrheit nicht zu wissen.

Doch etwas tief in ihrem Inneren hinderte sie daran. Sie war hergekommen, weil sie das Rätsel um Jims Verschwinden lösen wollte, und Greg war ihre einzige Hoffnung, Antworten zu finden. Dass sie nicht immun war gegen die unerwarteten Gefühle, die er in ihr wachrief, stand auf einem anderen Blatt.

Hanna atmete tief durch und spürte, wie ihr Zorn sie verließ. Ein lautes Klappern, das von draußen kam, schreckte sie aus ihren Gedanken. War da jemand auf der Veranda? Sie lauschte, aber der Sturm presste sich mittlerweile so gewaltsam gegen die alte Hütte, dass er alle anderen Geräusche übertönte. Wäre nicht Ebbe, das Meer hätte das Haus mit Haut und Haar verschlungen, so jedenfalls kam es Hanna vor.

Grace Allabushs Warnung vor Tsonoqa kam ihr in den Sinn, aber sie schob den Gedanken energisch beiseite. Sie würde sich etwas zu essen machen und abwarten, dass der Sturm nachließ.

Als sie am Kühlschrank stand, hörte sie wieder dieses Geräusch von draußen, aber Hanna versuchte, es zu ignorieren. Wahrscheinlich war es ein loses Brett, das im Wind gegen die Hauswand schlug.

Verdammt! Das Klappern machte sie wahnsinnig!

Sie drückte mit der Schulter gegen die Holztür, die von der Feuchtigkeit klemmte, und trat auf die Veranda.

Diesmal vernahm Hanna das warnende Knarren des Holzes rechtzeitig. Sie machte einen großen Schritt zur Seite, bekam einen harten Schlag auf die Schulter und sackte seufzend gegen die Hauswand.

Greg hatte gerade den Campingplatz passiert, als er den Truck kurzentschlossen an den Straßenrand lenkte. Dabei würgte er den Motor ab. Er nahm seine Hände vom Lenkrad. Sie zitterten, aber sein Groll war längst verflogen. Ihm war klar, dass er geduldiger sein musste, wenn er Hanna verstehen wollte. Und das wollte er. Aber zum Teufel mit der Geduld!

Ich will sie haben und nicht mit ihr kämpfen.

Als er sich das endlich eingestand, fühlte er sich auf merkwürdige Weise erleichtert. Er würde noch einmal mit seinem Vater reden müssen, aber das hatte Zeit. Zuerst einmal musste er Hanna dazu bringen, dass sie ihm die Tür öffnete. Irgendetwas war vorgefallen, etwas, das sie sehr verletzt hatte. Und er würde herausfinden, was es war.

Entschlossen wendete er seinen Wagen und gab Gas.

Diesmal war die Tür des Strandhauses nur angelehnt. Greg fand Hanna in der Küche, wie sie sich ihre linke Schulter mit einem Lappen und kaltem Wasser kühlte. Sie brauchte ihm nicht erklären, was vorgefallen war, er hatte das herabgestürzte Brett auf der Veranda liegen sehen.

Kaum auszudenken, wenn es auf ihrem Kopf statt auf ihrer Schulter gelandet wäre.

Er hob den nassen Lappen von Hannas sommersprossiger Schulter und ein unterdrückter Schmerzenslaut kam aus ihrer Kehle.

»Na komm«, sagte er sanft, »ich bringe dich in die Klinik. Das sollte geröntgt werden.«

»Nicht nötig«, sagte sie. »Es ist nichts gebrochen.«

Greg betrachtete Hannas störrisches Gesicht mit den Spuren von getrockneten Tränen und konnte nur mit Mühe ein Lächeln unterdrücken.

Er kniete vor ihr nieder und schob ihr Kinn nach oben. »Vielleicht machst du einfach mal, was ich dir sage. Ich würde mich nämlich viel besser fühlen, wenn ich genau wüsste, dass nichts gebrochen ist.«

Der alte Ahousat saß in seinem Haus am Sooes Beach und vergrub sein Gesicht in den Händen. Draußen tobte ein fürchterlicher Sturm – genauso wie in seinem Inneren. Es war schon spät, aber Greg war nicht nach Hause gekommen. Er spürte, dass er dabei war, seinen Sohn zu verlieren – und er konnte nichts dagegen tun. Genausowenig wie damals, als er Jim verloren hatte. Verhext von einer Babathlid mit roten Haaren.

Ich darf das nicht zulassen.

Greg war alles, was ihm noch geblieben war. Sein einziger Nachkomme, Erbe seiner Schnitzkunst und seiner Privilegien. Auch wenn Greg nicht so ehrgeizig war wie Jim, so war sein Können in den vergangenen Jahren doch zufriedenstellend gereift. Aus ihm war ein passabler Holzschnitzer geworden. Was ihm fehlte, war eine Vision, aber die würde schon kommen, wenn er sich nicht mehr dagegen sperrte.

Matthew erhob sich aus dem Sessel und ging zum Fenster. Der Sturm begann, nach Osten abzuziehen, der Ozean gebärdete sich nicht mehr ganz so wild. Der alte Mann ging in die Diele und zog Gummistiefel und Regenjacke an. Dann machte er sich auf die Suche nach dem einzigen Menschen, dem er vertrauen und dem er von seinen Befürchtungen erzählen konnte.

15. Kapitel

Wie ein Trommelfeuer prasselte der Regen auf das Blech des Autodachs. Die Scheibenwischer seines Jeeps kämpften gegen die strömenden Wassermassen, die Bill gnadenlos die Sicht versperrten. Der Sheriff hatte den alten Cutler auf seiner Farm wohlbehalten vorgefunden und war nun auf dem Weg zurück nach Neah Bay. Gerade wollte er auf die Hoko-Ozette Road biegen, als er vor sich etwas blinken sah. Er trat auf die Bremse und versuchte, zwischen dem Auf und Ab des Scheibenwischers etwas zu erkennen. Schließlich bog er auf die unbefestigte Straße, die geradeaus zur Bootsrampe in der Swan Bay führte.

Nachdem er ein paar Meter gefahren war, konnte er erkennen, dass es die Blinklichter eines Wagens waren. Er bremste abrupt und riss seine Tür auf. Was er sah, verschlug ihm für einen Augenblick den Atem.

Vor ihm stand der Jeep von Dan Hadlock. Quer über der Kühlerhaube des Wagens lag der Stamm einer toten Zeder, aus dem es qualmte. Offensichtlich war er vom Blitz getroffen worden und umgestürzt. Dan hatte nicht mehr rechtzeitig ausweichen können.

Über Funk rief Bill die Washington State Patrol und gab den Standort der Unfallstelle durch. Dann zog er sich die Kapuze über den Kopf, kroch unter dem Stamm durch und versuchte, an Dan heranzukommen. Die Frontscheibe war bei dem Aufprall in tausend kleine Stücke zertrümmert worden, die ins Innere des Wagens gefallen waren. Bill spähte hinein und entdeckte Dans Blondschopf auf dem Lenkrad.

»Dan«, schrie er durch das Prasseln des Regens, »Dan, bist du okay?«

Ein leises Stöhnen war die Antwort. Hadlock lebte, er musste sich beeilen. Bill versuchte, die Fahrertür zu öffnen, aber sie klemmte fest. »Halte durch, Dan, ich bin gleich bei dir«, rief er dem Verletzten zu, in der Hoffnung, dass der Ranger ihn hören konnte.

Bill lief um den Jeep herum. Die Beifahrertür ließ sich problemlos öffnen und er stieg in den Wagen. Mit der Taschenlampe beleuchtete er das Gesicht des Rangers, das mit unzähligen kleinen Schnittwunden übersät war. Aber mehr Sorgen machte dem Sheriff diese eine, glänzend dunkelrote Schlange, die Dan unter dem Haaransatz hervor übers Gesicht gekrochen war.

Bill leuchte in die Augen des Verletzten und fühlte seinen Puls. Die Pupillen waren unnatürlich geweitet, aber wenigstens war der Puls deutlich zu spüren. Bill versuchte, mit Dan zu reden, bekam aber nur ein dumpfes Stöhnen zur Antwort. Der Sheriff entschied, den Verletzten nicht zu bewegen. Er blieb neben seinem Freund sitzen und redete beruhigend auf ihn ein, bis der Wagen der Washington State Patrol und wenig später der Rettungswagen am Unglücksort eintrafen.

Glücklicherweise hatte der Regen in der Zwischenzeit deutlich nachgelassen, was den Männern ihre Arbeit erleichterte. Sie holten Dan Hadlock vorsichtig aus dem Wagen, betteten ihn auf eine Trage und schnallten ihn fest. Die junge Rettungssanitäterin mit dem blonden Zopf achtete besonders darauf, dass der Kopf des Verletzten stabil und ruhig lag, Bill war das nicht entgangen. Als Dan kurz die Augen öffnete und seine Lippen bewegte, war Bill sofort bei ihm.

». . . Geister . . .«, hörte er den Ranger flüstern. »Hilf mir, Bill! Ich . . . habe sie . . . gesehen. Sie . . .«

Die Sanitäterin schob den Sheriff sanft zur Seite. »Wir bringen ihn nach Port Angeles. Sie können sich später nach ihm erkundigen.«

Der Rettungswagen rollte davon und Bill sah ihm nach. Dan Hadlock hatte Frau und Kinder, jemand musste sie benachrichtigen, bevor sie einen Anruf aus dem Krankenhaus bekamen.

Walter Reed, einer von Dans Rangerkollegen, der den Funkruf gehört hatte und unmittelbar nach dem Rettungswagen eingetroffen war, kam auf ihn zu und fragte: »Hat Dan noch irgendetwas gesagt?«

»Nur, dass sich jemand um seine Frau kümmern soll«, log Bill. Schließlich konnte er dem Mann nichts von Geistern erzählen.

»Das übernehme ich«, sagte Reed. »Ich kenne Susan gut.«

Bill klopfte dem Ranger auf die Schulter. »Okay, dann kümmere ich mich um Dans Wagen und den Stamm.«

Reed nickte und fragte: »Wissen Sie, warum Dan hier draußen unterwegs war?«

»Der Strom war ausgefallen und er wollte nachsehen, ob irgendwo ein Baum auf die Leitungen gestürzt war.«

»Aber der Stromausfall ist doch schon fast zwei Stunden her«, sagte Reed und schüttelte den Kopf. »Die Leitungen zu checken, kann ihn kaum mehr als eine halbe Stunde gekostet haben. Etwas anderes muss ihn aufgehalten haben.«

»Ja, vielleicht«, antwortete Bill nachdenklich.

Vielleicht Geister!

Blödsinn, dachte er. Aber was, zum Teufel, hatte Dan Hadlock gesehen?

Hanna und Greg saßen am Holztisch im Strandhaus und verzehrten auf dem Holzherd aufgebackene Brotfladen. Dazu gab es gebratene Hühnerbeine und danach frische Kirschen. Ein Wasserkessel tanzte und zischte auf dem Herd und Greg überbrühte Teeblätter in einem Krug.

Hanna stand auf und ging zu dem alten Sessel hinüber, in den sie sich vorsichtig niederließ. Greg sah ihr an, dass sie noch Schmerzen in der Schulter hatte, aber das Röntgenbild hatte keine Knochenfraktur gezeigt und er hatte ihr einen feuchten Umschlag aus geklopftem Rindenbast gemacht, der schnell helfen würde.

Nach dem Röntgen war Greg mit Hanna noch aufs Polizeirevier gefahren, denn er hatte sie davon überzeugen können, Anzeige zu erstatten. Aber weder Bill Lighthouse noch Chief Hunter waren dort gewesen, also musste das bis zum nächsten Morgen warten.

Hanna sah ihn dankbar an, als er ihr Tee in einen Becher goss. »Wieso bist du zurückgekommen, Greg?«, fragte sie leise.

»Ich weiß nicht ... als ob ich was geahnt hätte.« Er setzte sich zu ihr. »Ich musste einfach wissen, was mit dir los war.«

Auf der Fahrt in die Klinik hatte Hanna ihm erzählt, dass sie noch einmal bei Gertrude Allabush gewesen war und sie über Jim ausgefragt hatte. Von Gertrude hatte Hanna erfahren, dass Jim dieses Haus und das Land, worauf es stand, hatte kaufen wollen. Greg war allerdings immer noch nicht klar, was sie an dieser Tatsache so verstört hatte, denn das entsprach ja ihren Plänen mit Jim.

»Ich verstehe, dass dich das alles aus der Fassung gebracht hat«, sagte er. »Aber warum konntest du mir das nicht erzählen? Warum hast du mich ausgeschlossen?«

Rote Flecken überzogen Hannas Gesicht. »Das ist nicht so leicht ...« Sie senkte den Blick in ihren Teebecher.

»Was, Hanna?«

»Gertrude gab mir zu verstehen, dass ... sie sagte, wenn euer Stamm sich mit den Weißen vermischt, habt ihr keine Chance, als Volk zu überleben.«

Greg schluckte hart. »Das hat Gertrude gesagt?« Er dachte an das Gespräch mit seinem Vater und dass sich Hanna womöglich genau denselben Unsinn hatte anhören müssen.

»So in der Art, ja.«

»Und deshalb warst du wütend auf mich?«

»Ich . . . ich war nicht wütend auf dich.« Hanna seufzte. »Nur . . . ach, ich weiß auch nicht, aber mir ist einfach klar geworden, dass Ola in Neah Bay nie als eine von euch akzeptiert werden wird.« Sie hob den Kopf und sah ihn an. »Ich möchte mehr Kinder haben, Greg, ich . . .«

Auf einmal wurde ihm klar, was sie meinte, und ein Gefühl der Erleichterung überschwemmte ihn.

»Das stimmt nicht«, sagte er. »Wenn du nachweisen kannst, dass Ola Jims Tochter ist, dann hat sie alle Rechte hier im Reservat.«

Traurig schüttelte Hanna den Kopf. »Aber ich kann es nicht nachweisen, weil er nicht mehr da ist.« Sie trank ein paar Schlucke von ihrem Tee. »Und außerdem wäre es bloß eine Anerkennung auf dem Papier und nicht in den Herzen der Menschen.«

»Manche Dinge brauchen einfach Zeit«, versuchte er, sie zu beschwichtigen.

»Wieso, Greg, ist es so kompliziert?«

Er lehnte sich zurück und verschränkte die Arme vor der Brust. »Es ist so kompliziert, weil wir Fehler machen. Wir und all die anderen vor uns.«

Hanna sah ihn immer noch an, aber ihr Blick war abwesend. Er wusste nicht, was sich gerade in ihrem Kopf abspielte, ahnte jedoch, dass sie Angst hatte. Er wollte ihr helfen, aber auch er hatte Angst. Seine Angst saß tiefer als ihre, weil seine Fantasie mit grausamen Geschichten aus der Vergangenheit gefüttert war, von denen Hanna kaum eine Ahnung hatte. Er hatte längst herausgefunden, das Anaqoo der Name einer kleinen Insel vor der Westküste von Vancouver Island war, aber noch konnte er das Hanna nicht sagen. Erst musste er herausfinden, was hier eigentlich los war. Er wollte versuchen zu retten, was zu retten war, für sich – und auch für Hanna.

»Ich bin jedenfalls sehr froh, dass dir nichts Schlimmeres passiert ist.« Er stand auf und begann, die Reste des Abendessens vom Tisch zu räumen.

»Vielleicht war es wirklich ein Unfall«, erwiderte Hanna. »Das Brett hat sich im Sturm gelöst.«

»Vielleicht. Vielleicht aber auch nicht.« Seit seinem Gespräch mit dem Sheriff glaubte Greg nicht mehr an Zufälle, er wollte Hanna jedoch nicht unnötig beunruhigen.

Er verstaute die restlichen Lebensmittel im Kühlschrank und spülte die Teller ab.

Hanna konnte nicht mehr sitzen. Sie ging in die Schlafkammer, legte sich auf ihr Bett und versuchte, eine Stellung zu finden, in der ihre Schulter am wenigsten schmerzte.

Greg stand in der Türöffnung. »Ist alles in Ordnung mit dir?«

Hanna nickte. »Geh nicht weg!«, bat sie ihn.

Greg setzte sich zu ihr und zog die Decke über ihre Schultern. »Schlaf ein bisschen«, sagte er. »Ich bleibe bei dir.«

Es dauerte nicht lange und Hanna fielen die Augen zu. Greg betrachtete ihr schlafendes Gesicht, die zarte Linie ihres Kinns, die Lippen, die leicht geöffnet waren. Wie gern hätte er sich neben Hanna gelegt und diese Lippen geküsst. Er wusste ja jetzt, dass sie ihn nicht abweisen würde.

Aber es waren schon genug Fehler gemacht worden. Greg war klar, dass die Suche nach Jim für sie beide nicht ohne Verletzungen abgehen würde. Schon bald würden ihnen Entscheidungen abverlangt werden. Und er wollte nicht, dass Hannas Entscheidung durch etwas beeinflusst wurde, worüber er sich selbst noch nicht ganz im Klaren war.

Er beugte sich über sie und drückte ihr einen Kuss auf die Stirn. Dann holte er sich eine Decke aus der Kommode und legte sich auf das andere Bett.

Am nächsten Morgen saß Bill auf dem Revier an seinem Schreibtisch und grübelte darüber nach, was gestern mit seinem Freund Dan passiert war. Er war allein, Sylvie kam erst gegen zehn und der Chief war unterwegs. Sie hatten eine Meldung hereinbekommen, dass jemand versuchte, Alkohol ins Reservat zu schmuggeln.

Neah Bay war eine trockene Siedlung. Der Verkauf von Alkohol war im gesamten Reservat untersagt. Doch ein paar Meilen hinter der Reservatsgrenze, in Sekiu oder Clallam Point, blühte das Geschäft mit billigem Wein und Whiskey.

Als er noch auf der Polizeischule gewesen war, hatte Bill häufig grausige Gelage mitgefeiert, nur um nicht als Außenseiter dazustehen. Bis er merkte, dass er den Alkohol viel schlechter als seine weißen Kollegen vertrug. Er war immer der Erste, der blau war, herumtorkelte und dummes Zeug erzählte. Die anderen lachten dann über ihn – er war nie zu betrunken gewesen, um das nicht mitzubekommen. Also hatte er damit aufgehört.

Bill lehnte sich in seinem Drehsessel zurück. Durch das Fenster schien die Sonne auf seinen Schreibtisch. Kaum zu glauben, dass am Tag zuvor der Sturm so heftig gewütet hatte, dass Bäume umgestürzt waren.

Vom Blitz getroffen, war der tote Stamm einer Zeder auf den Jeep des Parkrangers gekippt. Ein Zufall? Dan Hadlock musste etwas gesehen haben, direkt vor dem Unfall. Erneut musste Bill an das wilde Gestammel des Rangers denken. Vermutlich war die Kopfverletzung schuld, dass er von Geistern gesprochen hatte. Vielleicht war der Ranger ja bei Bewusstsein gewesen, aber mit Sicherheit nicht mehr bei Verstand. Denn eins wusste

Bill ganz genau: Daniel Hadlock war nicht der Mann, der an Geister glaubte.

Gestern Abend hatte Bill noch im Olympic Medical Center in Port Angeles angerufen und man hatte ihm mitgeteilt, dass der Parkranger im Koma lag. Ein Blutgerinnsel, das aufgrund eines schweren Schlags entstanden war, drückte auf sein Gehirn.

Bill fuhr sich mit den Fingern durch die Haare. »Hilf mir!«, hatte Dan zu ihm gesagt.

Jetzt lag er im Koma. Bill musste etwas tun, aber was?

Wie kann ich dir helfen, mein Freund?

Für Bäume, die vom Blitz getroffen wurden, waren jene Geister verantwortlich, die das Wetter beeinflussten. Bill musste versuchen, sie gnädig zu stimmen, und er hatte da auch schon einen Plan.

Es war Donnerstag, sein Dienst ging bis siebzehn Uhr. Danach würde er nach Port Angeles fahren und Dan Hadlock im Krankenhaus besuchen.

Als wenig später Greg und Hanna im Polizeirevier auftauchten, überraschte ihn das nur wenig. Denn Greg Ahousat war ein Teil seines Plans, um Dan aus dem Koma zu holen.

»Gut, dass du da bist«, sagte Greg und stützte seine Hände auf Bills Schreibtisch. »Diesmal will Hanna Anzeige erstatten.« Er erzählte dem Sheriff, was am Strandhaus vorgefallen war. »Es sieht nach einem Unfall aus, Bill, aber ich glaube nicht, dass es einer war. Ich fände es besser, wenn du der Sache mal nachgehen würdest.«

Wortlos zog Bill ein vorgedrucktes Formular aus seinem Schreibtisch und füllte es aus. »Haben Sie irgendetwas Verdächtiges gehört, Miss Schill?«, wandte er sich an Hanna.

»Nein.« Hanna schüttelte den Kopf. »Nur dieses Klappern. Der Sturm hat so gewaltig getobt, dass die Balken der Hütte arbeiteten. Etwas anderes habe ich nicht gehört.«

Er wandte sich an Greg. »Hast du vielleicht ein anderes Fahrzeug gesehen, als du zum Strandhaus zurückgefahren bist?«

»Nein. Der Sturm flaute da ja gerade erst ab. Es war niemand draußen unterwegs.«

Bill nickte. Im Grunde deutete alles auf einen Unfall hin, denn das Brett am Strandhaus war nicht das Einzige, dass gestern durch die Gegend geflogen war. Aber in Anbetracht der Dinge, die sich im Vorfeld ereignet hatten, wollte Bill ganz sichergehen. »Ich werde gleich vorbeikommen und mir die Sache ansehen«, sagte er. »Ist in einer halben Stunde okay?«

Greg nickte. »Wir werden da sein.«

Bill warf einen Blick auf Hanna und räusperte sich. »Ist nicht gerade ein netter Empfang, den wir Ihnen bereiten, Miss Schill. Ich hoffe, es geht Ihnen gut?«

Sie rang sich ein Lächeln ab. »Es tut schon kaum noch weh.«

»Zedernbast, geklopft und angefeuchtet, wirkt Wunder bei Prellungen.«

Hanna wurde rot. »Schon passiert. Greg hat sich gestern Abend noch als Medizinmann betätigt.«

Bill konnte sich ein Grinsen nicht verkneifen, als Greg sich unter einem Vorwand verabschiedete und fast aus dem Büro flüchtete. So verlegen hatte er Greg Ahousat noch nie gesehen.

Auch Hanna wandte sich zum Gehen. »Was ist eigentlich mit Ihrem Wagen passiert?«, rief Bill ihr hinterher.

»Ich hatte einen kleinen Unfall und dabei ist der Auspuff kaputtgegangen. Jetzt ist alles wieder okay, wir können den Wagen gleich aus der Werkstatt holen.«

»Sie hatten einen Unfall?«, fragte Bill erschrocken.

Nahm dieser Albtraum denn gar keine Ende.

Hanna lächelte. »Keine Angst, Sheriff, den hatte ich allein mir selbst zuzuschreiben.«

Bill nickte und kratzte sich am Kopf, als er Hanna nachsah.

Eine halbe Stunde später stand er auf der kleinen Veranda des Strandhauses und besah sich die Stelle, wo sich das Brett gelöst hatte.

»Was denkst du?«, fragte Greg.

»Ich bin mir nicht sicher, aber es sieht so aus, als hätte da jemand nachgeholfen.«

»Und was jetzt?«

Bill sah Greg an. »Vertrau mir, okay? Und lass sie nicht mehr allein.«

Als Greg ins Haus zurückgehen wollte, hielt der Sheriff ihn am Arm zurück: »Ich habe noch eine Bitte, Greg.«

»Was kann ich für dich tun, Bill?«

»Ich brauche einen Pfahl, ungefähr so groß.« Mit seinen Händen beschrieb er einen Abstand von etwa vierzig Zentimetern.

»Wann brauchst du ihn?«

»Mach ihn, so schnell du kannst. Ich benötige ihn für jemanden, dem es sehr schlecht geht. Schnitze den Donnervogel.«

Greg nickte. Er stellte keine Fragen, darüber war Bill froh. »Ich werde mich beeilen«, sagte er. »Komm morgen Vormittag wieder, okay!«

Eingeschlossen im dunklen Raum seines Körpers dämmerte Dan Hadlock in tiefer Bewusstlosigkeit dahin. Er schwebte in grausamer Schwärze und wusste nicht, wo sie begann und wo sie endete. Irgendwo, sehr weit weg, erreichte ihn eine Ahnung seines Lebens, das er gehabt hatte, bevor diese Feuersäule vor ihm aufgetaucht war und im gleichen Augenblick alles mit einem lauten Schlag in totaler Finsternis versank.

Jemand rief ihn, es war eine Frau, und von irgendwoher kamen Kinderstimmen. Aber Hadlock verkroch sich noch tiefer in der Dunkelheit, damit sie ihn nicht erreichen konnten. Wo er sich befand, da war er sicher vor den Geistern der Wälder und des

Ozeans und sicher vor den Geistern der wilden Tiere, die sich mit denen der Menschen zu paaren versuchten. Das konnte einem schon mächtig Angst machen. Vor allem, wenn man so weiß war wie er. Aber hier, wo er sich befand, konnte ihm nichts geschehen. Im Labyrinth seiner Träume war er in Sicherheit.

Greg hatte sich geeignetes Holz und spezielles Werkzeug aus Neah Bay geholt und den Wohnraum des Strandhauses zur Schnitzwerkstatt gemacht. Seine Werkzeuge lagen ausgebreitet auf dem Tisch. Es waren verschiedene scharfe Messer mit gekrümmter Klinge, die in mühevoller Kleinarbeit aus Feilenstahl gehämmert und später gefeilt worden waren. Diese Messer hatte Greg vor vielen Jahren von seinem Vater geschenkt bekommen.

Hanna saß ihm gegenüber und las. Ab und zu hob sie den Kopf, um ihm bei seiner Arbeit zuzusehen.

Einem Stück Zedernholz von vierzig Zentimeter Länge und einem Durchmesser von etwa sieben Zentimeter hatte er die Grundform und eine grobe Einteilung gegeben. Das Schnitzen eines Miniaturpfahls erforderte Fingerspitzengefühl, dafür war die Gestaltung nicht so kompliziert wie bei einem großen Pfahl.

Greg zeichnete das Muster an. Ganz unten Zähne und Augen eines Bären. Darüber einen Otter, einen Wolf und zuletzt zeichnete er den großen Donnervogel. Greg kannte denjenigen nicht, für den der Pfahl bestimmt sein sollte, also wählte er jene Tiere, die am einfachsten und eindrucksvollsten zu gestalten waren. Abgesehen vom Donnervogel. Den hatte Bill sich gewünscht.

Donnervögel waren mächtige Raubvögel, die in den Gipfeln der Gebirge hausen, so sagte es die alte Legende. Der Donner entstand, wenn er seine mächtigen Schwingen bewegte, die Blitze kamen aus seinen Augen, die große Kristalle waren.

Der Donnervogel war ein Geisterwesen, das Wünsche wahr werden ließ.

Greg versuchte, konzentriert zu arbeiten, aber seine Gedanken wanderten immer wieder zu den merkwürdigen Unfällen, von denen Bill ihm erzählt hatte.

»Irgendetwas bedrückt dich doch«, sagte Hanna und riss ihn aus seinen Gedanken. »Hat es etwas mit mir zu tun? Mit Jim?«

»Mir gefällt nicht, was sich hier abspielt«, sagte er. »Ich mache mir wirklich Sorgen um deine Sicherheit.«

Sie schlug das Buch zu und lächelte. »Ich fühle mich sicher, wenn du in meiner Nähe bist.«

»Ich kann aber nicht immer in deiner Nähe sein«, erwiderte er besorgt.

Hanna seufzte, als ob sie das bedauern würde. »Hast du einen Verdacht, Greg? Könnte dein Vater etwas damit zu tun haben?«

»Mein Vater? Nein.« Greg schüttelte den Kopf. »Auf solche Mittel würde er nie zurückgreifen, ich kenne ihn.« Sein Tonfall klang überzeugt, doch in Wahrheit war er sich da nicht mehr so sicher.

»Du hast angedeutet, dass er eine unglückliche Kindheit hatte.«

Greg nickte und begann wieder zu arbeiten. »Mein Vater verlor seine Eltern, als er acht Jahre alt war«, sagte er. »Eine Seelöwin tötete meinen Großvater, als sie ihr Junges verteidigte. Daraufhin nahm sich meine Großmutter das Leben. Sie sprang von den Klippen ins Meer.«

Greg hielt das Holzstück auf Augenhöhe und überprüfte, ob es gerade war. Dann nahm er eines der Messer zur Hand und schnitzte die erste Vertiefung. »Leute vom Jugendamt holten meinen Vater ab. Er kam in ein Heim, irgendwo in Seattle und von dort aus zu verschiedenen weißen Pflegefamilien. Insgesamt waren es neun. Er riss immer wieder aus, wurde aufgelesen und zurückgebracht.« Er sah von seiner Schnitzerei hoch. »Als er endlich mündig war und tun und lassen konnte, was er wollte, war er ein unglücklicher, hasserfüllter junger Mann. Er ersäufte seinen Zorn auf die Weißen im Alkohol und bei einer Prügelei mit zwei jungen Burschen schlug er den einen krankenhausreif. Dad kam ins Gefängnis, dort hatte er dann genug Zeit, um über sich und sein Leben nachzudenken. Er wusste, dass er auf dem falschen Weg war, aber wohin der richtige Weg führte, davon hatte er keine Ahnung. Ein paar Tage vor seiner Entlassung aus dem Gefängnis hatte er einen Traum, den er mir vor vielen Jahren einmal erzählt hat.«

Nachdenklich ließ er den Pfahl auf seinen Schoß sinken, wandte den Kopf und sah aus dem Fenster. »Oder besser gesagt: Er hat ihn Jim erzählt und ich war zufällig dabei. In diesem Traum saß mein Vater auf einem beschnitzen Pfahl, der auf dem Meer trieb. Er hatte große Angst, von den Wellen verschluckt und in die Tiefe gezogen zu werden. Aber das passierte nicht. Der Pfahl war wie ein Kanu, das ihn sicher ans Ufer trug.«

»Also hat er angefangen zu schnitzen.«

»Ja«, Greg nickte. »Nach seiner Entlassung kehrte mein Vater nach Neah Bay zurück. Hier war er geboren, hier hatten seine Eltern gelebt und nur hier genoss er die Rechte und Privilegien seiner Familie. Zu dieser Zeit gab es niemanden im Ort, der die Kunst des Pfahlschnitzens meisterlich beherrschte. Aber in der ehemaligen Werkstatt meines Großvaters lagerten noch seine selbst gemachten Werkzeuge. Mein Vater packte alles zusammen und ging auf die Suche nach einem Meisterschnitzer, der ihn in die Lehre nehmen würde.«

»Das klingt nach einem starken Willen«, bemerkte Hanna.

»Oh ja, den hatte mein Vater. Er war ein Mann ohne Können, aber er hatte eine Vision und er hat sie umgesetzt.«

»Er weiß, wie es ist, heimatlos zu sein«, sagte Hanna und stützte sich mit beiden Armen auf die Tischplatte. »Und er wollte nicht, dass Jim dasselbe widerfährt. Deshalb hasst er mich so.«

»Vielleicht hast du recht«, sagte Greg. »Auf irgendeine Weise trägt jeder seine Vergangenheit mit sich herum. Aber wir sollten sie nicht unser Leben bestimmen lassen oder die Verletzungen, die wir davongetragen haben, an andere weitergeben.«

Er schwieg einen Moment und dachte an früher. Schon als Kind hatte er mitbekommen, wie sehr seine Mutter unter der Lieblosigkeit seines Vaters gelitten hatte, und auch später war der mürrische Mann für ihn ein Fremder geblieben. Doch in letzter Zeit verstand er ihn überhaupt nicht mehr. Matthew Ahousat war ein fanatischer Traditionalist geworden, ein harter Mann, ohne einen Funken Toleranz gegenüber anderen.

»Manchmal glaube ich, Vater hat überhaupt nur geheiratet, um einen Sohn zu zeugen, der sein Können und seine Privilegien erben würde. Meine Mutter litt unter seinem herrischen Wesen und ich vermute, es war der Verlust ihrer Fröhlichkeit, der sie krank werden ließ und letztendlich tötete.«

Greg begann wieder zu schnitzen. Duftende Zedernspäne flogen auf den Boden und die verschiedenen Tierfiguren nahmen langsam Gestalt an.

»Dein Vater hat nie wieder geheiratet?«

Greg schüttelte den Kopf.

»Dann warst du viel mit ihm allein?«

»Ja, aber nur ein Jahr lang. Es war allerdings ein schlimmes Jahr für mich.«

»Und dann kam Jim zu euch«, bohrte Hanna weiter.

»Ja. Jim kam zu uns – der Junge aus dem Meer, wie alle ihn nannten. Mein Vater behandelte ihn, als wäre er sein eigener

Sohn. Und ich war froh, mit dem mürrischen Mann nicht mehr allein sein zu müssen.« Greg ließ das Messer sinken, denn seine Hand begann zu zittern, als er an Tage mit Jim zurückdachte, die voller Lachen gewesen waren.

Das alles war so schrecklich lange her.

»Jim war der einzige Mensch, mit dem ich darüber reden konnte, wie sehr mir meine Mutter fehlte. Ich weiß, dass er versuchte, meinen Verlust auszugleichen, jedenfalls, als ich noch jünger war. Er hörte mir zu. Ich konnte zu ihm kommen, wann immer ich mich einsam fühlte oder Angst hatte.«

»Er fehlt dir genauso wie mir, nicht wahr?«, fragte Hanna.

Greg spürte plötzlich eine Taubheit in seinem Herzen, die ihm Angst machte. Er nickte nur und redete weiter. »Vater lehrte uns beide das Schnitzen, aber Jim war weitaus ehrgeiziger als ich. In unserer Kultur muss ein junger Mann durch einen Traum erfahren, welche Arbeit ihm zugedacht ist und wie er sie meistern kann. Jim hatte mit vierzehn die Vision, dass aus ihm ein guter Holzschnitzer werden würde.«

»Und was ist mit dir, Greg? Was hast du geträumt?«

»Ich hatte nie einen Traum vom Schnitzen oder von einem Pfahl. Ich bin ein Holzschnitzer ohne Vision, Hanna«, sagte Greg und schüttelte den Kopf. »Das ist ungefähr dasselbe wie ein Fischer ohne Boot.«

»Aber warum tust du es dann?«

»Weil ich es kann. Und weil ich es muss. Mein Vater ist ein alter Mann, Jim ist verschwunden. Wenn ich mich weigere, wird es bald keinen Holzschnitzer mehr in Neah Bay geben.«

»Ich verstehe«, sagte sie. »Deshalb warst du wütend auf mich – und auf Jim.«

»Ja«, gab er zu. »Aber ich liebe ihn mehr, als dass ich wütend auf ihn bin. Und das wird immer so sein.«

Hanna betrachtete Gregs Hände, die auf der Innenseite heller als auf dem Handrücken waren. Sie versuchte, sich an Jims Hände zu erinnern, an seine Gesten, als könne so das Unsichtbare sichtbar werden. Aber es gelang ihr nicht. Jims Bild blieb immer dasselbe und mehr und mehr nahm es Schattenfarben an. Greg dagegen saß hier, bei ihr. Er war aus Fleisch und Blut und er redete mit ihr.

Hanna kam gegen ihre Gefühle für ihn nicht an. Sie spürte das Zurückströmen einer Hoffnung und wollte sich nicht mehr dagegen wehren.

»Wo kamst du eigentlich so plötzlich her, als ich am Cape Flattery um Hilfe schrie?«, fragte sie leise. »Ich dachte, so früh am Morgen wäre ich ganz allein.«

»Das bist du hier nie«, erwiderte Greg lächelnd und legte beide Arme auf die Tischplatte. »Unsere Geister sind überall.«

Da erinnerte sich Hanna wieder an diese konturenlose Gegenwart, die sie an diesem Morgen am Kap gespürt hatte. »Aber du bist kein Geist, oder?«

Jetzt lachte Greg. »Ich war mit dem Boot in der Grotte. Deshalb hast du mich nicht gesehen.«

»Das mag stimmen«, sagte Hanna nachdenklich. »Aber da war noch jemand am Kap. Ich dachte, meine Müdigkeit hätte mir einen Streich gespielt, aber inzwischen bin ich mir sicher, dass da noch jemand war.

»Und dieser *Jemand* hat dir nicht geholfen?«

Hanna schüttelte betreten den Kopf. Sie wusste selbst, wie merkwürdig sich das anhörte. »Greg, kennst du eine Flora?«

Greg legte sein Werkzeug aus der Hand. »Flora Echahis. Wer hat dir von ihr erzählt?«

»Grace. Sie sagt, sie ist verrückt und wohnt in einem Baum. Sie sagt, Flora ist Tsonoqa, die Wilde Frau, und ich soll mich vor ihr in Acht nehmen.«

Greg schien ehrlich verwundert zu sein über Grace Allabushs Behauptung, Annies Tante wäre ein Geist. Aber Hanna sah auch Besorgnis in seinen Augen.

»Was ist denn los?«, fragte sie. »Hast du sie gesehen?«

»Nein, habe ich nicht. Aber in letzter Zeit will immer mal wieder jemand Tsonoqa in den Wäldern oder sogar in der Nähe des Ortes gesehen haben. Bekleidet nur mit einem Bastrock«, fügte er lächelnd hinzu.

»Du glaubst das nicht, oder?«

Er hob die Schultern. »Um ehrlich zu sein: Ich weiß nicht mehr, was ich glauben soll und was nicht. Es passieren merkwürdige Dinge im Reservat und vielleicht solltest du dem Sheriff von Grace Allabushs Warnung erzählen, wenn er morgen kommt, um den Pfahl abzuholen.«

Ja, vielleicht sollte ich das tun, dachte Hanna. Sie betrachtete Greg, der völlig in seine Arbeit vertieft war, und wünschte sich, er würde sie in den Arm nehmen und ihr sagen, dass alles gut wurde. Doch tief in ihrem Inneren wusste sie, dass er das nicht konnte, weil er selbst nicht daran glaubte.

»Ich habe ihn gesehen, Granny, damals, im Winter vor vier Jahren«, sagte Grace leise.

»Du hast geträumt«, erwiderte Gertrude Allabush. »Ich habe dir damals schon gesagt, dass du geträumt hast. Da war niemand.«

»Aber ich habe Jim Kachook gesehen. Wie ein Geist stand er vor meinem Fenster in der Nacht.«

»Du warst zehn Jahre alt«, erinnerte Gertrude ihre Urenkelin.

»Elf«, berichtigte Grace die alte Frau. »Und ich war wütend, weil du mir nicht geglaubt hast.«

Gertrude sah ihre Enkelin nachdenklich an. »Wenn Jim in dieser Nacht tatsächlich hier war, dann ist etwas Furchtbares passiert.«

Das Mädchen legte ihrer Urgroßmutter eine Hand auf den Arm. »Vielleicht hat Jim es sich anders überlegt und ist dorthin zurückgegangen, wo er herkam. Zurück zu seiner Familie.«

»*Wir* waren seine Familie«, entgegnete die Alte.

»Aber er ist nicht hereingekommen in dieser Nacht. Er hat nicht geklopft, nur draußen gestanden und hereingestarrt. Warum hat er das getan, Granny?«

»Vielleicht war es sein Geist, den du da draußen stehen sehen hast. Vielleicht hat er uns etwas sagen wollen. Das wäre schlimm, Grace.« Gertrude schüttelte bestürzt den Kopf.

Ich muss mit Hanna sprechen, dachte Grace. Gleich morgen muss ich ihr alles erzählen.

16. Kapitel

Nur bekleidet mit einem Bastrock trat sie hinter einem Baum hervor und starrte ihn aus leeren Augen an. *Tsonoqa,* schoss es ihm durch den Kopf. Greg schreckte zusammen und fuhr aus dem Schlaf. Er saß im Bett und rieb sich die Augen. Von draußen zog der Duft von Kaffee und gebratenem Speck in die Schlafkammer. Greg hörte Hanna hantieren und sah auf die Uhr neben ihrem Bett. Es war schon nach neun, Bill konnte jeden Moment kommen.

Er quälte sich unter der Decke hervor und zog sich an. Die Jeans hatte dunkle Flecken und sein T-Shirt roch verschwitzt – er musste heute unbedingt ein paar frische Sachen holen.

Hanna stand am Herd und drehte den Speck in der Pfanne. Als sie die Tür klappen hörte, wandte sie sich um und sah ihn an. »Guten Morgen«, sagte sie lächelnd. Ihr Haar war noch feucht, sie hatte geduscht. Sie trug eine ausgewaschene Jeans und ein eng anliegendes flaschengrünes T-Shirt, das ihre hübschen Brüste betonte.

Sie sah ausgeruht aus und . . . zum Anbeißen.

»Guten Morgen«, sagte Greg und unterdrückte ein Stöhnen. Einzig die Tatsache, dass der Miniaturpfahl noch nicht ganz fertig war und Bill Lighthouse jederzeit kommen konnte, hielt ihn davon ab, Hanna zurück in die Schlafkammer zu lotsen, um ihr zu beweisen, dass er kein Geist war, sondern ein Mann aus Fleisch und Blut.

Eine halbe Stunde später hatte er Toast und Schinken im Magen und eine zweite Tasse Kaffee vor sich auf dem Tisch. Mit feinem Schmirgelpapier polierte er die Figuren des Miniaturpfahles.

»Du bist fast fertig«, sagte Hanna, sie hatte den Kopf auf ihre Hände gestützt. »Braucht der Sheriff ihn so dringend, dass du die halbe Nacht arbeiten musstest?«

Greg nickte. »Er hat mir nicht gesagt, für wen dieser Pfahl ist, aber ich hatte das Gefühl, demjenigen geht es sehr schlecht.«

Sie hörten beide das Klappen einer Autotür und Hanna setzte sich gerade auf. Wenig später klopfte es an der Tür.

»Ich bin es, Bill. Jemand da?«

Greg rief: »Komm rein, die Tür ist offen.«

Der Sheriff begrüßte sie beide, und als er den fast fertigen Pfahl entdeckte, huschte ein frohes Leuchten über sein Gesicht.

»Du hast die ganze Nacht gearbeitet«, sagte er. In seinem Gesicht las Greg Anerkennung und Verlegenheit.

»Wenn du noch einen Moment Zeit hast, ich bin gleich fertig.«

»Danke, Greg.« Seufzend ließ der Sheriff sich auf einem Küchenstuhl nieder und strich sich das Haar aus der Stirn.

Hanna holte einen Becher aus dem Schrank und schenkte ihm einen Kaffee ein. Dann begann sie, das Geschirr abzuspülen.

Bill sah zu, wie Greg den Pfahl glättete. »Er ist für meinen Freund Dan, den Ranger aus Ozette«, sagte er schließlich. »Während des Sturms ist ein Baum auf seinen Wagen gestürzt. Ich fand Dan, kurz nachdem es passiert ist. Er liegt seitdem in Port Angeles auf der Intensivstation im Koma. Sein Kopf hat ziemlich was abgekriegt.«

»Das tut mir leid«, sagte Greg, »ich kenne Dan Hadlock und hoffe, der Pfahl wird ihm helfen. Warum hast du mir nicht gleich gesagt, für wen er ist? Dann wären meine Gedanken beim Schnitzen bei ihm gewesen.«

»Na ja, ich dachte . . .« Bill warf einen kurzen Seitenblick auf Hanna und druckste herum.

»Du dachtest, ich hätte Probleme damit, dass Dan weiß ist?«, unterbrach ihn Greg. »Wie dumm von dir, Bill.«

Als der Sheriff ein Bündel Dollarscheine aus seiner Brusttasche zog, schüttelte Greg den Kopf.

»Was soll das, Greg?«, protestierte Bill. »Du hast dir meinetwegen die Nacht um die Ohren geschlagen.«

Hanna ging nach draußen und Greg sah das Lächeln auf ihrem Gesicht. Er wusste, dass sie hinausging, damit er und Bill das in Ruhe ausdiskutieren konnten.

»Du willst deinem Freund doch helfen, Bill«, sagte er. »Wenn Dollarscheine im Spiel sind, dann verliert der Pfahl seine Wirkung.«

Der Sheriff brummelte etwas, machte aber keine weiteren Anstalten, Greg zu bezahlen. Er blickte zur offenen Tür und beugte sich vor. »Wirst du nun heute zum Potlatch kommen?«, fragte er leise.

»Ja, werde ich.« Greg öffnete eine Dose mit Robbenöl, nahm einen Lappen zur Hand und begann, den Pfahl einzuölen.

»Aber du sollst Hanna nicht allein lassen.«

»Tue ich auch nicht. Sie kommt mit.«

»Das kannst du nicht machen.«

Greg amüsierte sich über Bills entsetztes Gesicht. »Kann ich. Ich habe Annie bereits gefragt.«

»Dann weiß sie, dass du sie verschmähst«, sagte der Sheriff.

»Es ist ein hässliches Wort, das du da benutzt«, bemerkte Greg. »Warum sollte ich eine Frau heiraten, die ich nicht liebe?«

Bill seufzte geknickt. »Dann werde ich Tomita nie bekommen.«

Greg lächelte. »Na komm, deine Chancen stehen bestimmt nicht schlecht. Wenigstens ist Tomitas Herz keine Eisbox.«

»Glaubst du, sie würde sich mit mir verabreden?«

»Das wirst du nie rausfinden, wenn du es nicht probierst.« Er reichte dem Sheriff den fertigen Pfahl und wischte sich die Hände am Lappen ab.

»Danke, Greg. Ich bin dir was schuldig.«

»Okay.« Ein Gefallen war ein fairer Preis für den Pfahl.

»Bill, da wäre noch etwas.«

Der Sheriff, der schon aufgestanden war, setzte sich wieder. »Was gibt es denn?«

»Die kleine Allabush hat Hanna vor Flora gewarnt. Sie sagt, sie wäre Tsonoqa. Muss ich mir Sorgen machen?«

Bills Mund klappte entgeistert auf. Erst schien er lachen zu wollen, aber als er in Gregs fragendes Gesicht blickte, wurde er sofort wieder ernst. Stattdessen starrte er in seinen leeren Kaffeebecher. Der Sheriff sah auf einmal aus, als ob er sich unbehaglich fühlte.

»Bill?« Greg musterte ihn mit gerunzelter Stirn.

Lighthouse druckste herum. »Na ja, es gibt da ein paar Gerüchte, dass Flora mehrmals im Wald gesehen wurde, oder am Strand. Die Leute sagen, sie hätte . . .« Er schüttelte den Kopf.

». . . nur einen Bastrock getragen?«

Bill räusperte sich. »Ja.«

»Was sagen die Leute noch?«

»Dass Flora verrückt ist und . . .« Der Sheriff lief auf einmal dunkelrot an.

»Und?«

»Manche behaupten, dein Vater hätte was mit ihr.«

Greg schluckte hart. Was er hörte, kam völlig überraschend für ihn. Seit dem Tod seiner Mutter hatte sein Vater keine Frau mehr mit nach Hause gebracht. Greg hatte nicht angenommen, dass sein Vater völlig abstinent lebte, aber Flora . . . sie war die Schwester von Annies Mutter. Wenn sein Vater etwas mit ihr hatte, dann . . . Er holte tief Luft.

Bills Hände umklammerten den Pfahl, als wolle er sich daran

festhalten. »Wahrscheinlich ist nichts dran an dem Gerücht«, sagte er. »Du weißt doch, wie die Leute sind.«

»Ja, klar«, erwiderte Greg. Aber seine Gedanken jagten auf einmal wild durcheinander.

Der Sheriff erhob sich. »Na, dann bis heute Abend«, sagte er. »Und danke noch einmal.«

»Ja, bis heute Abend«, murmelte Greg.

Dan Hadlock spürte, wie er unweigerlich ans Licht getrieben wurde. Immer höher hinauf, dorthin, wo es hell und warm war. Aber da oben lauerten sie, die Schmerzen. *Und die Geister.* Schon konnte er ihre grellen Gesichter sehen, bewegliche Masken aus Holz und Menschenhaar. Glühende Augen. Gestalten, die ungestüme Tänze vollführten. Eine halb nackte Frau mit wirrem dunklem Haar näherte sich ihm. Ihr Gesicht war von einer vogelartigen Halbmaske verdeckt.

Die wilde Frau würde ihn verschlingen. Er hatte sie gesehen, bevor der Baum auf seinen Wagen gekracht war. Sie war aus dem Stamm hervorgekommen, hatte auf dem Feuer des Blitzes getanzt.

Dan Hadlock wehrte sich dagegen aufzutauchen. Er wollte dort bleiben, wo er beschützt wurde, wo es keine Geister gab. Wo er nicht von einer Frau bedrängt wurde, die halb Mensch, halb Tier war. Der Ranger rettete sich zurück in die Bewusstlosigkeit. Hier, im Dunkel des Nichts, war er sicher. Er würde darum kämpfen, für immer hierbleiben zu können.

Kurz nachdem Bill Lighthouse sich verabschiedet hatte, brach auch Greg auf. Er wollte nach Hause fahren, um ein paar Sachen zu holen und seine Mails zu checken. Gehorsam schob Hanna den Riegel vor, nachdem er das Strandhaus verlassen hatte. Greg hatte ihr von seinem Gespräch mit dem Sheriff erzählt und eingeräumt, dass Flora tatsächlich verrückt zu sein schien und verkleidet als Tsonoqa die Leute erschreckte.

Hanna kam es so vor, als ob das nicht alles gewesen war, worüber er mit dem Sheriff gesprochen hatte, aber er war so schnell verschwunden gewesen, dass sie nicht dazu gekommen war, diesem Gefühl auf den Grund zu gehen.

Sie saß im Sessel und las, als sie plötzlich Schritte auf der Veranda hörte. Erschrocken horchte sie auf und legte das Buch zur Seite. Greg war erst vor wenigen Minuten gefahren und sie hatte auch kein anderes Auto gehört. Mit drei Schritten war sie hinter der Tür.

Wer schlich da auf der Veranda herum? War das Flora, die Verrückte? Und wenn ja, was wollte sie dann hier? Verhindern, dass Hanna mit zu diesem Potlatch kam? Trachtete ihr Annies Tante vielleicht nach dem Leben, weil sie die Verbindung ihrer Nichte mit Greg Ahousat in Gefahr sah?

Hannas Herz klopfte bis zum Hals, während sie lauschte und zusah, wie sich die Sonnensplitter, die durch das Fenster fielen, auf dem Holzboden verdunkelten. Jemand spähte in den Raum und sie hielt den Atem an. Gleich darauf funkelte das Sonnenlicht wieder am Boden.

Plötzlich klopfte es und Hanna stieß einen leisen Schrei aus.

»Hanna, sind Sie da?«

Grace.

War das Mädchen gekommen, weil es ihr etwas beichten wollte? Konnte sie Grace trauen?

»Hanna, ich muss mit Ihnen reden«, rief es von draußen. »Das hätte ich schon längst tun müssen. Ich weiß, dass Jim nach Neah Bay zurückgekommen ist. Ich habe ihn gesehen.«

Hanna erwachte aus ihrer Erstarrung. Sie schob den Riegel zurück und zog Grace in die Hütte. Das Mädchen war ganz rot im Gesicht, als ob es gerannt wäre.

»Setz dich«, sagte Hanna. Sie ging zum Schrank, um ein Glas zu holen. Über das Spülbecken gebeugt stand sie da, brauchte einen Moment, um ihren Herzschlag wieder unter Kontrolle zu bekommen. Dann ließ sie Wasser ins Glas laufen und brachte es Grace.

Die junge Indianerin trank gierig. »Danke.«

»Wann war das, Grace? *Wann* hast du Jim gesehen?«, fragte Hanna und verschränkte die Arme vor der Brust.

»Vor viereinhalb Jahren. Es war im Winter.«

Mit wackligen Knien ließ Hanna sich auf einen Stuhl sinken. Die Erleichterung, die sich bei dieser Offenbarung einstellen sollte, blieb aus. Sie war immer davon überzeugt gewesen, dass Jim nach Neah Bay zurückgekehrt war. Nun hatte sie Gewissheit. Sie war von Anfang an hinters Licht geführt worden. Doch warum hatte man ihr die Wahrheit verschwiegen? *Warum?*

»Es war Nacht und Jim stand draußen vor meinem Fenster«, fuhr Grace fort. »Ich habe Granny geweckt, aber als sie mit mir in mein Zimmer kam und aus dem Fenster schaute, war Jim verschwunden. Granny schickte mich zurück ins Bett und behauptete, ich hätte ein Gespenst gesehen.« Grace sah Hanna flehentlich an. »Ich weiß, dass er da war.«

»Warum hast du mir das nicht schon früher erzählt?«, fragte Hanna.

»Keine Ahnung«, sagte Grace. »Vermutlich, weil ich meiner Granny damals geglaubt habe. All die Jahre hielt ich Jims Auftauchen tatsächlich für einen bösen Traum. Aber nun habe ich gestern Abend mit Granny darüber gesprochen und sie sagte, vielleicht war es kein Gespenst, was ich gesehen hätte, sondern ein Geist. *Jims Geist.*« Grace verstummte und wirkte auf einmal ganz erschöpft.

Hanna verstand überhaupt nichts mehr. Erst erzählte ihr

Grace, sie hätte Jim gesehen, und nun behauptete sie, es wäre ein Geist gewesen.

»Was denkst du, Grace? Soll ich aufhören, nach Jim zu suchen?«

Das Mädchen schüttelte heftig den Kopf. »Nein, Sie dürfen jetzt nicht aufgeben. Nicht nur Sie wollen wissen, was aus Jim geworden ist.« Sie schaute sich im Raum um. »Wo ist Greg?«

»Nach Hause gefahren, ein paar Sachen holen.«

»Lieben Sie ihn?« Grace Allabushs dunkle Augen musterten sie eindringlich.

Hanna fragte sich, ob sie mit einem fünfzehnjährigen Mädchen, von dem sie nichts wusste, über ihre Gefühle reden sollte, doch letztendlich hatte sie nichts zu verlieren.

Ihre eigene Stimme kam ihr fremd vor, als sie sagte: »Ja, ich habe mich in Greg Ahousat verliebt. Aber keine Angst, ich werde nicht denselben Fehler zweimal machen. Greg gehört nach Neah Bay.«

Grace spielte mit dem Wasserglas. »Sie können ja hierbleiben, bei ihm.«

Überrascht musterte Hanna das Mädchen. Grace Allabush glaubte also an die Liebe jenseits alter Tabus und moderner Voreingenommenheit. »Ist das dein Ernst?«, fragte sie.

Grace zuckte mit den Achseln. »Ja, na klar.«

Hanna entspannte sich ein wenig. »Ich bin froh, dass du so denkst, Grace«, sagte sie, »aber du hast Greg dabei vergessen. Er muss es auch wollen.«

Das Mädchen schien ehrlich enttäuscht zu sein. »Greg will nicht, dass Sie bei ihm bleiben?«

»Wir haben nichts miteinander.«

Die Verwunderung stand Grace ins Gesicht geschrieben. »Wirklich nicht? Kein Kuss, gar nichts?«

Gar nichts stimmt nicht. Hanna erinnerte sich daran, wie er sie aus dem Wasser gefischt hatte, es schien eine Ewigkeit her zu sein. Sie hatte sich in Greg verliebt, das war ihr längst klar geworden, und sie war bereit für eine neue Liebe. Doch sie wusste nicht, ob er genauso fühlte. Sie dachte an Gregs Blicke am Morgen, in denen Begehren gelegen hatte, und an seine merkwürdige Zurückhaltung seit diesem einen, heftigen Kuss.

»Ein einziger Kuss«, sagte Hanna, mehr zu sich selbst, »aber ich weiß nicht, was er bedeutet hat.«

Grace rutschte auf ihrem Stuhl hin und her. »Denken Sie, ein Mann und eine Frau können ein Leben lang zusammenbleiben?«

Die Frage verblüffte Hanna. Nachdenklich sah sie Grace an, sie hatte keine Ahnung, worauf das Mädchen hinauswollte. »Es ist niemals leicht«, antwortete sie, »aber es gibt Männer und Frauen, die schaffen es.«

»In meiner Familie hat es bisher niemand geschafft«, bemerkte Grace und machte ein mürrisches Gesicht. »Die Frauen sind immer allein gewesen.«

Hanna war die unterschwellige Frage in der Stimme des Mädchens nicht entgangen. »Vielleicht sind sie sehr stark. Zu stark, um einem Mann Raum an ihrer Seite zu lassen.«

Grace sah Hanna offen ins Gesicht. »Wenn ich stark bin, wird es mir dann genauso ergehen?«

Hanna schüttelte den Kopf. »Das muss es nicht, Grace. Du kannst mit dieser Tradition brechen, das liegt ganz allein an dir und daran, was du dir vom Leben wünschst.« Hanna zog ein Bein an ihren Körper und schlang die Arme darum.

Grace sagte nichts.

Irgendetwas bedrückte das Mädchen, das spürte Hanna instinktiv. »Wie heißt er denn?«

»Joey. Joey Hunter.«

»Der Neffe vom Polizeichef?« Hanna erinnerte sich daran, dass Grace ihn erwähnt hatte.

Grace nickte.

»Und deine Granny, die mag ihn nicht?«

Grace presste die Lippen zusammen.

»Du kannst nicht mit mir darüber reden, das ist okay«, sagte Hanna, weil sie das Mädchen nicht weiter bedrängen wollte. »Dein Joey ist bestimmt ein prima Bursche und das Wichtigste ist, dass du ihn liebst. Was auch immer deine Urgroßmutter gegen ihn einzuwenden hat – du bist nicht wie sie. Du weißt viel mehr, weil du auch nach vorn siehst, während sie immer nur zurückblickt.«

Grace hob den Kopf. »Granny ist alt. Wenn sie nach vorn blickt, sieht sie den Tod, deswegen schaut sie lieber zurück. Manchmal wird sie wunderlich und erinnert sich an Dinge, die gar nicht passiert sind. Sie behauptet, meine Mutter wäre tot, dabei ist sie mit einem Weißen fortgegangen.«

Hanna dachte daran, wie hart Gertrude ihr gegenüber gewesen war. Wie sehr musste es die alte Frau getroffen haben, dass ihre eigene Enkeltochter mit einem weißen Mann fortgegangen war.

»Und du willst nicht weg?«

»Nein, ich bin zufrieden mit dem, was ich habe.« Grace erhob sich mit einem Ruck. »Ich muss jetzt gehen«, sagte sie. »Heute Abend ist das Potlatch und ich muss noch Beerenküchlein backen.«

Auch Hanna stand auf. »Wie bist du hergekommen?«

»Ich bin gelaufen.«

»Warte einen Augenblick«, sagte Hanna, »ich fahre dich zurück.«

»Das müssen Sie nicht.«

»Ich weiß. Aber ich möchte es gerne. Ich bin froh, dass du gekommen bist.« Hanna holte ihren Autoschlüssel und fuhr Grace Allabush nach Neah Bay zurück, direkt vor das Haus ihrer Urgroßmutter. Und auf der Rückfahrt konnte sie sich des Gefühls nicht erwehren, in Neah Bay eine Freundin gefunden zu haben. Auch wenn das Mädchen erst fünfzehn war: Grace Allabush hatte eine alte Seele.

Als Greg wenig später ins Strandhaus zurückkehrte, erzählte Hanna ihm von Grace' Besuch und dem, was sie von Jim erzählt hatte. Er schien nicht sehr überrascht zu sein.

»Ich glaube auch, dass Jim noch mal hier war, in Neah Bay«, sagte er.

Hanna starrte ihn entgeistert an. »Und das sagst du mir jetzt? Dann muss ihn doch irgendjemand gesehen haben.«

»Grace hat ihn gesehen«, erwiderte Greg schlicht. »Reicht das nicht?«

17. Kapitel

Als glühender Feuerball versank die Sonne im Pazifik. Es schien, als hätte sie den Horizont in Flammen gesetzt. Die Gäste des Potlatchs unterbrachen ihre Gespräche, ihre Spiele und das Essen für einen Augenblick, um dem Schauspiel Respekt zu zollen.

Die Makah dankten dem Schöpfer für den Reichtum des Meeres. Sie selbst nannten sich Kwih-dich-chuh-ahtx, Leute, die bei den Felsen und Seemöwen leben. Nachbarstämme hatten ihnen den Namen Makah gegeben, was so viel bedeutete wie *Die großzügig Nahrung vergeben* – und dieser Name war ihnen erhalten geblieben.

Fünf Feuer brannten am versteckten Strand von Neah Bay, der sich, links vom alten Hafen, noch ein Stück hinter dem schmalen Landweg zur Insel Waadah erstreckte. Um die Feuer hatten sich Menschen versammelt, die Geschichten erzählten, spielten und miteinander lachten. Rund hundert Menschen bevölkerten an diesem Abend den Strand.

Einige von ihnen waren Gäste aus La Push, Tahola oder anderen Nachbarreservaten. Shobid Waata war ein angesehener und wohlhabender Mann. Er konnte es sich leisten, so viele Menschen zu verköstigen und zu beschenken, um den Geburtstag seiner ältesten Tochter würdig zu begehen, an dem sie unter Zeugen die Privilegien ihrer Familie übertragen bekommen sollte.

Dennoch würde Annies Vater nicht bekommen, was er von diesem Abend erhofft hatte. Greg Ahousat, der Holzschnitzer, war zwar da, aber er war mit einer weißen Frau an seiner Seite erschienen. Das war eine Beleidigung. Doch Shobid Waata musste Herr der Situation bleiben. Er hoffte, dass seine Tochter Annie nicht so tief gekränkt war, dass sie von ihm Rache für diese Schmach verlangte, denn dafür war er zu alt. Er wollte nur seine Töchter in guten Händen wissen und Freude an den Enkelkindern haben. Annie sollte es nicht so gehen wie Flora, der Schwester seiner Frau, die nie geheiratet hatte. Flora war einmal schön gewesen. Es gab Fotos aus ihrer Jugendzeit, auf denen sie Annie auf verblüffende Weise ähnelte. Aber jetzt ging Flora auf die fünfzig zu und wurde immer wunderlicher. Dieses Schicksal wollte der Alte seiner Tochter ersparen. Deshalb das Fest. Shobid Waata betrachtete Annie in ihrer Festkleidung und fand sie wunderschön. Es war dem Alten ein Rätsel, warum der junge Holzschnitzer sie nicht haben wollte.

Hanna folgte Greg über den bevölkerten Strand. Sie registrierte die befremdeten Blicke der Anwesenden und fragte sich, ob es richtig gewesen war, mit ihm hierherzukommen. Doch der Gedanke, allein im Strandhaus zu sitzen und auf Geräusche zu lauschen, behagte ihr noch weniger. Außerdem konnte sie sich der Faszination, die das Fest schon jetzt auf sie ausübte, nicht erwehren.

Sie entdeckte Grace an einem Feuer, an dem gespielt wurde, und ging zu ihr hinüber, um sie zu begrüßen.

»Was spielen sie da?«, fragte Hanna das Mädchen, nachdem sie den Männern und Frauen eine Weile dabei zugesehen hatte, wie sie geschickt mit zwei Stöcken hantierten. Der Effekt war johlendes Geschrei, kleine Trommelwirbel und Gelächter unter den Beobachtern.

»Es nennt sich Slahal, Knochenspiel. Die beiden Stäbe, die Sie sehen, sind Knochen. Einer davon hat eine Markierung. Vor den Augen der gegnerischen Mannschaft werden sie so geschickt ausgetauscht, dass niemand mehr weiß, in welcher Hand der markierte Knochen ist. Wenn sie es erraten, gewinnen sie.«

Hanna nickte. Sie sah sich um. »Hast du deinen Freund nicht mitgebracht?«, fragte sie.

Grace schüttelte den Kopf. Ein Schatten huschte über ihr Gesicht. »Er ist nicht eingeladen.«

»Oh, verstehe.«

»Ich muss jetzt zurück zu Granny«, sagte das Mädchen. »Einen schönen Abend noch euch beiden.«

Die Makah spielten Slahal mit Begeisterung, so lange das sterbende Licht des Tages es ihnen erlaubte. Die Zuschauer begleiteten das Spiel mit Liedern in der alten Sprache. Erstaunt registrierte Hanna, wie viele der Anwesenden, auch viele der Jüngeren, die alte Sprache zu beherrschen schienen. Greg erklärte ihr, dass sie seit einigen Jahren wieder Teil des Schulunterrichts war.

Zu zweit schlenderten sie an verschiedenen Grüppchen vorbei und Hanna fragte sich, was in Greg vorging, wenn die fragenden Blicke der Menschen zwischen ihm und ihr hin- und hergingen.

Sie sah Annie umringt von Menschen, die vermutlich ihre Familie waren, und merkte, dass Greg es vermied, zu sehr in ihre Nähe zu kommen.

Der Rauch der Feuer zog über den Strand und von allen Seiten duftete es nach köstlichen Speisen: geröstetem Fleisch und geräuchertem Fisch, gebackenen Kartoffeln, Muscheln, frischem Brot und süßen Nachspeisen. Eine Menge Leute musste an der Vorbereitung des Festes beteiligt gewesen sein.

Hanna kostete von allem, was Greg ihr auf einem Pappteller brachte. In seiner Linken hielt er einen Plastikbecher mit einer dunklen Flüssigkeit, in die er seine Kartoffeln, sein Brot und den geräucherten Fisch tauchte.

»Was ist das?«, fragte sie.

Er hielt ihr den Becher hin. »Robbenöl. Sehr gesund.«

Hanna schnupperte daran und rümpfte die Nase. »Puh, widerlich.«

Greg lachte. »Na komm, du musst es probieren«, neckte er sie.

Sie tunkte ein kleines Stück von ihrem Pizzabrot hinein und biss es ab. Das Öl schmeckte tranig. Hanna schluckte den Bissen schnell hinunter und schob trockenes Brot nach. Greg amüsierte sich über ihr Gesicht.

Wenig später setzten sie sich an ein Feuer, um das sich ein paar Kinder und Jugendliche geschart hatten. Die jungen Leute lauschten den Geschichten einer alten Frau, die Selma Irving hieß. Ihre Augen leuchteten im Feuerschein.

Sie erzählte von der kanadischen Missionarin Helen Clark, die 1898 als junge Frau nach Neah Bay kam und fünfundzwanzig Jahre geblieben war. Selma erzählte, dass Miss Clark lange Kleider und immer einen Hut mit einer Pfauenfeder getragen hatte.

»Eines Tages sagte die Missionarin zu einer Gruppe von älteren Makah: ›Ihr Indianer solltet endlich eure Masken und eure Federn verschwinden lassen.‹ Wash Irving, mein Großvater, ein Mann, der sein Herz auf der Zunge trug, erwiderte: ›Liebe Miss Clark, sobald Sie Ihre Federn verschwinden lassen, werde ich auch meine verschwinden lassen.‹«

Die Kinder lachten und auch Hanna konnte sich ein Lächeln nicht verkneifen. Greg kannte die Geschichte natürlich schon. Er beugte sich an Hannas Ohr und flüsterte: »Miss Clark ließ die Presbyterianerkirche in Neah Bay bauen. Ihre Abhandlungen über die reformierte Kirche wurden sogar in unsere Sprache übersetzt.«

Er nahm Hannas Pappteller und warf ihn zusammen mit seinem ins Feuer. Sie verließen die Feuerstelle und liefen in Richtung Wasserlinie.

»Gehen eigentlich viele Makah in die Kirche?«, fragte Hanna.

»Ja, ein großer Teil der Leute geht brav in die Kirche«, antwortete Greg mit gedämpfter Stimme. »Aber wie du siehst, hindert sie das nicht daran, ein Potlatch zu feiern und durch die alten Lieder und Tänze die Verbindung zu den Geistern zu wahren. Die eifrigen Missionare, so amüsant die Geschichten über sie auch sein mögen, haben natürlich Spuren hinterlassen. Sie – und später die weißen Lehrer – wollten uns eintrichtern, dass unsere Traditionen schlecht waren und unsere Bräuche rückständig.«

Die Sonne hatte einen hellen Schein am Horizont hinterlassen und jetzt, wo sie verschwunden war, wurde es merklich kühler.

Ihr habt Sklaven gehalten, dachte Hanna. Sie fröstelte und zog ihre Fleecejacke an, die sie sich um die Hüften gebunden hatte. Sie wusste nicht viel über die Potlatchs der Nordwestküstenindianer, nur, dass diese Schenkungsfeste ursprünglich den sozialen Status einzelner, hochgestellter Personen untermauern sollten. Immer dann, wenn jemand ein Vorrecht beanspruchte oder dieses Vorrecht noch einmal besonders bekräftigen wollte, wurde ein Potlatch abgehalten. Wertvolle Dinge wurden verschenkt, man überbot sich regelrecht, um den Gegner zu beschämen.

Später, als die Weißen ins Land kamen und Handel mit den Küstenstämmen betrieben, änderte sich alles. Es wurde nicht mehr nur uferlos verschenkt, sondern auch zerstört. Mit der Zerstörung von Besitz konnten die Ranghohen ihren Reichtum am besten zur Schau stellen. Mühsam hergestellte Boote wurden zertrümmert und verbrannt. Man kippte wertvolles Öl ins

Feuer, zerriss Kleider und Decken und tötete sogar Sklaven, wie sie von Grace erfahren hatte.

Hanna versicherte sich, dass niemand in ihrer Nähe war, bevor sie sagte: »Tradition hieß aber auch, dass bei Potlatches Sklaven getötet wurden. Würdest du dieses Gebaren nicht als rückständig bezeichnen?«

Greg hob die Schultern und erwiderte: »Solche Rituale wirken immer beängstigend, wenn man sie aus dem Zusammenhang reißt. Die Europäer, die unseren Festen beiwohnten, waren Außenstehende, die einen Blick in eine für sie fremde Welt erhaschten. Sie haben nicht verstanden, was vor sich ging, und waren entsetzt über unsere Feierlichkeiten. Aber damals brach unsere soziale Ordnung bereits auseinander. Die verschiedenen Welten sind sich zwar begegnet, doch berührt haben sie sich nicht.«

Greg wich einem Haufen Seetang aus und kickte mit dem Fuß einen Pappbecher zur Seite. »Fast siebzig Jahre lang waren Potlatches von der Regierung verboten – bis 1951. Sämtliche Tanzmasken und rituellen Utensilien wurden beschlagnahmt, sie landeten in Museen und privaten Sammlungen und wir standen mit leeren Händen da.«

Hanna registrierte den Seitenhieb und sie bereute, dass das Gespräch diese Wendung genommen hatte. Sie waren sich nähergekommen in den letzten beiden Tagen und auch an diesem Abend hatte alles ganz vielversprechend begonnen. Greg war kaum von ihrer Seite gewichen und doch war der Abstand zwischen ihnen nun ganz deutlich spürbar.

Sie fühlte ihre Enttäuschung über seinen spröden Tonfall und ließ entmutigt die Schultern hängen.

»Tut mir leid«, sagte Greg schließlich, »aber es macht mich wütend, wenn unsere Vorfahren als Barbaren hingestellt werden. Die Potlatchfeste von damals hatten eine tiefere Bedeutung, die heute niemand mehr sehen will.«

»Erklär sie mir«, erwiderte sie schlicht. Inzwischen hatte sich die Dunkelheit wie eine schützende Decke über den Strand gelegt und über den Feuern stoben Funken in die Nacht.

»Es ging um die Geringschätzung von materiellen Werten«, sagte Greg und blieb stehen. »Auf dem Potlatch entledigte man sich bewusst des Trügerischen und Vergänglichen. Haben, geben, zerstören. Und nicht: kaufen und verkaufen.«

»Und die Sklaven?«, fragte Hanna. »Sie waren Menschen.«

»Ohne Blut gibt es kein wahres Opfer und nur ein echtes Opfer war ein wirkliches Geschenk«, sagte Greg voller Sarkasmus.

Hanna schnappte nach Luft und trat einen Schritt zurück. »Greg, deine Vorfahren töteten ihre Sklaven, nur um zu beweisen, wie wohlhabend sie waren.«

Er nahm sie fest bei der Schulter. »Ja, verdammt, vielleicht ist es vorgekommen, dass an diesem Strand Sklaven getötet wurden. Aber es ist falsch, wenn du sagst: *Deine Vorfahren töteten ihre Sklaven* . . . Verstehst du das nicht? Es kam nämlich auch vor, dass ein Häuptling getötet wurde, weil er nicht ausreichend für seine Leute sorgte.« Er ließ Hanna los und lief weiter.

»In Europa habt ihr Frauen als Hexen auf dem Scheiterhaufen verbrannt, wo ist da der Unterschied? Menschen zu töten, ist verwerflich, das steht außer Frage. Aber wir müssen akzeptieren, dass diese Dinge zu unserer Vergangenheit gehören.«

Ein eisiger Schauer rann über Hannas Rücken, während sie Gregs Worten lauschte. Sie sah auf. Mittlerweile versammelten sich immer mehr Tänzer in eindrucksvollen Kostümen und wilden Masken um das größte Feuer am Strand und ihr wurde wieder bewusst, wie vieles aus vergangenen Zeiten noch in diesen Menschen lebendig war. Unwillkürlich fragte sie sich, was zu tun sie bereit waren, um an ihren Traditionen festzuhalten.

Fröstelnd zog Hanna ihre Jacke vor der Brust zusammen und sah sich um. Die Trommeln, bisher nur verhalten angeschlagen, wurden lauter. Mit ihnen schwoll auch ein Gesang an, der so feierlich war, dass sich die Ehrfurcht wie ein eiserner Ring um Hannas Brust legte.

Sie blieb stumm und Greg schien das als Eingeständnis zu werten. »Na komm«, sagte er versöhnlich, »wir sind nicht hergekommen, um zu streiten. Lassen wir uns die Tänze nicht entgehen.«

Ein loderndes Feuer schickte Funken empor, winzige Lichtpunkte, die in die Dunkelheit schossen. Vier Männer schlugen auf Handtrommeln, zwei hatten Rasseln in den Händen. Die Männer sangen. Greg flüsterte Hanna zu, dass diese Lieder so alt waren, dass selbst diejenigen, die der Makah-Sprache mächtig waren, nicht alle Worte verstanden.

Sechs Makah begannen, nach den dumpfen Schlägen der Trommeln und dem Geklapper der Rasseln zu tanzen. Im rötlichen Schein des Feuers drehten sie ihre maskierten Köpfe. Zwei der Masken hatten bewegliche Teile, sodass sie dadurch noch lebendiger und furchterregender wirkten.

An den unterschiedlichen Tanzgewändern baumelten Knochenstücke, Hornteile oder Muscheln, die bei jeder Bewegung der Tänzer aneinanderschlugen und den seltsam drängenden Rhythmus noch untermalten.

Drei Männer befanden sich unter den Tänzern, die ein Gespräch mit den Geistern suchten. Der große Oren Hunter tanzte schwerfällig unter dem Fell eines Bären, auf dem Kopf die geschnitzte Maske eines Bären: große schwarze Augen und eine bewegliche Schnauze. Hunter tanzte und wünschte sich, sein Zeh möge aufhören zu kribbeln. Er hoffte, dass die Stimmen in seinem Kopf verstummten und der Schöpfer ihm den richtigen

Weg wies. Er war ein Makah, aber er verkörperte auch das Gesetz. Irgendwie mussten sich diese beiden Dinge doch unter einen Hut bringen lassen.

Ein weiterer Tänzer war der junge Sheriff. Seine Maske stellte einen Sperber dar. Ein kurzer, nach unten gebogener Schnabel, rote Augen und auf dem Kopf weiße Federn. Bill Lighthouse tanzte für seinen Freund Dan, der im Hospital von Port Angeles im Koma dahindämmerte. Er wusste, dass Hadlocks Seele von Makah-Geistern gefangen gehalten wurde. Und er fühlte sich schuldig. Er hätte Dan solche Dinge nicht erzählen dürfen. Zum ersten Mal wurde ihm bewusst, welchen Einfluss die übernatürlichen Wesen auf die Menschen hatten.

Auch Matthew Ahousat tanzte, Greg hatte seinen Vater sofort an seinem alten, kostbaren Tanzumhang aus Tierhaut erkannt, der kunstvoll mit schwarzen stilisierten Tiermotiven bemalt war. Auf dem Kopf trug er eine Wolfsmaske mit Abalonezähnen, an der er vermutlich die letzten Tage gearbeitet hatte. Das lange schwarze Pferdehaar floss in langen Strähnen über seinen breiten Rücken.

Matthew Ahousat betete zornig: Sein Sohn möge zur Vernunft kommen und Annie Waata heiraten. Die weiße Frau musste aus Gregs Leben verschwinden – ihre Anwesenheit würde ihnen allen Unglück bringen.

Seine Beine stapften mit einer Kraft auf den feuchten Sandboden, die sein Alter Lügen strafte. Er tanzte wie ein Besessener, denn es gab mehr als eine Art, den Feind zu bekämpfen. Tanzen bedeutete Macht. Wenn er wollte, konnte er diese Macht in etwas Unheimliches verwandeln, in etwas Düsteres, Böses. Die Töne, die Matthew ausstieß, klangen wie eine Kreuzung aus Ächzen und Weinen.

In diesem Taumel aus Tanz und Gesang geriet Matthew Ahousat aus der Zeit. Erinnerungen, die sonst im Gefängnis der

Verbitterung eingeschlossen waren, brachen jetzt an die Oberfläche seines Bewusstseins.

Einmal, vor sehr langer Zeit, war er ein ganz normaler Junge gewesen. Sanft und fröhlich und voller Ideen. Er hatte eine Mutter und einen Vater gehabt, die ihn liebten und ihm Geborgenheit schenkten. Aber dann, nach dem Tod seiner Eltern, fern von allem, was vertraut war, hatte man ihm das Leben zur Hölle gemacht. Und er hatte gelernt, dem Teufel ein ebenbürtiger Gegner zu werden.

Ahousat verachtete alle Weißen, auch jene, die sich ihm gegenüber loyal verhielten und ihn bewunderten. Denn niemals konnte er vergessen, was ihm in der Welt der Weißen widerfahren war: die Erniedrigungen, die Verachtung, die Gleichgültigkeit.

Alles, was für ihn jetzt noch Bedeutung hatte, war sein Status als Schnitzkünstler von Neah Bay und seine Privilegien, die er an seinen Sohn weitergeben würde.

Dazu gehörte das Recht, Masken und Wappenpfähle zu schnitzen, sein Haus am Strand zu erbauen, vor der Küste zu fischen und während eines Tanzes diese Wolfsmaske zu tragen. Dazu gehörten die Namen seiner Vorfahren, die er Generation für Generation aufsagen konnte. Und natürlich die Lieder, die voll von Geheimnissen und Botschaften waren. Geheimnisse, die nur er kannte.

Matthew Ahousat tanzte, bis der Schweiß ihm in Strömen über den Körper rann. Er fühlte sich stark. Und er sah eine Zukunft. Deshalb erhoffte er sich die Gnade der Geister auch noch für etwas anderes. Für eine Frau, schön und wissend, die ihm einen weiteren Sohn schenken sollte. Einen Sohn, den er nach seinem Bild formen konnte. Einen Jungen, der Holzschnitzer werden und die Lieder seines Vaters erben würde.

Der Klang der Trommeln wurde laut, der Rhythmus mächtig.

Das Klappern der Rasseln war betäubend. Mit wilden Schreien schleuderten die Tänzer ihre Hoffnungen aus den Kehlen. Im wandelnden Schatten des flackernden Feuers tanzten die Roben aus Leder oder Zedernfaser ihren eigenen Tanz. Die bemalten Masken mit ihren langen Haaren und Federn verwandelten sich in lebendige Ungeheuer. Die Menge feuerte die Tänzer durch Klatschen und Gesang an.

Hanna stand neben Greg und versuchte, diese Darbietung der Vergangenheit in sich aufzunehmen. Die Zeiten von einst lebten im Herzen der Makah fort. Der Strand war bevölkert von Menschen, die seit Hunderten von Jahren ihr Gedächtnis mit den Füßen in den Sand zeichneten. Und trotz stetigem Wechsel von Ebbe und Flut hatte das Gedächtnis überlebt.

Nach den Tänzen wurden im Schein des Feuers in strenger Reihenfolge die Geschenke verteilt: Kunstwerke wie kleine Bastkörbe und bemalte Schnitzarbeiten. Decken und Kleidungsstücke. Aber auch Waren des täglichen Bedarfs, wie Plastikeimer, Geschirrtücher und Koffer. Und nicht zu vergessen: die vielen Dollarscheine.

Annie Waata hatte Greg und Hanna längst in der Menge ausgemacht und die beiden eine Weile beobachtet. Sie wusste, dass Greg Ahousat sie niemals heiraten würde. Auch dann nicht, wenn die Geister des Meeres die rothaarige Frau an seiner Seite persönlich auf den Grund ziehen würden – etwas, worum Annie sie seit Tagen inständig gebeten hatte.

Sie würde den jungen Holzschnitzer nicht bekommen. Genauso wenig, wie sie Jim Kachook bekommen hatte. Ein Muskel schmerzte in Annies Brust, angesichts des doppelten Verlustes ihrer Liebe. Denn sie liebte Greg Ahousat wirklich, beinahe so stark, wie sie Jim geliebt hatte.

Jim Kachook hatte ihren Körper besessen und ihre Seele.

Wortlos hatte er Annie in Besitz genommen, als sie siebzehn Jahre alt gewesen war. Nie hatte irgendjemand aus Neah Bay etwas davon bemerkt. Annie hatte ihm viel gegeben und er hatte alles genommen. Sie hatte darauf gewartet, dass er sie heiraten würde. Stattdessen war er fortgegangen, um unter fremdem Himmel mit einer fremden Frau zu leben. Mit einer Babathlid. Und in Annies Brust war das Herz zu einem Eisklumpen erstarrt.

Doch dann war Greg Ahousat nach Neah Bay zurückgekehrt. Annie hatte sofort gefühlt, dass er der einzige Mann war, der das Eis in ihrem Inneren schmelzen konnte. Seitdem hatte sie versucht, sich seinem Herzen zu nähern. Sie war ihrem Ziel schon sehr nahe gewesen, als aus heiterem Himmel diese Frau wieder auftauchte, dieselbe, die ihr Jim weggenommen hatte.

Alles wiederholt sich. *Das hatten schon die Alten gesagt.*

Annie hasste Hanna so sehr, dass sie den Wunsch verspürte, sie zu töten. Aber der Versuch mit dem losen Brett war nur halbherzig gewesen. Jemanden zu hassen und ihm den Tod zu wünschen oder ihm das Leben mit eigener Hand zu nehmen, war nicht dasselbe. Letztendlich war Annie erleichtert, dass Hanna nichts geschehen war. Erst recht, seit sie auf etwas gestoßen war, von dem sie bisher keine Ahnung gehabt hatte.

Ein fast voller Mond stand am Nachthimmel und warf sein bleiches Licht auf den Strand. Das Stimmengewirr mischte sich mit dem hypnotischen Rhythmus der Wellen. Die Menschen, die sich hinter Hanna und neben ihr drängten, erschienen ihr auf einmal fremder als je zuvor. Sie fühlte sich verloren und wollte nur noch weg, zurück in die vertrauten Wände von Gertrude Allabushs Strandhütte. Sie klammerte sich an Gregs Arm.

»Hey, ist alles in Ordnung?«, fragte er verwundert.

»Können wir gehen? Ich . . .«

»Schon gut«, sagte er. »Es ist spät und das Fest sowieso bald zu Ende. Nicht mehr lange und die Flut überspült den Strand.«

Gemeinsam verließen sie das Potlatch und passierten ein paar Sträucher, die den Strand vom Parkplatz trennten. Plötzlich trat eine dunkle Gestalt hinter den Büschen hervor und stellte sich ihnen in den Weg. Hanna stolperte erschrocken einen Schritt zurück.

»Annie!«, sagte Greg überrascht.

»Keine Angst«, sagte Annie, »ich bin kein Geist.« Als die Indianerin ihre Hand nach Hanna ausstreckte, stellte sich Greg schützend vor sie. Annie lächelte traurig. »Ich will ihr nichts tun, Greg. Ich möchte ihr nur etwas geben.«

Zögernd trat Greg zur Seite und Annie reichte Hanna ein schweres Taschenmesser mit einem schönen Perlmuttgriff. Hanna streckte die Hand nach dem Messer aus. Im kalten Licht des Mondes erkannte sie es sofort wieder. Unter hundert anderen hätte sie es wiedererkannt. Für einen Augenblick stockte ihr der Atem. Es war *Jims* Messer. Sie selbst hatte es ihm geschenkt. Im Perlmuttgriff waren seine Initialen eingraviert.

Hannas fragender Blick richtete sich auf Annie.

»Ich habe es im Wald gefunden«, sagte die Indianerin. »Schon vor einer ganzen Weile.« Annies Stimme wurde weich, als sie sagte: »Ich denke, Sie sollten es haben.«

»Danke«, sagte Hanna, die langsam ihre Sprache wiederfand. »Ich habe Jim dieses Messer geschenkt. Jetzt ist sicher, dass er nach Neah Bay zurückgekehrt ist.« Sie suchte nach Gregs Augen. »Er war hier, Greg. Aber wo ist er jetzt?«

Er gab keine Antwort.

Annie fragte mit belegter Stimme: »Sie und Jim haben eine Tochter?«

»Ja«, sagte Hanna. »Ihr Name ist Ola. Aber Jim weiß nicht, dass sie existiert.«

»Dann wünsche ich Ihnen, dass Sie Jim finden. Um seiner Tochter willen.« Annie warf Greg einen anklagenden Blick zu, dann verschwand sie in Richtung Strand.

Hanna gab ein ersticktes Schluchzen von sich und brach in Tränen aus. Greg nahm sie vorsichtig in die Arme. Aber sie klammerte sich an ihn, als müsste er ihr erneut das Leben retten. Eine salzige Brise wehte vom Meer herüber und die Flut stieg.

Bill Lighthouse war hellwach, als er in dieser Nacht nach dem Potlatch in seinen Wagen stieg, um nach Hause zu fahren. Seine Glieder, sein ganzer Körper vibrierten vom langen Tanzen. Die Trommeln und der Gesang dröhnten noch in seinem Kopf. Er war zuversichtlich, was die Genesung seines Freundes Dan betraf. Schon während des Tanzes hatte er das gute Gefühl gehabt, eine Verbindung zu dem bewusstlosen Ranger hergestellt zu haben. Morgen würde er Dan im Krankenhaus besuchen und ihm den Pfahl bringen.

Leise murmelte er die Worte eines Liedes in der Makah-Sprache vor sich hin. Plötzlich riss er das Steuer herum und trat hart auf die Bremsen. Der Polizeiwagen schleuderte und kam zum Stehen. Erleichtert atmete Bill auf. Zum Glück war er angegurtet und er war nicht schnell gefahren. Betrunken war er auch nicht, was vielleicht die Gestalt erklärt hätte, die das Scheinwerferlicht auf der dunklen Straße angestrahlt hatte. Nackte Beine und Brüste. Langes wirres Haar. Er hatte Tsonoqa, die Wilde Frau, gesehen. Nur mit einem Zedernbastrock bekleidet. Ein lebendig gewordenes Fabelwesen.

Das kann einfach nicht sein.

Bill nahm die Hände vom Lenkrad. Wurde er jetzt wirklich verrückt? Oder lag es daran, dass er getanzt hatte? Die alten Tänze konnten wie eine Droge wirken, den Tänzer in eine Art

Trance versetzen. Für eine Weile sah man dann die Welt in einer anderen Dimension. Man nahm Dinge wahr, die nicht waren.

Aber ich bin völlig klar im Kopf.

Der Sheriff gab Gas, schlug die Räder scharf ein und brachte den Wagen wieder in Fahrtrichtung. Er stellte ihn am Straßenrand ab und löste den Gurt. Im Lichtkegel der Scheinwerfer suchte er nach Spuren, vergeblich. Nackte Füße hinterlassen bekanntlich keine Spuren auf Asphalt.

Ein anderes Fahrzeug näherte sich und hielt neben ihm. Es war ein junger Mann aus dem Ort mit seiner Familie. Er beugte sich aus dem offenen Fenster. »Hallo, Sheriff! Was verloren?«

Bill winkte ab. »Nein, alles in Ordnung. Mir ist nur ein Reh über den Weg gelaufen.«

Der Kopf des jungen Mannes verschwand wieder und der Wagen fuhr an ihm vorbei. Noch einmal starrte der Sheriff auf das Gebüsch, in dem die Gestalt verschwunden war. Dann stieg er zurück in seinen Jeep und fuhr nach Hause. Doch was Bill im Scheinwerferlicht gesehen hatte, ließ ihn die ganze Nacht nicht los.

Die Hände auf das Geländer gestützt, stand Greg dicht neben Hanna auf der kleinen Veranda des Strandhauses. Die Flut stieg und die Wellen brachen sich mit lautem Getöse am Strand. Hier hatte jeder Moment des Tages und der Nacht seinen eigenen Klang. Der Ozean holte Atem in der Dunkelheit. Hanna sah aufs Meer hinaus und sog die salzige Luft tief in ihre Lungen. Bilder vom Potlatch geisterten durch ihr Hirn und die uralten Gesänge hallten noch in ihren Ohren. Doch über allem lag Gregs Umarmung.

Wiegt die Vergangenheit schwerer als der Moment?

In dieser Nacht würde sich alles entscheiden – so oder so.

Hanna hob den Kopf in den Nacken und suchte den Himmel nach Antworten ab. Er war in Bewegung. Sterne, ungeordnet und wild, pulsierten durch die schwarze Nacht. Unter Tausenden gibt es einen Stern, der uns beschützt, hatte Jim zu ihr gesagt. Er ist immer da, auch dann, wenn du ihn nicht siehst.

Hat dein Stern dich beschützt, Jim?

Hanna dachte, dass sie nach diesen wenigen Tagen in Neah Bay sehr viel mehr über Greg Ahousat wusste, als sie in einem halben Jahr über Jim herausgefunden hatte. Jims Sprache war das Schweigen gewesen. Seine Gedanken hatte er nicht mit ihr geteilt, aber Liebe mit ihm war jedes Mal wie ein Rausch gewesen. In diesen Momenten waren sie sich so nah gewesen, dass ihnen klar wurde, wie fremd sie einander waren.

Würde es ihr mit Greg ebenso ergehen? Hanna wandte den Kopf. Ihre Blicke trafen sich.

»Ich habe auch ein Geschenk für dich, Hanna.« Er nahm ihre Hand, legte seine zur Faust geballte Rechte darauf und schloss Hannas Finger um etwas Hartes, das sich angenehm glatt anfühlte.

Sie öffnete ihre Finger und besah sich das Stück im Mondlicht genauer. Es war ein kleiner Kamm aus poliertem Holz, der mit Muscheleinlegearbeiten und einem seltsamen Vogel verziert war.

»Er ist wunderschön«, sagte sie gerührt.

»Und vor allem ist er sehr alt«, sagte Greg. »Ich war als Kind ab und zu bei den Grabungen in Ozette dabei. Ich habe ihn gefunden.«

»Du hast . . . was?«

»Du kannst ihn ja in dein Museum bringen, wenn er dir in den Händen brennt.« Greg lächelte.

Wie gut er mich schon kennt, dachte Hanna.

Es war Greg, der die Entscheidung traf. Sanft zog er Hanna an sich heran und nahm sie in die Arme. Sie schmiegte sich in die Sicherheit seines Körpers, spürte seine Wärme und sein Begehren. Gregs Haar streifte ihre Wange wie ein dunkler Wind, der nach Zedernholz duftete. Als Hanna den Mund öffnete, um etwas zu sagen, verschloss Greg ihre Lippen mit einem innigen Kuss.

Mit sanfter Entschlossenheit führte er sie ins Haus und im Schutz der Dunkelheit entledigten sie sich ihrer Kleider. Greg hob Hanna auf das von einem blauen Streifen Mondlicht beschienene Bett und streckte sich an ihrer Seite aus. Seine Haut spannte und glühte vor Verlangen an ihrer. Hanna dachte: Das passiert mir nicht einfach, ich habe es mir ausgesucht. Dieser Mann hatte die seltsame Gabe, Erinnerungen zu wecken und andere auszulöschen.

Der Druck seiner Hände, Knie und Hüften war sanft und fordernd zugleich. Ihr Atem flog, als er zu ihr kam. Hanna krümmte sich, um ihn ganz in sich aufzunehmen. Auf und ab – wie Ebbe und Flut. Erinnerungen kamen und trieben wieder davon. Es war ein Rhythmus, der sich selbst trug. Hanna spürte das Erwachen von etwas Unbekanntem, sie merkte, wie sich ihr Leben in dieser Nacht neu zusammensetzte.

Später lagen sie eng aneinandergeschmiegt und Hanna hörte an seinem gleichmäßigen Atem, dass Greg eingeschlafen war. Du bist wie das Meer, dachte sie. *Du hast mich aufgefangen.*

18. Kapitel

Im Morgengrauen, eine Stunde vor Sonnenaufgang, schlich Hanna mit ihrer Tasche unter dem Arm aus dem Strandhaus. Greg schlief noch fest, als sie ging, zumindest glaubte sie das. In der vergangenen Nacht war er ihr so nahegekommen, dass Hanna das Gefühl hatte, fliehen zu müssen, wenn sie Jim wirklich noch finden wollte. Wäre sie geblieben und hätte Gregs Zärtlichkeiten auch am Morgen zugelassen, hätte sie nicht mehr die Kraft gehabt, ihre Suche fortzusetzen. Hanna hatte lange wach gelegen und die Entscheidung war ihr sehr schwergefallen.

Sie lenkte den Leihwagen nach Neah Bay, durchquerte den langen Ort und blieb auf der Straße Richtung Port Angeles.

Ihr Ziel war die Westküste von Vancouver Island. Sie wollte, sie *musste* es ohne Greg schaffen. Vielleicht war es besser, Jim allein gegenüberzutreten. Vielleicht hatte Jim Kachook all die Jahre nur darauf gewartet, dass sie endlich nach ihm suchte.

Der Zwiespalt, in dem Hanna sich nach der vergangenen Nacht befand, machte sie einsamer, als sie es zuvor gewesen war. Aber sie wollte ihre Gefühle für Greg nicht bezwingen. Wie sollte sie krampfhaft auf etwas verzichten, wonach sie sich so sehr sehnte? Es gab Zeiten, da richtete man sein Handeln gegen das Leben und gegen sich selbst. Hanna würde aufhören damit. *Sobald sie Jim gefunden hatte.*

Die Sonne war aufgegangen und hatte sich hinter den grauen Wolken hervorgekämpft, als Hanna den kleinen Ort Joyce erreichte. Zu ihrer Rechten tauchten in der Ferne die Olympic

Mountains mit ihren schneebedeckten Berggipfeln aus dem Dunst. Der Anblick war überwältigend. Vor einer Woche, als sie die Strecke in umgekehrter Richtung gefahren war, hatte sie die Berge nicht zu Gesicht bekommen, denn sie waren hinter dichten Regenwolken verborgen geblieben.

Die Aussicht öffnete Hannas Herz und kurzzeitig kamen ihr Zweifel an der Richtigkeit ihrer Entscheidung, zumal ihre Suche ohne Greg wenig Aussicht auf Erfolg hatte. Sein Vertrauen war ihr sehr viel wert und trotzdem hatte sie sich still und leise davongemacht. Sie war geflüchtet – vor Greg Ahousats Nähe und den wilden Wünschen, die er in ihr geweckt hatte. Er hatte ihr viel erzählt, sie hatten gelacht und gestritten. Sie liebte ihn – trotzdem war er ihr ein Rätsel geblieben.

Wir werden enttäuscht und fangen neu an. Wir geben die Hoffnung nicht auf. Das ist das Leben.

In Port Angeles fuhr Hanna direkt zum Hafen. Eine Fähre lag am Anlieger, doch sie war schon voll besetzt. Das nächste Fährschiff beförderte nur Passagiere und keine Fahrzeuge. Erst am Nachmittag ergatterte Hanna einen Platz auf der Coho Ferry nach Victoria auf Vancouver Island.

Als die Fähre endlich ablegte, fiel Hanna ein Stein vom Herzen. Nun musste sie nicht länger grübeln, sie war auf dem Weg. Die Überfahrt würde etwa anderthalb Stunden dauern. Nachdem die Zollkontrolle Hannas Pass gestempelt hatte, ging sie nach oben an Deck. Die Sonne lugte zwischen den Wolken hervor und das Wasser breitete sich vor ihr aus wie ein funkelnder dunkler Teppich. Einige Passagiere standen an der Reling und hofften, einen Blick auf eine Gruppe von Walen werfen zu können, die sich seit einigen Tagen in diesen Gewässern aufhalten sollte.

Hanna war viel zu müde, um auf das Schauspiel zu warten.

Sie setzte sich in das Restaurant unter Deck und bestellte ein Stück Kuchen und einen Kaffee. Nach nur vier Stunden Schlaf in der vergangenen Nacht hatte das Warten auf die Fähre ihre letzten Energien geraubt. Hanna hatte schon befürchtet, eine Nacht im wenig attraktiven Port Angeles verbringen zu müssen. Jetzt freute sie sich auf ihren Kaffee und hoffte, dass er die Kopfschmerzen besiegen würde.

Sie studierte eine Karte von Vancouver Island, die sie in Port Angeles gekauft und vor sich auf dem Tisch ausgebreitet hatte. Mit dem Finger fuhr sie die Orte an der Westküste entlang und plötzlich schlug ihr Herz schneller. Ihr Finger lag auf einer kleinen Insel. Ihr Name war *Anaqoo*.

Jemand fragte nach einem freien Platz an ihrem Tisch und Hanna bejahte gedankenverloren – ohne den Blick von ihrer Karte zu heben. Anaqoo. Auf einmal wusste Hanna, wo sie nach Jim suchen musste

Ein leises Räuspern holte sie aus ihren Gedanken und sie sah auf. Es war Greg, der ihr gegenübersaß.

Er trug ein weißes T-Shirt und eine schwarze Lederweste darüber, auf die zwei stilisierte rote Lachse aus Stoff aufgenäht waren. Er sah verdammt gut aus – und er war kein Geist.

Ein dicker Kloß wuchs in Hannas Kehle. Greg sagte kein Wort, er sah sie nur an.

»Es tut mir leid«, brachte sie schließlich hervor.

Greg schüttelte den Kopf, beugte sich ein wenig über den Tisch und legte eine Hand auf ihre. »Entschuldige dich nicht, Hanna, dazu gibt es keinen Grund. Schließlich bist du nur deshalb nach Neah Bay gekommen, weil du Jim finden willst.« Er wandte den Kopf und sah aus dem salzfleckigen Fenster. »Es war dumm von mir zu glauben, ich könnte dich davon abbringen.«

Hastig zog Hanna ihre Hand zurück. Was wollte er ihr damit

sagen? Die vergangenen Tage, die letzte Nacht – war das alles nur Mittel zum Zweck gewesen? Hatte Greg die ganze Zeit versucht, sie weg von der Wahrheit zu führen? Hatte er von der Insel gewusst?

»Warum, Greg«, fragte Hanna. »Warum hast du versucht, mich von der Suche abzubringen?«

»Weil du noch nicht bereit bist.«

»Bereit für *was?*«

»Für die Wahrheit.«

»Und du . . .«, sie zögerte, »du kennst die Wahrheit?« Erwartungsvoll sah sie ihn an.

Greg schüttelte den Kopf. »Nein, Hanna, ich kenne die Wahrheit nicht. Aber ich ahne, dass sie etwas mit meinem Volk und seiner Vergangenheit zu tun hat. Dafür bist du nicht bereit. Weil du Angst hast.«

Hanna senkte den Kopf. Greg hatte recht.

»Es ist wegen deiner Tochter, nicht wahr?«, fragte er. »Du bist dir nicht mehr sicher, ob du ihr überhaupt von Jim erzählen und sie jemals nach Neah Bay bringen sollst, oder ob es besser ist, wenn die andere Hälfte in ihr nicht geweckt wird.«

Sie hob den Kopf und sah Greg an. Ihre Augen füllten sich mit Tränen. »Ist das nicht verständlich?«

»Nein, Hanna. Du darfst Ola nicht verschweigen, wer ihr Vater ist. Deine Tochter ist zur Hälfte Indianerin und sie sieht aus wie eine Indianerin. Du darfst ihr diesen Teil ihrer Herkunft nicht vorenthalten. Wenn sie nur die Hälfte über sich weiß, kann sie kein ganzer Mensch werden.«

Hanna wischte sich mit dem Handrücken über die Augen. Was Greg sagte, entsprach der Wahrheit. Es war der Grund, warum sie hier war. Sie fürchtete sich vor dem Augenblick, in dem ihre Tochter sie fragen würde: »Wer war er, mein Vater?« – und sie ihr darauf keine Antwort geben konnte.

»Wieso bist du mir nachgefahren, Greg? Woher wusstest du, wo du mich finden würdest?«

Greg lächelte. »Das war nicht sonderlich schwer, oder? Du bist so leicht zu durchschauen. Zum Glück waren die ersten beiden Fähren voll. Ich hatte übrigens schon vor zwei Tagen ein Ticket für den heutigen Nachmittag bestellt.«

»Ein Ticket für dich?«

»Für uns beide.«

»Du wusstest von Anfang an von der Insel, nicht wahr?«

Greg senkte den Kopf.

»Warum hast du mir das nicht gesagt?«

Er zuckte mit den Achseln. »Vermutlich wollte ich, dass sich die Dinge nach Makah-Art entwickeln. Wir lernen durch Finden, nicht durch Suchen.« Er lachte in sich hinein. »Aber ich gebe es auf. Du hast gewonnen.«

Hannas Kaffee wurde gebracht und Greg bestellte sich eine Cola und ein Sandwich. Hanna warf einen Blick aus dem Fenster und beobachtete ein paar Möwen, die die Fähre umkreisten und auf Leckerbissen warteten. Ihre weißen Vogelkörper leuchteten in der Sonne.

Sie trank einen Schluck Kaffee. Er war heiß und stark. »Ich will Jim finden«, sagte sie, »das ist alles. Und du hast recht. Wenn Ola mich nach ihrem Vater fragt, dann brauche ich ein paar Antworten.«

»Warum sagst du ihr nicht dasselbe, was du mir gesagt hast: dass du ihn wolltest und dir alles andere egal war?«

»Es war mir nicht egal, Greg«, antwortete Hanna mit brüchiger Stimme. »Ich dachte immer, wenn wir erst zusammen in Neah Bay leben, dann würde ich mit der Zeit schon herausfinden, wer Jim wirklich ist. Ich hätte es jedenfalls versucht«, fügte sie leise hinzu.

»Hanna«, sagte Greg und legte seinen Finger auf die Karte.

»Wenn Jim dort irgendwo steckt, dann werden wir ihn finden, das verspreche ich dir.«

Bill Lighthouse wartete auf dem Gang des Krankenhausflures, bis Daniel Hadlocks Frau und seine beiden Töchter das Zimmer verließen. Erst dann ging er hinein und setzte sich auf den Stuhl neben Hadlocks Bett. Behutsam holte er den in einen weichen Lappen gewickelten Pfahl aus seiner Tasche und stellte ihn auf den Nachtschrank.

Wach wieder auf, Dan.

Er lehnte sich zurück und betrachtete den bewusstlosen Ranger. Die Schnitte in Hadlocks Gesicht waren nur noch schwarze Striche, die Wunden heilten. Aber was war mit den Verletzungen der Seele? Dans Augen waren geschlossen. Bill fragte sich, was sich dahinter abspielte – im Kopf seins Freundes.

Er legte seine Hand auf Hadlocks Arm. »Dan, wach auf! Ich bin es, Billy. Das mit den Geistern, das war ein Scherz. Ich wollte dir nur ein bisschen Angst einjagen.«

Dans Gesicht blieb unverändert.

»Hey, Danny, tu mir das nicht an«, sagte Bill mit rauer Stimme. »Woher kriege ich denn jetzt meinen Kaffee, wenn ich nach Ozette komme? Und mit wem soll ich reden?« Er seufzte. »Glaub mir, ich könnte jemand zum Reden gebrauchen. Der Holzschnitzer war mit einer weißen Frau auf dem Potlatch. So werde ich Tomita niemals bekommen.« Er rüttelte an Hadlocks Arm. »Wach schon auf, verdammt noch mal. Ich weiß, dass du dich nur versteckst.«

Hatten sich Hadlocks Finger eben leicht bewegt? Oder täuschte er sich? Bill holte den Miniaturpfahl vom Nachttisch, nahm Dans Hand und schloss behutsam seine Finger um den Pfahl. »Hier«, sagte er, »ich habe dir etwas mitgebracht.« Er legte die Hand mit dem Pfahl auf die Brust des Rangers. »Dieses Ding hat

Macht, mein Freund. Es kann Geister fernhalten und Wünsche wahr werden lassen. Versuch es einfach. *Mach die Augen auf.* Alles, was du siehst, wird dein Freund Billy Lighthouse sein.«

Hadlocks Lider flatterten kurz, doch mehr passierte nicht.

Der Sheriff rieb sich das Gesicht mit beiden Händen und fuhr sich durch die Haare. Es war das erste Mal in seinem Leben, dass er sich für das Unglück eines anderen verantwortlich fühlte.

»Also gut, Dan, reden wir darüber, okay?« Bill beugte sich über das Gesicht des Rangers. »Was hast du gesehen, im Sturm? Einen Geist? Wie sah er aus? Erzähl schon. Mir kannst du es ruhig sagen.« Schließlich flüsterte er: »Dan, ich habe sie auch gesehen, vergangene Nacht. Es war Tsonoqa, die Wilde Frau.«

Keine Reaktion.

Bill seufzte und setzte sich wieder. »Ich habe immer gedacht, dieses Wesen existiert nur in unseren Geschichten und unserer Fantasie. Aber ich habe sie gesehen. Sie war fast nackt. Wenn du endlich aufwachen würdest, dann könnten wir uns über sie unterhalten.«

Wenn es das ist, was du auch gesehen hast, dann weiß ich, dass ich nicht verrückt bin.

Als der Sheriff das Zimmer verließ, hatte Dan sich noch immer nicht gerührt. Doch während Bill draußen auf dem Klinikparkplatz in seinen Wagen stieg, öffneten sich die Augen des Rangers einen Spalt breit. Es interessierte ihn brennend, was er da in seiner Hand hielt, das so merkwürdig nach Robbenöl roch.

Greg und Hanna fuhren die Straße auf der Ostseite der Insel entlang, vorbei an üppig grünen Regenwäldern mit ehrwürdigen Baumriesen und dichtem Unterholz. Aber schon nach wenigen Kilometern tauchten riesige Kahlschlagflächen auf. Es sah gespenstisch aus. Endlose Flächen, auf denen nichts weiter zu finden war, als ein paar entwurzelte Baumstümpfe, deren gigantische Wurzeln wie drohende Arme in den Himmel ragten.

»Wie traurig«, sagte Hanna.

»Ja, hier läuft es anders als drüben bei uns«, sagte Greg. »Die Konzerne bestehen auf Clearcut und so werden in Minutenschnelle jahrhundertealte Baumriesen zu Brettern und Balken zersägt oder zu Zellstoff und Papier verarbeitet.« Er sah Hanna schräg von der Seite an. »Der Zellstoff geht vor allem nach Deutschland.«

»Dieses Deutschland scheint euch Indianern ja mächtigen Ärger zu machen«, sagte sie spitz. »Dabei lieben viele meiner Landsleute alles, was mit Indianern zu tun hat.«

Greg lächelte. »Schon möglich. Aber sie erdrücken uns mit ihrer Liebe.«

Hanna seufzte kopfschüttelnd. »Warum wehren die Nuu-cha-nulth sich nicht?«

»Gegen die Liebe der Deutschen?«

Sie verdrehte die Augen. »Gegen den Clearcut natürlich«, sagte sie.

»Sie wehren sich, haben aber wenig Erfolg damit. Ein weißer Richter meinte, die indianischen Nationen könnten das Land ja wieder nutzen, wenn die Holzkonzerne ihren Kahlschlag beendet hätten.«

»Es hört nicht auf, oder?«

»Nein, Hanna. Aber wir kämpfen.«

»Und was wird aus diesem Wald?«

»Wenn die Konzerne so weitermachen wie bisher, dann wird hier in zehn Jahren kein Baum mehr stehen.«

Es war schon dunkel, als Greg und Hanna sich in Parksville ein Motelzimmer nahmen. Von hier aus waren es noch ungefähr hundertfünfzig Kilometer bis nach Qatawa, einem kleinen Ort an der Westküste. Von dort aus konnten sie nach Anaqoo übersetzen.

Vielleicht ist Jim dort, dachte Greg. Er konnte sich natürlich auch irren, aber im Grunde war er sich sicher. In der vergangenen Nacht hatte er einen Traum gehabt, in dem ihm Jim erschienen war. Oder besser: sein Geist. Jims Geist hatte am Rand einer tiefen Erdgrube gestanden und sich nacheinander in verschiedene Tiere verwandelt. Rabe, Wolf, Bär, Wal und Otter. Durch diese Tiere hatte er zu Greg gesprochen.

Manchmal sprachen die Geister der Toten durch Tiere zu den Menschen, die sie liebten. Die Geister der Toten.

Wie soll ich das bloß Hanna erklären?

Greg stand im winzigen Motel-Bad vor dem Spiegel und stöhnte leise. Er hatte Angst. In diesem Moment beneidete er jene Menschen, die nicht träumten – jedenfalls nicht auf diese Weise. Denn mitunter zeigten sich in solchen Träumen auch Dinge, die man lieber nicht gesehen hätte. Greg wehrte sich gegen diesen Traum, in dem ein toter Jim zu ihm gesprochen hatte.

Mit einem Handtuch um die Hüften verließ Greg das Badezimmer und legte sich zu Hanna aufs Bett. Er sah, wie sich die Farbe ihrer Augen änderte. Von Meergrün in Dunkelviolett. Greg kroch zu ihr unter die Decke und küsste sie. Die braunen Punkte auf ihrer Nase begannen zu tanzen, als Hanna ihn anlächelte.

»Ich weiß noch nicht, wie, aber ich werde es wiedergutmachen, dass du mich begleitest«, sagte sie.

»Ich wüsste schon, wie«, murmelte Greg. Er schob Hannas T-Shirt nach oben und bedeckte ihre Brüste mit Küssen. Dann wanderten seine Lippen über ihren Bauch.

»Wir sind so nah dran, Greg«, sagte Hanna. »Was glaubst du, werden wir ihn finden?«

Greg hatte keine Antwort auf ihre Frage und mochte jetzt ausnahmsweise auch nicht an Jim denken.

»Greg?«

»Sprich ruhig weiter«, flüsterte er in Hannas Bauchnabel. »Tu einfach so, als wenn ich nicht da wäre.«

Früh am Morgen machten sie sich auf den Weg nach Quatawa. Sie fuhren den Pacific Rim Highway durch den Regenwald, vorbei an einsamen Friedhöfen und verlassenen Holzlagerstellen. Eine Zeit lang führte die Straße am Ufer des riesigen Kennedy Lake entlang, dessen Wasser in herrlichem Blau funkelte. Dort machten sie eine kurze Rast, bevor sie weiterfuhren und gegen Mittag Quatawa erreichten.

Quatawa war ein kleiner Ort mit ungefähr vierzig Holzhäusern, in denen fast ausschließlich Indianer vom Volk der Nuu-chah-nulth lebten, den engsten Verwandten der Makah vom amerikanischen Festland.

Sie liefen zum Strand und Greg deutete aufs Meer hinaus, auf eine der Küste vorgelagerte bewaldete Insel.

»Ist das Anaqoo?«

Greg nickte. An diesem Ort war er noch nie gewesen, er hatte nicht mal gewusst, dass es ihn gab. *Anaqoo.* Als Hanna davon erzählte, hatte er sich erinnert, dass Jim diesen Namen in seinen Träumen ausgesprochen hatte, damals, als sie sich noch ein Zimmer teilten. Das hatte er völlig verdrängt.

Hanna entdeckte einen alten Mann, der am Ufer Netze flickte. Greg begrüßte den Alten höflich in der Sprache der Makah und der Indianer schenkte ihm ein zahnloses, freundliches Lächeln.

»Wir sind auf der Suche nach jemanden, der uns übersetzen kann«, sagte Greg und deutete auf die Insel.

Die dunklen Hände des alten Mannes knüpften geschickt einen Knoten und zogen ihn fest. »Was wollt ihr denn da drü-

253

ben?« Er musterte Hanna kurz und wandte seine Aufmerksamkeit wieder dem Netz zu.

»Wir suchen nach Jim Kachook, dem Holzschnitzer.«

Der Mann grummelte etwas, das Greg nicht verstand.

»Kennen Sie ihn?«

Der Alte hob den Kopf von seiner Arbeit und betrachtete Greg eingehender. »Auf Anaqoo gibt es einen bekannten Holzschnitzer. Und es gibt dort auch ein paar Kachooks.«

Greg sah, wie heftig Hanna auf die Auskunft des Alten reagierte. Er warf ihr einen eindringlichen Blick zu und sie schien zu verstehen, dass sie besser schwieg.

»Wir brauchen jemanden, der uns rüberbringen kann«, sagte Greg.

Der Indianer wackelte mit dem Kopf. »Eddie Elswa hat ein Motorboot. Er ist vor einer Weile nach Green River gefahren, müsste aber bald zurück sein.«

Bald. Greg seufzte. Er wusste, das konnte zwei Minuten, zwanzig Minuten oder zwei Stunden bedeuten. »Gibt es niemanden anderen hier, der uns auf die Insel bringen könnte?«, fragte er und deutete hinauf ins Dorf. Am Strand lagen Boote, aber die meisten sahen nicht sehr vertrauenswürdig aus.

Der Indianer hob die Schultern. »Eddie Elswa hat ein Boot. Und er hat Zeit.«

»Verstehe«, gab Greg sich geschlagen, »dann warten wir.«

Hanna und er setzten sich auf einen Steg und blickten schweigend hinüber auf die dunkle Insel. Was würde sie dort drüben erwarten? War er dort, dieser Mann, den sie beide liebten und der sich ihrer Liebe entzogen hatte? Würden sie eine Antwort auf das *Warum* finden, das sie beide quälte?

Greg spürte seine Furcht vor der Ankunft im Vergangenen. Die innere Zerrissenheit schmerzte wie eine offene Wunde. Er sah Hanna schräg von der Seite an. Die mondhäutige Frau mit den moosgrünen Augen und dem roten Haar. *Kupferfrau.* Es drängte ihn, ihr zu sagen, was er empfand und was er fürchtete. Aber würde sie ihn auch verstehen?

Ich muss es tun, bevor wir diese Insel betreten.

Ihm war längst klar, dass sie eine Grenze überschritten hatten und als Preis für ihre Liebe Trauer und Verlust lauerten.

»Hanna«, begann er und sie wandte den Kopf, um ihm in die Augen zu sehen. »Ich weiß, dass es schwer für dich ist, die langen Schatten der Vergangenheit zu akzeptieren. Manche Dinge in unserer Welt sind nicht so, wie sie scheinen. Aber glaub mir, nichts geschieht ohne Grund und ohne einen tieferen Zusammenhang.«

Eine Falte bildete sich auf Hannas Nasenwurzel und ihre grünen Augen glitzerten. »Was, um Himmels willen, willst du damit sagen?«

»Dass die Wahrheit uns vielleicht trennt. Wenn wir diese Insel wieder verlassen, Hanna, dann wird sich etwas verändert haben. Ich weiß nicht, was es ist, aber es macht mir Angst.«

Ihre Augen weiteten sich und wurden dunkel wie das Meer. »Was macht dir Angst, Greg?«

»Die Möglichkeit, alles zu verlieren.«

Sie strich sich eine Haarsträhne aus der sommersprossigen Stirn und blickte wieder auf die Insel. »Warum hast du versucht, die Fahrt hierher so lange hinauszuzögern, Greg, wo du doch die ganze Zeit von Anaqoo gewusst hast?«

»Ich hatte nicht vor, dich zu täuschen«, sagte er, »das musst du mir glauben. Als du mich nach dem Namen gefragt hast, wusste ich sofort, dass ich ihn schon mal gehört hatte. Ich dachte mir, dass es der Name eines Ortes sein könnte, also habe ich Anaqoo gegoogelt und fand die Insel.«

»Warum hast du mir das nicht erzählt?«

Greg schwieg einen Moment. »Ich weiß es nicht. Vielleicht,

weil ich mich da schon in dich verliebt hatte.« Er nahm Hannas Hand zwischen seine Hände. »Ich gebe zu, dass ich in den letzten Tagen nicht sonderlich logisch gehandelt habe. Erst wollte ich, dass du so schnell wie möglich aus meinem Leben und aus Neah Bay verschwindest. Als ich endlich begriffen hatte, warum du wirklich gekommen bist, da hatte ich das Gefühl, dir Jims Welt zeigen zu müssen. Du solltest sie kennenlernen, damit du ihn nicht verdammst, wenn du ihn findest.«

Greg knetete Hannas Finger zwischen seinen Händen. Er blickte hinüber nach Anaqoo. »Erst nach dieser Nacht ist mir klar geworden, dass ich nichts dergleichen getan habe. Es war nicht Jims Welt, die ich dir gezeigt habe, sondern meine.« Er sah sie an. »Ich will, dass du mich verstehst.«

Hanna zog ihre Hand zwischen seinen Händen hervor und umarmte ihn. »Ich werde es versuchen«, flüsterte sie.

»He!«, rief jemand hinter ihnen. Sie lösten sich voneinander und wandten sich um. Neben dem alten Fischer, der immer noch an seinem Netz flickte, stand ein junger Mann und winkte. Eddie Elswa war zurück.

Der Indianer bedeutete ihnen, hinüber zu einem anderen Steg zu kommen. Als sie ihn erreichten, löste er schon die Leinen von seinem Motorboot.

»Was kostet die Überfahrt?«, fragte Greg.

»Vierzig Dollar hin und zurück«, sagte Elswa.

Bis zur Insel war es zwar nur ein Katzensprung, aber Anaqoo lag im offenen Pazifik und war am schnellsten mit einem motorisierten Boot zu erreichen. Greg zog ein Bündel Geldscheine aus der Tasche und gab Elswa zwanzig Dollar. »Den Rest bekommen Sie, wenn wir wieder hier sind.«

Elswa nickte und schob den Schein in seine Gesäßtasche. Er half Hanna ins Boot, und nachdem auch Greg eingestiegen war, machte er die letzte Leine los.

»Wir wissen nicht, wie lange wir in Anagoo brauchen«, sagte Greg.

Elswa schmiss den Außenbordmotor an und schrie: »Das macht nichts. Ich habe eine Großmutter drüben. Da gibt es immer was zu tun.«

Er steuerte das Boot geradewegs auf die Insel zu. Drüben angekommen, fuhren sie dicht am Ufer entlang, einem sich geradlinig dahinziehenden Band aus feuchtdunklem Gestein. Mächtige Baumstämme säumten das Ufer. Es war ein schöner, ein wilder Ort. Greg konnte die Energie spüren, die durch seinen Körper pulsierte. Wahrheit und Mut, empfangen von den alten Geistern.

Was auch immer das Geheimnis von Anaqoo war, er würde es akzeptieren. Und er hoffte, dass auch Hanna das konnte.

19. Kapitel

Seit Dan Hadlock aus dem Koma erwacht war, hatte Bill noch keine Gelegenheit gefunden, ein paar Worte allein mit dem Ranger zu reden. Das Zimmer war von Hadlocks Familie belagert, seiner Frau, den Kindern, seinen Eltern und Schwiegereltern. Ungeduldig lief der Sheriff auf dem blank gebohnerten Linoleum vor Hadlocks Zimmer auf und ab und wartete auf seinen Augenblick.

Schließlich bat eine Krankenschwester die Familie darum, den Besuch für heute zu beenden, da der Patient Ruhe brauchte. Als sich endlich auch Hadlocks Frau und Kinder von ihm verabschiedet hatten und gegangen waren, nutzte Bill die Gelegenheit und schlüpfte ins Zimmer.

Dan lächelte matt, als er Bill sah. Schwerfällig hob er die Hand und deutete auf den Miniaturpfahl auf seinem Nachttisch. »Den hast du mir gebracht, nicht wahr?«

Bill nickte verlegen und setzte sich auf den Stuhl neben Hadlocks Bett. Er wusste nicht, wohin mit seinen Händen. »Ich dachte, er könnte hilfreich sein.«

»Vermutlich war er das.« Dan stöhnte leise, als er den Kopf hob.

»Was sagen die Ärzte?«, fragte Bill. »Wirst du schnell wieder gesund werden?«

»Noch ein oder zwei Wochen und ich kann das Krankenhaus verlassen.«

»Dan . . .«, brachte Bill zögernd hervor, »ich weiß, dass das weder der passende Moment noch der richtige Ort ist, um darüber zu reden. Aber ich muss wissen, was du kurz vor dem Unfall gesehen hast.«

Hadlock schwieg eine Weile, dann drehte er den Kopf, um dem Sheriff in die Augen zu blicken. »Selbst wenn ich es dir erzähle, Bill, würdest du es mir nicht glauben.«

Bill lächelte gequält. »Du wirst nicht für möglich halten, was ich alles glaube.«

Dan starrte wieder an die Decke. Sein Gesicht war beinahe so bleich wie das Kopfkissen. »Es war eine Frau, Bill. Sie kam aus dem Baumstamm, erschien im Lichtschein des Blitzes wie ein Geist.« Er schluckte schwer, sein Adamsapfel tanzte auf und ab. »Sie war nackt, nur mit einem Baströckchen bekleidet.«

»Tsonoqa, die Wilde Frau aus dem Wald«, murmelte der Sheriff.

»Was?«

Bill seufzte, lehnte sich zurück und verschränkte seine Finger ineinander. »Unter unseren Geschichten gibt es auch eine über die Wilde Frau aus dem Wald. Ihr Name ist Tsonoqa und man sagt, sie sei nur mit einem Bastrock bekleidet. Es kommt immer mal wieder vor, dass jemand aus Neah Bay sie im Wald oder an der Küste gesehen haben will. Ich habe über solche Gerüchte immer gelacht.« Der Sheriff machte eine Pause. »Aber vergangene Nacht, Dan, da habe ich sie mit eigenen Augen gesehen.«

»Du auch?« Hadlock hob den Kopf und ließ sich sofort stöhnend wieder ins Kissen zurücksinken.

»Ja.« Bill nickte.

»Wir haben also einen Geist gesehen, Bill. Werden wir jetzt beide verrückt?«

Nachdenklich schüttelte der Sheriff den Kopf. Er stand auf und begann, im Zimmer auf und ab zu laufen. »Nein, mein Freund. Nicht wir sind es, die verrückt sind. Was wir gesehen haben, haben wir gesehen und es war auch kein Geist.« Bill blieb vor dem Fenster stehen und warf einen Blick auf den Parkplatz. »Ich fürchte nur, da draußen im Reservat rennt eine Frau herum, die tatsächlich geistesgestört ist. Keine Ahnung, ob sie etwas mit deinem Unfall zu tun hat. Vielleicht war es ein unglücklicher Zufall und sie war einfach nur da, als es passierte.«

»Hast du schon einen Verdacht?«

»Kann man so sagen.« Bill dachte daran, was Hanna ihm von Flora erzählt hatte. Vielleicht war sie harmlos, vielleicht aber auch eine Gefahr für andere. Wie dem auch sei, er musste der Sache auf den Grund gehen, selbst wenn sich das auf seine Pläne mit Tomita nicht förderlich auswirken würde.

»Sei bloß vorsichtig«, sagte Dan und griff sich seufzend an den Kopf.

»Klar«, erwiderte der Sheriff. »Und du werde schnell wieder gesund.«

»Danke für den Pfahl, Bill. Meine Familie hatte zwar Angst um mein Seelenheil, als sie mich mit dem Ding in der Hand vorfand, aber . . .« Er sprach nicht weiter.

»Was, Dan?«

»Du weißt schon, was ich sagen will.«

Bill nickte. »Was auch passiert, es gibt immer einen Weg, um damit fertig zu werden. Auch wenn er anderen etwas merkwürdig erscheint.« Er lächelte.

Die Tür ging auf und eine Schwester kam mit einem Tablett herein. Sie funkelte den Sheriff wütend an. »Was machen Sie denn hier? Der Patient braucht Ruhe, können Sie das nicht verstehen?«

»Ich gehe ja schon«, sagte Bill. Er verabschiedete sich von seinem Freund und verließ das Zimmer.

Während der Fahrt zurück nach Neah Bay dankte er dem Schöpfer, dass Dan Hadlock mit dem Schrecken davongekommen war. Und er schwor sich, einem Weißen nie wieder etwas über die Geister der Makah zu erzählen.

Matthew Ahousat wartete oben auf den Klippen und atmete die Salzluft tief ein. Flora würde kommen, dessen war er sich sicher. Sie kam immer. Vielleicht war sie von irgendetwas Unvorhergesehenem aufgehalten worden. Sein Körper würde sich gedulden müssen.

Der alte Holzschnitzer setzte sich auf einen Felsvorsprung. Er blickte hinunter auf den Pazifik, dieses riesige dunkle Ungeheuer, und er zählte. Vom Horizont bis zum Ufer brachen sich die Wellen zwölfmal. Die weißen Schaumkronen glitzerten in der Sonne. An manchen Tagen war das Meer für Matthew ein Strudel von Gedanken, ein Spiegel seiner Gefühle.

Mir bleibt nicht mehr viel Zeit.

Noch vor ein paar Jahren war die Zukunft ihm wie der breite Fächer eines Farnwedels erschienen. Matthew Ahousat hatte sein Wissen und Können an zwei kräftige junge Männer weitergegeben, von denen er erwartete, dass sie es irgendwann zur Vollkommenheit brachten und das Erlernte einmal an ihre Söhne weitergeben würden.

Damit hätte er das Vermächtnis seiner Vorväter erfüllt.

Doch von Matthews Hoffnungen war nicht viel geblieben. Sein Wahlsohn kam für eine würdige Nachfolge als Meisterschnitzer nicht mehr infrage. Jim Kachook hatte sich seine Zukunft selbst verbaut, indem er mit dieser Deutschen gegangen war. Und Greg hielt es nicht für nötig, die Richtige zu heiraten, damit sie ihm Söhne schenken konnte. Stattdessen vergeudete er seine Zeit lieber mit einer bleichgesichtigen Frau. Derselben Frau, die schon Jim verhext hatte. Nicht mal auf seinen eigenen Sohn konnte sich Matthew Ahousat also verlassen.

Im Laufe der Jahre hatte der Farnwedel seine grünen Blätter

verloren, bis am Ende nur noch der kahle Stiel übrig geblieben war, der stur eine einzige Richtung anzeigte: den Tod. Aber noch hatte Matthew Zeit. Vielleicht zehn Jahre, vielleicht auch ein paar mehr. Sein Körper war gesund und die Gedanken klar. Er musste die Dinge wieder selbst in die Hand nehmen.

Schweigend las der alte Mann die Schrift der Wellen. Wie quälend er dieses Land liebte und verehrte. So sehr, dass der Schmerz manchmal unerträglich wurde. Seine Wurzeln schienen so tief und fest in diesem Boden verankert, dass er Mühe hatte, vorwärts zu gehen.

Er hörte sie nicht kommen – ihre Schritte waren lautlos. Ohne etwas zu sagen, setzte sich eine halb nackte Gestalt neben den Meisterschnitzer. Matthew Ahousat wandte den Kopf und betrachtete das Profil von Flora, seiner schönen Geliebten. Die kräftigen Wangenknochen, das großflächige Gesicht, umrahmt von einer Wolke aus tiefschwarzen Haaren. Obwohl Flora auf die fünfzig zuging, fand sich noch kein graues Haar in ihrer dichten Mähne. Ahousat spürte, wie sich das Begehren in seinem ganzen Körper ausbreitete wie eine warme Woge.

Er stand auf und griff nach Floras Hand. Sie folgte ihm in den Schutz des duftenden Waldes hinein. Im grün gewaschenen Licht des Nachmittags legte Matthew Ahousat seinen schweren Körper auf Floras warmen Leib, in der Hoffnung, dass sein Samen in ihrem Schoß zu neuem Leben keimen würde.

Joey und Grace hatten den alten Meisterschnitzer schon eine ganze Weile beobachtet. Sie hatten sich im Wald geliebt und hatten Pläne für die Zukunft geschmiedet, als Matthew Ahousat aufgetaucht war und sich auf der sonnenbeschienenen Klippe niedergelassen hatte. Im Dickicht versteckt, hatten die beiden Jugendlichen abgewartet, was weiter geschehen würde.

Ein Vogel schlug an und verstummte wieder. Weit unter ihnen schlug das Meer gegen die Felsen.

Flora tauchte auf, so lautlos wie ein Geist und so geschmeidig wie ein Berglöwe. In ihrem schönen Gesicht erkannte Joey Hunter jenes dunkle Augenpaar wieder, das ihn damals daran gehindert hatte, mit Grace zu schlafen.

»Sie ist es«, flüsterte er ihr zu.

Sie schlichen den beiden hinterher, sahen zu, wie sie sich liebten. Grace empfand Neugier und Abscheu zugleich. Die Heftigkeit, mit der diese beiden alten Menschen ihre Leiber umschlangen, machte ihr Angst. Das hatte nichts mit dem zu tun, was Joey und sie bisher getan hatten.

Verstohlen betrachtete sie Joey von der Seite. Das Leuchten in seinen Augen, die Vorfreude auf Dinge, die er irgendwann mit ihr tun würde, seine unausgesprochenen Wünsche, all das konnte sie in diesem Augenblick in seinem Gesicht lesen.

Joey blickte zur Seite und merkte, dass sie ihn beobachtete. Er wurde tatsächlich rot. »Sie ist die Wilde Frau aus dem Wald«, sagte er leise, als wäre das eine Entschuldigung.

»Willst du mich auf den Arm nehmen?«, flüsterte Grace zurück. »Das ist Flora Echahis.«

»Sieh doch hin, sie trägt einen Rock aus Zedernrinde.«

Grace wusste genau, dass es nicht Floras Rock war, was Joey so faszinierte. »Lass uns verschwinden, okay?«, sagte sie. »Es ist nicht fair, was wir hier tun.« Sie mochte nicht mehr hinsehen. Sie hatte genug.

Joey legte einen Finger auf seine Lippen. »Erst, wenn sie gehen.«

Doch Grace wandte sich aus seinem Arm und stahl sich davon. Denn was sie auf einmal an diesem Ort spürte, erschreckte sie. Es war das Gefühl einer düsteren Macht, der dunkle Arm der Vergangenheit.

Anaqoo war ein winziger Ort an der zerklüfteten Küste vor Vancouver Island. Schwer erreichbar und wirtschaftlich uninteressant, gehörte er immer noch einzig und allein den Nachfahren der Menschen, die seit Jahrhunderten auf dieser kleinen Insel lebten. Früher waren sie viele gewesen. Aber die Ankunft Kapitän Cooks 1778 im Nootka Sound bescherte ihnen nicht nur großartige Handelsmöglichkeiten, sondern dezimierte die Bevölkerung durch eingeschleppte Krankheiten zahlenmäßig bis auf ein klägliches Häufchen.

Damals waren die Nuu-cha-nulth von Vancouver Island auf hunderterlei Weise mit der Natur verbunden gewesen. Durch ihre Kleidung, die Art ihres Schuhwerks, die Boote, die sie bauten, die Nahrung, die sie sammelten, oder die Tiere, die sie erbeuteten.

Ihre Vorfahren waren Walfänger, genauso wie die Vorfahren der Makah. Diese beiden Stämme waren die einzigen, die den Mut hatten, es auf dem Meer mit dem riesigen Tier aufzunehmen. Die heute in Anaqoo lebenden Indianer waren einfache Fischer. Wenn die Flut weicht, dann wird der Tisch gedeckt, war eines ihrer uralten Sprichworte. Nur dass heute der Wal nicht mehr gejagt werden durfte und auch Heilbutt und Lachs – die wichtigste Nahrungsquelle der Inselbewohner – immer weniger wurden.

Wie ihre Verwandten vom Festland ergänzten sie ihren Speisezettel mit Wild aus den Wäldern, Beeren, essbaren Wurzeln und Sprossen. Von der Welt des zwanzigsten Jahrhunderts weitgehend unberührt, führten die Bewohner von Anaqoo ein einfaches, nah an der Natur ausgerichtetes Leben.

Als Greg und Hanna im kleinen Hafen an Land gingen, waren sie enttäuscht. Auf den ersten Blick schien der Ort wie verlassen. Entlang des Ufers standen ein paar Häuser, deren einstiger Anstrich durch Wind und Wetter bereits verblasst war. Aber dann entdeckten sie da und dort das Trockengerüst eines Fischers und einen großen Wappenpfahl vor der bemalten Wand der Gemeindehalle. Der Pfahl war keine von Jims Arbeiten, das war ihnen beiden sofort klar. Es gab keine physische Verbindung zwischen den einzelnen Figuren.

Eddie Elswa wies auf ein kleines, windschiefes Haus nahe am Waldrand. »Da drüben wohnt meine Großmutter. Wenn Sie zurückwollen, dann holen Sie mich einfach dort ab.«

Greg nickte. »Können Sie uns sagen, in welchem Haus Jim Kachook lebt?«

Elswa drehte sich um und zeigte auf das letzte Haus am anderen Ende des Ortes. »Dorthinten«, sagte er. »Dort wohnt Jim Kachook mit seiner Familie.«

Greg blickte Hanna an. Er sah den Widerstreit ihre Gefühle in ihrem Gesichtsausdruck. Ihre Miene war gequält, aber entschlossen. Offensichtlich tat ihr das alles mehr weh, als sie sich eingestehen wollte.

Vielleicht werde ich um sie kämpfen müssen, dachte er.

Eine Gruppe lachender, schwarzäugiger Kinder rannte an ihnen vorbei und Greg spürte, dass Hanna denselben Gedanken hatte wie er: Möglicherweise war unter diesen Jungen und Mädchen ein Kind von Jim.

»Wollen wir?«, fragte er.

Als sie sich nicht vom Fleck rührte, nahm er ihre Hand. »Wir mussten damit rechnen, Jim hier zu finden«, sagte er mit rauer Stimme. »Du wolltest die Wahrheit wissen, Hanna.«

Sie holte tief Luft und ließ sich von ihm mitziehen.

Hannas Knie zitterten und drohten, ihr den Dienst zu versagen. Alles in ihr schrie danach, umzukehren, nicht weiterzugehen, die Wahrheit auf dieser Insel zu lassen – aber da war Greg, der sie mit festem Griff vorwärtszog.

Er humpelte wieder, und das tat ihr leid.

Sie spürte die Angst in seinem Griff, sah, dass die andere Hand zur Faust geballt war.

Was tue ich ihm da an?, dachte sie. *Was tue ich uns an?*

Als sie nur noch ein paar Meter vom Haus entfernt waren, entdeckte Hanna auf der Südseite Trockengerüste, auf denen Fisch in der Sonne dörrte. Die Gerüste waren hoch genug, damit die Hunde den Fisch nicht erreichen konnten. Netze hingen an den Bretterwänden der Hausvorderseite. Alles deutete auf eine Fischerhütte hin – und nicht auf die Werkstatt eines Holzschnitzers.

Die Tür öffnete sich und eine junge Frau trat heraus. Sie formte die Hände vor ihrem Mund zu einem Trichter und rief laut zwei Namen. Ein etwa fünfjähriger Junge und ein gleichaltriges Mädchen lösten sich aus dem Kinderknäuel und rannten an Hanna und Greg vorbei zu ihrer Mutter. Zwillinge.

Hanna wurde schwindlig. Unfähig, ihren Schmerz zu verbergen, hob sie beide Hände vor ihr Gesicht. Jim hat eine Familie, Kinder. Er hatte es also niemals ernst mit ihr gemeint. Wie schwer es ihr fiel, sich das einzugestehen. Ihre Beine wollten sie nicht mehr tragen.

Greg legte einen Arm um ihre Hüfte. »Du schaffst das«, sagte er leise.

Als die Frau merkte, dass die beiden Fremden zu ihr wollten, blieb sie mit vor der Brust verschränkten Armen in der offenen Tür stehen. Sie trug Jeans und eine weite Bluse, unter der sich ein geschwollener Bauch abzeichnete. Sie musste ungefähr im sechsten oder siebten Monat sein. Ihre dunklen Gesichtszüge waren von lebendiger Schönheit.

Greg schob Hanna in Richtung Hauseingang. Er nannte seinen und Hannas Namen und begrüßte die junge Frau auf Makah. Über ihr Gesicht huschte ein freundliches Lächeln, als sie seinen Gruß erwiderte, so, als hätte er eine Zauberformel ausgesprochen. Sie hieß Fanny. Greg fragte sie nach Jim.

Fannys Lächeln wurde milde. »Jim ist mit dem Boot draußen«, sagte sie. »Aber er wird bald zurück sein. Kommen Sie doch herein, dann können Sie auf ihn warten.«

In der Küche bot Fanny beiden einen Platz an. »Schon den ganzen Tag hockt Jim da draußen und hofft auf den großen Fang. Es ist jeden Sonntag dasselbe. Aber heute muss ich wenigstens keine Angst um ihn haben, das Meer ist ruhig.«

Fanny stellte Tassen auf den Tisch und schenkte kalten Tee ein. Sie bewirtete ihre Kinder und ihre Gäste mit kleinen Heidelbeerkuchen. Sie schmeckten wunderbar, doch Hanna kaute nur mechanisch darauf herum. Sie konnte den Blick nicht von der Indianerin wenden. Ihr langes Haar, das glänzte wie Rabenfedern, wenn Sonnenstrahlen es berührten. Die klaren dunklen Augen, die Ruhe und Geborgenheit ausstrahlten.

Mit einem Mal fühlte Hanna sich, als hätte man ihr den Boden unter den Füßen weggezogen. Die ganze Zeit hatte sie sich eingeredet, Jim nur deshalb finden zu wollen, damit sie sicher sein konnte, dass es ihm gut ging. Und nun? Offensichtlich ging es ihm sehr gut. Er hatte eine Familie. Wieso war sie nicht zufrieden damit? Wieso fühlte sie sich so gedemütigt und verletzt?

Nur mit Mühe gelang es ihr, die Tränen zurückzuhalten. Sie wollte nicht, dass Greg merkte, wie weh ihr das alles tat, wie frisch die Narben waren, die Jims Verschwinden hinterlassen hatte. Jetzt drohten die alten Wunden wieder aufzubrechen. Hanna empfand Eifersucht. Auch den beiden Kindern gegenüber. Jim war ihr Vater. Er kümmerte sich um sie. Bestimmt saß er abends an ihrem Bett und erzählte ihnen Geschichten, bis sie einschliefen. Wenn ihre Beine müde waren, trug er sie auf seinen starken Schultern. Vielleicht durften sie ihn manchmal in seinem Boot auf das Meer hinausbegleiten.

Das alles hat er Ola weggenommen.

Und mit Sicherheit legte Jim oft seine Hände auf den Bauch, unter dem neues Leben wuchs. Das ist nicht fair, dachte Hanna. Auf ihren Bauch hatte niemand seine Hände gelegt, als Ola darin heranwuchs. Sie hatte alles allein durchstehen müssen. Die morgendliche Übelkeit in den ersten Schwangerschaftswochen, das Sodbrennen, die geschwollenen Beine, die panischen Anfälle von Verlassenheit kurz vor der Geburt.

Plötzlich war Hanna wütend auf die andere Frau. Das Gebäck in ihrem Mund wurde immer mehr, sie brachte es einfach nicht herunter. Am liebsten wäre sie nach draußen gerannt, geflohen vor der Realität. Aber vielleicht lief sie dann Jim in die Arme, ohne Greg an ihrer Seite zu haben.

Mit leicht verschleiertem Blick sah sie ihn an. Obwohl er Smalltalk mit Fannie machte, hatte er nicht aufgehört, Hanna zu beobachten. Sie erkannte, wie sehr er litt. Mit gesenktem Kopf legte sie ihre Hand zaghaft auf seine. Nach Sekunden der Reglosigkeit nahm er ihre Hand und umschloss sie fest.

Fannie goss Tee nach.

»Wann kommt das Baby?«, fragte Greg beiläufig.

»Anfang Oktober«, antwortete Fanny lächelnd. »Ich werde es hier in diesem Haus bekommen, wie schon Sammy und Mara. Wir haben eine gute Hebamme im Dorf.« Sie wollte noch etwas sagen, als die Tür sich öffnete.

Zuerst erschien ein Bündel Holz. Greg und Hanna starrten auf den Mann, der dahinter auftauchte, ein breites Lächeln im Gesicht. Er küsste Fanny und nahm die Kinder auf seine Arme, die ihn stürmisch begrüßten.

»Paul«, sagte Fanny, »wir haben Gäste. Sie wollen zu Vater.«

Der Mann, er musste Anfang oder Mitte dreißig sein, setzte die Kinder wieder auf den Boden und sie rannten kichernd aus dem Haus.

Er reichte erst Hanna, dann Greg die Hand. Er hatte Jims Augen, aber er war nicht Jim.

»Herzlich willkommen!«, sagte er. »Mein Vater wird gleich hier sein. Er hat einen großen Heilbutt gefangen und zerlegt ihn unten am Strand. Es ist ein großartiger Fang und Vater braucht Zeit, um seine Dankeslieder zu singen.«

Hanna saß wie erstarrt. Sie hörte die Worte, konnte sie aber kaum verarbeiten. Sie war zu keinem klaren Gedanken mehr fähig.

Greg fing sich als Erster. »Jim Kachook ist dein Vater?«, fragte er.

Paul nickte.

»Dann hast du vielleicht einen älteren Bruder, der auch Jim heißt? Er ist Schnitzkünstler und . . .«

Paul ließ sich schwer auf einen der Küchenstühle fallen und starrte nun seinerseits erst Greg und dann Hanna an. Sein Lächeln schien an den Mundwinkeln zu zerbröckeln, alles Blut aus seinem Gesicht gewichen zu sein. »Ja«, sagte er und seine Stimme klang fast tonlos, »mein Bruder Jim war ein guter Holzschnitzer.«

»War?«, fragte Hanna und spürte, wie ihr das Atmen plötzlich schwerfiel.

Pauls Stirn verfinsterte sich schlagartig. Zornig schlug er mit beiden Händen flach auf den Tisch. »Jim ist seit fünf Jahren nicht mehr hier gewesen. Das letzte Lebenszeichen, das wir von ihm haben, ist eine Karte aus Deutschland. Er ist wegen einer Frau dorthin gegangen. Wir haben nie wieder etwas von ihm gehört.«

Weder Hanna noch Greg sagten etwas.

Einen Augenblick lang schaute Paul ins Leere. »Als Jim das erste Mal verschwand, war er nicht mal fünfzehn und es brach meiner Mutter das Herz. Er hatte uns einen Brief hinterlassen, in dem er schrieb, dass er schnitzen wollte, und weil er es auf Anaqoo nicht durfte, woanders sein Glück versuchen müsse. Einige Jahre sahen wir ihn nicht wieder und in dieser Zeit starb unsere Mutter.

Irgendwann tauchte Jim dann wieder auf. Er hatte Geld – viel Geld – und versuchte, seine Schuld damit zu begleichen.«

Paul schüttelte kaum merklich den Kopf. »Erst, als er mit der Wahrheit herausrückte, fanden mein Vater und ich die Kraft, ihn zu verstehen – so absurd seine Geschichte auch war. Aber vor fünf Jahren ist Jim ein zweites Mal verschwunden.« Er warf einen Blick zur Tür. »Mein Vater war lange krank und ist seitdem um viele Jahre gealtert. Ich möchte nicht, dass er das alles noch einmal durchmachen muss.«

Hanna merkte, dass Paul sie beide am liebsten aus dem Haus gewiesen hätte, so aufgebracht war er. Aber die Regeln der Höflichkeit verboten es ihm. Hanna zog ein Foto aus ihrem Rucksack und gab es Paul.

Mit fester Stimme sagte sie: »Paul, das ist deine Nichte Ola. Sie ist fast vier Jahre alt und lebt in Deutschland. Jim weiß nichts von seiner Tochter. Er flog in die Staaten zurück, um mich später nachzuholen. Ich habe nie wieder etwas von ihm gehört. Deshalb habe ich mich auf die Suche gemacht.«

Paul betrachtete erst das Foto, dann musterte er Hanna. Sein Ärger schien verflogen zu sein, geblieben war Ratlosigkeit. Wie gut sie ihm die nachfühlen konnte.

»Ich weiß nicht, was ich sagen soll.« Hilfe suchend sah er sich nach seiner Frau um, die dem Gespräch schweigend gefolgt war. Fanny blickte ihn nur mit großen Augen an.

»Hat Jim dir je von Matthew und Greg Ahousat erzählt?«, fragte Greg.

Paul nickte. »Er sprach viel von einem Mann, der ihn das

Schnitzen lehrte. Und von dessen Sohn, der wie ein Bruder für ihn war. Aber er nannte uns keine Namen.«

»Aber wieso?« Greg sprang auf. »Warum das Versteckspiel? Hat er vielleicht jemanden getötet und musste deshalb von hier verschwinden?« Er begann auf und ab zu laufen, während Hanna kaum zu atmen wagte. Glaubte Greg wirklich, dass Jim ein Mörder war?

Paul schüttelte den Kopf. »Das war es nicht.«

»Du kennst also den Grund?« Greg ließ sich wieder auf den Stuhl fallen.

»Ich kenne ihn. Aber ich weiß nicht, ob ich das Richtige tue, wenn ich Jims Geheimnis preisgebe. Wir hoffen immer noch, dass er zurückkehrt. Ich will ihm sein Leben nicht verbauen.«

Sein Leben nicht verbauen? Hanna glaubte, sich verhört zu haben. Sie wollte etwas erwidern, doch ein alter Mann betrat das Haus und Paul brach mit einer rigorosen Geste das Gespräch ab. Er stellte Greg als einen Freund vor, und nachdem man ein paar Höflichkeiten ausgetauscht hatte, verließ Paul zusammen mit Greg und Hanna das Haus. Jims Bruder lief hinunter zum Strand und sie folgten ihm.

»Sollte der alte Mann nicht die Wahrheit erfahren?«, fragte Hanna unsicher.

»Was für eine Wahrheit?«, wollte Paul wissen.

»Dass er eine Enkeltochter hat.«

Paul hob die Hände zu einer verzweifelten Geste. »Eine Enkeltochter, die seine Sprache nicht spricht und die er niemals sehen wird? Glaubt ihr nicht, dass das sein Herz noch schwerer machen wird?«

Greg bohrte seine Schuhspitze in den Sand und grub eine Muschel aus. »Hör zu«, sagte er zu Paul. »Hanna hat einen sehr weiten Weg gemacht, um etwas über Jim herauszufinden. Es ist ihr und ihrer Tochter gegenüber nicht fair, dass du schweigst.«

Er holte tief Luft. »Und mir gegenüber ist es auch nicht fair. Weder Hanna noch ich würden etwas tun, das Jim schadet.«

Paul schwieg. Er schien nachzudenken. Nach einer Weile sagte er: »Also gut, ich werde euch alles erzählen. Aber vorher muss ich noch etwas wissen. Wo ist er gewesen, all die Jahre? Ich meine, bevor er verschwand.«

»Nicht weit von hier«, erwiderte Greg, »Mein Vater und ich sind Makah aus Neah Bay.«

Paul stieß ein bitteres Lachen aus. »Es will mir nicht in den Kopf. Die ganze Zeit war er so nah. Aber doch – es macht Sinn.«

»Wieso?«

»Jim war schon als Kind versessen darauf, unsere alte Sprache zu lernen. Niemand aus unserer Familie konnte sie ihn lehren, meine Eltern und sogar meine Großeltern kannten nur ein paar gebräuchliche Worte. Also verbrachte er jeden Tag mehrere Stunden bei einer uralten Frau hier aus dem Ort. Er half ihr bei den täglichen Arbeiten und sie brachte ihm die Sprache bei. Die komplizierten Worte schienen ihm keinerlei Schwierigkeiten zu bereiten. Jim war schnell von Begriff.«

Paul kehrte dem Dorf den Rücken und setzte sich in Bewegung. Greg und Hanna tauschten einen Blick und folgten ihm den Strand entlang. Ein Haufen Fischabfälle am Ufer verbreitete penetranten Gestank und Paul machte einen großen Bogen darum.

»Aber die Sprache war nicht alles, worauf Jim versessen war«, fuhr Paul fort. »Als er sieben oder acht war, begann er zu schnitzen. Mit zehn hatte er sich in den Kopf gesetzt, Holzschnitzer zu werden.« Paul lächelte. »Alles, was Jim in Angriff nahm, tat er mit Leidenschaft. Er bat unseren Vater, ihm ordentliches Werkzeug zu kaufen, damit er bei Wilson Wadish – dem Meisterschnitzer aus unserem Dorf – in die Lehre gehen konnte. Eine Zeit lang versuchte mein Vater, ihm die Sache auszureden, aber Jim ließ nicht locker. Er wusste, dass er das Zeug dazu hatte, ein Meister zu werden. Es war sein Traum, seine Bestimmung. Alles, was er wollte, war schnitzen.« Paul schwieg einen Moment, als würde er überlegen, ob er weiterreden sollte oder nicht. Schließlich tat er es.

»Eines Tages nahm ihn mein Vater beiseite und versuchte, ihm zu erklären, warum er kein Holzschnitzer werden konnte.« Paul war stehen geblieben. Hanna und Greg sahen Jims Bruder erwartungsvoll an.

»Es hat etwas mit der Vergangenheit zu tun«, sagte er, »und es fällt mir nicht leicht, darüber zu sprechen. Die Vorfahren unserer Familie waren Sklaven.« Er stemmte die Hände in die Hüften und sah Hanna herausfordernd an. »Ich nehme an, davon hat er Ihnen nichts erzählt.«

Hanna stockte der Atem, und als sie Greg ansah, wusste sie, dass ihn diese Offenbarung ebenso verblüffte. Sie schüttelte den Kopf.

»Sklaven waren von niederem Wert in unserer Kultur«, sagte Paul, weiter an Hanna gewandt. »Sie hatten keinerlei Rechte und Privilegien. Das alles ist natürlich längst Geschichte, aber die langen Arme der Vergangenheit greifen manchmal noch in unser heutiges Leben ein. Auch wenn es offiziell niemand zugeben würde: dass ein Nachfahre von Sklaven die Würde eines Holzschnitzers erlangt, ist immer noch ein Tabubruch.«

»Und das ist der Grund?«, fragte Hanna entgeistert. »Jim ging fort und verleugnete seine Familie, weil er Wappenpfähle schnitzen wollte?«

»Ja. Meisterschnitzer kann nur werden, wer von hohem Geburtsrang ist«, sagte Paul. »Für jemanden, der mit unserer Kultur nicht vertraut ist, mag sich das bizarr anhören. Aber so ist es. Auf Anaqoo hatte Jim keine Chance. Jeder hier weiß über die Vorfahren unserer Familie Bescheid.«

»Aber das alles ist doch schon so lange her«, sagte Hanna aufgebracht. »Ich kann nicht glauben, dass ihr euch dem Diktat der Vergangenheit immer noch fügt.« Das Gespräch mit Grace Allabush ging ihr durch den Kopf und sie wurde den Verdacht nicht los, dass auch in Neah Bay die langen Arme der Vergangenheit ihre Finger im Spiel hatten, wenn der Freund des Mädchens nicht zum Potlatch eingeladen wurde.

Paul reagierte mit einem Achselzucken. »Jim fügte sich nicht. Er ging zu Wilson Wadish und bat ihn, ihm das Schnitzen beizubringen. Wadish lehnte ab. Nicht nur das, der Meisterschnitzer war entzürnt darüber, dass Jim es überhaupt gewagt hatte, ihn zu fragen. Damals musste Jim klar geworden sein, dass die alten Traditionen nicht einfach zu übergehen waren. Und er fasste diesen Plan.«

»Jim rettete mir das Leben«, sagte Greg, »es passierte während eines Sturms.« Er erzählte Paul, wie Jim nach Neah Bay gekommen war. Hanna merkte, dass es ihm nicht leichtfiel, die Wahrheit zu sagen, weil sie so viel zerstörte. Sie wagte sich nicht auszumalen, wie viel von Gregs eigenen Gefühlen für Jim in den letzten Augenblicken zerstört worden waren.

»Ich glaube, er hatte sich meinen Vater vorher genau ausgesucht. Ich weiß nicht, wie er es angestellt hat, dass niemand auf ihn aufmerksam geworden ist und dass er während des Sturmes zur rechten Zeit am rechten Ort war. Vielleicht hat er mich schon eine ganze Weile beobachtet. Alles war perfekt eingefädelt.«

Paul nickte, als würde ihn das nicht verwundern. »Er war wie besessen. Glück war für Jim erst dann möglich, wenn er schnitzen konnte.«

»Aber wie hat er nur mit all diesen Lügen leben können?«, fragte Hanna, überwältigt von dem, was sie gehört hatte.

Greg sah sie an. »Er konnte es nicht«, sagte er leise, »das war sein Problem.« Er schwieg einen Moment. »Vielleicht holten die Lügen ihn eines Tages ein, vielleicht konnte er selbst nicht mehr in den Spiegel sehen. Sein einziger Ausweg war die Flucht. Deshalb ging er mit dir nach Deutschland.«

Hanna spürte, wie sich in ihrem Inneren alles schmerzhaft zusammenzog. Tränen stiegen in ihr auf, doch sie konnte nicht weinen. Was Greg sagte, war die Wahrheit. Vermutlich hatte Jim gehofft, weit fort von allen, die er liebte, seine Schuldgefühle zu verlieren. Nur, dass sich in seinem Schweigen ihr gegenüber, noch mehr Lügen angehäuft hatten.

»Aber fern der Heimat konnte Jim nicht leben«, sagte Greg und musterte Hanna von der Seite. »Also kehrte er zurück, um reinen Tisch zu machen.«

»Und wo ist er jetzt?«, fragte Paul.

»Ich weiß es nicht«, antwortete Greg. »Ich weiß es wirklich nicht.«

20. Kapitel

Ich weiß es nicht, aber ich habe eine Ahnung. Greg hatte einen Verdacht, der urplötzlich auftauchte und nicht wieder verschwinden wollte. Plötzlich hatte er es eilig.

»Es ist spät«, sagte er zu Paul, »wir müssen aufbrechen. Ich glaube, wir haben genug erfahren. Vielleicht erwischen wir noch einen Platz auf der letzten Fähre.«

Jims Bruder nickte gedankenverloren. Er schien das Ganze auch erst einmal verarbeiten zu müssen.

Greg legte ihm eine Hand auf die Schulter. »Danke, dass du uns die Wahrheit erzählt hast.«

Hanna griff in ihre Tasche und holte Olas Foto noch einmal hervor. Sie reichte es Paul. »Auf der Rückseite steht unsere Adresse. Nur für den Fall, dass der alte Mann doch von seiner Enkeltochter erfahren sollte.«

Paul steckte das Foto ein. »Wie lange bist du noch in den Vereinigten Staaten, Hanna?«

»Noch zwei Wochen, dann fliege ich zurück.« Hanna reichte Paul die Hand. »Auf Wiedersehen Paul. Ich bin froh, dich kennengelernt zu haben.«

Greg drängte zum Aufbruch. Er notierte sich Pauls Adresse und die Telefonnummer. »Wir melden uns, wenn es etwas Neues gibt.«

Greg zog Hanna zum Steg, an dem Eddie Elswas Boot lag. Er spürte Pauls nachdenklichen Blick in seinem Rücken.

Elswa, der mit seiner Großmutter vor dem Haus gesessen und

sie beobachtet hatte, kam zu ihnen und machte das Boot klar. »Hatten Sie Erfolg?«, fragte er.

»Nicht ganz so, wie wir es uns erhofft hatten«, antwortete Greg. Wir haben nach dem jungen Jim Kachook gesucht – nicht nach seinem Vater.« Sie stiegen ein und Elswa legte ab.

»Jim Junior ist schon seit ein paar Jahren nicht mehr auf die Insel gekommen«, schrie Elswa, um den Krach des Motors zu übertönen. »Vermutlich hat er einen Ort gefunden, an dem es sich besser leben lässt als hier.«

Vermutlich? Hoffentlich.

Greg wollte auf dem schnellsten Wege zurück nach Neah Bay. Er hatte den Verdacht, dass sein Vater ihn – was Hannas Briefe anging – belogen hatte. Er und Jim hatten sich sehr nahegestanden. Und selbst wenn Matthew Ahousat enttäuscht darüber gewesen war, dass sein Ziehsohn einen Wappenpfahl für ein Völkerkundemuseum schnitzte, so hätte er ihm das nach seiner Rückkehr mit Sicherheit verziehen.

Was er ihm keinesfalls verziehen hätte, war die Tatsache, dass Jim eine weiße Frau heiraten und sich mit ihr in Neah Bay niederlassen wollte. Aber davon hatte sein Vater ja angeblich nichts gewusst. Es sei denn, er hatte die Briefe gelesen.

Matthew hatte ihn die letzten fünf Jahre glauben lassen, Jim wäre nie zurückgekehrt und würde mit einer weißen Frau in Deutschland leben.

Aber das stimmte nicht. Jim *war* zurückgekehrt.

Oren Hunter hatte seinen Wagen kurz vor dem Parkplatz von Cape Flattery in einen Waldweg gefahren und ihn dort gut getarnt hinter Sträuchern geparkt. Irgendetwas ging hier oben am Kap vor sich und diesmal würde er herausfinden, was es war. In der vergangenen Nacht hatte der Polizeichef wieder einen Traum gehabt und sein linker großer Zeh kribbelte heftiger als je zuvor.

Hunter hatte sich von seiner Frau Sandwichs mitgeben lassen. Sein Plan war, so lange in seinem Versteck in der Nähe des Geländers auszuharren, bis er denjenigen erwischte, der mutwillig das Eigentum des Stammes zerstörte und damit das Leben von Menschen aufs Spiel setzte. Diesmal würde er ihn kriegen – und wenn es die ganze Nacht dauern sollte.

Ein zweiter Wagen stand auf dem Parkplatz. Laut Nummernschild stammte er aus Colorado. Touristen. Er hoffte, dass es ihnen gut ging.

Hunter benutzte den Wanderweg, um hinunter ans Kap zu gelangen. Er hätte auch den schmalen, steinigen Pfad am Rand der Steilküste wählen können, aber das wäre zeitaufwendiger und vor allem lebensgefährlich gewesen. Oren Hunter wollte zwar seiner Pflicht nachgehen, aber er wollte auch unversehrt seine Pension antreten und mit seiner Frau noch ein paar ruhige Jahre verbringen. Er wollte fischen und vielleicht ein Stück vom übrigen Amerika kennenlernen. Zwar hatte ihn sein Beruf schon in Städte wie Denver, Milwaukee und Los Angeles geführt, aber Städte interessierten ihn nicht. Die vielen Menschen machten ihm Angst. Und erst recht die Art der Verbrechen, die in solchen Hexenkesseln verübt wurden.

Hunter war sich durchaus darüber im Klaren, was für einen ruhigen Job er all die Jahre hier am Ende der Welt gehabt hatte. Nur vier unnatürliche Todesfälle in seiner ganzen Amtszeit. Darauf war er ungeheuer stolz. Die Leute, die bei den Felsen und Seemöwen leben, waren keine Mörder.

Natürlich gab es da zwei Handvoll Leute aus Neah Bay, die eine Strafe im Gefängnis von Clallam County absaßen. Die Hälfte von ihnen waren Jugendliche, die außerhalb des Reservates auf die falsche Bahn geraten waren. Alkohol und Drogen verderben den wahren Charakter eines Volkes, hatte er immer zu Hildred gesagt.

Nach ihrer Entlassung kehrten die jungen Männer nach Neah Bay zurück und Hunter kümmerte sich persönlich um sie. Er sorgte dafür, dass ihre Familien sie wieder aufnahmen, dass sie einen Job bekamen oder wenigstens eine Beschäftigung, mit der sie ihre Zeit ausfüllen konnten. In den meisten Fällen wurden anständige Menschen aus ihnen.

Manchmal passierte es aber auch, dass ein junger Mensch überhaupt keinen Zugang mehr zu seinem Volk und den alten Bräuchen fand. Derjenige war für immer verloren. Abgeschnitten von den Geistern des Landes, büßte er seine Seele ein und dann konnte ihn nur noch ein Wunder retten.

Hunter sah auf, als er Stimmen vor sich hörte. Das Ehepaar aus Colorado kam ihm entgegen und er grüßte erleichtert. Sie nahmen nicht weiter Notiz von ihm, denn er trug seine Uniform nicht.

Am Kap überprüfte Hunter das Geländer, versicherte sich gründlich, dass niemand in der Nähe war, und hockte sich in das geräumige Innere eines Strauches mit dichten immergrünen Blättern. Dieses Versteck hatte er schon vor einiger Zeit entdeckt. Gut getarnt konnte er so jeden beobachten, der sich am Geländer zu schaffen machte. Zudem konnte er von hier aus dem Täter den Fluchtweg abschneiden. Die anderen drei Seiten wurden vom Meer begrenzt. Wollte sich jemand von hier aus dem Staub machen, musste er zwangsläufig an Hunter vorbei.

Der Chief machte es sich einigermaßen bequem und richtete sich auf eine lange Wartezeit ein. Still zu sitzen war kein Problem für ihn. Er hatte es schon gelernt, als er noch ein kleiner Junge war und sein Vater ihn mit zum Angeln auf die Felsen vor der Küste genommen hatte. Oren Hunter mochte es, einfach nur dazusitzen und seinen Gedanken nachzuhängen. Dabei war er mitunter zu erstaunlichen Schlüssen gelangt.

Doch diesmal war er sich sicher, dass etwas passieren würde. Das Kribbeln in seinem großen Zeh wurde immer unerträglicher. Hunter hoffte inständig, dass sein Instinkt nicht versagt hatte und er sich auch am richtigen Ort befand.

Dem Ort der Geister.

Nach zwei vollkommen ruhigen Stunden überkamen Hunter die ersten Zweifel. Es wurde dunkel und niemand würde so spät noch ans Kap kommen. Was, wenn er nur seine Zeit verschwendete? Aber da er sich fest vorgenommen hatte auszuharren, verließ er sein Versteck nicht. So lautlos wie möglich wickelte er seine Sandwichs aus, biss in eins hinein und begann zu kauen. Um ihn herum war es still, Hunter hörte nur die Mahlgeräusche seines Kiefers.

Doch schon wenig später füllte sich die Dunkelheit mit Leben. Für den Polizeichef kein Grund zur Besorgnis. Er war hier aufgewachsen und kannte die Geräusche. Die Nachttiere begannen ihre Aktivitäten, die Flut stieg und das Meer begann zu sprechen. Die Stimmen des Wassers offenbarten Dinge, die nur die Alten der Makah noch verstehen konnten.

Plötzlich stockte Hunter der Atem. Er schluckte den letzten Bissen hinunter und lauschte in die Dunkelheit. Seine ganze Aufmerksamkeit gehörte wieder der Gegenwart. Jemand kam den Pfad herunter. Er hörte Tritte, Flüstern und leises Gelächter.

Also doch, dachte er. Gleich wird es interessant.

Der Strahl einer Taschenlampe streifte den Chief und er drückte sich noch tiefer in sein Versteck. Angestrengt versuchte er, die Stimmen zu unterscheiden. Gleich darauf kamen die nächtlichen Besucher dicht an ihm vorbei. Es waren zwei Pärchen, junge Leute aus Neah Bay. Hunter erkannte seinen Neffen Joey und dessen Kumpel Mike Sparks. Wer die Mädchen waren, wusste er nicht, er vermutete aber, dass eine davon Mikes Freundin Kate war, die Tochter von Helma Ward.

Inständig hoffte er, dass die vier nichts mit dem zerstörten Geländer zu tun hatten. Dann würde ihm nichts anderes übrig bleiben, als sie zu verhaften. Seinen eigenen Neffen. Welche Schande für die ganze Familie.

Die Jugendlichen liefen hinunter zum Kap und jetzt, wo der Wald nicht mehr hinter und über ihnen war, wurden ihre Stimmen lauter.

»Vorsicht am Geländer«, hörte Hunter seinen Neffen die anderen warnen.

»Es ist fest«, sagte Mike. »Bist du sicher, dass die Deutsche hier runtergestürzt ist? Sieht so aus, als könnte man das nicht überleben.« Er leuchtete mit der Taschenlampe in die Tiefe.

»Es war genau hier, das kannst du mir glauben. Der Holzschnitzer hat sie rausgefischt und behalten. Strandgut.«

Die anderen kicherten.

Joey, du alter Wichtigtuer. Hunter atmete auf. Er hatte genug gehört, um sicher zu sein, dass die vier nichts mit der Zerstörung des Geländers zu tun hatten. Aber was machten sie um diese Zeit hier draußen am Kap?

»Und wo ist sie nun?«, fragte Kate.

»Wenn du so herumschreist, wird sie nicht kommen«, erwiderte Joey.

Auf wen, verdammt noch mal, wartet ihr?, fragte sich Hunter.

»Lasst uns lieber verschwinden«, sagte die kleine Ward, »ich mach mir gleich in die Hosen.«

Dann hörte Oren die Stimme des anderen Mädchens. »Granny hat gesagt, dass Tsonoqa nicht nur Unglück bringt. Wer ihr begegnet, kann auch zu Reichtum und Glück kommen.«

Grace Allabush.

Hunter hatte schon die ganze Zeit vermutet, dass Joey eine

Freundin hatte. Aber Grace war noch jung, erst fünfzehn. Sollte sie nicht längst im Bett liegen? Und was faselten sie da von Tsonoqa, der Wilden Frau? Sie waren doch nicht etwa auf die Gerüchte hereingefallen, die in Neah Bay die Runde machten?

Oren Hunter wurde ärgerlich. Die Jugendlichen würden ihm alles vermasseln. Die Jungen wollten den Mädchen imponieren, indem sie sie mit Geistergeschichten hierherlockten und ihnen dann Angst machten, in der Hoffnung, die Mädchen würden sich in ihre schützenden Arme flüchten.

»Sie ist gefährlich«, sagte Kate. »Sie frisst kleine Kinder.«

»Sind wir etwa kleine Kinder?«, spottete Mike.

Und ob, dachte Hunter grimmig. Er überlegte, was er tun konnte, um die vier vom Kap zu vertreiben, als es plötzlich totenstill wurde. Irgendetwas hatte die Pärchen zum Schweigen gebracht. Ein Geräusch oder eine Bewegung im Dunkeln.

Mike und Joey leuchteten mit ihren Taschenlampen das Gebüsch aus. Ein Strahl wurde immer schwächer und erstarb schließlich zu einem jämmerlichen Glimmen. »Scheiße«, fluchte Mike, »die Batterien sind alle.«

»Na, toll«, stöhnte Joey.

»Sie waren ganz neu«, verteidigte sich Mike.

Schließlich hörte auch der Chief, was die Jugendlichen so nervös machte: ein leises Geräusch, es klang wie ein Meckern. Nein, es war ein Lachen, ein wahnsinniges Lachen, wie von einem Geist. Die vier verstummten erneut. Hunter versuchte herauszufinden, woher das Lachen kam. Es musste irgendwo links von ihm sein – oben, am Rand der Klippen. Aber auf dieser Seite war das Blattwerk seines Verstecks so dicht, dass er trotz der klaren Vollmondnacht nichts erkennen konnte.

Das Geräusch von eiligen Schritten. Die vier verstummten Jugendlichen traten ganz offenbar die Flucht an. Ohne ein Wort hasteten sie an ihm vorbei, den Weg hinauf zum Parkplatz. Einen Augenblick amüsierte Hunter sich über die Feigheit der jungen Leute, konzentrierte sich aber sofort wieder auf das, was kommen würde.

Flüsternde Stimmen. Jemand kam aus dem Wald oberhalb der Steilküste und kletterte über das Geländer. Er hörte das Trippeln von nackten Füßen auf Fels. Hunter unterschied die Silhouetten eines Mannes und einer Frau. Wie zu einer einzigen Person verschmolzen, standen sie an der Landspitze und ihre Körper rieben aneinander. Als der Polizeichef begriff, dass sie sich küssten, trieb es ihm Schweißperlen auf die Stirn.

Waren jetzt alle um ihn herum verrückt geworden? Gab es keinen idyllischeren Platz, um sich zu lieben, als das windige Cape Flattery kurz vor Mitternacht? Mit dem Ärmel seiner Jacke fuhr er sich über die Stirn, auf der kalte Schweißperlen standen. Die beiden Gestalten waren inzwischen aus seinem Blickfeld verschwunden, aber Hunter hörte sie in der Dunkelheit.

Fast hätte er laut aufgestöhnt. Das hatte ihm gerade noch gefehlt. Er hielt Spanner für krank. *Ich bin zu alt für diesen Beruf.*

Plötzlich merkte er, dass er sich geirrt hatte. Der Strahl einer Taschenlampe streifte erneut sein Versteck und nun vernahm er ein ganz anderes Geräusch. Es war das präzise Hin und Her einer Säge, deren Stahlzähne sich in Holzfasern gruben und sie zerrissen. Großer Gott, dachte Hunter und musste sich zwingen, ruhig sitzen zu bleiben. Was ging da unten vor? Er lauschte noch einmal, ob er sich auch nicht getäuscht hatte. Nein, ganz sicher, jemand machte sich am Geländer zu schaffen.

Mit seiner Rechten tastete er nach seiner Waffe. Die andere Hand umklammerte den Schaft der Taschenlampe. Er musste versuchen, noch ein Stück näher an die beiden heranzukommen, bevor er sie auf frischer Tat ertappte.

So lautlos wie möglich arbeitete er sich aus seinem Versteck und tatsächlich gelang es ihm, den Strauch unbemerkt zu verlassen. Aber dann trat er auf einen vom Laub verdeckten Ast. Es knackte und die Säge verstummte abrupt. Werkzeug wurde eilig zusammengerafft. Hunter knipste seine Taschenlampe an und richtete den Strahl auf die beiden Gestalten. Sie ließen alles liegen und flohen über das Geländer in Richtung Wald.

Chief Hunter war so verwirrt von dem, was er im grellen Strahl der Taschenlampe gesehen hatte, dass es ein paar Sekunden dauerte, bis er seine Stimme wiederfand. »Halt, stehen bleiben! Polizei!«

Plötzlich hörte er einen markerschütternden Schrei und gleich darauf das Aufschlagen eines Körpers auf dem steinigen Ufer unter ihm. Er lief zum Kap und leuchtete die Klippen ab. Dort unten lag sie, die Frau mit den bloßen Brüsten und dem Bastrock. Die Flut hatte nicht ausgereicht, um den Aufprall abzufangen. So grotesk, wie die Glieder von ihrem Körper abstanden, war die Frau mit Sicherheit tot.

Hunter stöhnte auf. Seine Vision hatte sich erfüllt. Noch ehe er sich darüber klar werden konnte, was das für ihn bedeutete, ertönte vom Rand des Felsens das wilde Aufheulen eines Mannes. Wie ein verwundetes Tier brüllte er seinen Schmerz von den Klippen. Es war ein Heulen voll untröstlichen Schmerzes, das abrupt endete, als der Mann im Dickicht des Waldes verschwand.

Hunter stand wie gelähmt am Geländer und starrte hinunter auf die Frau, deren Arme und Beine vom heranfließenden Wasser bewegt wurden. Er konnte nicht erkennen, wer sie war. Ihr Gesicht war von einer Wolke dichten schwarzen Haares verdeckt worden, als er sie mit seiner Taschenlampe angeleuchtet hatte. Auch das Gesicht des Mannes war nicht zu erkennen gewesen und doch wusste Hunter, wen er vor sich gehabt hatte.

Erschüttert schüttelte er den Kopf. »Das habe ich nicht gewollt«, flüsterte er immer wieder. »Das habe ich nicht gewollt.«

Der Chief ließ das Werkzeug, wo es war, und machte sich mit seiner Taschenlampe auf den Weg zu seinem Wagen, um über Funk Verstärkung zu rufen. Jemand musste die Frau dort wegholen und die Beweise sichern. Um den Flüchtenden würde er sich später persönlich kümmern.

21. Kapitel

Kurz vor Mitternacht erreichten Hanna und Greg das Haus am Sooes Beach. Von Port Angeles aus war Hanna Gregs Pick-up hinterhergefahren und nun parkten sie nebeneinander hinter dem Haus. Von Matthews schwarzem Jeep keine Spur.

Auf der Fahrt nach Victoria und auch während der Überfahrt nach Port Angeles hatte Greg kaum etwas gesagt und Hanna hatte nicht gewagt, sein düsteres Schweigen zu brechen. Sie ahnte, dass er einen quälenden Gedanken mit sich herumtrug, etwas, das er noch nicht mit ihr teilen konnte.

Jetzt lief Greg mit großen Schritten zur Tür. Er schloss auf und stürmte ins Haus. Das Licht ging an, Hanna hörte ihn nach seinem Vater rufen.

Er ist nicht da, dachte sie und Greg betrat ebenfalls das Haus.

Greg rüttelte an der Tür zu Matthew Ahousats Zimmer, doch sie war verschlossen. Vor Hannas entgeisterten Blicken warf er sich mit seinem Körpergewicht dagegen. Das Schloss gab nach. Greg schaltete das Licht an und begann, das Zimmer zu durchsuchen. Er zog Bücher aus dem Regal und klappte sie auf. Er hob die Matratze an und er öffnete sämtliche Holzkästen.

Hanna blieb in der Tür stehen. Ihr Blick wanderte durch den Raum, der sie unwillkürlich an ein Museum erinnerte. Sein kunstvoll verziertes Tanzgewand hatte Matthew Ahousat über einen Stuhl geworfen, auf dem Bett lag die Wolfsmaske, die er auf dem Potlatch getragen hatte. An den Wänden hingen verschiedene andere Masken: die eines Raben und eines Bären, eine bewegliche, Furcht einflößende Maske mit roten Haaren und Kupferaugen. Federn sprossen aus ihrem Kinn.

Hanna sah unzählige Miniaturpfähle in den Regalen. Bemalt, holzbelassen oder schwarz glänzend. Puppen aus Holz mit echtem Haar. Ein aufgeklapptes hölzernes Herz mit einer Eule im Inneren. Bleiche Totenmasken, deren hohle Augen Hanna anzustarren schienen.

Sie schauderte. Es war unheimlich in diesem Zimmer.

»Wonach suchst du?«, fragte sie zaghaft.

Greg antwortete nicht. Er schien vergessen zu haben, dass sie überhaupt existierte. Jeden Winkel des Zimmers durchforstete er. Hanna sah den fiebrigen Glanz in seinen Augen, der ihr Angst machte. Er zog die Schubladen am Schreibtisch seines Vaters heraus und stieß schließlich auf eine, die verschlossen war. Ohne Erklärung drängte er sich an Hanna vorbei und kehrte einen Augenblick später mit einem Armeemesser zurück. Er brach die Schublade auf und hielt abrupt in seinem Treiben inne. Greg schien gefunden zu haben, wonach er suchte.

Hanna trat näher und warf einen Blick in die Schublade. Darin befanden sich Briefe. Briefe, die Jim Kachook aus Deutschland an seinen Wahlvater geschrieben hatte. Und jene Briefe, die Hanna an Jim geschrieben hatte, nachdem kein Lebenszeichen mehr von ihm gekommen war.

Er hat meine Briefe gelesen.

Hannas Herz schlug wie eine Trommel, als ihr die Ungeheuerlichkeit bewusst wurde. Sie nahm die geöffneten Briefe aus Gregs Händen entgegen und setzte sich auf das Bett. Wieder und wieder ging sie den Stapel durch und las die Anschrift auf jedem der Umschläge. Tränen verschleierten ihren Blick. Greg legte seine Hände auf ihren Arm, um sie in ihren monotonen Bewegungen aufzuhalten.

Mit ausdrucksloser Stimme sagte Hanna: »Dein Vater hat sie alle gelesen.« Da war ein Geschmack auf ihren Lippen, wie eine rasche, tiefe Verwundung. Dieser bösartige alte Mann hatte ihre Geheimnisse gelesen. Die Eingeständnisse ihrer Einsamkeit und ihrer körperlichen Sehnsüchte. Hanna hasste Matthew Ahousat dafür.

Greg hockte am Boden. »Wo kann er bloß sein?«

»Vielleicht in seiner Werkstatt?«

Das Klappen der Eingangstür ließ beide in die Höhe fahren. Matthew Ahousat erschien in der Tür seines Zimmers. Sein Gesicht war schmutzig und die Haare standen nach allen Seiten vom Kopf ab. Flecken aus schaumigem Speichel sprenkelten seine Lippen. Er sah aus wie ein wütendes Tier. Nur seine Augen strahlten eine gefährliche Ruhe aus. Die Ruhe dessen, der die Wahrheit schon kennt.

»Nun«, sagte er, »hast du gefunden, wonach du gesucht hast, mein Sohn?«

Greg hielt die Briefe in die Höhe. »Warum hast du gelogen, Vater?«

»Weil es so das Beste war.«

»Das Beste für wen? Für Jim?«

»Für dich, Greg. Meinen richtigen Sohn, mein eigen Fleisch und Blut.«

Greg bewegte sich auf seinen Vater zu, den Körper angespannt. »Wo ist er, Vater? *Wo ist Jim?*«

Matthew Ahousat warf den Kopf in den Nacken und aus seinem Inneren kam ein vernichtendes Gelächter. »Ich weiß es nicht.«

»Du lügst«, sagte Greg. »Jim ist damals nach Neah Bay zurückgekommen. Er war hier, Vater. Grace Allabush hat ihn gesehen und Annie hat sein Taschenmesser gefunden.«

»Annie?«, entfuhr es dem Alten, »du hast mit Annie über Jim

gesprochen?« Verständnislos blickte der alte Ahousat seinem Sohn in die Augen. »Sieben Jahre war Jim mit Annie zusammen, bis diese Frau auftauchte«, er stieß mit dem Zeigefinger nach Hanna, »und er Annie ohne ein Wort der Erklärung verließ.«

Matthews Offenbarung versetzte Hanna einen Stich.

»Ich glaube dir kein Wort«, sagte Greg, doch mit einem Mal schien er verunsichert zu sein.

Am liebsten wäre Hanna aus diesem Zimmer geflohen und hätte sich irgendwo verkrochen. Für sie brach eine Welt zusammen. Sie hatte Jim geliebt und ihm vertraut. Konnte man sich so in einem Menschen täuschen? Hanna war verletzt und zum ersten Mal, seit sie hier war, fühlte sie sich schuldig.

»Flora hat die beiden beobachtet, jahrelang.« Matthew wandte sich an seinen Sohn. »Du hättest die Dinge wieder in Ordnung bringen können, Greg. Du hättest gutmachen können, was Jim angerichtet hatte. Aber nein, du machst genau denselben Fehler wie er.«

Greg blieb stumm und sein Schweigen riss Hanna aus ihrer Erstarrung. Ihr Blick suchte seinen, aber sie fand keine Antwort, nur eine unbestimmte Angst.

»Jim ist zurückgekommen, um dir zu sagen, dass er eine weiße Frau heiraten und mit ihr hier leben wird, Vater«, sagte Greg, Verzweiflung und Zorn in der Stimme. »Das hast du nicht ertragen.«

Matthew Ahousat fuhr sich mit der Hand durchs Haar. »Dieser Narr«, sagte er verächtlich. »Er hat tatsächlich geglaubt, dass er sich über die alten Regeln hinwegsetzen könnte. Ich habe diesem Bastard vertraut und er hat mich hereingelegt.« Der Alte leckte sich über die aufgesprungenen Lippen.

Das wachsende Entsetzen auf Gregs Gesicht war Hanna nicht entgangen. »Du hast gewusst, wer Jims Vorfahren waren?«, fragte er.

Matthew schnaubte wütend. »Er hat es mir gesagt. Es gefiel ihm, mich damit zu treffen und zu quälen. Ich hatte mein wertvolles Wissen und Können an einen Nachfahren von Sklaven weitergegeben. Er hat die Ahnen beleidigt.«

Hanna starrte den alten Ahousat an, als hätte er vollkommen den Verstand verloren. Eine tödliche Stille setzte ein. Und plötzlich begann sie, mit sengender Klarheit zu sehen.

Jim lebte nicht mehr.

Sie blickte Greg an und wusste, dass er dasselbe dachte. Es war das, was er geahnt und ihr nicht zu sagen gewagt hatte.

»Du hast ihn getötet.« Gregs Gesicht zuckte vor Schmerz und einer schrecklichen, verlorenen Trauer.

»Ich musste es tun«, erwiderte der Meisterschnitzer. Seine unheimlichen Augen ruhten auf Hannas Gesicht. Es summte in ihren Ohren. Ungeheuerlichkeit sang und schrie und tobte.

Greg legt eine Hand auf ihre Schulter und sie war ihm dankbar dafür.

Matthew Ahousat verschränkte seine muskulösen Arme vor der Brust. »Jim kam zurück, um ein Haus für sein weißes Flittchen zu bauen. Er wollte sie tatsächlich hierherholen und sich sein Brot weiterhin durch Schnitzen verdienen. Ich schimpfte ihn einen Verräter, weil er einen Wappenpfahl für ein deutsches Völkerkundemuseum geschnitzt hatte. Jim hatte seine Privilegien verwirkt. Aber er lachte nur darüber.

Ich drohte ihm an, dass ich zu verhindern wüsste, dass er jemals wieder Aufträge bekäme. Da wurde er wütend und erzählte mir die Wahrheit: dass seine Vorfahren Sklaven waren. Und dass er uns alle hereingelegt hatte.«

»Wie hast du es getan?«, fragte Greg. Sein Griff auf ihrer Schulter wurde fester. Hanna hob den Kopf und sah, wie Gregs Blick über einen schweren verzierten Steinhammer im Regal wanderte. Ein Sklaventöter wie der im Museum. Ihr Atem setzte aus.

Ahousat lachte. »Willst du über mich richten?«

»Nein, Vater. Das werden andere tun.«

»Ich habe nichts Unrechtes getan, mein Sohn. Jim war nur ein Sklave, ein Nichts.«

»Oh mein Gott.« Hanna musste sich zwingen, Luft zu holen. Die schmerzhafte Vorstellung von Jims Tod wollte nicht in ihren Kopf. Purer Hass war in Matthew Ahousats Gesicht zu lesen und hatte es entstellt.

»Er war mein Bruder und dein Sohn«, sagte Greg leise, aber mit fester Stimme. »Und in der Kunst des Schnitzens hatte er seinen Meister längst übertroffen. Er war besser als du, Vater, weil er das Schnitzen liebte. Für ihn war es nicht Mittel zum Zweck. Er war der wahre Künstler.«

»Das ist eine Lüge.« Matthew keuchte. »Er war ein Nichts, niemand macht bessere Pfähle als ich.« Rückwärts taumelte er in die Diele.

»Jim war der wahre Meister«, brüllte Greg.

Orientierungslos vor Wut rannte der alte Mann aus dem Haus. Sein wildes Gelächter riss den Himmel auf und Regen strömte über wundes Land.

Greg hatte Hanna in die Arme genommen. Immer wieder strich er mit der Hand über ihren Rücken, bis das Beben ihres Körpers nachließ.

Er wusste, dass er es zu Ende bringen musste, noch in dieser Nacht.

»Es tut mir leid«, stieß Greg hervor. Zum ersten Mal in seinem Leben entschuldigte er sich dafür, dass er ein Mann mit Traditionen war und einer Vergangenheit.

»Was wirst du jetzt tun?«, fragte sie.

Greg löste sich von Hanna. »Ihn finden«, antwortete er. Er verließ das Zimmer seines Vaters und sie folgte ihm.

»Aber wo?«, fragte sie und an ihrer Stimme hörte er, dass sie weinte.

»Ich weiß es nicht«, sagte er, doch es war eine Lüge. Greg wusste sehr genau, was er tun musste, um Gewissheit zu erlangen. Er ging nach draußen auf die Veranda und legte den Kopf in den Nacken. Der Regen durchnässte seine Kleider und strömte über sein Gesicht.

Hanna trat neben ihn. »Greg?«

Was immer auch passiert, du wirst es ertragen.

Durch den Regen schaute er sie an und nahm sie fest an den Oberarmen. »Es gibt da etwas, das ich dir noch nicht erzählt habe. Es hat etwas mit meinem Traum zu tun.«

Hannas große Augen ruhten in starrer Erwartung auf seinem Gesicht. Greg wusste, dass es grausam war, sie noch mehr zu quälen. Aber die Wahrheit würde auch vor dem Unaussprechlichen nicht haltmachen.

Als Greg zu reden begann, kam die Stimme aus seinem tiefen Inneren und es kostete ihn große Mühe zu sprechen. »In der Nacht nach dem Potlatch hatte ich einen Traum, Hanna. In diesem Traum habe ich Jim gesehen. Er stand am Rand einer Grube und verwandelte sich.« Er starrte auf den Wappenpfahl hinter Hanna. »Er wurde zum Wal, zum Bären, zum Wolf, zum Otter und durch diese Tiere sprach er zu mir . . .« Seine Stimme versagte.

Hanna drehte sich um und ihr Blick wanderte über den Hauspfahl, dessen Profil sich durch das Licht des Hauseinganges gespenstisch vom dunklen Hintergrund abhob. Rabe, Otter, ganz oben der Wolf. Der Regen war stärker geworden, aber Greg spürte ihn nicht mehr.

»Du meinst . . .«, stammelte sie, »willst du damit sagen . . .?« Ein heftiges Schluchzen erstickte Hannas Worte.

Greg nickte nur stumm.

Hanna schwankte und er wollte sie halten, aber sie floh von der Veranda, als hätte plötzlich der Boden unter ihren Füßen angefangen zu brennen. Greg rannte ihr nach.

»Hanna!«, rief er, »Wo willst du denn hin?« Er erwischte sie am Arm und riss sie zu Boden. Schluchzend rollte sie sich auf der feuchten Erde zusammen. Greg nahm sie in die Arme und presste sie an sich. »Wo willst du denn hin?«

»In diesem Haus kann ich nicht bleiben«, stieß sie hervor.

»Natürlich nicht«, versuchte er, sie zu beruhigen. »Aber solange mein Vater da draußen irgendwo ist, können wir auch nicht ins Strandhaus. Es wäre zu gefährlich.«

»Denkst du, er würde auch uns töten?«

»Ich weiß es nicht. Ich weiß nur, dass er dich hasst. Und mich vermutlich auch, nach dem, was passiert ist.« Greg half Hanna auf die Beine. »Komm mit ins Haus. Ich muss Hunter anrufen.«

Das Klingeln des Telefons riss Sheriff Lighthouse aus einem schönen Traum. In Sekundenschnelle war er in seinen Kleidern und auf dem Weg zu seinem Dienstwagen. Auf der Fahrt zum Sooes Beach verständigte Bill über Funk die Washington State Patrol und gab ihnen die Personenbeschreibung von Matthew Ahousat durch. Erst auf diese Weise erfuhr er, was sich kurz zuvor am Cape Flattery ereignet hatte. Und dass nach Ahousat bereits gefahndet wurde. Deshalb hatte Greg den Chief nicht erreichen können. Doch warum hatte Hunter ihn noch nicht informiert? Bills Unruhe wuchs mit jeder Meile, die er in Richtung Sooes Beach zurücklegte.

Als er am Haus eintraf, hatte Greg bereits begonnen zu graben. Auch der strömende Regen hielt ihn nicht davon ab. Hanna stand in gelber Öljacke dabei und sah ihm händeringend zu.

Im Stillen bat Bill darum, dass Gregs Gedanken nur ungeheure Vermutungen waren.

»Das ist verrückt, Greg«, sagte er und leuchtete dem Holzschnitzer mit der Stabtaschenlampe ins Gesicht. Gregs Gesicht war nass. Vom Regen, oder waren es Tränen?

»Mein Vater ist verrückt, Bill«, sagte Greg und schützte sich mit einer Hand gegen den blendenden Strahl. »Er hat Jim getötet und ich bin mir sicher, er hat ihn unter diesem Pfahl begraben.«

Der Sheriff weigerte sich immer noch zu glauben, was Greg ihm am Telefon erzählt hatte. »Was macht dich so sicher?«

»Ich hatte einen Traum.«

Bill gab sich geschlagen. Er lief zu seinem Jeep zurück und holte eine zweite Schaufel. Wortlos arbeiteten er und Greg sich ins nasse Erdreich, immer tiefer, durch feuchte, von Wurzeln durchsetzte Erde.

Als sie das untere Ende des Pfahls erreicht hatten, fanden sie schließlich, wonach sie suchten. Einen Schädel und Knochen. Unter dem Pfahl war tatsächlich jemand begraben worden. Die Erde strömte Modergeruch aus, das ganze Erdreich war durchdrungen vom Geruch des Todes.

Bill war so erschüttert, dass es ihm für einen Moment die Sprache verschlug. Er hatte das Gefühl, sich übergeben zu müssen. »Überlassen wir den Rest der Spurensicherung«, stieß er schließlich hervor. »Ich denke, wir haben genug gesehen.« Er konnte immer noch nicht glauben, dass der alte Holzschnitzer zu so etwas fähig war.

Mit einem dumpfen Klagelaut schleuderte Greg die Schaufel von sich und versuchte, aus dem Erdloch zu steigen. Aber die nasse Erde gab immer wieder nach, sodass er mehrere Male zurückrutschte.

Bill fasste ihn an der Schulter. »Es tut mir so leid, Greg. Dein Vater muss tatsächlich den Verstand verloren haben.«

Der junge Holzschnitzer starrte auf die erdigen Knochen zu

seinen Füßen, als könne Jim allein durch seinen starken Wunsch wieder lebendig werden. »Ich habe beinahe fünf Jahre lang mit ihm zusammen in diesem Haus gelebt und nichts davon gemerkt.«

»Es ist nicht deine Schuld. Du konntest nicht wissen, dass er so krank ist. Keiner von uns hat es gewusst.«

Greg rieb sich die Hände am Hosenbein. Die tiefe Erschütterung ließ ihn regungslos verharren, wo er war, bis Hanna an den Rand der Grube trat und ihm heraushalf.

Die Männer von der Spurensicherung waren schnell vor Ort, denn sie hatten gerade erst ihre Arbeit am Cape Flattery beendet. Oren Hunter begleitete sie. Während die Männer begannen, geschützt unter einer Plane Jims Leichnam freizulegen, zeigte der Polizeichef Greg Ahousat das Werkzeug, das er am Kap sichergestellt hatte.

»Es gehört meinem Vater«, sagte Greg. »Wo hast du das her?«

»Er hat wieder versucht, das Geländer zu präparieren.« Hunter seufzte. »Es tut mir leid, Greg.«

Erst jetzt begriff Greg das wortlose Dunkel, das hinter all den Ungeheuerlichkeiten lag. Sein Vater war von einem Dämon der Vergangenheit besessen, der alles Gute in ihm getötet und ihn zu einem unberechenbaren Verfechter überholter Wertvorstellungen gemacht hatte. Matthew Ahousat war ein gefährlicher Mann.

»Du musst ihn finden, Chief«, sagte Greg leise. »Finde ihn, bevor er noch mehr Schaden anrichten kann.«

»Keine Sorge, das werden wir«, versprach Hunter. »Und ich werde mich darum kümmern, dass er einen fairen Prozess bekommt.«

Unmerklich schüttelte Greg den Kopf. Er wusste, dass sein Vater sich nicht freiwillig in die Hände eines Gesetzes geben würde, das er zutiefst verachtete. Es war das Gesetz des weißen Mannes und er würde sich ihm entziehen. Wie, darüber mochte er jetzt nicht nachdenken. Doch eines war so sicher wie Ebbe und Flut: Matthew Ahousat würde kein zweites Mal ins Gefängnis gehen.

»Du hattest übrigens recht«, sagte Hunter zu Bill. »Die Wilde Frau gab es tatsächlich. Wir kannten sie alle. Es war Flora Echahis.«

Bill wandte den Blick ab.

Hunter vermied es, Greg anzusehen. »Sie war die Geliebte deines . . .«, er räusperte sich, »des alten Ahousat. Sie waren zusammen, als ich sie am Geländer überraschte. Bei ihrem Versuch zu fliehen, stürzte Flora von den Klippen.«

Sein Vater und Flora Echahis. Bill hatte also recht gehabt. War er denn wirklich so blind gewesen gegenüber den Dingen, die um ihn herum passierten? Hilfe suchend sah Greg sich nach Hanna um. Sie war alles, woran er sich noch festhalten konnte, nachdem seine Welt zusammengebrochen war. Müdigkeit und Trauer übermannten ihn.

Bill bemerkte es. Er griff in seine Tasche und reichte Greg einen Schlüssel. »Hier!«, sagte er, »fahrt zu mir nach Hause und legt euch ins Gästezimmer. Ihr habt den Schlaf dringend nötig.«

Greg schüttelte geistesabwesend den Kopf.

»Nun geh schon«, sagte Bill ungeduldig, »für dich gibt es hier nichts mehr zu tun. Über alles Weitere reden wir morgen.«

Der alte Mann rannte ziellos durch den Wald. Zweige schlugen ihm ins Gesicht und Brombeerranken rissen an seinen Kleidern. Seine Lungen schmerzten und die alten Knochen in seinen Gliedern drohten zu bersten. Schließlich endete seine Flucht am Rand der Steilküste. Matthew Ahousat ließ sich auf den feuchten Boden fallen, Arme und Beine weit von sich gestreckt. Erde drang ihm in Mund und Nase. Er schmeckte den Boden seiner Vergangenheit, der plötzlich so bitter wurde, dass er hustete und um sich spie.

Ahousats Körper bebte von der körperlichen Anstrengung, aber sein Geist war vollkommen klar. Es war der Augenblick, in dem er begriff, dass es keine Zukunft mehr für ihn gab. Flora war tot und mit ihr waren all seine Hoffnungen auf einen weiteren Sohn gestorben.

Greg würde Hauspfähle schnitzen und den stolzen Namen Ahousat mit Schande bedecken, indem er ihn an hellhäutige Kinder weitergab. Seine Privilegien hatte er verwirkt – genauso wie Jim.

Matthew erinnerte sich sehr genau an jenen Winterabend, als Jim Kachook vor ihm gestanden hatte. In seinem Gesicht die Freude darüber, endlich wieder zu Hause zu sein.

Ahousat hatte seinen Wahlsohn in die Arme geschlossen. Er war sicher gewesen, dass Jim endlich Vernunft angenommen hatte. Aber dann war Jim mit seinen Plänen und Wünschen herausgerückt. Er wollte die deutsche Frau heiraten und mit ihr in Neah Bay leben. Sie hatten sich gestritten, hatten sich angebrüllt, bis Jim ihm die furchtbare Wahrheit ins Gesicht geschrien hatte.

Matthew war wie von Sinnen gewesen. Als Jim ihm den Rücken zuwandte, weil er wutentbrannt das Haus verlassen wollte, hatte er zugeschlagen. Ahousat hatte den Bewusstlosen gefesselt und nach draußen geschleift, wo das Loch für den Totempfahl schon ausgehoben war. Er brauchte es nur noch etwas zu vertiefen.

Der alte Mann krümmte sich auf dem nasskalten Felsen, denn jetzt war er tief unten an den Wurzeln der Erinnerung angelangt, die er in den letzten Jahren so erfolgreich gemieden hatte. Jim kam wieder zu Bewusstsein, nachdem er ihn in die Grube gestoßen hatte. Er sprach mit seinem Wahlvater, als er Erde über ihn schaufelte. Aber Ahousat hörte nicht, wie Jim um sein Leben bettelte. Seine Ohren waren taub gegenüber den erdigen Worten des jungen Mannes, der seine Vergangenheit und seine Zukunft bedroht hatte.

»Ich musste es tun, Jim«, flüsterte Matthew Ahousat und hatte nun selbst den Geschmack von Erde im Mund. »Ich musste es doch tun.« Er erhob sich langsam und lief ein paar Schritte, bis er direkt am Rand der Klippen stand.

Wenn ein Mensch den Punkt erreicht, an dem ihm das Töten als einziger Ausweg erscheint, dann geht in seinem Inneren etwas kaputt und er wird zu einer anderen Person.

Matthew war nicht mehr der, der er einst gewesen war. Sein Hass war ihm wichtiger gewesen als Jims Leben. Noch immer verspürte er die Macht, die ihn stets begleitet hatte, aber nun war der Tod unmittelbar daran beteiligt. Seine Gedanken waren erfüllt von grausamer Finsternis. Sein Blick suchte den Horizont, doch das Meer und die Nacht schienen eins geworden zu sein. Ahousat trat einen weiten Schritt nach vorn, um sich mit ihnen zu vereinen.

Das Bett in Bills Gästezimmer war schmal, aber das war nicht der Grund, warum Greg und Hanna keine Ruhe finden konnten. Dunkelheit umhüllte sie. Greg wusste, dass Hanna wach war. Ihr Atem ging unruhig. Wahrscheinlich hatte sie Angst einzuschlafen, weil dann die Träume kamen. Aber war die Realität nicht schrecklicher als jeder Traum?

Wie gerne hätte Greg etwas gesagt, das Hanna dabei geholfen hätte, das Geschehene besser zu verstehen. Doch er verstand die Welt selbst nicht mehr. Sein Vater war ein Mann, der vollkommen die Orientierung verloren hatte. Um eine sinnentleerte

Ordnung einzuhalten, war er zum Mörder geworden. Er hatte kaltblütig jenen Menschen getötet, der die gebündelte Last seiner Hoffnungen trug. Aber frei von Schuld war auch Jim nicht. Mit seiner Besessenheit hatte er das Leben so vieler Menschen durcheinandergebracht.

Kurz nickte Greg ein und schreckte nur Sekunden später aus einem Traum. Wieder hatte er Jim am Rand der Grube stehen sehen, seine bleichen Lippen hatten Worte geformt.

Mein Vater hat ihn lebendig begraben.

Der Tod musste als Freund zu Jim gekommen sein. Die schrecklichen Bilder schienen nicht nur durch Gregs Kopf, sondern durch seinen ganzen Körper zu wirbeln. Was waren Jim Kachooks letzte Gedanken gewesen, als feuchte schwarze Erde in seine Nase und seinen Mund drang, während er verzweifelt versuchte zu schreien? Was willst du mir sagen, Jim? Greg stöhnte leise.

Sanfte Finger strichen über seine Brust. »Ich würde es gerne verstehen«, flüsterte Hanna. »Aber es gelingt mir nicht. Es ist das Schlimmste, was ich je erlebt habe.«

Greg zog sie in seine Arme und er spürte den Trost ihres warmen Körpers. »Manchmal geschehen Dinge, die gehen weit über unseren Verstand hinaus. Ich bin ein Makah, aber auch ich kann nicht verstehen, was sich in den Köpfen dieser beiden Männer abgespielt hat.« Er stöhnte auf. »Jim war wie ein Fluss ohne Ufer, er riss alles mit, was ihm zu nahe kam.«

»Wie konnte er Annie das antun? Wie konnte er von einem Tag auf den anderen mit mir fortgehen?«

»Vielleicht fürchtete er sich davor, seine Lebenslüge zuzugeben und dadurch jene Menschen zu verlieren, die er liebte? Möglicherweise sah er darin einen Ausweg, dem Chaos zu entkommen, das er selbst angerichtet hatte? Vielleicht hatte er es satt, sich zu verstellen.«

Hanna schwieg. Er vergrub sein Gesicht in ihren Haaren und atmete ihren Duft ein.

Vielleicht kann man die Vergangenheit bewältigen, dachte Greg, aber was danach kommt, kann einem den Boden unter den Füßen wegziehen.

»Ich glaube, das halbe Jahr mit dir in Deutschland hat Jim verändert«, sagte er schließlich. »Er hat sich aus den Zwängen befreit, die er sich selbst auferlegt hatte. Sosehr er auch versuchen würde, unsere jahrhundertealten Traditionen einzuhalten, er würde immer auf der Verliererseite stehen, und das hatte er begriffen. Er wollte sich der Gegenwart stellen, aber nun hatte er keinerlei Schutz mehr, weil er seine Identität aufgegeben hatte. Die Wahrheit hat ihn das Leben gekostet.«

»Was soll ich nun meiner Tochter erzählen?«, fragte Hanna. »Dass ihr Großvater ihren Vater getötet hat, weil er von Sklaven abstammte?«

»Nein, natürlich nicht. Matthew ist nicht ihr Großvater.«

»Nein. Ihr richtiger Großvater lebt auf einer kleinen Insel mit dem schönen Namen Anaqoo und hat keine Ahnung von der Existenz seiner Enkeltochter.«

»Lass den Dingen einfach ihren Lauf, Hanna. Erzähl deiner Tochter, dass sie ihren Vater nicht auf die übliche Weise kennenlernen kann. Nicht als Mann, der sie auf seinen Schultern tragen wird und ihr Geschichten erzählt. Sie wird ihn auf andere Weise kennenlernen.«

»Wie?«, fragte sie und er hörte die Tränen in ihrer Stimme.

»Bring Ola hierher nach Neah Bay. Mehr brauchst du nicht zu tun. Dieses Land ist in ihrem Blut und es wird durch den Wind, die Wellen und die Bäume zu ihr sprechen. Vielleicht wird es Ola dann genauso ergehen wie mir mit meinem Urgroßvater, dem Großvater meiner Mutter. Er war ein großer Walfänger.

Und obwohl ich ihn nie kennengelernt habe, ist er ein Teil meiner Erinnerung. Gib Ola die Chance, Erinnerungen an ihre Vorfahren zu haben. Lass sie ein ganzer Mensch werden.«

22. Kapitel

Die Nacht trennte sich von den Körpern, die erst vor einer Stunde Schlaf gefunden hatten. Morgenlicht erreichte sie und streifte ihre Trauer. Als es an die Tür klopfte, zog Greg seinen Arm unter Hannas Nacken hervor. Er schlüpfte in seine Jeans und öffnete. Vor der Tür stand Bill Lighthouse. Er hatte tiefe Schatten unter den Augen. Im Gesicht des Sheriffs las Greg, was er ihm gleich sagen würde.

Bill räusperte sich. »Ich habe gerade einen Anruf bekommen, Greg«, sagte er. »Sie haben ihn vor einer Viertelstunde am Strand gefunden.«

»Er ist tot«, stellte Greg fest. Er fühlte nichts als Leere im Kopf.

Bill nickte. »Er wurde angespült.« Im erschöpften Gesicht des jungen Sheriffs spiegelte sich tiefes Bedauern.

»Gib mir zehn Minuten«, sagte Greg und warf einen Blick auf Hanna, die aus dem Gästezimmer getreten war und ihn verständnislos anblinzelte. »Ich ziehe mich nur an, dann komme ich mit dir.«

Greg schloss die Tür.

»Mein Vater ist tot«, sagte er zu Hanna, »sie haben ihn am Strand gefunden.« Er zog sein Hemd über das T-Shirt und knöpfte es zu. »Der Chief wird noch einige Fragen an mich haben. Kommst du mit?«

Sie umarmte ihn kurz. »Natürlich. Ich bin gleich so weit.«

Auf dem Polizeirevier erwartete Oren Hunter sie bereits. Auch ihm sah man an, dass ihm die Geschehnisse der vergangenen

Nacht schwer zu schaffen machten. Er bot Hanna und Greg Platz auf zwei Besucherstühlen an und sie setzten sich. Sheriff Lighthouse lehnte sich gegen die Wand.

»Ist er ertrunken?«, fragte Greg.

Hunter schüttelte den Kopf.

»Er war ein guter Schwimmer.« Greg hörte die Hilflosigkeit in seiner eigenen Stimme.

Der Chief starrte auf seine Hände. »Dein Vater ist von den Klippen gestürzt. Ich weiß nicht, ob er gefallen oder gesprungen ist.«

Er hat Selbstmord begangen, um seine Qual zu beenden, dachte Greg. »Muss ich ihn identifizieren?«

Hunter nickte. »Er ist in der Klinik. Bill wird dich begleiten.«

Sie gingen nach draußen und fuhren um ein paar Straßenecken zur Klinik. Hanna wartete im Auto, während der Sheriff Greg in die Leichenhalle begleitete.

Matthews sterbliche Überreste lagen in einem Plastiksack und Bill entschuldigte sich dafür. »Wenn du ihn identifiziert hast, bringen sie ihn nach Port Angeles. Dort soll er obduziert werden. Das ist Vorschrift«, fügte er hinzu.

Greg schluckte und nickte. Das würde seinem Vater nicht gefallen. Die Vorschriften der Weißen begleiteten ihn noch über den Tod hinaus.

Bill öffnete den Reißverschluss ein Stück und Greg betrachtete das vertraute Gesicht seines Vaters. Ein Lächeln lag auf den Lippen des Meisterschnitzers. Er sah friedlich aus. Greg nickte und der Sheriff zog den Reißverschluss wieder zu.

»Wenn du Hilfe brauchst, Greg . . .«

»Danke, Bill.« Greg eilte ins Freie und machte einen tiefen Atemzug.

»Alles in Ordnung?«, fragte Bill, der ihm nach draußen gefolgt war.

»Ja, ich bin okay. Ich brauche nur ein bisschen frische Luft und zwei Minuten, um mich zu sammeln.«

Hanna war aus ihrem Wagen gestiegen und Bill ging zu ihr.

»Was ist mit Greg?«, fragte sie mit sorgenvoller Miene.

»Er kommt gleich, er braucht nur ein paar Minuten«, sagte der Sheriff. Er sah Hanna an. »Es tut mir leid, dass alles so gekommen ist.«

Sie nickte. »Ja, mir auch.«

»Werden Sie jetzt abreisen?«

Hanna schüttelte den Kopf. »Nein«, sagte sie. »Ich habe noch ein paar Tage Zeit bis zu meinem Rückflug. So lange werde ich hierbleiben, bei Greg.«

»Greg Ahousat wird einmal ein sehr geachteter Mann sein«, sagte Bill. »Er kann mit seiner Kunst Veränderungen bewirken.«

»Ich weiß.« Hanna lächelte müde. »Hat der Miniaturpfahl, den er für Sie gemacht hat, seinen Zweck erfüllt?«

Bill nickte. Greg kam zu ihnen und der Sheriff verabschiedete sich.

»Komm, lass uns zum Strandhaus fahren«, sagte Hanna und lehnte sich gegen seine Brust. »Wir brauchen beide dringend Schlaf.«

Der Körper von Jim Kachook war schon zu stark skelettiert, als dass man hätte nachweisen können, ob er noch gelebt hatte, als sein Meister ihn unter dem Pfahl begrub. Einem Pfahl, der viel zu schwer war, als dass ihn ein einzelner Mann hätte aufstellen können.

Jims Hände und Füße waren mit Stricken gefesselt gewesen. Was sich tatsächlich in jener Nacht abgespielt hatte, würde immer nur Vermutung bleiben. Es fand Raum in der Fantasie der Bewohner von Neah Bay. Noch nach vielen Jahren würde man sich die Geschichte von Jim Kachook, dem Holzschnitzer, erzählen, der ein Nachfahre von Sklaven war und es trotzdem zu großem Können gebracht hatte.

Auf dem Friedhof von Neah Bay wurden Matthew Ahousats sterbliche Überreste in einem einfachen Holzsarg beerdigt. Das Grab lag neben dem seiner Frau Myrtel, Gregs Mutter. Aber auch Flora Echahis ruhte nicht weit, sie war von ihrer Familie bereits am Vortag beerdigt worden.

Wie zum Trotz schien die Sonne, der Himmel war strahlend blau. Nur eine kleine Gruppe von Menschen begleitete den alten Meisterschnitzer zu seiner letzten Ruhestätte. Greg und Hanna, Polizeichef Oren Hunter, seine Frau Hildred und sein Neffe Joey. Sheriff Bill Lighthouse sowie Grace und Gertrude Allabush. Auch Annie und ihre Schwester Tomita waren gekommen, um Matthew Ahousat die letzte Ehre zu erweisen.

Gregs Blick glitt über die kleine Gruppe, die dem Sarg folgte. Sie alle wussten, wie tief die Verwundungen waren, die man sich gegenseitig zugefügt hatte. Aber der Tod barg immer beides: ein Ende und einen neuen Anfang.

Der Schamane, ein einfacher alter Mann in Cordhosen und Windjacke, den nur seine Amulette als den auswiesen, der er war, reinigte Matthews Seele in einer Zeremonie und übergab sie dem Meer.

Greg hoffte, dass der Geist seines Vaters nun endlich jene Welt betrat, in der alle Menschen gleich waren. Er wünschte es sich sehr, denn dort würde Matthew Ahousat seinem Ziehsohn Jim wiederbegegnen. Vielleicht konnten sie einander verzeihen.

Am offenen Grab des Meisterschnitzers unternahmen auch die Überlebenden erste zaghafte Versuche, einander zu verzeihen und neu anzufangen.

Tomita Waata, Annies jüngere Schwester, stand neben Bill

Lighthouse und er rückte so nah an sie heran, dass ihre Hände sich berührten. Tomita fasste nach Bills Hand und Greg sah den Sheriff erröten. Beinahe musste er lächeln.

Als zwei Männer begannen, Erde auf den Sarg zu schaufeln, kam Grace auf Greg und Hanna zu. An der Hand zog sie Joey hinter sich her, der furchtbar mitgenommen wirkte.

»Es tut uns leid, was passiert ist«, sagte Grace, denn Joey schien die Sprache verloren zu haben.

»Danke, dass ihr gekommen seid«, sagte er.

Grace und Hanna sahen sich einen Moment lang in die Augen und Greg glaubte, in ihren Blicken ein tief gehendes Verständnis füreinander zu erkennen. Schließlich lächelten beide und Hanna sagte: »Es freut mich sehr, dich kennenzulernen, Joey.«

Annie kam zu ihnen herüber und Grace und Joey verabschiedeten sich.

»Es tut mir leid, dass Jim tot ist«, sagte Annie zu Hanna, »und deine Tochter nun keinen Vater hat.«

»Mir tut es auch leid, Annie«, sagte Hanna. »Ich hatte keine Ahnung, dass . . . Jim hat nie . . .« Sie suchte nach Worten, doch Greg zog sie sanft fort, ehe sie den Satz zu Ende sprechen konnte.

Er zeigte hinüber zur Straße, wo Jims Bruder gegen das Heck eines Wagens gelehnt stand und wartete.

Greg und Hanna verabschiedeten sich von den anderen und gingen zu Paul, um ihn zu begrüßen. Erst als sie beim Wagen angekommen waren, sahen sie, dass Paul seinen Vater mitgebracht hatte. Der alte Mann schüttelte Greg die Hand und dann Hanna. Jim Kachook ließ Hannas Hand lange nicht los. Tränen standen in seinen Augen und er brachte kein Wort hervor.

Schließlich sagte er: »Diesmal haben wir Jim endgültig verloren.« Sein von grauen Strähnen durchzogenes Haar hatte er im Nacken zu einem Zopf geflochten - genau so, wie Jim es manchmal getragen hatte.

»Jim ist nicht tot«, sagte Greg, »nicht in unseren Gedanken.«
»In Ola wird er weiterleben«, fügte Hanna hinzu.

Sie fuhren gemeinsam an den Strand. Greg war kein besserer Ort eingefallen, denn er hätte den alten Mann unmöglich in sein Haus führen können, wo unter dem Pfahl noch das Loch von Jims Grab klaffte.

Sie einigten sich darauf, dass Jim Kachook auf Anaqoo seine letzte Ruhe finden sollte. Dort war seine Mutter beerdigt und dort lebte seine Familie, die nie aufgehört hatte, ihn zu lieben.

»Mein Vater hat viel Geld hinterlassen«, wandte sich Greg an Paul. »Einen Teil davon sollen deine Kinder bekommen. Irgendwann einmal werden sie es brauchen. Den Rest bekommt Ola, ich brauche nichts.«

Ich habe zwei gesunde Hände und eine Menge Ideen.

Nach einigem Zögern nahm Paul das Geschenk an. Hanna versuchte gar nicht zu protestieren, weil sie wusste, dass Greg seinen Entschluss nicht ändern würde.

An Hanna gewandt fragte der alte Kachook: »Werde ich meine Enkeltochter kennenlernen?«

»Ja«, sagte sie lächelnd. »Ich werde Ola sobald wie möglich hierherbringen. Dann besuchen wir Sie und Ihre Familie auf Anaqoo. Ola wird sich freuen, ihren Großvater zu sehen.«

Diese Auskunft entlockte Jims Vater ein hoffnungsvolles Lächeln und versetzte Gregs Inneres in Aufruhr. Aber er ließ es sich nicht anmerken. Hanna würde wiederkommen und ihre Tochter mitbringen.

Man konnte nicht behaupten, dass alles gut war, das würde es nie werden, doch langsam kamen die Dinge wieder in Ordnung. Sie hatten Jim gefunden. Und auch wenn sein Tod schmerzlich war, sinnlos war er nicht. Jim Kachook würde am Ende dorthin zurückkehren, wo er hingehörte. Greg hoffte, dass er auf Anaqoo seine Ruhe finden konnte. Und Hanna wusste nun, dass Jim nicht fortgegangen war, weil er sie nicht mehr wollte.

Ola hatte einen Großvater, Onkel und Tante und drei dunkelhäutige Cousins und Cousinen bekommen.

Und er selbst?

Greg hatte nun die Ehre und die Pflicht, das Erbe seiner Ahnen weiterzugeben. Er wünschte sich einen Sohn, dem er alle Zärtlichkeit der Welt schenken würde. Und er wollte ihn lehren, wie man Otter, Wal und Donnervogel schnitzt. Dabei sollte es niemals Zwang und starre Regeln geben, und keine Vergangenheit, die eine Liebe erdrücken konnte. Greg Ahousat wollte den schmalen Pfad zwischen Tradition und modernem Leben gehen und täglich aufs Neue seine Wahl treffen.

In der Nacht nach der Beerdigung hatte Greg eine Vision. Jim stand neben seinem Bett und forderte ihn durch Gesten auf, ihm zu folgen. Greg lief hinter dem wortlosen Jim her, bis sie in die Werkstatt des Meisterschnitzers gelangten. Es war Nacht, Neah Bay schlief und Greg war außer Atem. Jim nicht. Als hätte ihm der weite Lauf überhaupt nichts ausgemacht.

Sie standen vor Gregs angezeichnetem und grob bearbeitetem Pfahl und Greg war voller Erwartung, was als Nächstes passieren würde. Er sah Jim fragend an, der lächelnd auf die Werkzeuge wies, die fein säuberlich im Mondlicht nebeneinander aufgereiht lagen. Es war Jims Werkzeug, von dem er sich niemals getrennt hatte. Sein ganzer Stolz, denn er hatte es eigenhändig hergestellt und verziert.

Was willst du mir sagen, Jim?

Jims Geist nickte ihm aufmunternd zu. Da begriff Greg, dass er arbeiten sollte. Er sollte schnitzen unter den wachsamen Augen seines Bruders. Zögerlich griff er nach der Ellenbogenaxt mit dem verzierten Griff und begann, den Stamm zu behauen.

Mit herabhängenden Armen stand Jim dabei und sah ihm zu. Manchmal schüttelte er ernst den Kopf und zeigte Greg, wenn er etwas falsch gemacht hatte.

Greg vergaß die Zeit und er vergaß Jim, so sehr vertiefte er sich in seine Arbeit. Er arbeitete die restlichen angezeichneten Figuren aus dem Holz, gab ihnen Augen und Münder. Unermüdlich fielen Späne. Schon eine ganze Weile hatte Jim nicht mehr helfend eingegriffen. Als Greg endlich von seiner Arbeit aufblickte, hatte Jim ihm den Rücken zugewandt und entfernte sich von ihm.

»Lass mich nicht allein«, wollte Greg schreien, aber aus seinem Mund kam nur ein heiseres Flüstern. Jim drehte sich noch einmal kurz um und Greg sah ein zufriedenes Lächeln auf seinem Gesicht, bevor er weiterging und seine große Gestalt eins wurde mit den Nebeln, die mit dem Morgengrauen kamen.

Als Greg sich wieder seinem Pfahl zuwandte, sah er, wie seine Figuren lebendig wurden. Sie lösten sich aus dem Holz und stiegen zum Himmel auf, dorthin, wo die Wipfel des nahen Waldes in flammendes Morgenrot tauchten. Vor dem brennenden Hintergrund bildeten sie eine Reihe schwarzer Gestalten: Bär, Otter, Wolf, Lachs und zuletzt der Rabe.

Den Kopf im Nacken starrte Greg auf die Gestalten, denen er mit seinen Händen Leben eingehaucht hatte und die zu mächtigen Symbolen am Himmel geworden waren.

Am nächsten Morgen stand Greg zeitig auf – ohne Hanna zu wecken. Er schrieb ihr einen Zettel, dass er in die Werkstatt gefahren war und sie später dorthin kommen sollte. Auf seiner Fahrt am Waatch River entlang nach Neah Bay versuchte Greg, sich an jedes Detail seiner Vision zu erinnern. Jim hatte ihm sein Werkzeug und sein Können überlassen, bevor er sich endgültig von ihm verabschiedet hatte. Greg war sich sicher, dass er Jims Werkzeuge in der Holzwerkstatt finden würde, wenn er nur richtig danach suchte.

Jetzt war er, Greg Ahousat, der einzige Cha-la-bush in Neah Bay. Seine Aufgabe würde es sein, ein Vermächtnis zu erfüllen. Er musste ein guter Holzschnitzer werden, einer, dessen Blut und Schweiß sich mit der Maserung des Holzes vermischte, während er arbeitete. Auf diese Weise konnte er auch seine innere Harmonie wiederfinden.

Nie war Greg sich seiner Fähigkeiten so sicher wie in diesem Augenblick. Die Vision war eindeutig gewesen. In seinen Händen lag die Kraft, Dinge lebendig werden zu lassen. In einer Welt, die ständig im Wandel war, würde er als Holzschnitzer etwas Beständiges schaffen.

Greg parkte seinen Pick-up neben der Werkstatt, schloss auf und fing an, in den oberen Räumen nach Jims Werkzeug zu suchen. Es dauerte gar nicht lange und er fand die Aluminiumbox, die sein Vater nur unter ein paar alten Decken versteckt hatte. Als ob er gewollt hatte, dass Greg sie fand.

Auf einem rohen Zedernbrett, das er über zwei Holzböcke gelegt hatte, breitete Greg Jims Werkzeug aus. Zwei Dechsel, einen Hammer aus Erlenholz mit geschnitztem Griff und Holzmeißel in unterschiedlicher Größe. Große und kleine Messer mit geformten Klingen.

Als Greg den Hammer mit dem kunstvoll verzierten Griff in der Hand wog, spürte er die Verbindung zu Jim so deutlich, dass die Trauer ihn zu überwältigen drohte. Er schloss die Augen und konzentrierte sich auf seine Atmung, sog den Duft des Zedernholzes in seine Lungen. Und auf einmal pulste ein starker Energiestoß durch seinen Körper. Greg beugte sich über den Pfahl, setzte den Meißel an eine vorgezeichnete Linie und ein großes Stück Zedernholz flog davon. Noch mehr Späne fielen. Der Stamm der Zeder begann, seine Geschichte zu erzählen.

An manchen Stellen waren die Jahresringe dichter und das Holz härter. Das waren Jahre, in denen es nicht so viel geregnet hatte. Greg Ahousat brauchte mehr Kraft, um das Holz dieser Jahre zu schneiden. An anderen Stellen war es weicher. Greg versuchte, seine Reliefs dem Verlauf der Maserung anzupassen und aus dem Stamm herauszuholen, was schon in ihm war. Der Stamm sagte ihm, was er tun sollte. Mal schneiden, mal stehen lassen.

Während Greg Ahousat die Zeder bearbeitete, hörte er das Tosen des Meeres aus vergangenen Jahrhunderten. Das stetige Auf und Ab von Ebbe und Flut, das die Küste formte. Er hörte die Handtrommeln und den Gesang seines Volkes, wenn sie ein Potlatch-Fest feierten und sich Hilfe, Mut und Mitgefühl von übernatürlichen Wesen erhofften. Greg hörte die Klagen der Überlebenden, nachdem eine von den Weißen eingeschleppte Epidemie so viele von ihnen dahingerafft hatte. In seinen Ohren klang das Weinen der Frauen, als ihre Männer vom Walfang nicht zurückkehrten, oder die Schreie der Kinder, wenn sie von ihren Eltern fortgenommen und auf weit entfernte Schulen geschickt wurden.

Gregs nächtliche Vision und Jims Werkzeuge führten seine Hände. Duftende Zedernspäne fielen, während Greg begann, seinen eigenen Rhythmus zu finden. In seinem Inneren kam etwas zum Fließen. Völlig entrückt hörte er auf das Material und die Stimmen in sich selbst. Der Bär am Fuße des Pfahls war schon deutlich zu erkennen. Auch die Flügel des Raben hoben sich gut erkennbar vom darunterliegenden Holz ab. Greg machte sich daran, die Augen des Raben hervorzuheben, denn mit den Augen seiner Tiere würde der Pfahl sehen können.

Hanna saß schon seit einer Stunde auf einem Holzklotz und beobachtete Greg bei seiner Arbeit, aber er hatte sie noch nicht bemerkt.

Er schien nicht mehr von dieser Welt zu sein. Wie in Trance schnitzte Greg, der Schweiß floss in Strömen über seine Stirn. Ein Rabe flog heran und ließ sich am oberen Ende des Stammes nieder, dort, wo sein Ebenbild im Entstehen war. Der Vogel stieß einen knarrenden Laut aus und hüpfte über die geschnitzten Figuren, bis er bei Greg angelangt war. Hanna schlang die Arme noch fester um ihre angezogenen Knie und wagte sich kaum zu rühren.

Sie sehnte sich danach, Greg zu begrüßen, ihn zu berühren, doch sie wusste, dass sie ihn jetzt nicht stören durfte.

Auf seinen Armen zeichneten sich scharf die Muskeln ab, wenn er das gerade Messer ansetzte, um tiefe Schnitte zu machen. Hanna beobachtete seine fließenden Bewegungen während des Schnitzens. Sie waren voller Anmut, wie ein Tanz. Es war kein Arbeiten, sondern das Feiern einer Zeremonie. Gregs schwarzes Unterhemd klebte vor Schweiß. Manchmal hob er den Kopf und sah in die Richtung, in der Hanna saß. Aber er erkannte sie nicht, sondern schien durch sie hindurchzublicken.

Angst und Zweifel überkamen sie und der Gedanke davonzulaufen, zurück in eine Welt, die ihr vertraut war. Würde sie Greg Ahousat je wirklich verstehen? Konnte sie ihm geben, was er bisher bei keiner anderen gefunden hatte? Nahm er sie überhaupt wahr?

Doch als die Sonne hoch am Himmel stand und die verschiedenen Tierfiguren auf dem Pfahl schon ganz deutlich zu erkennen waren, schien Greg sich daran zu erinnern, dass es noch eine andere Welt gab. Er hielt in seiner Arbeit inne, blickte zu Hanna hinüber und diesmal sah er sie.

Hanna spürte, wie schwer es ihm fiel, in die Gegenwart zurückzufinden, so weit war diese Reise. Er legte sein Werkzeug aus den Händen und rieb sich mit seinem Hemd den Schweiß aus der Stirn. Dann nahm er seine Wasserflasche, ging um den Pfahl herum und blieb vor Hanna stehen.

»Du bist da«, sagte er.

»Ja«, sagte sie. »Aber was ist mit dir?«

Greg lehnte sich gegen den Pfahl, setzte die Flasche an und trank sie leer. »Heute Nacht war ich mit Jim hier«, sagte er schließlich und wischte sich mit dem Handrücken über die Lippen. »Er hat mir sein Werkzeug vermacht und mich aufgefordert zu schnitzen. Er hat mir zugesehen und mich angeleitet. Manchmal half er mir auch.« Er legte die leere Flasche zur Seite. »Die Tiere auf dem Pfahl sind lebendig geworden und an den Rand des Himmels gewandert.«

»Dann bist du jetzt ein Pfahlschnitzer mit einer Vision«, sagte Hanna und lächelte, in der Hoffnung, ihre Angst würde nicht durchscheinen. »Ich freue mich für dich, Greg.«

Er legte den Kopf schief wie der Rabe, der immer noch auf seinem hölzernen Ebenbild hockte. »Was glaubst du«, fragte er, »könntest du es hier mit mir aushalten – nach allem, was passiert ist?« Seine dunklen Augen funkelten im Sonnenlicht.

Hanna schluckte, ihr Körper bebte, das Herz drohte ihr aus der Brust zu springen. Es war der Rhythmus von diesem wunderbaren Stück Erde, der durch Menschen und Dinge gleich stark strömte. Er erfasste sie und verjagte die Zweifel. Hanna hatte einen Blick in Abgründe getan, aber sie würde nicht fliehen. Jims Tod gehörte jetzt zu Neah Bay, genau so, wie ihr und Olas zukünftiges Leben dazugehörte.

»Ich kann es versuchen«, sagte sie.

Da erschien ein Lächeln auf seinem Gesicht.

»Wirst du Ola ein guter Vater sein, Greg?«

»Ich werde sie lieben, wie er es getan hätte, das verspreche ich dir.«

Hanna sah ihn an und wusste, dass er die Wahrheit sagte. Und wenn die Schatten der Vergangenheit erneut nach uns greifen?, dachte sie.

Als ob Greg ihre Gedanken lesen konnte, nahm er ihre Hände, zog sie zu sich heran und umarmte sie fest.

Nachwort

Der Blick von Cape Flattery im Bundesstaat Washington ist atemberaubend, das Geländer ist fest.

Selbstverständlich handelt es sich bei *Rain Song* um einen Roman. Alle Figuren und Ereignisse sind frei erfunden. Auch an die Darstellung von Schauplätzen, geschichtlichen Ereignissen und Zeremonien bin ich in erster Linie als Romanautorin herangegangen, ohne den Bezug zur Realität aus den Augen zu verlieren.

Vor zwölf Jahren inspirierte mich der Bildhauer David Seven Deers vom Volk der Skwah Sto-lo Halkomenen, der für zwei deutsche Völkerkundemuseen Wappenpfähle schnitzte, zu meinem Roman *Der Pfahlschnitzer*. Ich danke ihm für diese Inspiration und auch für seine Erlaubnis, ihn mit einem Satz zu zitieren.

Rain Song ist die vollständig überarbeitete Auflage von *Der Pfahlschnitzer*.

Liebengrün, im März 2010,
Antje Babendererde

Antje Babendererde

Talitha Running Horse

Die vierzehnjährige Talitha Running Horse ist nicht wie die
anderen Lakota-Indianer, die im Reservat leben – denn Talithas
Mutter ist eine Weiße. Sie hat ihre Familie und das Reservat
verlassen, als Talitha noch klein war. Als dann auch noch der
Vater unschuldig ins Gefängnis muss, gerät Talithas Welt voll-
ends aus den Fugen. Kraft gibt Talitha nur noch ihre Zuneigung
zu der schönen Stute Stormy.

Arena

304 Seiten. Arena Taschenbuch.
ISBN 978-3-401-02937-5
www.arena-verlag.de

Antje Babendererde

Der Gesang der Orcas

Gemeinsam mit ihrem Vater, einem Fotografen, macht Sofie eine ungewöhnliche Reise in die nordamerikanische Wildnis zu den Makah-Indi-
anern. Die Makahs, die früher Walfang betrieben haben, lassen Sofie an
einer Walbeobachtungsfahrt teilnehmen. Die wilde Küstenlandschaft
und die majestätischen Orcas beeindrucken sie tief – ebenso wie die
Begegnung mit dem Makah-Jungen Javid. Als die beiden ein zweites Mal
allein auf das Meer hinausfahren, um die Orcas zu besuchen, scheint es,
als wäre ein unsichtbares Band zwischen ihnen entstanden. Aber ihre
Freundschaft muss schwierige Spannungen überstehen.

360 Seiten. Arena-Taschenbuch.
ISBN 978-3-401-02393-9
www.arena-verlag.de

Antje Babendererde

Lakota Moon

Oliver ist 15 und schwer verliebt in Nina. Und – o Wunder – Nina liebt
ihn auch. Doch dann passiert das Unfassbare: Olivers Mutter beschließt
wieder zu heiraten und zwar einen waschechten Indianer. Aller Protest
nützt nichts – Oliver muss mit seiner Mutter nach Amerika auswandern.
Doch im Pine Ridge Indianerreservat ist nichts so, wie er es sich vorgestellt
hat, und Oliver möchte nur eins: so schnell wie möglich zurück nach
Deutschland zu Nina. Bis eines Tages etwas passiert, das Oliver seiner
neuen Familie näher bringt, als er es jemals geahnt hätte.

Arena

280 Seiten. Arena-Taschenbuch.
ISBN 978-3-401-02936-8
www.arena-verlag.de

Antje Babendererde

Indigosommer

„Die Gischt in der Brandung schimmerte nicht weiß, sondern blau. Es war ein indigoblaues Leuchten und Flimmern entlang der gesamten Brandungslinie. Das Meer sprühte Funken. Fasziniert starrte ich auf das Schauspiel. Und dann sah ich ihn. Den einsamen Wellenreiter in der Nacht. Seine schwarze Gestalt im Licht des vollen Mondes hatte etwas Gespenstisches, so, als wäre er nicht von dieser Welt."

Arena

336 Seiten. Gebunden.
ISBN 978-3-401-06335-5
www.arena-verlag.de